WITHDRAWN

LA ESCAPISTA

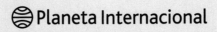 Planeta Internacional

BRAD MELTZER

LA ESCAPISTA

Traducción de Mariana Hernández Cruz

 Planeta

Diseño de portada: Diana Urbano Gastélum
Fotografía de portada: © Shutterstock / azure1

Título original: *The Escape Artist*

Brad Meltzer
© 2018 Forty-four Steps, Inc.

Traducido por: Mariana Hernández Cruz

Derechos reservados

© 2019, Editorial Planeta Mexicana, S.A. de C.V.
Bajo el sello editorial PLANETA M.R.
Avenida Presidente Masarik núm. 111, Piso 2
Colonia Polanco V Sección
Delegación Miguel Hidalgo
C.P. 11560, Ciudad de México
www.planetadelibros.com.mx

Primera edición en formato epub: mayo de 2019
ISBN: 978-607-07-5784-6

Primera edición impresa en México: mayo de 2019
ISBN: 978-607-07-5770-9

Impreso en los talleres de Litográfica Ingramex, S.A. de C.V.
Centeno núm. 162-1, colonia Granjas Esmeralda, Ciudad de México
Impreso y hecho en México - *Printed and made in Mexico*

Para Sally Katz,
mi madrina,
la verdadera lectora de nuestra familia.
Tu amor es magia.

1898, John Elbert Wilkie, un amigo de Harry Houdini, quedó a cargo del Servicio Secreto de Estados Unidos. Wilkie era admirador de Houdini y hacía sus propios trucos.

Fue la única vez en la historia que un mago tuvo el control del Servicio Secreto.

PRÓLOGO

Copper Center, Alaska

Estos fueron los últimos treinta y dos segundos de su vida.

Cuando el pequeño avión, un CASA de doble motor de uso del ejército, despegaba del aeródromo, la mayoría de los siete pasajeros a bordo miraba por la ventana, pensando que eran afortunados. Pocas personas podían ver esta parte del mundo; muchas menos, la base privada del ejército que estaba construida ahí. En los mapas, no existía. En Google, aparecía permanentemente borrosa.

En la última fila del avión, una mujer de cabello negro a la altura de los hombros estaba convencida de que había sido bendecida, mientras se maravillaba por los hermosos álamos temblones de Alaska, cubiertos de nieve. Le encantaba que sus raíces a menudo crecieran juntas, apoyándose unas en otras, formando un organismo gigante. Por eso se había unido al ejército tantos años atrás: para construir algo más fuerte con otros. Lo acababa de comprender cuando salió a la exuberancia de la naturaleza.

«Definitivamente bendecida», se dijo. Después, sin aviso, el avión empezó a vibrar.

Su primera reacción fue decir: «Arréglenlo, enderécenlo». Le molestaba que las vibraciones le estropearan la caligrafía. En la mesita abierta, trataba de escribir una carta, una nota sexual a su prometido, Anthony, en la que le decía lo que planeaba hacerle más tarde esa noche.

Su idea era deslizarle la nota en el bolsillo trasero del pantalón; Anthony iba a estar tan sorprendido, también excitado, de que ella hubiera viajado hasta Fort Campbell para su cumpleaños, que no se daría cuenta de que le había metido una nota sexual en el bolsillo. E incluso si se daba cuenta, bueno... Debido a sus horarios en el ejército, ella y Anthony no habían estado a solas en dos meses. No tendría inconveniente con que una muchacha bonita le metiera la mano en la nalga.

Se escuchó un crujido en el comunicador: «Prepárense para...».

El piloto nunca dijo el resto de la oración.

El avión se fue en picada, con la nariz hacia abajo, como si se arqueara en la cima de una montaña rusa. La mujer del cabello negro sintió que el estómago se le contraía. Lo único que faltaba era la caída final. De repente, sintió unos yunques sobre los hombros, que la apretaban contra su asiento. Del otro lado del pasillo, en diagonal, un teniente del ejército de cabello rojo alborotado y ojos triangulares hizo una expresión de pánico y se aferró a los reposabrazos al darse cuenta de lo mal que se iban a poner las cosas.

La mujer de cabello negro también era del ejército, una sargento de suministros de veintiséis años de edad, y en esos primeros días de su entrenamiento aéreo en Fort Benning le habían enseñado que en un choque de avión la gente no siente pánico. Se vuelve dócil y silenciosa. Para salvarse, uno tiene que actuar.

El avión se sacudió y a ella casi se le zafó la pluma de la mano. *La pluma. Su carta.* Casi se le había olvidado que estaba escribiendo. Pensó en Anthony, en escribir un testamento... Después volvió a repasar los últimos minutos antes de subir a bordo. «Ay, Dios». Ahora tenía sentido. Sentía el estómago en la garganta. La gente VIP del frente del avión empezó a gritar. Sabía por qué se iba a caer. No era un accidente.

Frenéticamente garabateó una nueva nota con manos temblorosas mientras las lágrimas se le acumulaban en los ojos.

El avión volvió a sacudirse. Una bola de fuego de combustible pasó a través de la puerta de emergencias que estaba a su izquierda. Tenía la camisa encendida. La golpeó para apagarla. Podía oler el plástico derretido; sin embargo, al ver las llamas...

«La puerta». Ella estaba sentada en la salida de emergencias.

Aferrada a la nota garabateada, tomó con las dos manos la manija roja de la puerta y empezó a jalarla. Cedió y se deslizó a un lado. Hubo un chasquido, la puerta seguía cerrada, pero había roto el sello.

Faltaban veinte segundos.

Trató de levantarse del asiento, pero todavía llevaba abrochado el cinturón de seguridad. Histérica, lo manoseó. *Clic.* Estaba libre.

Con la nota arrugada, húmeda en el puño sudoroso, apretó la palma contra la puerta de salida y la empujó. Estaba atorada debido al fuego. La pateó. La puerta se abrió y una ráfaga de viento le hizo volar el cabello negro en todas direcciones. Varios papeles salieron volando por la cabina. Un teléfono chocó contra el techo. La gente gritaba, aunque no podía comprender lo que decían.

Faltaban catorce segundos.

Afuera, los álamos altos y cubiertos de nieve, que parecían tan pequeños, se acercaban rápidamente a ella haciéndose más grandes a cada segundo. Ella conocía las probabilidades. Cuando un avión ligero cae en picada, si el destino no está de tu lado, no tienes oportunidad.

—¡Vete! ¡Sal! —se oyó el grito de un hombre. Apenas había volteado cuando el teniente de ojos triangulares chocó contra ella, luchando por llegar a la salida de emergencia.

Ahora el avión iba en caída libre; un humo rojizo y anaranjado llenaba la cabina. Faltaban once segundos. El hombre la empujaba con todo su peso. Los dos sabían que si brincaban demasiado pronto, sobre los noventa metros, no sobrevivirían al impacto. Incluso si tenían la suerte de vivir, las fracturas de sus piernas, si los huesos atravesaban la piel, harían que se desangraran en segundos.

No. Tenían que saltar en el momento preciso.

«No hasta que llegues a la copa de los árboles», se dijo, recordando su entrenamiento y observando los álamos, que estaban más cerca que nunca. El viento la cegaba. Mientras el humo entraba en sus pulmones, mantenía a raya al teniente con una mano y con la otra se aferraba con fuerza a la nota.

—¡Vamos! ¡Ahora! —gritó el hombre y, por un momento, pareció que su cabello estaba encendido.

Faltaban ocho segundos.

El avión se desplomó en diagonal hacia la tierra. Sin siquiera pensarlo, metió la nota en el único lugar donde pensó que podía sobrevivir.

—¡No tenemos...!

Seis segundos.

Puso el pie en la entrada de la puerta, volteó hacia el teniente y lo agarró de la camisa tratando de jalarlo afuera con ella. Podía funcionar. Podía salvarlos a los dos.

Estaba equivocada.

El teniente se apartó. Era el instinto. A nadie le gusta que lo arrojen de un avión. Ese fue el fin. El teniente con ojos triangulares caería, literalmente, en llamas.

A los tres segundos, la mujer con el cabello negro saltaría del avión. Aterrizaría sobre los metatarsos y continuaría esforzándose por seguir su entrenamiento mientras caía de golpe sobre la nieve. Un aterrizaje perfecto, pero también mortal. Con el impacto se rompería las dos piernas y se quebraría el cuello. El equipo de emergencia encontraría su nombre en el manifiesto: Nola Brown.

Y la nota que había garabateado, sus últimas palabras, el papel que había escondido tan bien, la encontraría la persona menos probable de todas.

1

Jim «Zig» Zigarowski conocía el dolor que estaba por venir. Eso no lo detuvo. Era bueno con el dolor. Estaba acostumbrado. Sin embargo, sabía que esta vez le iba a arder. Desde el día que Zig había llegado a este edificio remoto en la parte trasera de la Base de la Fuerza Aérea de Dover, cada caso era desgarrador. En especial, este. De ahí el dolor.

—Pensé que Lou estaba de guardia hoy —dijo el doctor Womack, un hombre hispano, bajo, con barba rala y bata médica holgada.

—Cambiamos —respondió Zig, empujando la camilla un poco más rápido por el pasillo, con la esperanza de dejar atrás a Womack—. Lou tenía una cita.

—¿De verdad? Acabo de verla en la cena. Sola.

Zig se detuvo. Era el momento en que todo podía derrumbarse. Sabía que no debía estar ahí. No debió haber tomado esa camilla o lo que iba escondido debajo de la sábana azul cielo que la cubría. ¿Womack iba a detenerlo? Sólo si se daba cuenta de lo que estaba haciendo.

—Ah. Entonces oí mal —dijo Zig, y le mostró la misma sonrisa encantadora que había hecho tan interesantes los primeros años posteriores a su divorcio. Con ojos verde musgo, una cicatriz en la quijada y cabello canoso con un corte como el de Cary Grant, Zig no parecía de cincuenta y dos años. Sin embargo, cuando pasó su identificación y las puertas dobles de metal se abrieron para que entrara en el corazón de la instalación militar, se sintió de su edad.

Había un letrero por encima de la puerta:

PELIGRO:
FORMALDEHÍDO IRRITANTE
RIESGO POTENCIAL DE CÁNCER

Womack hizo una pausa y se retiró. Zig sonrió, aceleró el paso y empujó con fuerza la camilla envuelta en la sábana azul cielo, la cual ocultaba un cadáver. Entre las piernas del cadáver, asegurando que la sábana no se deslizara, había una cubeta plateada de medio kilo. «La cubeta de las tripas», la llamaban, porque después de la autopsia, contenía todos los órganos internos. Como Zig le decía a los nuevos cadetes: no importa lo gordo, delgado, alto o bajo que seas, los órganos de todos caben en una cubeta de medio kilo. Por lo general, para Zig era reconfortante saber que todos teníamos eso en común. Aunque ahora mismo no le daba el consuelo que necesitaba.

Las luces automáticas parpadearon e iluminaron la sala médica. Las puertas dobles se cerraron detrás de él con un siseo neumático. Durante más de una década, Zig se había pasado los días trabajando en esta habitación quirúrgica de alta tecnología, que servía como morgue para los casos más confidenciales y de alto perfil del gobierno de Estados Unidos. En el 9/11, las víctimas del ataque al Pentágono fueron llevadas ahí; también las del ataque al USS *Cole*, los astronautas de la nave espacial *Columbia* y los restos de más de cincuenta mil soldados y agentes de la CIA que pelearon en Vietnam, Afganistán, Irak y todas las ubicaciones secretas que hubo en medio. Ahí en Delaware, de entre todos los lugares, en la Base de la Fuerza Aérea de Dover, estaba la funeraria más importante de Estados Unidos.

«Sé rápido», se dijo, aunque en lo que se refería a preparar a los héroes caídos para su entierro, Zig nunca era rápido. No hasta que terminaba su trabajo.

Se reajustó la bata médica azul y sintió que el dolor se acercaba todavía más. Volvió a leer el nombre garabateado en un pedazo de cinta adhesiva en la cabecera de la camilla:

SARGENTO DE PRIMERA CLASE NOLA BROWN

—Bienvenida a casa, Nola —murmuró.

El cadáver se balanceó ligeramente cuando aseguró las ruedas de la camilla.

A veces, en Dover, un soldado muerto que llegaba tenía tu misma fecha de nacimiento o incluso tu mismo nombre. El año pasado, un joven infante de marina con el apellido Zigarowski murió por inhalación de humo en una base de Kosovo. Naturalmente, Zig tomó el caso.

Nola, que se llamaba así por Nueva Orleáns, Luisiana, era diferente.

—Ha pasado mucho tiempo, ¿no? —le preguntó al cuerpo cubierto.

Inclinando la cabeza, dijo una rápida plegaria, la misma plegaria que decía en todos los casos. «Por favor, dame la fuerza para cuidar a los caídos, de manera que su familia pueda empezar a sanar». Zig sabía muy bien lo mucho que las familias dolientes necesitaban esa fuerza.

A su izquierda, sobre un carrito metálico con ruedas, estaban sus herramientas por orden de tamaño, desde el fórceps más grande al bisturí más pequeño. Zig estiró la mano para tomar los cubreojos de plástico azul, que parecían lentes de contacto con púas. Por lo general no era un hombre supersticioso, pero sí era supersticioso con los ojos de los muertos, que nunca se cerraban tan fácilmente como nos hacen creer en las películas. Cuando se observa un cadáver, el cadáver devuelve la mirada. Los cubreojos eran el truco de los trabajadores de la morgue para mantener cerrados los ojos de un cliente.

¿Cómo podría haber permitido que otro trabajador de la morgue tratara este caso? Nola Brown no era una extraña. Él conocía a esa niña, aunque ya no era una niña. Tenía veintiséis. Se daba cuenta incluso por la silueta que percibía bajo la sábana: fuerte y con la complexión de un soldado. La conocía de Pennsylvania, de cuando tenía doce años. Era amiga y compañera en el grupo de las niñas exploradoras de su hija, Maggie.

«Magpie. Mi estrellita», pensó él, reviviendo esos días antes de que todo se hiciera tan terrible. Ahí estaba, el dolor que hacía que sus huesos parecieran huecos, fáciles de quebrar.

¿Zig había conocido bien a Nola? Recordaba esa noche, en el campamento de las exploradoras. Él era monitor y Nola, la niña nueva. Adoptada. Naturalmente, las otras niñas se aprovecharon de eso. Sin embargo, había algo más. Algunas niñas son calladas, pero Nola era silenciosa. La Silenciosa Nola. Algunas de las otras niñas pensaban que eso la hacía dura. Sin embargo, Zig sabía que iba más allá, a veces la gente se vuelve silenciosa a golpes.

Cuando mirabas hacia Nola, sus ojos negros con destellos dorados rogaban que apartaras la mirada. Se lo habían advertido a Zig: la Silenciosa Nola ya estaba en su cuarta escuela. «La expulsaron de las otras tres por pelearse —había dicho una niña—. Le sacó a alguien los dientes de enfrente con el borde de una botella de refresco». Otra de las amigas de Magpie dijo que también la habían sorprendido robando, pero, vamos, desde los juicios de las brujas de Salem no se podía confiar en los grupos de niñas de doce años.

—Te dieron un buen golpe esa noche, ¿no? —le preguntó Zig al cadáver de Nola mientras agarraba un iPod anticuado que estaba sobre una bocina cercana. Con unos cuantos clics, empezó a sonar «Bat Out of Hell» de Meat Loaf por la bocina barata. Incluso en la morgue necesitan música para trabajar.

—Siempre estaré en deuda contigo por lo que hiciste esa noche —suspiró.

Hasta este día, él no sabía quién había echado una lata de refresco de naranja en la fogata o cuánto tiempo estuvo ahí. Aún podía ver el humo de la hoguera de reojo. Por un momento, hubo un silbido agudo, como el de una tetera. Después, de la nada, un estallido fuerte como un petardo. Pedazos de aluminio salieron en todas direcciones. La mayor parte de las niñas gritaron y después se rieron.

El instinto de Maggie fue quedarse paralizada. El instinto de la Silenciosa Nola fue brincar a un lado. Nola cayó sobre Maggie, quien estaba de pie, paralizada de miedo, mientras navajas de metal volaban contra su rostro.

Con el impacto, Maggie cayó al suelo, perfectamente a salvo. A media caída, la Silenciosa Nola dejó escapar un aullido, un chillido, como un perro herido, y después se sostuvo un costado de la cabeza; había sangre por todas partes.

La lata de metal le había rebanado un pedazo de oreja. El humo seguía soplando por todos lados. Hasta ese día, Zig no sabía si Nola lo había hecho a propósito, si había derribado a su hija para protegerla, o si sólo había sido suerte, el resultado afortunado del reflejo de protección de Nola. La única certeza que tenía era que, sin Nola, su hija habría recibido el impacto de la bomba de metal en la cara. Todos estaban de acuerdo: esa noche, Nola había salvado a la hija de Zig.

Antes de que cualquiera pudiera reaccionar, Zig había levantado a Nola y la había llevado a la sala de urgencias más cercana. Maggie se sentó junto a Nola en el asiento trasero, agradeciéndole por lo que había hecho y también observando a su padre de una manera completamente nueva. Durante esos breves momentos, de camino al hospital, Nola, y Zig por haberla levantado del suelo, eran héroes.

—¡Gracias! —no dejaba de decirle su hija a Nola—. Gracias por eso, por lo que... ¿Estás bien?

Nola nunca respondió. Se quedó sentada con las rodillas pegadas al pecho y la mirada baja mientras se agarraba la oreja. Sin duda, sentía dolor. Se le había desprendido la parte superior de la oreja. Le corrían lágrimas por la cara, pero nunca hizo un sonido. La Silenciosa Nola había aprendido a soportar el dolor en silencio.

En el hospital, mientras el doctor se preparaba para coserla, una enfermera le dijo que se agarrara a la mano de Zig. Nola negó con la cabeza.

Tres horas y cuarenta puntadas después, el padre adoptivo de Nola entró hecho una furia a la sala de urgencias, apestando a brandy y a mentas, para cubrirlo. Las primeras palabras que salieron de su boca fueron: «¡Más vale que las exploradoras paguen la cuenta!».

Cuando Nola salió del hospital esa noche, con la cabeza agachada y arrastrando los pies, siguiendo sumisamente a su padre, Zig quería decir algo. Quería agradecerle a esa niña, pero más que eso, quería ayudarla. Nunca lo hizo.

Desde luego, Zig y Maggie llevaron una enorme canasta de regalo a la casa de Nola. El papá adoptivo abrió la puerta, tomó la canasta de manos de Maggie y agradeció de mala gana. Zig trató de darle seguimiento por teléfono para ver cómo estaba Nola. Una noche, incluso se detuvo a preguntar por ella. Nunca obtuvo respuesta. Obstinadamente, Zig la nominó para uno de los honores más altos de las exploradoras. Nola no asistió a la ceremonia.

Un año después, Zig tuvo la peor noche de su vida, que acabó con su matrimonio, con su vida, y lo más importante de todo, se llevó a su hija, a su Magpie. Nola la había salvado esa noche en el campamento, pero a Maggie sólo le quedaron otros once meses de vida. Zig se culparía para siempre de ello.

Aunque él no lo sabía en ese momento, Nola ya se había cambiado a su quinta escuela. Nunca la volvió a ver. Hasta esta noche.

—No te preocupes, Nola, ya estás en buenas manos —le prometió Zig mientras separaba la sábana quirúrgica con una mano y ponía los cubreojos con la otra—. Y gracias otra vez por lo que hiciste.

Hay quienes dicen que trabajan en la morgue de Dover porque ven a sus propios hijos en las vidas de esos soldados muertos. Zig negó con la cabeza ante explicaciones sensibleras como esa. Él hacía su trabajo por una razón: era bueno en ello. Era el don que Dios le había dado. Veía cada cadáver como un enigma y, sin importar cuán malas fueran las heridas, podía recomponer cada cuerpo para que la familia pudiera despedirse de modo adecuado. Lo hacía un día tras otro, un soldado tras otro, hasta dos mil en ese momento, y ninguno había hecho que volviera a pensar en esos días tan oscuros con su propia hija. Hasta esa noche, cuando vio a la mujer que la había salvado.

Mientras bajaba la sábana hasta el cuello de Nola y le acomodaba los cubreojos, sintió que algo le oprimía la garganta. Era el dolor que había estado temiendo. Incluso cuando se está preparado para ello, nada se cuela en uno como el dolor.

Nola tenía la cabeza de costado; la mejilla izquierda estaba chamuscada por el choque aéreo que la había matado. Caída #2 356.

—Te doy mi palabra, Nola. En un momento vamos a hacer que te veas genial —le dijo Zig tratando de mantener la voz firme mientras calculaba cuánto maquillaje iba a necesitar. No debía haber tomado este caso. Quizá lo mejor sería pedirle a uno de sus compañeros de la morgue que lo reemplazara, pero no iba a hacerlo.

Desde que había visto el nombre de Nola en la repisa oficial de Dover, no había podido dejar de pensar en esa noche del campamento... No podía dejar de ver a Nola cayendo sobre la pequeña Maggie, apartándola del camino... No podía dejar de ver el humo que soplaba hacia todas partes o la oreja izquierda mutilada de Nola... Y no podía dejar de pensar en la mirada de su hija cuando lo había visto como un héroe. Hoy, él sabía que su hija estaba equivocada, incluso lo supo en ese entonces. No era un héroe. Ni siquiera era una buena persona. Sin embargo, carajo, se sentía bien volver a ser un papá o, por lo menos, desempeñar el papel de un papá otra vez, por última...

«Maldición».

Zig estaba observando la oreja izquierda de Nola; estaba chamuscada, pero perfecta de cualquier otra manera. No le hacía falta ni un pedazo. «¿Cómo podía...?». Volvió a mirar. La oreja completa estaba ahí. No había ni siquiera una pizca de cicatriz. Se acercó más para estar seguro. ¿Podía haberlo recordado mal? Tal vez era la otra oreja.

Suavemente, volteó la cabeza de Nola boca arriba y sintió la piel fría como un vaso de agua con hielo. Del lado derecho de su rostro la piel era perfecta, no estaba quemada. Según el reporte del accidente, su avión militar había chocado justo después del despegue, afuera de Copper Center, Alaska, en el borde del Parque Nacional. Las siete personas a bordo, incluyendo el piloto, murieron. Nola fue considerada la más afortunada, pues había sido arrojada del avión, o tal vez había brincado, tomando en cuenta las fracturas que tenía en las piernas. «Definitivamente saltó», pensó Zig, recordando el instinto de Nola en el campamento. Como había aterrizado en la nieve, con el costado derecho del rostro sobre la nevada reciente, el hielo había protegido ese lado de las terribles quemaduras que habría sufrido en todo el cuerpo cuando el avión estalló en llamas.

—Así es, justo así —murmuró Zig mientras rotaba la cabeza de Nola para ver bien la...

«Mira nada más».

La otra oreja también estaba perfecta. Dos orejas perfectas. Sin pedazos faltantes, sin cicatrices. No tenía sentido.

Zig volvió a ver el rostro de Nola, sus ojos cerrados. No la había visto desde que tenía doce. «¿Tenía la nariz así de chata? ¿Podría haber pedido que le reconstruyeran la oreja?». Desde luego. Sin embargo, como Zig sabía de primera mano, era difícil reconstruir orejas y por muy bueno que fuera el cirujano, siempre quedaba una ligera cicatriz.

Caminó al pie de la mesa para volver a revisar el código de barras laminado que Nola tenía alrededor del tobillo y lo cotejó con el de la camilla. La morgue de Dover se considera una de las verdaderas misiones a prueba de errores del ejército. La parte más importante de su trabajo era asegurarse de que un cuerpo nunca se confundiera con otro. Cuando llegaban soldados caídos a Dover, ni siquiera pasaban por los trabajadores funerarios como Zig hasta que su identidad se revisaba por triplicado: por ADN, registros dentales y, al final, huellas digitales.

«Huellas digitales».

Por debajo de la sábana quirúrgica, Zig sacó las manos de Nola. Las dos estaban calcinadas. Por lo general, con quemaduras tan tremendas no se podían obtener huellas digitales; sin embargo, eso no significaba que no hubiera ninguna.

Salió rápidamente al pasillo que iba a la cocina de la sala de descanso, tomó una olla de metal de un gabinete, la llenó de agua y la puso sobre la estufa. Mientras esperaba que el agua hirviera, sacó su teléfono y marcó uno de los pocos números que se sabía de memoria. Código 202. Washington, D. C.

—¿Qué quieres? —respondió una voz femenina.

—Gracias, Waggs. Qué lindo oír tu vo...

—No me halagues. Escúpelo. Quieres algo.

—Sólo lo mismo que siempre he querido: una amistad verdadera... Más restaurantes dos por uno, como cuando se combina un Dunkin' Donuts con un Baskin-Robbins... Oh, y que se acaben las personas que te piden que te quites los zapatos cuando entras a su casa. Tenemos que unirnos y luchar contra esa gente.

Prácticamente, pudo *oír* que Waggs giraba los ojos.

—Más te vale que sea algo de trabajo —dijo ella.

Amy Waggs no era estúpida. Como directora de la unidad del FBI que extraía la biometría de los terroristas a partir de artefactos explosivos, era especialista en las cosas que la gente dejaba atrás. Incluso ella misma quedó atrás cuando su marido, después de doce años, decidió que era gay y le pidió permiso para salir con su compañero de la universidad, Andrew. Cuando ocurrió, Waggs no pudo decírselo a nadie del trabajo, pero se lo dijo a Zig.

—Dime qué necesitas —dijo ella con desesperación.

—Ay, Dios. Eres una de esas personas que le pide a la gente que se quiten los zapatos, ¿verdad?

—Zig, si no es importante, eres lo único que se interpone en mi cita con un *reality show* sobre una familia de enanos. Dime qué pasa.

Sobre la estufa, volutas de vapor se elevaban de la olla de agua.

—Necesito que busques una huella digital.

—¿Tienes el Colmillo? —preguntó, refiriéndose a la mejor arma del FBI.

—Lo tendré en un minuto —dijo Zig, dejando atrás el agua hervida y dirigiéndose al pasillo. Pasaban de las siete, era tarde para una ubicación militar. El edificio era un pueblo fantasma.

Las cubiertas quirúrgicas para zapatos de Zig murmuraban por el pasillo mientras se dirigía a la puerta cerrada de la antigua oficina de Waggs: la Unidad de Huellas Dactilares Latentes del FBI, una sección del edificio exclusiva para empleados del FBI.

—¿Es para algo personal o Adrian te dio autorización? —preguntó Waggs.

—¿Tú qué crees?

—Zig, por favor no me digas que estás a punto de irrumpir en nuestra oficina.

—No. Sólo voy a revisar si sigue teniendo la misma contraseña. Sip. Ahí está. De verdad tienes que actualizar el código —dijo mientras la puerta se abría.

—Zig, no lo hagas. Sabes que no tienes permitido entrar ahí.

—Y nunca entro —dijo Zig, entrando. Era una habitación pequeña, incluso para los estándares de Dover: un escritorio sencillo, una computadora personal y un gabinete para las pruebas. Y una herramienta más.

Del cajón superior del escritorio, Zig sacó un dispositivo negro que parecía un teléfono celular hecho con hardware *mil-spec*, es decir, si se caía no se iba a romper. Él no tenía planeado tirarlo. El Colmillo costaba más que su salario anual.

—¿Me estás oyendo? —gritó Waggs a través del teléfono mientras Zig regresaba a la sala de descanso—. Si Adrian sabe que lo tomaste sin su permiso...

—Tengo permiso. Estoy hablando contigo, ¿no?

—No lo hagas. No es gracioso.

—No estoy tratando de ser gracioso. Gracioso es cuando estoy pensando en restaurantes dos por uno.

—Zig, ¿hace cuánto que te conozco? Si estás haciendo bromas, en especial malas como esta...

—Oye, espera, ¿dijiste *malas*?

—¿Tienes problemas? Dime qué está pasando.

Zig tomó la olla de agua hervida de la estufa y no respondió. Regresó a donde estaba el cuerpo de Nola.

—¿El cuerpo por lo menos tiene buenas huellas digitales? —añadió Waggs.

—Desde luego —mintió Zig, pasando su identificación en espera de que las puertas del laboratorio sonaran y una vez más se acercó a la camilla. Desde lejos, incluso con la cubeta de tripas entre las piernas, Nola casi parecía como si estuviera dormida, pero un cuerpo muerto siempre yace de manera diferente. Hay una permanencia que es inconfundible.

Al lado de Nola, Zig tomó su mano sin vida, raspó parte de la piel chamuscada de sus dedos y después sostuvo la mano sobre la olla de agua hirviendo.

—Nola, perdóname por hacer esto —murmuró mientras sumergía la mano en el agua caliente. Tenía que hacer bien esta parte, no más de unos cuantos segundos.

Cuando las manos se queman mucho, la superficie de la epidermis se vuelve negra e ilegible. Sin embargo, como un bistec quemado, si se raspa la parte chamuscada, queda una capa rosada por debajo. La capa dérmica. El único problema es que la superficie de la dermis es demasiado plana para proporcionar una huella digital adecuada. No obstante, como cualquier examinador médico o tra-

25

bajador de la morgue sabe, si el dedo se sumerge en agua hirviendo durante unos segundos, los bordes se marcan.

Así que cuando sacó la mano de Nola del agua hirviendo, los dedos índice y medio estaban gruesos e hinchados.

—Estoy prendiendo el Colmillo —dijo Zig mientras apretaba unos cuantos botones. El Colmillo obtenía su nombre de dos láseres verdes que salían de la parte inferior del dispositivo. Alineó esos láseres con el dedo índice de Nola y apretó otro botón para activar el escáner—. ¿Correo del trabajo o personal? —preguntó él.

—¿Es un asunto oficial o no?

—Correo personal —dijo Zig y apretó «enviar».

A través del teléfono, hubo un ruido musical. La huella digital había llegado. A Waggs sólo le tomaría unos minutos revisar la base de datos del FBI.

—¿Cuál es la historia de este soldado? ¿Por qué tu interés personal? —preguntó Waggs, que ya estaba tecleando en la computadora.

—Es sólo un caso —dijo Zig—. De acuerdo con la identificación de aquí, es la sargento de primera clase Nola Brown, mujer, veintiséis años de edad.

—¿Y es todo lo que sabes de ella?

—¿Qué más podría saber? Es sólo un caso —insistió Zig con voz firme.

—Ziggy, te quiero, pero ¿tienes idea de por qué cuando llegan cuerpos tú eres el que hace todas las reconstrucciones faciales?

—¿De qué estás hablando?

—No te hagas el modesto. Si le disparan a un soldado en el pecho, se le asigna a cualquier trabajador funerario. Pero si alguien llega con tres balas en la cara, ¿por qué siempre te toca ese cuerpo a ti?

—Porque yo sé esculpir, porque soy bueno con la arcilla.

—Es más que un talento. El año pasado, cuando un petardo del ISIS explotó frente a un infante de marina, todos los trabajadores de la morgue dijeron que tendría que ser un ataúd cerrado, que había que envolverlo en gasa. Tú fuiste el único lo suficientemente necio como para pasarte catorce horas seguidas con alambres uniendo su quijada destrozada y después, alisándola con arcilla y maquillaje para que sus padres pudieran tener más tranquilidad de la que habrían esperado en el funeral de su hijo. Pero ¿sabes qué dice eso de ti?

—Que soy alguien orgulloso de servir a su país.

—Yo también amo a mi país. Estoy hablando de ti, Zig. Cuando tú aceptas estos horrores, manos perdidas, rostros perdidos, labios perdidos, y los haces más asimilables, ¿sabes en qué te conviertes?

—Antes de que Zig pudiera responder, Waggs soltó abruptamente—: En un maestro de la mentira. Eso es lo que todos los trabajadores funerarios venden, Zig. Mentiras. Tú lo haces por las razones correctas, estás tratando de ayudar a la gente para que supere los momentos más duros. Sin embargo, todos los días, para esconder esos horrores, tienes que ser un mentiroso de primera clase. Te estás volviendo demasiado bueno en ello.

Zig iba a decir algo, pero no se le ocurrió nada. Cerró los ojos y le dio la espalda al cuerpo. Sonó un timbre a través del teléfono. Waggs tenía algo.

—Muy bien, encontré a Nola Brown. Veintiséis años —dijo Waggs—. La misma edad que Maggie, ¿no?

Con tan sólo la mención del nombre de su hija, se volvió hacia el cuerpo tan rápidamente y con tan poco equilibrio que su codo golpeó la cubeta de plata que estaba llena de...

«¡No, no, no! ¡La cubeta de las tripas...!».

Zig se agachó. La cubeta, con su estofado sangriento, empezó a ladearse.

Seguía tratando de alcanzarla, con el teléfono todavía en la mano mientras gritaba. La cubeta seguía inclinándose y su contenido se deslizaba por el borde.

¡*Paf*!

Sonó un ruido fuerte y líquido. Durante dos décadas, él se había acostumbrado a la sangre que acompañaba a los muertos. Sin embargo, mientras veía el desastre que había hecho sobre el brillante suelo gris, algo le llamó la atención.

—Ziggy, tenemos un problema —dijo Waggs en su oreja.

Él apenas la escuchó, pues estaba concentrado en la masa gris que reconoció como el estómago. Había algo extraño. Tenía un bulto redondo, como cuando una serpiente se traga una rata. Se inclinó más para asegurarse de que tuviera razón. Sí, tenía razón, había algo adentro.

—Ziggy, ¿estás ahí? —preguntó ella mientras él ponía el teléfono en altavoz y lo dejaba sobre la camilla.

Se acercó aún más. Lo que fuera que tuviera adentro, no era redondo ni suave; tenía bordes que picaban la pared interior como..., como un pedazo de papel arrugado.

A Zig se le puso la boca seca. Ya había visto esto antes.

Durante el 9/11, una de las víctimas del avión del Pentágono supo que el final se acercaba... y fue lo suficientemente listo para saber que, si alguna vez estás en un choque aéreo, la mejor manera de dejar una nota para tus seres queridos era escribirla y tragar el papel. Los líquidos de tu estómago e intestinos pueden protegerlo, pues son las últimas partes de tu cuerpo que se van a quemar. En aquella ocasión, Zig encontró la nota en el intestino de la víctima. Lo cortó con un escalpelo, después metió los dedos. Se había preservado perfectamente. Del Caído #227, un último adiós privado.

—¿...tás oyendo? ¡Encontré las huellas digitales! —gritó Waggs. Zig seguía sin responder. Tomó el bisturí de su mesa de trabajo, se reajustó los guantes quirúrgicos, se arrodilló y cortó, haciendo el hueco lo suficientemente grande para...

Listo.

Zig sacó el pedazo de papel arrugado. Estaba húmedo, era fácil que un examinador médico lo pasara por alto, pero intacto de cualquier otro modo.

Lo fue abriendo lentamente con cuidado para no rasgarlo; pudo ver las delgadas líneas de lápiz gris... Letras frenéticas y temblorosas. El mensaje último en la botella última.

—Zig, ¿me escuchas? Ya pasé las huellas. El cuerpo que estás viendo, quienquiera que sea, no es Nola Brown.

Él asintió para sí mientras la boca se le abría de par en par conforme leía y releía la nota escrita a mano, las palabras agónicas de la mujer extraña que yacía en la mesa frente a él:

NOLA, TENÍAS RAZÓN.
SIGUE HUYENDO.

2

Naperville, Illinois

Durante cinco horas, Daewon Yamaguchi había observado la pantalla de su laptop. Había trabajos peores, en especial para un muchacho de veinticuatro años a quien ya habían arrestado dos veces por falsificación y violación cibernética. Podría haber sido como su amigo Z0rk, quien hackeaba números de tarjetas de crédito desde una cadena de autopartes hasta que los federales lo arrestaron y lo amenazaron con treinta años de prisión.

Actualmente, Z0rk era un empleado del gobierno de Estados Unidos que ganaba cuarenta mil dólares al año. Unos cuantos amigos de Daewon habían usado sus talentos (y habían ganado un poco más de dinero) para trabajar para Siria e Irán. Y otros perfeccionaban sus habilidades en las convenciones de hackeo locales, aunque Daewon sabía que la mayor parte eran fachadas del gobierno diseñadas para rastrear prospectos nacionales. No era la época activa de principios de los años 2000. En estos días, la mayor parte de las actividades de hackeo estaban financiadas por el Estado, pero no todas.

Se metió un M&M de cacahuate en la boca y dejó que la cubierta dulce se derritiera mientras se preparaba para la sexta hora de observar la pantalla. Era una gran ironía. Los hackers se dedican a eso porque no quieren trabajos de oficina; sin embargo, el hackeo *es* un trabajo de oficina.

Para la séptima hora, Daewon seguía ahí sentado, observando. Lo mismo a la octava. Y a la novena. Después...

Ping.

Ahí estaba, en la pantalla.

Tomó su teléfono y marcó el número que le habían hecho aprenderse de memoria.

—Habla —respondió un hombre con voz de trituradora.

Esta era la parte en la que te mentían. La peor parte del trabajo no era observar una pantalla. Era lidiar con *él*.

Nunca le habían dado un nombre. Eso no había impedido que Daewon lo buscara. Pero lo que más le molestaba era que no podía encontrarlo y Daewon podía encontrar cualquier cosa.

—Habla —insistió el hombre.

—El sitio que me pidieron que observara... dijo que llamara cuando alguien entrara. Acaba... alguien acaba de entrar.

—¿Quién?

—Una mujer. Amy Waggs —respondió Daewon, tecleando en algunas pantallas—. Es del FBI, justo como dijo. Fue directamente al archivo de Nola Brown.

El hombre se quedó en silencio.

—¿La señorita Waggs está buscando por sí misma o por alguien más?

—Estoy revisando —respondió Daewon, metiéndose otro M&M de cacahuate mientras se cargaba una nueva pantalla—. Según lo que veo, está hablando por teléfono justo ahora. Estoy tratando de ver con quién habla.

—¿Me estás diciendo que puedes hackear el teléfono de un agente del FBI?

—Sólo cuando son tan tontos como para usar su teléfono personal en lugar de una línea de seguridad. Le juro por Steve Jobs, a quien haya inventado trabajar desde casa le deberían dar un gran beso en la boca.

El hombre de la voz de trituradora no dijo ni una palabra.

—Muy bien, aquí vamos —dijo Daewon por fin, acercándose más a la pantalla—. Número de teléfono 302. Delaware. De verdad, pensé que ya nadie tenía permitido seguir viviendo en Delaware.

El hombre seguía sin responder.

—Jim Zigarowski. Está hablando con él —añadió Daewon—. Dice que trabaja en la morgue portuaria de Dover, lo que sea que eso sea.

Hubo un largo silencio del otro lado de la línea.

—Zig —murmuró el hombre por fin—. Hacía mucho que no escuchaba ese nombre.

3

Dover, Delaware

Era casi medianoche cuando Zig tocó el timbre de la casa. Desde luego, nadie respondió.

—Vamos, Guns, ¡no me hagas esto hoy! —gritó, mientras brincaba para mantenerse caliente.

La puerta seguía sin abrirse.

Volvió a tocar el timbre, por si acaso, y después caminó por el césped, demasiado crecido, a su izquierda, hacia el garage.

Como si fuera una señal, un chasquido y un ruido fuerte hizo que la puerta empezara a enrollarse hacia arriba.

—*Slapshot!* —gritó un hombre negro y musculoso desde adentro, dando un golpe con un palo de hockey mientras daba la cara a la pared trasera del garage. Con un golpe de retorno que estuvo a punto de quitarle los lentes de la nariz, el hombre bateó un disco de hockey anaranjado contra una red. Desde ahí, en una pantalla plana agarrada al muro trasero del garage, el disco de hockey de un juego de video continuó volando, siguió la trayectoria inicial y se alejó dentro de la red computarizada de un portero ruso.

—¿Por qué me odian tanto en Lake Placid? —preguntó el sargento de armas del cuerpo de la marina, Francis Steranko.

—Los malos jugadores culpan al campo —dijo Zig.

—No es un campo; es una pista de hielo.

—Es una *televisión*. ¿Me puedes dar el palo? —preguntó Zig, tratando de alcanzar el palo de hockey—. Todavía estoy a tres tiros de nuestro último juego. Mi hombría está en riesgo.

No era la mejor broma de Zig, pero hacía más de una década que conocía a Master Guns. Habían trabajado juntos en cientos de casos, enterrado a miles de soldados y luchado por mantenerse cuerdos en esta misma cochera bebiendo galones de la ginebra casera de Master Guns mientras jugaban borrachos un videojuego de hockey (casi siempre contra los rusos). La broma debió haberle merecido a Zig una risa o por lo menos una respuesta fácil sobre su hombría; en cambio, Master Guns se aferró a su palo de hockey mientras veía la pantalla de televisión en la pared.

—Ziggy, ya sé que no viniste a jugar hockey.

Master Guns nunca tardaba mucho en revelar que era el jefe de investigación de homicidios de Dover.

—Traes el olor —dijo Master Guns, y su corpulenta constitución militar prácticamente estallaba a través de su playera y sus pants—. Lo huelo desde aquí.

A veces, Zig olvidaba cuán perspicaz era su amigo. Los humanos tienen un olor único. Los muertos tienen uno aún más inconfundible, una mezcla de dulzura y pescado podrido que los perros pueden oler hasta catorce meses después de que matan a alguien. Él se había dado tres baños antes de ir, pensando que habría eliminado el olor de la muerte. Habría engañado a la mayor parte de las personas. Master Guns nunca había sido de esa mayoría.

—Es sobre la mujer del accidente aéreo, ¿no? —preguntó—. Nola Brown.

Zig se quedó en silencio mientras una ráfaga de viento atravesaba el garage. El lugar estaba decorado como una guarida de soltero, incluyendo un barato sofá de piel negra que se hundía en el medio. El viento hizo que ondeara la red de hockey y alzó las páginas de las revistas que había sobre la mesa de centro de cristal. Zig vio la puerta que llevaba a la casa de Master Guns. Era una conversación que sería mejor tener adentro, pero sabía que nunca iba a entrar.

Era la única regla de Master Guns: nadie entra en la casa. Sólo al garage. Sin excepciones. Era posible que Master Guns fuera el amigo del trabajo más cercano de Zig, pero siempre hacía hincapié en la palabra «trabajo». Habían hecho asados en su cochera, habían soplado velas de pasteles de cumpleaños e incluso, en una noche de invierno tan fría como esa noche, habían brindado por el cuñado muerto de Guns, un infante de marina caído en quien Zig trabajó personalmente a petición de Master Guns. Con trabajos como esos, la única manera de permanecer cuerdo era mantener el trabajo separado de la vida del hogar. La puerta entre el garage y el resto de la casa era la línea divisoria.

—¿Cómo sabes que es sobre Nola? —preguntó Zig.

—Ziggy, es medianoche entre semana. ¿Parezco una de tus novias?

—¿A qué te refieres?

—Vamos. Melina de Legal está enamorada de ti. Es lista, guapa, incluso de la edad adecuada, pero no sales con ella. Sherry de Administración de Casos lleva un año divorciada, lo mismo, de tu misma edad, y no sales con ella. Y Esther de Asuntos de Veteranos...

—Esther de Asuntos de Veteranos parece la señora Howell de *La isla de Gilligan*, si aún estuviera viva hoy.

—Lo único que digo, amorcito, es que tu última novia, la representante de ventas de esa compañía de bebidas energéticas, ¿cuánto tiempo se quedó?, ¿tres semanas?, ¿un mes? Ya sé por qué lo haces, Ziggy. La vida es mucho más fácil si te rodeas de gente que te va a dejar. Sin embargo, no me digas que viniste aquí para jugar hockey, y después pienses que puedes sacarme información astutamente sin que me dé cuenta.

Cuando se dio la vuelta, Zig por fin pudo leer lo que Master Guns tenía escrito en la playera de los infantes de marina: «Mi trabajo es salvar tu trasero, no besarlo».

—Esa playera está bastante pesada, incluso para ti —dijo Zig.

—No me jodas, Ziggy —dijo Master Guns mientras se le hinchaba una vena grande en el cuello—. Dime por qué estás tan interesado en el caso de Nola Brown.

Como Zig no contestó, Master Guns apretó un botón de la pared con la palma de la mano. La puerta del garage empezó a desenrollarse lentamente hacia abajo. Tiempo de privacidad.

—Ziggy...

—La conozco —dijo abruptamente—. Nola Brown es de Ekron. La conocí cuando era pequeña. Le salvó la vida a Maggie...

—Ah, esa es la razón.

—Desde luego que es la razón, carajo. Lo que hizo esa noche, por mí y por Maggie, tengo que retribuírselo, y te digo que ese cuerpo en la morgue... No es ella. —Durante los siguientes minutos, Zig le explicó el resto, sobre lo que había hecho en el campamento, el pedazo que le faltaba a la oreja de la verdadera Nola, la nota que se había tragado y cómo todo eso le había hecho pensar que Nola seguía viva y que estaba en peligro.

Con cada nuevo detalle, Master Guns respiraba lentamente por la nariz. Era un viejo truco de investigador. Pensaba que mientras más tranquilo te hiciera sentir, más ibas a hablar. Sin embargo, Zig vio la manera en que las cejas de oruga de Master Guns empezaban a juntarse. Parecía molesto, perturbado; sin embargo, no parecía sorprendido en lo más mínimo.

—Tú ya lo sabías, ¿verdad? —preguntó Zig.

—¿Que tenía una nota secreta escondida en el cuerpo? ¿Cómo podría haberlo sabido?

—Eso no fue lo que te pregunté, Guns. A mí no me llegan los cuerpos hasta que ya se revisaron y verificaron el ADN, los registros dentales y las huellas digitales. Eso significa que alguien del FBI hizo la revisión. Sin embargo, cuando le pregunté a mi amiga del buró, sacó el plan de trabajo y adivina qué encontró: el FBI ni siquiera había mandado a un experto en huellas digitales.

—Ve al grano.

—El punto es que, sin ser un experto, la única manera de que este cuerpo llegara a la morgue es si alguien de arriba, como nuestro coronel o, digamos, nuestro investigador jefe, lo hubiera permitido. Ahora, vamos. Dime lo que no me estás diciendo.

Master Guns era un infante de marina condecorado. Zig era un trabajador de la morgue civil con madera para reconstruir cuerpos muertos. Para la mayoría de la gente, su diferencia de rango sería un problema. Sin embargo, para Master Guns, el único rango que importaba era este: Tiene corazón o no. Lo veían todos los días: ¿Creías en la misión de tratar con nuestras tropas caídas con honor, dignidad y respeto? ¿O eras alguien que cuando oía que un cuerpo estaba por venir, veías tu reloj para ver si te podías escabullir antes del cambio de turno? Sin duda, Master Guns tenía corazón. ¿Zig? Master Guns sabía la respuesta. Todos sabían la respuesta.

—Ziggy, en el reporte de la autopsia... ¿Viste cómo murió Nola?

—Ya te dije, no creo que sea Nola.

—Ya te oí. Quienquiera que sea, ¿leíste cómo murió?

—Accidente aéreo en Alaska.

—Así es. ¿Y viste que cubrieran el reportaje en las noticias?

—He estado trabajando en el cuerpo, ¿por qué? ¿Qué están diciendo?

—Ahí está el punto. No dicen nada. En serio *nada*. De cualquier otra caída de avión, sin importar lo lejos que esté, los Alpes franceses, Malasia, donde sea, todo el mundo sabe en el instante en que cae el avión. Sin embargo, este vuelo de siete personas en el que estaba Nola se desplomó hace 48 horas y las noticias apenas están empezando a emitirse. ¿Sabes qué hace falta para tener dos días de silencio? Incluso *nosotros* no lo supimos hasta que el cuerpo estaba en camino.

—Okey, entonces lo mismo ocurrió hace un par de años cuando el avión del senador Assa cayó con esos tipos de la CIA a bordo. Cuando las ardillas secretas se inmiscuyen, sólo nos dan unas cuantas horas de anticipación.

—No me estás escuchando. Cuando llegó el cuerpo de Nola, dos hombres en trajes negros de mierda me estaban esperando en la oficina. Con la coronel Hsu. Me mostraron sus identificaciones y me dijeron amablemente que tenían especial interés en este caso.

También dijeron que querían el cuerpo en el momento en que termináramos con él. O sea, de inmediato.

—Entonces, ¿fueron ellos quienes te dieron las huellas digitales de Nola?

—Olvídate de las huellas. La última vez que los trajes negros se presentaron así, habían caído dos edificios en Nueva York y estábamos batallando para identificar a las víctimas del choque en el Pentágono.

Cuando Zig cerraba los ojos, lo veía con claridad. En las horas posteriores al 9/11, cuando las víctimas del Pentágono empezaron a llegar, él estaba empacando el cuerpo quemado de un hombre moreno al que le faltaba un brazo. De la nada, dos agentes del FBI se pararon a sus costados, observándolo con demasiada intensidad. Se dio cuenta rápidamente: no estaba trabajando en una de las víctimas. Tenía al piloto, uno de los terroristas. Poco después, el FBI se llevó el cuerpo para sus propias pruebas privadas.

—¿Tú crees que Nola, o quien quiera que sea en realidad, es la que hizo chocar el avión? —preguntó Zig.

—No me importa si lo hizo. Lo que me preocupa más es contra quién estamos peleando.

—¿Nosotros? —preguntó Zig esperanzado.

—Tú —aclaró Master Guns con su voz profunda de barítono—. Los de trajes negros... Cualquier cosa que estén buscando, está mucho más allá de nuestro mundo. Nuestro trabajo es dar cierre, no abrir más problemas.

—El cierre no existe. Para nadie.

—No, no. Te estás poniendo emocional, y cuando te pones emocional, te vuelves estúpido.

—Hay algunas cosas por las que vale la pena ser estúpido.

—*Esta* no —gruñó Master Guns, señalando con el palo de hockey como si fuera la vara de un mago.

En cualquier otra noche, una amenaza de Master Guns podría hacer que Zig se retirara. Sin embargo, esa noche, no se sentía intimidado o perturbado de ninguna manera. No, desde el momento en que se dio cuenta de que Nola seguía viva, Zig estaba... Aún no tenía una palabra para ello. Pero podía sentirlo. Tenía una necesidad. *Necesitaba* saber qué le había pasado a Nola, necesitaba descubrir si estaba a salvo, pero también... Algo más. Algo que lo jalaba desde el centro y lo encendía. Como una chispa que encendiera un fuego dormido. Necesitaba encontrar respuesta para este caso, pero también necesitaba el caso mismo.

—Tú piensas que sólo estás buscando a una vieja amiga de tu hija...

—¡Es más que una amiga! ¡Le salvó la vida a Maggie!

—Entonces, ¿ahora tienes que salvarle la vida a ella? ¿Estás haciendo un intercambio kármico?

—No comprendes. La conocíamos. Toda la comunidad la conocía. Me dio un año extra con mi hija.

—Lo cual es absolutamente maravilloso. Comprendo que necesites hacerle un bien, pero vas a meter la cabeza en el fuego, Ziggy. Y no en una fogatita que te chamusca la oreja. Esto te va a quemar vivo. Justo como a ella.

—¿Debería entonces ignorar que Nola está allá afuera... que podría necesitar ayuda? Incluso olvidar que la conocí... Este cuerpo en nuestra morgue, quienquiera que sea, ¡era la hija de alguien! Alguien la crio, le peinó el cabello, le tomó fotos cada año el primer día de clases. ¿Y se supone que ahora no hagamos nada cuando sabemos que la identificaron incorrectamente?

Guns no respondió. No era necesario. Durante sus primeras semanas en Dover, Master Guns y Zig descubrieron que uno de sus supervisores estaba enviando restos sin identificar, huesos sueltos, dedos, incluso una pierna, para que los tiraran en una fosa cercana, para limpiar la casa. Los restos eran viejos, imposibles de identificar y ocupaban un lugar de almacenamiento precioso. Master Guns y Zig eran nuevos, se esperaba que se aguantaran y permanecieran en silencio. «¿Por qué agitar el avispero y arriesgar tu carrera en el ejército?». Porque así no es como se honra a nuestros hermanos y hermanas caídos. Al día siguiente, presentaron un reporte con el coronel. Su supervisor se «retiró voluntariamente» poco después.

—Me alegra hacer esto solo —dijo Zig.

—Lo *vas* a hacer solo —respondió Master Guns, señalando todavía con el palo de hockey.

—De verdad te espantaron, ¿no? —preguntó Zig.

—Ellos no. *Él.*

Zig alzó una ceja, confundido.

—Ni siquiera sabes a quién te enfrentas, ¿verdad? —preguntó Master Guns buscando el control remoto de la tele.

Tras apretar un botón, el videojuego se quitó y lo reemplazó la CNN. La horrible imagen de la pantalla brilló sobre el muro e iluminó la oscuridad del garage.

—Está en las noticias. El avión de Nola... —explicó Master Guns mientras la cámara mostraba un pequeño avión que se quemaba en la nieve. El humo hacía piruetas en el aire, pero el avión parecía casi intacto. Detrás de ellos, la puerta del garage seguía cerrada, pero para Zig, de repente hacía más frío que nunca—. ¿No viste quién más estaba en ese vuelo?

4

Zig llegó a casa alrededor de una hora después. El tapete frente a su puerta estaba torcido en el porche. Maldijo al tipo de UPS, pateó de vuelta el tapete a su lugar, abrió la puerta y se dirigió a la cocina.

De su bolsillo izquierdo sacó el recibo del almuerzo y una nota suelta, y tiró ambos a la basura. Del derecho sacó su cuchillo de bolsillo, una regla de seis pulgadas y su «cartera», un magro bulto de efectivo, tarjetas de crédito y su licencia de conducir, unidas con una liga roja gruesa. Zig no llevaba fotos o recuerdos. Como trabajaba con los muertos todos los días, era profundamente consciente: uno no puede llevarse nada consigo.

El año pasado había leído un libro sumamente publicitado que decía que para encontrar la verdadera felicidad debía reducirse la vida al mínimo, tirar cualquier cosa que no se usaba con regularidad y conservar sólo lo que nos diera alegría. Para Zig, esa alegría la obtenía de los cinceles y las herramientas de grabado, junto con un taladro y una mesa de trabajo maltratada que tenía en la habitación extra de arriba que había convertido en un taller. También la obtenía de cuidar a sus «muchachas».

Con una cerveza en la mano, se dirigió a su pequeño patio trasero donde, sobre bloques de concreto, tenía una caja de madera blanca que él mismo había construido con junturas de ensamble llamativas que había cortado a mano con una sierra y un cincel. La caja era del tamaño de un gabinete de archivos de dos cajones, con un pequeño hoyo circular en medio. Un letrero rojo con amarillo que tenía encima decía «Precaución: abejas peligrosas».

Las abejas no eran peligrosas. En especial esa colmena, que tenía una reina maravillosamente tranquila. El letrero simplemente mantenía alejados a los niños del vecindario de la única cosa que le daba a Zig más paz que cualquier otra.

—Buenas noches, señoritas —dijo, acercándose a la caja de madera y sus cuarenta mil habitantes. Había obtenido su primera colmena en la universidad, para una clase de ciencias hippie que se llamaba «animales y granja». En ese entonces, giraba los ojos cuando era su turno de cuidar la colmena del profesor. Sus compañeros de clase también detestaban hacerlo.

Sin embargo, para él, desde el primer día, hubo algo que lo fascinó: cada criatura de la colmena, cada simple abeja, tenía un propósito; un papel que conservaba toda su vida. Las abejas guardianas protegían la colmena, las abejas cuidadoras se encargaban de los bebés y las abejas arquitectas construían la estructura hexagonal de la colmena, haciéndola matemáticamente perfecta en todos los sentidos.

Incluso había abejas funerarias que removían a los muertos de la colmena y volaban cientos de metros para desechar los cuerpos. Era un trabajo que él conocía bien. Claramente, los humanos tienen propósito en sus vidas. Sin embargo, ¿por qué las abejas estaban tan concentradas y comprometidas con ese propósito? No era sólo por el bien de la reina. Era por el bien de las demás, por toda su comunidad. ¿Cómo era posible que alguien no admirara un trabajo tan hermoso como ese?

—¿Están todas bien? —preguntó, aunque sabía la respuesta. Tan tarde y con ese frío, la colmena estaba en silencio. Sin embargo, conforme Zig se acercaba, sacó su teléfono y encendió la linterna. Algo parecía extraño.

Acercó la oreja a la caja. No había zumbidos. Acercó más su rostro al hoyo redondo que había grabado con cuidado en la madera. Las abejas guardianas, que estaban justo adentro, ya debían haber volado afuera.

Todavía nada.

Metió el dedo en la botella de cerveza y golpeó ligeramente con ella el costado de madera. *Ping-pong-ping*. Claro, algunas abejas salieron. Y después, ahí estaba: un murmullo bajo que lo rodeó, que lo abrazó, que lo reconfortó cuando más lo necesitaba.

Mmmmmm.

Durante los primeros diez años de la vida de su hija, Zig iba a verla todas las noches para asegurarse de que estuviera respirando, pendiente de cómo bajaba y subía su pecho. El murmullo de las abejas, a su manera, le daba la misma sensación. Todo iba a estar bien, incluso cuando, en lo más profundo, sabía que no iba a ser así.

—Buenas noches, muchachas —dijo. Todos los otoños, después de que la reina quedaba embarazada, las abejas hembras asesinaban a todas las abejas macho. Justo ahora, todas eran hembras—. Por cierto, gracias por picar al niño pecoso que le aventó una pelota de beisbol a la colmena. Este año, él no va a recibir miel gratis —añadió.

En cualquier tipo de vida, hagas lo que hagas, destruyes o creas. Como trabajador funerario, Zig veía destrucción todos los días. La apicultura era su propia forma de compensación.

«No tiene mensajes», anunció la vieja contestadora robótica cuando regresó a la cocina.

Abrió su laptop, se deslizó en el gabinete de desayuno que le había tomado casi medio año construir, también con ensambles llamativos cortados a mano. En la pantalla, Facebook resplandeció ante sus ojos, la única página en la que entraba. La página *de ella*.

Charmaine Clark.

Todos los días se pedía a sí mismo que no la viera. Sin embargo, todos los días regresaba. La actualización de estado más reciente de Charmaine era una fotografía, un *close-up* de una camiseta que decía: «¿Y si lo único que importa realmente es el besuqueo?».

A cuarenta y dos amigos les había gustado y habían dicho que era «¡Muy graciosa!». Alguien más había añadido: «¡¡¡Eres comi-

43

quísima!!!». Como casi todo en línea, era una exageración absurda. Sin embargo, ahí estaba el único dato que incluso Facebook tenía correcto, del lado izquierdo de la pantalla:

Estado: soltera

Afuera, una abeja solitaria chocó contra la ventana, haciendo piruetas bajo la luz de la luna. «Abeja guardiana —pensó Zig—, aunque podría ser una recolectora». Cuando puso su primera colmena, las recolectoras eran sus favoritas. Eran las únicas que realmente salían de la colmena, las que se iban a la gran aventura. Sin embargo, últimamente se había dado cuenta de que había una razón por la que la recolección se reservaba a las abejas más viejas de la colmena. Sería el último trabajo que hicieran. Literalmente, trabajarían a muerte y morirían solas.

De repente, sonó su teléfono. Al ver quién llamaba, algo le dijo que no respondiera.

—¿Qué pasa? —preguntó.

—También me da gusto oír tu voz —respondió abruptamente Waggs, y su número del trabajo mostraba que aún estaba en el FBI—. ¿No puedo simplemente llamar para ver cómo te va y que después tú preguntes cómo me va? Así es como funcionan las amistades.

Zig fingió que se reía.

—¿Cómo estás, Waggs? ¿Cómo está Vincent? —añadió, refiriéndose al hijo de Waggs.

—Demasiado guapo para su propio bien. Cree que sólo porque tiene veinticuatro años y un nuevo trabajo vendiendo tiempos compartidos, para quién sabe quién rayos, está demasiado ocupado para llamar a su terriblemente poco apreciada madre a la que le debe todo. Ah, y mi hermano me pidió dinero prestado otra vez. Así que, sí, mierda como siempre. ¿Y tú? Ese caso de Nola Brown... Te perturbó, ¿no?

—Te agradezco que me llames, pero estoy bien.

—Suenas deprimido.

—Estoy bien. Acabo de llegar a casa —dijo Zig, volviendo la mirada a la pantalla de su computadora.

Estado: soltera

—Estás en Facebook, ¿verdad? —lo desafió Waggs.

Zig observó la pantalla tratando de no ver su propio reflejo. Hacía casi dos décadas, Waggs había empezado a trabajar en Dover dos días antes que él. Sin embargo, todos esos años después, su vínculo no había sido sólo de un momento mutuo en el tiempo. Ella siempre lo había comprendido y conocía sus debilidades.

—No estoy en Facebook —insistió él.

—¿Sí sabes que Facebook te dice cuando tus amigos están en línea? Yo estoy en Facebook justo ahora. Puedo verte ahí, Ziggy.

Cambió de página y se odió por ser tan predecible.

—Si quieres, Ziggy, puedo entrar al perfil de Charmaine y enviarte todas sus malas fotos o a lo mejor sólo las buenas, dependiendo de qué tipo de noche quieras.

Por lo general, se habría reído con esa broma. Pero no esa noche, en especial después de todo lo que había pasado con Nola y los recuerdos enmarañados de lo que había hecho por Maggie. Zig pensaba en su hija varias veces al día; de hecho, decía a propósito su nombre en voz alta cada mañana, sólo para asegurarse de que no fuera a olvidarla, pero ese día, después de ver el cuerpo, ahora estaba rememorando lo peor de aquellos días, de cuando estaba frente al clóset de Magpie, tratando de decidir con qué vestido debía enterrarla.

—Waggs, es tarde. Mañana entro temprano a trabajar.

—¿Seguro de que...?

—Estoy bien. Eres una buena amiga. Gracias por llamar.

—La verdad, sólo quería hablar mal de mi hermano. Pero podemos seguir mañana. Ah, y por cierto, ninguna vida es tan buena como parece en Facebook.

Mientras colgaba, Zig observó la pantalla. ¿Realmente era el tipo que se pasaba las noches acosando en línea al supuesto amor de su vida? Él no quería ser ese tipo. Ya estaba harto de serlo. Y sin embargo...

Regresó al perfil de Charmaine. Quizá el besuqueo realmente era lo único que importaba.

En la caja de búsqueda de Facebook escribió el nombre «Nola Brown». Aparecieron algunas caras. Ninguna era una versión adulta de ella. Lo mismo en Google. Sintió la tentación de volver a llamar a Waggs, pero no, aún no.

—Nola, sé que estás en alguna parte —murmuró Zig.

Tecleó algo que lo llevó a CNN.com.

ROOKSTOOL Y OTROS SEIS MUERTOS
EN ACCIDENTE EN ALASKA

Los choques de avión eran bastante trágicos, pero era peor cuando la prensa se concentraba sólo en el nombre más importante que había a bordo y convertía al resto de los pasajeros en asteriscos. En este caso, el nombre importante era Nelson Rookstool, el director de la Biblioteca del Congreso.

Según CNN, Rookstool estaba en un viaje por el país para promover la lectura en las comunidades rurales esquimales. Muy bien. Ese era su trabajo. Sin embargo, como le había señalado Master Guns, el bibliotecario del Congreso por lo general no volaba en naves militares.

El final del relato de CNN decía que los nombres de las otras víctimas se retendrían hasta que pudiera notificarse a las familias. «No es verdad», pensó Zig. El choque aéreo había sucedido hacía dos días, tiempo suficiente para notificar, lo que significaba que si estaban conservando las identificaciones era para cubrir lo que realmente estaba pasando en Alaska.

En una nueva página, Zig entró en la red privada de la morgue. El Tablón, lo llamaban, en honor al enorme tablero de las oficinas centrales donde se ponían los nombres de todos los soldados caídos y los civiles que estaban por llegar y que iban hacia Zig.

Según la tabla, los cuerpos restantes del choque de Alaska llegarían a primera hora de la mañana. Sin embargo, mientras bajaba la pantalla, vio quién más iba a estar ahí para rendir homenaje a los ataúdes cubiertos por la bandera en su transferencia.

Bajo el título «Viajes por llegar» estaba la única señal que siempre significaba que iban a tener un mal día:

M-1

La observó mientras escuchaba el murmullo de su laptop, el murmullo de las abejas afuera.

Marine One.

El gran hombre en persona iba a ir a Dover. El presidente de Estados Unidos.

Según CNN, el presidente había asignado a Rookstool el puesto de bibliotecario. Al parecer, eran viejos amigos. Pero que el presidente fuera para eso...

—Nola, ¿en qué demonios te metiste?

5

Guidry, Texas
19 años antes

Así era Nola cuando tenía siete.

Era una niña que se daba cuenta de las cosas. Incluso a una edad tan temprana, había notado la manera en que su mamá, Barb LaPointe, se observaba en el reflejo del grifo de su cocina de Home Depot siempre que lavaba los platos. Se había fijado en cómo su papá, Walter, movía los labios, concentrándose, cuando leía el periódico.

Ese día, sin embargo, Nola no se había dado cuenta de nada. Estaba demasiado ocupada con su comida favorita: macarrones con queso, leche con chocolate y galletas Oreo, de doble relleno, desde luego.

—Toma, corazón —dijo Walter. Esa debió ser su primera pista. Ella nunca era «corazón». Sólo los tres hijos biológicos lo eran.

Dejando a un lado el plato de galletas, Walter deslizó una rebanada de pastel de helado de vainilla frente a ella. Por el resto de su vida, recordaría las grandes y brillantes letras verdes.

¡TE VAMOS A EXTRAÑAR!

Nola observó a su alrededor, confundida. Ninguno de sus padres adoptivos la veía a los ojos.

—Esta va a ser tu última noche con la familia —dijo tajantemente su papá, Walter LaPointe.

—¿Qué, qué pasa? ¿Por qué me hacen esto?

Sin embargo, Nola ya sabía por qué se lo hacían.

Un año y medio antes, Nola y su hermano gemelo, Roddy, fueron rescatados de un miserable hospicio en Arkansas. Barb La-Pointe vio sus fotos en un fax y fue a la casa con la esperanza de adoptar dos adorables gemelos de tres años. Sin embargo, Nola y su hermano, que tenían un corte de cabello igual de manera que los depredadores no supieran que Nola era niña, eran tres años mayores de lo que el hogar había dicho, además de que habían omitido cuidadosamente sus dificultades de comportamiento. En su primera noche en Texas, Nola se arrodilló en el clóset de su habitación abrazando la única pertenencia que había traído del hospicio: un elefante de peluche rosa llamado Ellie.

Su gemelo, Roddy, tenía los mismos ojos negros con rayos dorados y la misma piel color de miel. Sin embargo, a diferencia de la sombría Nola, él tenía una sonrisa que desarmaba, que lo hacía más encantador y agradable, pero también más peligroso.

Durante sus primeras semanas con los LaPointe rompieron la ventana trasera de la casa. «Niños del vecindario», supusieron los padres. Empezaron a desaparecer juguetes y cuando los encontraban, olían a orina. Pronto los LaPointe empezaron a preocuparse por la seguridad de sus propios hijos pequeños, una preocupación que aumentó cuando alguien prendió fuego a la alfombra de la sala.

Llamaron a terapeutas y las cosas se calmaron un rato. Sin embargo, después Nola regresó de la escuela con un ojo morado (y una cuenta del hospital de un niño burlón de quinto año a quien le había tirado los dientes de enfrente con un termo de acero).

—Señorita Nola —dijo Walter bajando la voz, lo cual sólo lo hizo más incómodo—, es hora de irse.

—No, no —contestó mientras se le juntaban lágrimas en los ojos—. No..., por favor, no lo hagan.

Walter la tomó del brazo.

—¡Por favor, no lo hagan! —gritó, mientras trataba de zafarse de su mano.

En la parte superior de las escaleras, los otros niños estaban acurrucados juntos, mirando hacia abajo con culpa, como si trataran de espiar a Santa Claus. Detrás del grupo, nadie podía ver a su hermano, Roddy, que mantenía la cabeza agachada para ocultar la sonrisa de sus ojos oscuros.

Nola quería gritar: «¡Fue él! ¡Fue Roddy!», el que había roto la ventana y orinado sobre los juguetes. Fue él quien se peleó con Dientes de Termo. Roddy había ido a buscarse una paliza por decirle al niño grosero que se había masturbado en su mochila y Nola sólo había ido a ayudarlo.

Era verdad que Nola le había prendido fuego a la alfombra, un plan apresurado y mal concebido para que todos salieran de la casa y protegieran al perro de la familia, al que Roddy estaba persiguiendo con una vela, pero a estas alturas, ¿quién iba a creerle?

Sí le habrían creído. La verdad era que los LaPointe ya lo sabían. Los dos gemelos tenían problemas, pero Roddy era el que realmente necesitaba ayuda. Los recursos eran escasos. Con otros tres niños que cuidar, podían ayudar a uno de los gemelos, pero no a los dos. Barb LaPoint rezó por ellos durante una semana. Se tomó una decisión. Iban a encontrarle un nuevo hogar a Nola. Ella era la más fuerte; naturalmente, sería duro para ella, pero era resiliente, iba a estar bien.

—¡Me voy a portar bien! ¡Los dos nos vamos a portar bien! — rogó Nola mientras pedazos de galleta Oreo le ennegrecían los dientes y le salían migajas de la boca—. ¡Los dos nos vamos a portar bien!

Ding-dong, ding-dong, ding-ding. Sonó el timbre. Cuándo Nola llegó a vivir ahí, le había encantado ese timbre. Tocaba «The Yellow Rose of Texas», aunque ella nunca supo el nombre de la canción.

—No, por favor... —rogó Nola mientras Walter la levantaba y la sacaba cargando de la cocina a la sala. Nola se agarró a las sillas, al cable del teléfono, a cualquier cosa de la que pudiera aferrarse. Barb sollozaba mientras caminaba detrás de ellos, zafando a Nola del umbral de la puerta—. Por favor, mamá, ¡no me devuelvas con ellos! ¡No me devuelvas con ellos!

Eso era lo que Nola no dejaba de gritar una y otra vez. No me devuelvan con *ellos*.

Pero no eran *ellos*.

Era él.

Tres semanas después, Nola estaba parada en silencio en una minúscula y fría cocina de Oklahoma. Tenía la barbilla agachada, siempre la llevaba agachada, como si la tuviera engrapada al pecho. A veces era una postura de timidez, a veces era una postura de miedo. Ese día era un poco de ambas.

Fingía que lavaba los platos, pero lo miraba de reojo en espera de su reacción a la carne que le había preparado.

Ella sabía que su nuevo papá, Royall Barker, un hombre católico con cara picoteada, ojos codiciosos y las pestañas más largas que hubiera visto jamás, no iba a decir nada. En raras ocasiones decía algo. Sin embargo, Royall tenía un modo particular de pensar en la carne, e incluso más particular de pensar en su desayuno favorito, carne con huevos.

—Tienes que tratar cada pedazo de carne como a tu pareja en el baile de graduación —le dijo Royall durante la primera semana después de que se mudó con él—. Tienes que cuidarla para que ella te cuide.

Para Nola no tenía sentido, pero en realidad tampoco Royall. ¿Por qué había aceptado acogerla?

—Supe que cocinas, ¿es cierto? —había dicho Royall esa noche cuando se fueron de casa de los LaPointe. Fue lo primero que le preguntó cuando se subió al auto. En realidad fue la segunda. La primera fue: «¿Eres mitad negra?».

Nola permaneció en silencio, confundida.

—Ya sabes, parte negra..., parte oscura..., negroide —explicó, señalando su piel color de miel.

51

Nola negó con la cabeza. No lo creía, aunque no tenía muchos recuerdos de antes del hospicio. ¿Qué le había pasado a su madre biológica? ¿Por qué se había ido? ¿Estaba muerta? En su sexto cumpleaños, una trabajadora social le dijo que habían asesinado a su mamá, pero Nola sabía que no era verdad. Uno sentía ese tipo de cosas.

—Qué mal. Oí que los negros cocinan mejor —dijo Royall y después añadió rápidamente—. ¿Ya te pusiste el cinturón?

Les tomó tres horas llegar a la casa de Royall en Oklahoma. Primero, le mostró a Nola la cocina, después su habitación, que tenía un colchón con sábanas azul pálido, un espejo de pino nudoso cubierto con estampas de jugadores de beisbol de las ligas mayores y paredes desnudas. Había algunos cuantos juguetes esparcidos sobre la alfombra, G. I. Joes, una pelota de futbol americano llena de lodo, incluso una Barbie a medio vestir, como si hubiera habido niños ahí antes, aunque ya no había señales de ellos.

Nola era demasiado pequeña para preguntar dónde estaban los trabajadores sociales, pero incluso si lo hubiera hecho, nadie iba a ir. Esta era una «reubicación».

Adoptar un niño requiere miles de dólares, montones de papeleo e infinidad de visitas domésticas de trabajadores sociales. Si algo sale mal y el niño no es adecuado para la familia, bueno, los niños no son como los autos usados. No vienen con garantías; no los puedes regresar. De hecho, si una familia trata de regresar a un niño a la agencia de adopción, el Estado lo etiqueta como padre no apto y lo obliga a pagar la manutención del niño hasta que cumpla dieciocho años. Los LaPointe con toda seguridad no podían pagar ese tipo de cargos.

Sin embargo, para rechazar a un niño y dárselo a alguien más..., lo único que se requiere es una carta firmada que asigne a alguien en cuidado temporal. Pasaba todos los días. Si alguien tiene problemas económicos o una crisis personal, el gobierno quiere facilitarles que le den el niño a un familiar o a otra persona responsable hasta que se recupere.

Sin embargo, la reubicación no siempre era temporal y creaba la oportunidad perfecta para que gente como Royall Barker, que de otra manera jamás habría conseguido pasar el proceso de adopción, obtuviera un niño. Los LaPointe habían anunciado a Nola en un sitio de adopción llamado «Una nueva oportunidad». Royall la había elegido la primera noche que subieron su fotografía.

—Tal vez sólo eres hispana. Los hispanos también saben cocinar —dijo Royall cuando bajó por las escaleras la primera mañana. Sacó un envoltorio del refrigerador con un pedazo de carne cruda. Rib eye con hueso—. Me gusta término medio —dijo—. Sólo así. Término medio. ¿Entendiste?

Nola entendió.

Cuando quemó la primera carne, Royall golpeó la barra, pero hizo su mayor esfuerzo por permanecer tranquilo. Le dijo que podía hacerlo mejor. Cuando no coció la segunda lo suficiente, le dio un empujón y le sacó el aire del pecho, y cocinó él mismo.

Ahora, Nola llevaba tres semanas ahí. En cualquier adopción, las lunas de miel no duran mucho. Y son todavía más cortas cuando Servicios Sociales Infantiles no tienen ni idea de qué está pasando. Nola había puesto mucha atención en la carne con huevos de esa mañana.

—Muy bien. Por primera vez el olor es prometedor —dijo Royall, respirando largamente del plato mientras Nola lo ponía frente a él. Tenía un tenedor en un puño y un cuchillo en el otro, como un esposo hambriento en una vieja tira cómica.

Royall no sólo agarraba el tenedor con el puño cerrado. Nola se había dado cuenta de que, de buen o de mal humor, siempre hablaba también con un puño cerrado.

—Por cierto, llamó tu maestra. Dijo que otra vez te metiste en un pleito —dijo Royall, cortando su carne, y sus jugos se deslizaron hacia los huevos, volviendo todo sangriento y rojo—. ¿Es verdad? ¿Te peleaste?

Era verdad. Ser el niño nuevo siempre tiene un precio, en especial cuando un niño de sexto se enteró de la reubicación de Nola, le escupió en el cabello y la llamó «desecho».

Sin embargo, justo en ese momento, mientras Nola estaba de pie frente al lavabo fingiendo lavar los platos, no le importaba una pelea en el patio o el castigo que pudiera conllevar. No. Mientras Royall se llevaba la carne a los labios, su única preocupación era si este pedazo de carne asada era un término medio perfecto.

Un vapor caliente salía de la carne mientras Royall tomaba el primer bocado.

En el bolsillo trasero de sus pantalones de mezclilla Nola tenía una tarjeta doblada que los LaPointe habían escondido en su maleta la noche que se fue. Una nota escrita a mano adentro decía: «Esto te va a hacer más fuerte». Ella llevaba la nota a todas partes, como un amuleto, pensando en la promesa de fuerza cuando más la necesitaba. Como ahora mismo.

La carne estaba en la lengua de Royall; aún no la había masticado. La estaba chupando, saboreando los jugos. Después, lentamente..., masticó... masticó... masticó.

«¿Qué tal está?», quería preguntar Nola, aunque se contuvo.

Se dio cuenta del cambio en la postura de él. Echó los hombros hacia atrás. Quitó los codos de la mesa.

Royall se cortó otro pedazo, luego otro. Ahora, estaba meciéndose ligeramente, como si todo su cuerpo asintiera. *Mmm. Mmm.*

Nola sonrió un poco, una verdadera sonrisa, y respiró profundamente, pensando que estaba feliz. Era demasiado pequeña para darse cuenta de que sólo sentía alivio.

«Está bueno. Lo hice bien», se dijo a sí misma.

Después, Royall tomó un bocado de huevo.

Hubo un ligero crujido. Royall se detuvo a media masticación y parpadeó con sus largas pestañas. Su quijada cambió de posición mientras su lengua empujaba...

Pttt.

Escupió en su palma: un diminuto pedazo de cáscara de huevo, no más grande que una semilla de girasol. Sin una palabra, Royall se la limpió en la esquina de la mesa de la cocina. Sus puños se apretaron y todo su cuerpo volvió a tensarse. Aún tenía el cuchillo en la mano.

Nola dio medio paso hacia atrás y se golpeó contra el lavabo.

Royall apretó con más fuerza el cuchillo y miró lentamente por encima de su hombro para lanzarle a Nola una mirada oscura y brutal de desdén.

En ese momento inmóvil, ahí, en esa cocina que olía a grasa y a carne, Nola, la niña que notaba cosas, se dio cuenta de algo que nunca antes había visto.

—Puedo... Puedo hacer otros huevos —prometió Nola.

Royall no le contestó. Volvió a su carne.

Durante semanas, Royall le había parecido un hombre fuerte. Un hombre de fuerza. Sin embargo, ahora, al ver a este hombre tan molesto, tan enfurecido físicamente por... ¿qué?, ¿un pedacito de cáscara de huevo? Justo ahí, tenía sentido. Nola Brown comprendió. No había diferencia al hablar con un puño cerrado. O con agarrar un cuchillo para espantar a una niña.

Esas no eran señales de fuerza. Eran señales de *debilidad*.

Eso es lo que notó Nola, mejor que cualquiera. Pensó en Barb LaPointe revisando su reflejo en el grifo de la cocina y en Walter moviendo los labios mientras leía. Nola Brown era la niña que podía identificar debilidades.

Un día, eso le salvaría la vida. Y terminaría con otras siete.

6

Morgue portuaria de Dover
Actualmente

Lo llamaban el muro de «Vamos bien». En realidad era un pizarrón con bordes curvos para que pareciera divertido, como algo de un jardín de niños. En la esquina superior derecha, un letrero grande decía:

AGRADECIMIENTOS DE LAS FAMILIAS

En el pizarrón había docenas de notas escritas a mano:

«Vimos a nuestro hijo en un uniforme inmaculado, parecía que lo habían cuidado y respetado. Siempre sentí gratitud de que se viera tan guapo y en paz».

Vamos bien, lo hicimos otra vez.

Zig sabía por qué existía ese muro. Cuando estás rodeado por la muerte, tienes que asegurarte de que no te trague. A lo largo de los años, Zig había sentido consuelo en las cartas que encontraba ahí. Sin embargo, en ese momento, a las 5:15 de la mañana, sólo estaba de pie frente al pizarrón negro, fingiendo leer y observando el pasillo para asegurarse de que estuviera solo.

Todo despejado. Zig avanzó, observando la puerta a su...

Chocaron justo cuando ella dio vuelta en la esquina. Zig se movía tan rápidamente que apenas la vio antes de que se golpearan.

Ella era una cabeza más baja y 45 kilos más ligera, pero la coronel Agatha Hsu, la comandante aérea de Dover, apenas retrocedió con el impacto. Hsu no había conseguido ser la primera mujer asiáticoestadounidense en dirigir Dover por dejarse empujar.

—Disculpe, señora. Estaba tratando de...

Ella alzó una mano. «Silencio». Como joven teniente de la fuerza aérea, Hsu había recibido un disparo mientras transportaba por aire suministros a Kirkuk, Irak. Incluso los mejores pilotos habrían entrado en pánico, pero Hsu, siguiendo el protocolo, había destruido su propia nave, junto con sus suministros y equipo de cómputo, para que no cayeran en manos enemigas. Durante ese tiempo, no se había dado cuenta del tajo de 15 centímetros que tenía en la pierna. Así que en la pregunta de «¿Tiene corazón o no?», ella definitivamente tenía corazón.

También tenía ego. Después del choque, se dio de baja temporalmente y se postuló para congresista. Cuando perdió, aceptó trabajar ahí. A Hsu no le importaba la misión de Dover; había aceptado el trabajo porque todos los coroneles que habían dirigido ese lugar (con excepción de uno) habían llegado a generales. Eso la hacía, ante todo, una política y una política con carácter. Zig se preparó, pero para su sorpresa, obtuvo...

—No sabía que eras un ave mañanera, Zig.

—Con seis cuerpos por llegar, me gusta estar preparado.

—Definitivamente, hoy es un gran día.

—Todos los días son un gran día —respondió Zig con una sonrisa.

—De acuerdo —dijo la coronel Hsu observando su teléfono y después alzando la mirada. Desde su lugar, Zig pudo ver que estaba revisando el Tablón. No estaba rastreando el avión que llevaba los cuerpos. Rastreaba al *Marine One*. Mentalmente, Zig puso los ojos en blanco. Política.

—Zig, ¿has visto al doctor Sinclair?

Él tomó una nota mental. La noche anterior, antes de que obtuviera el cuerpo, Sinclair fue el que había hecho la autopsia, él había autorizado las huellas falsas de Nola y todas las otras tonterías que esperaban que nadie notara.

—¿No está en su oficina? —preguntó Zig, haciendo un gesto por encima de su hombro hacia la sala del examinador médico.

Esperaba que Hsu se dirigiera ahí, pero ella permaneció donde estaba, plantada como un árbol.

—Voy a ver. Ah, y, Zig, me dijeron que hiciste un hermoso trabajo con la muchacha que llegó ayer. La sargento…

—Nola Brown.

—Exacto. La sargento Brown. Estaba muy quemada, pero oí que trabajaste casi hasta la medianoche. Revisé el horario esta mañana y vi que no apuntaste tu tiempo extra. —Zig le sonrió ligeramente—. Cuando llegué aquí, me advirtieron que todos ustedes eran trabajadores funerarios, no magos. Quizá tú seas la excepción. Tenemos suerte de tenerte, Zig —añadió la coronel dirigiéndose a la sala sin mirar atrás—. Y también la sargento Brown.

Mientras las puertas de metal se cerraban detrás de ella, Zig trató de convencerse de que era verdad. Sin embargo, por lo que él sabía, Nola había sido la que había causado todo esto. Quizá Master Guns tenía razón. Quizá Nola había hecho estrellar el avión y había sobrevivido al desastre ¿en paracaídas?, y después había plantado un cuerpo diferente para poder escapar. Sin embargo, cuando Zig pensó en esa noche en el campamento…, se detuvo. Sólo porque Nola hubiera hecho algo bueno diez años antes no significaba que fuera una santa. Aun así, mientras Zig se imaginaba las quemaduras de la noche anterior, mientras pensaba en la nota «Nola, tenías razón. Sigue huyendo», entendía que esa mujer, a quienquiera que hubiera pertenecido ese cuerpo y que se había tragado la nota, no era enemiga de Nola.

Zig revisó el pasillo y se dirigió a su propio destino, el único lugar donde esperaba encontrar nuevas piezas para el rompecabezas. La habitación 115.

ARTÍCULOS PERSONALES

Pasó la identificación de un hombre negro y musculoso por el escáner de la puerta. Zig no tenía este tipo de autorizaciones. Afortunadamente, Master Guns, sí. Una vez que Zig le dijo que el presidente iba a ir, Guns también quiso saber qué estaba ocurriendo.

Esperó el ruido del cerrojo, pero nunca lo oyó. La puerta ya estaba abierta. Cuando la empujó, se abrió con un deslizamiento.

7

—¿Hola...? Es tu trabajador funerario favorito... —llamó Zig, deteniendo la puerta con el codo e inclinando el cuello para mirar adentro de la habitación larga y estrecha que olía a tierra fresca, cabello húmedo y al sótano de su primo.

La única respuesta provino del brillo de una lámpara giratoria que estaba en un escritorio en una esquina. La lámpara estaba encendida.

—Moke, soy Zig —añadió, gritando el nombre del musculoso infante de marina hawaiano que por lo general trabajaba en ese lugar.

Aún no recibía respuesta.

Mirando alrededor, revisó los estantes de almacenamiento de madera que sobresalían de los muros como literas apiladas en grupos de cinco. Mientras más avanzaba al interior de la habitación, más sentía el viejo bulto en la garganta, como una pastilla atorada, que había sentido casi durante un año entero cuando su hija murió y todo se derrumbó. Durante las comidas en todos esos meses, Zig apenas podía tragar. Al irse a la cama, no podía respirar. Los doctores tenían un nombre para eso: un *globus*. Alguien más lo llamó un «bulto del dolor». Se veía en quienes sufrían un dolor desgarrador en el corazón. Después de un año, el bulto se disolvió, pero en esa habitación siempre regresaba.

—Moke, si estás aquí...

Escuchó un timbre, había llegado un nuevo correo a la computadora del escritorio.

Zig no creía en fantasmas. O en la vida después de la muerte. Para él, el cuerpo era un caparazón. Él trabajaba con esos caparazones diariamente. No lo hacía por los muertos; lo hacía por los que se quedaban atrás. Esta habitación era igual: preservaba lo que quedaba.

Cuando un soldado moría en el campo, el cuerpo llegaba a Dover. Todas las cosas que se encontraban junto con el cuerpo del soldado caído llegaban a esta habitación. Las placas de identificación, los brazaletes médicos, los lentes de sol, las carteras, las medallas, las gorras, las monedas militares, los celulares y, en especial, los «artículos sentimentales», lo primero que se enviaba de vuelta a la familia: anillos de boda, cruces o artículos religiosos que llevaran alrededor del cuello, fotos de niños que tuvieran en los bolsillos y, lo más desgarrador para él, cartas a medio escribir que nunca se terminarían. Zig lo sabía demasiado bien: todos tenemos asuntos pendientes.

Lentamente, dio un paso más dentro de la habitación. En un estante cercano, sobre un tapete de preparación azul claro había un reloj digital, un anillo de oro para el meñique, unas botas apenas usadas, un boleto de lotería para rascar, un sujetador de billetes grabado y un diario de bolsillo de un mayor de mediana edad que había tenido un ataque al corazón la semana pasada y aún esperaba que lo enterraran en Arlington. Caído #2 352.

Debajo había otro estante para las pertenencias de un marinero de diecinueve años que había muerto en su motocicleta en una base en Alemania hacía tres días. Su casco estaba ahí, raspado, como una pieza de museo. Junto a él había una foto del pastel de cumpleaños de Elmo de su hijo de un año. Caído #2 355.

El nudo en la garganta de Zig se hinchó. Pasaba casi todos los días embalsamando cuerpos, pero como su profesor favorito le había enseñado en la escuela de la morgue: «uno se acostumbra a la sangre. A las vidas destrozadas, no». El profesor tenía razón. Durante el 9/11, Zig se mantuvo en calma mientras llegaba la primera docena de cuerpos en sus camillas. Se mantuvo con fuerza cuando fueron llegando cajas de brazos humanos sin clasificar y otra caja de piernas sin clasificar. Sin embargo, nada lo perturbó como ver, en medio de la carnicería, un solo tenis de niño que de alguna manera había volado en el estallido. Al sólo mirarlo, por fin llegaron las lágrimas.

Y esto lo llevó a la bandeja más baja del estante, etiquetada 14-2678, el equivalente físico de su última voluntad y testamento, los artículos personales de la sargento de primera clase Nola Brown.

8

Knollesville, Carolina del Sur,
Dieciocho años antes

Así era Nola cuando tenía ocho.

—¿Por qué...? —Sentía dolor; él estaba lastimándola—. Pensé que era basura.

—¿Basura? —gritó Royall—. ¡Esto. No. Es. Basura! —La estaba agarrando de debajo de las axilas con tanta fuerza que la había levantado sobre los dedos del pie que rascaban el linóleo de la cocina.

Se suponía que esa noche sería una noche especial para celebrar que se habían mudado a una casa nueva y más agradable. Nola había hecho pescado, lubina fresca preparada perfectamente, con limones y todo, e incluso lo había limpiado todo antes de tiempo.

Sin embargo, cuando inclinó el plato de Royall hacia la basura, vio la cabeza del pescado y sus ojos fijos la miraban a ella. Fue entonces cuando ocurrió.

Royall se lamió la comisura de la boca. Lo había hecho en otras ocasiones durante la cena y Nola conocía esa señal. Borracho.

—¡¿Crees que estoy hecho de maldito dinero?! —explotó.

Nola negó con la cabeza, confundida.

—Esa cabeza... la cola también... ¡las puedes usar para sopa! ¡Las puedes usar para hacer caldo! —empezó a insultarla—. ¡Me reviento el trasero todos los días! ¡Me reviento el trasero y tú lo tiras a la basura!

Y ahora, ahí estaba, sobre las puntas de sus pies, arrastrada por las axilas.

63

Royall abrió la puerta de una patada y la empujó una vez más, prácticamente la arrojó al patio trasero, un pedazo vacío de pasto seco con una botella vacía de Jack Daniel's, una alberca infantil de plástico volteada y algunos muebles de mimbre nuevos para el patio que Royall había comprado en una venta de liquidación y que vendía a las tiendas de muebles de tres estados cercanos.

Royall no dijo ni una palabra. Nola ya sabía cuál era el castigo.

En medio del patio había un hoyo en el pasto.

Nola tomó una pala que había cerca y la clavó en la tierra.

Era una tradición del padre de Royall. Cuando uno se cava un hoyo a sí mismo, tiene que cavar para salir. De otro modo, cavas tu propia tumba. Para Nola, el castigo había empezado la noche en que se había quedado hasta tarde en casa de una nueva amiga para cenar y no había llamado a casa. Royall había entrado por la puerta principal de la casa de su amiga gritando y la había sacado de ahí haciendo una escena que evitaría que hiciera nuevos amigos en el futuro. Esa noche, él le dio una pala y le dijo: «Quince minutos. Sin parar».

Lo había hecho otra vez cuando Nola tiró por accidente la caja del cable de encima de la televisión. Y cuando estornudó en la cena sin taparse la boca. Y cuando se rio demasiado fuerte de un estúpido comercial de una aseguradora.

Esperaba el castigo cuando mezcló una playera roja con la ropa blanca y toda su ropa se puso rosa. Sin embargo, últimamente, lo que le inquietaba era la arbitrariedad del comportamiento de Royall, lo azaroso de sus explosiones. Era como si Royall no tuviera reglas para vivir. De hecho, había pocas cosas a las que Nola sabía cómo iba a reaccionar.

—¡Veinte minutos hoy! ¡Sin parar, carajo! —había gritado arrojándole la cabeza de pescado. Fue hasta que le golpeó la espalda, *zuap*, y cayó en la tierra, cuando ella se dio cuenta de que la había sacado de la basura—. ¡Y no llores! ¡Muestra fortaleza! ¡Ni una lágrima! —añadió.

Nola miró fijamente el pescado, se maldijo a sí misma por limpiar la cena demasiado rápido y pensó: «Nunca voy a llorar. No por ti».

—Estás pensando algo, ¿no? —la desafió Royall. Era rápido para leer a la gente, una habilidad que le servía para tener enormes ganancias con los muebles de mimbre, así como con los aproximadamente doscientos colchones que había comprado en una venta la semana anterior. Era listo, casi brillante en la manera como podía descubrir lo que la gente quería. El problema era su carácter y la mala elección de amigos que conllevaba, lo que explicaba los trescientos minirrefrigeradores, todos descompuestos, con los que se había quedado el mes pasado. Royall se lamía la comisura de la boca una y otra vez—. Si tienes algo que decir, dilo. ¡Vamos, mi negrita! ¡Dilo!

Por un momento, Nola se quedó ahí, con la pala en la mano. «No lo digas», se dijo, pero no pudo evitarlo.

—Hoy es mi cumpleaños.

Si Royall estaba sorprendido, no lo demostró.

—¿Y qué quieres, un pastel? ¿Regalos?

Nola esperó un minuto, sopesando si debía mantenerse callada.

—El teléfono —dijo por fin, en contra de su mejor juicio—. Si los LaPointe llaman...

—Los LaPointe te desecharon. No te van a llamar.

—Pero mi hermano...

—Te compré los timbres. ¿Tu hermano te ha escrito? ¿Alguien te ha respondido? No te van a llamar.

—Quizá no tienen nuestro nuevo número.

—Sí lo tienen y no te van a llamar.

—Pero si me llaman, puedo hablar con ellos, ¿verdad?

—Sólo cava el maldito hoyo —dijo Royall. De regreso a la casa añadió—: Feliz cumpleaños, carajo. —Y azotó la puerta detrás de él.

Afuera, en el patio, Nola se quedó parada, sola, hundiendo la punta de la pala en la cabeza del pescado. «¡Es mi cumpleaños!», dijo con voz aguda, imitándose a sí misma y odiando el hecho de que lo hubiera mencionado. Y en realidad, eso era lo más cruel del castigo de Royall: que Nola empezara a creer que *ella* había hecho esto, que era *su* culpa. «Debería cavar otro hoyo sólo por eso».

Quince minutos después, tenía las manos en llamas y un hilo de sudor le colgaba de la nariz. Hundiendo la pala en el suelo, sacó un montón de tierra. Después otro. Como había aprendido hacía meses, era difícil cavar un agujero o por lo menos bajar muy profundamente. Durante el invierno era aún más difícil.

Un teléfono empezó a sonar a la distancia. Nola se volteó hacia el sonido que provenía de la casa. Naturalmente, su primer pensamiento fue que eran los LaPointe. *¿Podrían ser ellos?* Era poco probable.

Volvió a sonar, con más fuerza en el segundo timbre.

Probablemente, era una encuesta. Siempre llamaban a la hora de la cena. O quizá era una de las novias de Royall, la que se tocaba mucho la ropa. O la gorda con el aliento a cigarro y la piel color miel. Como la de Nola.

El teléfono volvió a sonar. Él seguía sin contestar.

Su teléfono inalámbrico tenía identificador de llamadas. Si Royall no respondía arriba... No. No era tan cruel, ¿o sí? Ella negó con la cabeza. No lo haría, ni siquiera a ella.

El teléfono volvió a sonar una y otra vez.

«Por favor..., sólo contesta».

El teléfono quedó en silencio. Gracias a Dios, había contestado. En realidad...

Riiing.

No había contestado, estaban volviendo a llamar.

Nola quiso correr adentro, quería arrancar el teléfono de la pared, ver quién era. Pero si dejaba el lugar donde estaba..., si dejaba de cavar el hoyo...

Riiing.

Ahora respiraba con mucha dificultad, con pánico, como si sus pulmones estuvieran llenos de vidrio roto. Agarró la pala y miró a su alrededor en busca de ayuda...

Fue entonces cuando vio el árbol. A su izquierda, detrás de los muebles de mimbre nuevos, había un árbol, grueso como una alcantarilla, aunque empezaba a encorvarse como un paréntesis. Sin embargo, Nola notó de inmediato que había una mancha oscura en la base. Para la mayoría, habría parecido un nudo, un pequeño nudo de la madera, incluso un golpe. Pero Nola lo vio por lo que era: podredumbre.

Esa noche más tarde, cuando estuviera acostada en la cama, no tendría una explicación lógica para lo que hizo después. Pero afuera, en el patio, mientras el teléfono dejaba escapar otro grito fuerte, lo único que sabía era que quería golpear algo.

Fue hacia el árbol marchito, echó la pala hacia atrás como un bate de beisbol, observó la marca oval y golpeó con fuerza.

Un golpe directo.

Riiing.

Golpeó otra vez. Y otra vez.

Con cada impacto, la pala de metal golpeaba la corteza y sacaba astillas de la podredumbre negra. Con cada golpe, fragmentos de madera volaban por el aire, pero una pala no es un hacha.

Sin embargo, Nola siguió golpeando más y más rápido. Un pedazo de piel se le abrió en la palma, pero no lo sintió, no sentía nada, incluyendo las lágrimas que empezaban a correrle por las mejillas.

Riiing.

«¡Uno no se deshace de los niños! ¡¿Por qué me desecharon?!», sollozó, golpeando una vez más y dando en... *crack.*

El viejo árbol se estremeció. Después, empezó a moverse y a caer, doblándose en realidad, mientras se desplomaba justo hacia ella.

—¡Nola, muévete! —gritó Royall detrás de ella.

Ella se quedó paralizada, el árbol estaba sólo a unos cuantos centímetros.

—¡Dije muévete! —gritó Royall y la derribó a toda velocidad. Su cabeza cayó hacia la derecha y los dos cayeron hacia la izquierda mientras el árbol se derrumbaba. Ella aún sostenía la pala, que se le arrancó de la mano cuando la golpeó el árbol.

Cayeron juntos al suelo, se golpearon contra la tierra, él la rodeaba con los brazos.

Su primer pensamiento fue sobre Royall. La había salvado.

Pero después, pensó en el árbol mismo. Con una altura de más de seis metros, era más alto que ella, más fuerte que ella. No debía haber sido capaz de tirarlo, pero al dirigirse contra ese punto, la podredumbre negra, lo había tirado.

Siempre había sabido que tenía un don para descubrir la debilidad. Sin embargo, esa noche fue la primera vez que Nola Brown había usado ese don para encontrar su fuerza.

9

Morgue portuaria de Dover
Actualmente

Zig se arrodilló para acercarse y sintió su edad en las rodillas y en la espalda. En el tapete de preparación azul cielo, la mayor parte de los artículos estaban chamuscados por el fuego: un reloj de pulsera de Keith Haring, dos botas achicharradas y seis pedazos pequeños del uniforme del ejército de Nola, que habían cortado en los bordes quemados. También había un par de aretes de plata, un anillo para el pulgar con el diseño de un sol y unos lentes de sol de aviador a los que les faltaba un pedazo triangular tan grande que el lente izquierdo parecía un Pac-Man.

Mientras Zig jalaba la bandeja hacia él, una banda para el cabello negra grisácea le recordó la banda para el cabello roja de Maggie, que estaba abandonada junto a su tostador ya desde hacía casi dos años.

Hincándose más, revisó el estante de abajo para asegurarse de que no le faltara nada. Nop, eso era todo. Sin embargo, mientras revisaba los artículos por última vez, lo que más le llamó la atención era lo que *no* estaba ahí: ningún teléfono, ninguna cartera. Pero, más que nada: ninguna placa de identificación.

Zig negó con la cabeza; debió haberlo sabido. Cuando el ejército entrega las placas de identidad, entregan dos juegos. Por lo menos uno va alrededor del cuello; el otro, en caso de que la cabeza se separe del cuerpo, por lo general va amarrado en las agujetas de las botas. Es raro perder las dos, a menos que alguien se las lleve a propósito.

Zig sacó las botas del estante y vio que los cordones de la bota izquierda estaban recortados. A juzgar por las hebras, que estaban esparcidas sobre el tapete, se dio cuenta de que lo habían hecho recientemente.

Otro timbre sonó desde la computadora del escritorio detrás de Zig. Otro correo electrónico. Se dio la vuelta para volver a revisar. La puerta seguía cerrada. No había nadie ahí, pero con todas las identificaciones de Nola perdidas, tenía que preguntarse: ¿alguien trataba de convencer al mundo de que Nola estaba muerta? ¿O la verdadera intención era esconder la identidad de la persona a quien pertenecía realmente el cuerpo chamuscado?

Mientras Zig dejaba de vuelta las botas en el estante, notó una pequeña pila de sobras de uniforme y... no. No eran sólo girones de tela. De la pila sacó...

Primero pensó que era otra nota doblada, como la que había encontrado la noche anterior. Sin embargo, cuando la tocó... no era papel. Era más gruesa y tenía más textura. Era tela.

La desdobló con cuidado; era del tamaño de una hoja de papel. También estaba húmeda, como si hubiera estado en la nieve o en un charco. Por eso había sobrevivido sin quemarse.

Mientras Zig extendía el pedazo de tela, los colores resaltaron. Púrpuras suntuosos, matices opacos de naranja, verde y café de camuflaje. Era más que una simple fotografía; era una pintura. Un retrato, en pasteles gruesos, de una mujer con verdes del ejército que miraba directamente a Zig, con la cabeza inclinada. Tenía ojos tristes y hundidos, nariz chata y sus aretes... Volvió a ver el estante. Eran las mismas arracadas de plata.

El nudo en su garganta se sentía como si se hubiera tragado una engrapadora. Conocía a esta mujer. La reconoció de inmediato. Había pasado seis horas cosiéndola la noche anterior; sin embargo, lo que le llamó la atención ahora era la firma que había en el pie del retrato, en letras de molde blancas: NBrown.

«Nola, ¿tú pintaste esto?».

Detrás de él, escuchó otro timbre. Zig supuso que era otro correo, pero no podía estar más equivocado.

Cuando se dio la vuelta, lo único que vio fue algo borroso. Después, un estallido de estrellas.

10

—¿...Me escucha, señor? —resonó una voz cálida en la cara de Zig—. Señor, ¿está bien?

Zig asintió, parpadeando mientras se despertaba. Quien le estuviera llamando, su aliento olía a miel de maple. Mientras el mundo volvía a sus ojos, miró a su alrededor. Había soñado con su hija. Un buen sueño. Disfrutaba los buenos sueños. Ahora estaba de espaldas boca arriba.

«¿Cómo caí boca arriba?».

—Señor, necesitamos que se quede donde está —le dijo Miel de Maple. Era un soldado joven con grandes fosas nasales. Uniforme completo. De veintitantos. El uniforme le dijo a Zig que el muchacho era del ejército, de apellido Zager—. Se desmayó.

—No me desmayé.

El soldado le puso una mano sobre el pecho.

—Por favor, señor, quédese donde está —insistió. No trataba de ayudar a Zig a levantarse, trataba de mantenerlo acostado.

Zig empujó a un lado la mano del muchacho y trató de sentarse. Una puñalada de dolor lo atravesó como una lanza. Se tocó la quijada, justo debajo de la oreja. Estaba hinchada, pero no sangraba. Quienquiera que lo hubiera hecho, conocía de anatomía y también sabía que cuando un boxeador recibe un golpe en la cara, es una especie de mini infarto. Si se elige el lugar adecuado, se obtiene un *knock o...*

Esperen. La pintura... «¿Dónde está la pintura?».

Zig revisó el suelo, después los estantes. Las botas del ejército quemadas, la arracadas, los lentes de Pac-Man, todo estaba sobre el tapete de preparación azul, exactamente donde los había encontrado. Incluso los pedazos de su uniforme estaban acomodados en una pila ordenada. Sin embargo, la pintura de la mujer, la que estaba firmada por Nola...

«Maldición».

Zig cerró los ojos, tratando de imaginar la pintura en su mente. Era un retrato sorprendentemente bueno, pero nada más que eso. Sin embargo, alguien se había escabullido ahí dentro y lo había golpeado en la cabeza para robárselo... Uno no toma un riesgo así a menos que valga la pena.

Se volteó hacia Miel de Maple.

—¿Cómo entraste aquí? —le preguntó bruscamente.

—¿En dónde? —preguntó el soldado.

—Aquí. La puerta estaba cerrada. ¿Quién te dejó entrar?

—La puerta estaba abierta —insistió mientras Zig repasaba también esa parte. La puerta estaba cerrada. Podría jurar que estaba cerrada. Detrás de él, la lámpara de escritorio seguía prendida.

—¿Por qué entraste aquí? —dijo Zig—. Esta habitación, Artículos Personales, es un área restringida.

—La Coronel... me pidió que les diera una vuelta...

—¿*A quiénes*?

El muchacho señaló sobre su hombro. Había un pastor alemán en el pasillo, seguido por dos hombres en traje. Trajes que no eran del ejército. No eran de Dover. Uno de ellos tenía un auricular.

El Servicio Secreto, se dio cuenta Zig. Estudió al perro. Si ya estaban olisqueando en busca de bombas...

—¿Qué hora es? —preguntó Zig. Se puso de pie y trató de recuperar el equilibrio, se tambaleó hacia la puerta, sacó su teléfono y abrió la página interna: según el Tablón, el *Marine One* había aterrizado hacía seis minutos.

El presidente de Estados Unidos ya estaba ahí. Afortunadamente, Zig sabía exactamente a dónde iba.

Esta era la parte más difícil del trabajo de Zig.

Estaba parado en la parte trasera de un avión de carga, un transporte C-17 enorme que se sentía como una bodega volante, incluso mientras estaba estacionada en la pista de vuelo detrás de su edificio. Por lo general, el avión transportaba tres helicópteros Supercobra o incluso un tanque Abrams. Ese día, mientras el viento de diciembre azotaba contra la parte trasera del avión, su carga era mucho más preciosa: seis ataúdes cubiertos con la bandera estadounidense; en realidad se llamaban «cajas de transferencia», cada uno contenía un cuerpo envuelto en una bolsa y cubierto de hielo para preservar su contenido. Los seis estaban alineados uno al lado del otro en la parte trasera de una rampa de carga, como teclas de un piano, rojas, blancas y azules.

Jop-jop-jop-jop.

Zig los escuchó antes de verlos en la pasarela: el equipo de portadores, seis hombres en uniforme de camuflaje y brillantes guantes blancos marchaban con precisión perfecta, de dos en dos, con su líder de equipo detrás. Se dirigieron directamente hacia Zig.

Jop-jop-jop.

Desde el ángulo de Zig, en la parte trasera del avión, vio al señor mismo, el presidente Orson Wallace, de pie en la pasarela con un abrigo negro. Sus ojos estaban concentrados justo enfrente, sus brazos colgaban a sus costados y su cabello canoso estaba cuidado y peinado mientras el equipo de carga pasaba frente a él.

Jop-jop-jop-jop.

Zig ya había visto antes al presidente Wallace y su cabello perfecto. Desde que Obama había descubierto a Dover ante la prensa, todos los comandantes en jefe habían sentido la necesidad de hacer una visita. Sin embargo, esta no era una visita presidencial típica. Wallace estaba ahí para despedir a un amigo, lo que significaba que Zig tenía que mantener los ojos abiertos y acercarse.

Dentro de los últimos veinte minutos, alguien había atacado a Zig en la sala de Artículos Personales y se había robado la pintura de Nola. Quien fuera, probablemente seguía ahí en alguna parte.

No era malo que, como siempre, Zig fuera el primero designado al equipo de avanzada de la morgue ese día. Tenía en el bolsillo dos docenas de hilos sueltos que había sacado de las banderas estadounidenses que envolvían las cajas de transferencia y que servían como ataúdes. Zig acababa de volver a planchar cada bandera, reemplazando las del avión con nuevas banderas que tenían bordes elásticos, como sábanas de cajón, para asegurarse de que, cuando llegaran los cuerpos de los seis soldados caídos del avión, cada detalle fuera perfecto. Ahora, lo único que tenía que hacer era esperar.

Jop-jop-jop-jop.

Del otro lado de Zig, en la esquina opuesta del avión, estaba Master Guns, quien le lanzó una mirada, después observó con intensidad a los VIP que estaban alineados en la pasarela, junto al presidente. El fiscal general estaba ahí, junto con el comandante de las Fuerzas del Ejército Especial, dos generales brigadiers y, desde luego, su jefa, la mismísima coronel Hsu.

Master Guns no tenía que decirlo. Durante los últimos seis meses, habían tenido transferencias de honor de más de doscientos soldados caídos. La coronel Hsu no se había presentado ni siquiera a una, hasta ese día, cuando había llegado el presidente.

«Debería estar aquí para todos —pensó Zig con una mirada oscura—. No tiene corazón».

¡Clic-clic-clic-clic-clic-clic!

Debajo del ala izquierda del avión, una docena de fotógrafos en el espacio de prensa tomó varios cientos de fotografías del presidente parado en firmes, hombro con hombro, con los otros VIP. Cuando el presidente visita, todos llegan corriendo. De ninguna manera Hsu iba a perderse esto. Sin embargo, tomando en cuenta que era la última persona que Zig había visto antes de que le golpearan la cabeza, la observaba con más detenimiento que nunca.

«Mira quién más», dijo Master Guns con una mirada. En el extremo de la fila de VIP, había un hombre negro musculoso con un traje de rayas finas y lentes redondos antiguos que le suavizaban el rostro. Master Guns articuló una sola palabra: «Riestra».

Leonard Riestra, director del Servicio Secreto.

Jop-jop-jop-jop.

Un golpe metálico hizo eco en la caja del avión mientras el equipo de carga entraba por la rampa y marchaba hacia las cajas cubiertas por banderas.

—¿El Servicio Secreto? —articuló Zig, alzando una ceja. Master Guns asintió de manera imperceptible.

El año pasado, cuando asesinaron a un profesor de Georgetown en Qatar, el director de la CIA se presentó en Dover para presentar sus respetos. Claramente, «profesor» no era la descripción adecuada. En Dover, había ardillas secretas todo el tiempo. Zig y Master Guns habían visto a los directores del FBI, del Departamento de Defensa e incluso de la Agencia Federal para la Gestión de Emergencias. Sin embargo, en todos los años que llevaban trabajando ahí, nunca habían visto al director del Servicio Secreto.

Cuuunk.

El equipo de carga se detuvo al mismo tiempo y se posicionó en firmes dentro del avión, rodeando las cajas cubiertas por banderas. Detrás de ellos, sobre la rampa de carga, los siguió un capellán. Como la parte trasera del avión estaba abierta al aire del invierno, todos se estaban congelando. Nadie se quejó: no cuando había seis hombres y mujeres que acababan de perder la vida.

—Oremos —inició el capellán mientras las cabezas de todos se inclinaban hacia los seis cuerpos. Nadie dijo una palabra. Nadie se movió—. Dios todopoderoso, te...

Tonk. Tonk.

Con el sonido, el capellán alzó la mirada. Zig y Master Guns se dieron la vuelta. Por la rampa de carga de metal, el hombre más poderoso del planeta, el presidente Orson Wallace los sorprendió a todos caminando con calma hacia los cuerpos mientras su saco largo y negro ondeaba detrás de él como la capa de un mago.

Master Guns le lanzó una mirada de perplejidad a Zig.

Zig no tenía idea de qué estaba haciendo el presidente. Nadie tenía idea.

Clic-clic-clic-clic-clic-clic, las cámaras.

El equipo de carga se quedó donde estaba, también el líder del equipo, que no podía romper el protocolo. Todos se quedaron de pie en la parte trasera del avión, Zig de un costado. El único que se movió fue el capellán, quien avanzó ligeramente a la izquierda para hacer espacio en la parte superior de la rampa para la única persona a la que no podía decirle que no.

—Señor presidente... —dijo el capellán, aunque le salió como una pregunta.

—¿Cuál es? —preguntó Wallace, haciendo un gesto con la barbilla hacia las cajas.

El capellán miró a Zig.

—¿Cuál es mi amigo? —murmuró el presidente de Estados Unidos en voz baja. Tenía la cabeza inclinada y los ojos grises hundidos. Todos saben cómo se ve el presidente, pero Zig nunca lo había visto así.

—Es... —El capellán señaló la de la izquierda—. *Esta.*

El presidente miró la caja.

Según todos los artículos sobre el accidente aéreo, Nelson Rookstool no era sólo un amigo de la escuela de Derecho. Cuando Wallace había iniciado su postulación como gobernador, Rookstool había iniciado una de las primeras recaudaciones de fondos políticas para él. Al final, Wallace lo nombró jefe de la Biblioteca del Congreso. Sin embargo, no fue sino hasta ese momento, cuando el presidente de Estados Unidos apretó los labios y luchó para mantenerse completamente quieto, cuando Zig creyó realmente que esos dos hombres eran amigos. Zig no conocía personalmente a Wallace, pero conocía el dolor.

—Disculpe, padre —le dijo el presidente al capellán—. No era mi intención interrumpir.

El capellán asintió.

—Dios todopoderoso —comenzó por segunda vez—, te agradecemos por la libertad que disfrutamos y le damos la bienvenida a casa esta mañana a nuestros caídos...

En segundos, el presidente encuadró los hombros y su postura estaba otra vez en su lugar.

—Amén —dijo Zig al unísono con las otras voces mientras el equipo de carga se alineaba frente a frente a lados opuestos del primer ataúd, cubierto por una bandera, aquel que tenía un pequeño código de barras que decía «Teniente Anthony Trudeau», un muchacho de 25 años de Boon, Colorado, con una hija de seis meses.

—Listos... Alcen —ordenó el líder del equipo mientras todos, incluyendo el presidente, contenían el aliento. En sintonía lenta y perfecta, cada miembro se inclinó y sujetó con una de sus manos, cubiertas con guantes blancos,una agarradera de la caja de Trudeau.

Además del bibliotecario Rookstool, había tres empleados de la Biblioteca del Congreso, un teniente del ejército y un piloto de la Fuerza Aérea que también habían caído con el avión. La mujer identificada como Nola había saltado del avión antes, así que su cuerpo había llegado el día anterior. Sacaron a todos los demás individualmente, así que sus cuerpos recién llegaban.

—Listos... Arriba —dijo el líder del equipo mientras alzaban los restos del teniente Trudeau. Con el cuerpo mismo, además del hielo, cada caja pesaba más de 180 kilos. Como Trudeau era del ejército, el servicio más antiguo, bajó primero del avión.

—Listos... Adelante —añadió el líder mientras el equipo daba vuelta a un costado frente a la rampa trasera. Abajo, en pasarela, estaban las puertas abiertas de una camioneta blanca, que parecía más un camión de helado, que iba a transportar los cuerpos a la morgue para la examinación médica. Después de las autopsias, Zig y su equipo los limpiarían para el funeral oficial.

Mientras el equipo de carga se dirigía a bajar la rampa, los fotógrafos tomaron un rápido conjunto de tomas —*clic-clic-clic-clic-clic*— y se quedaron en silencio.

El silencio era tan poco natural que Zig podía escuchar el ruido de los cubos de hielo adentro de las cajas de metal. Oía que el presidente respiraba por la nariz. Después, mientras que el teniente Trudeau finalmente bajaba del avión, escuchó un sollozo bajo y desgarrador.

Ahhuhh.

Master Guns observó a Zig, que estaba de pie en perfecta posición de firmes, mirando directamente al frente. Los dos sabían de dónde provenía el sonido. En el extremo derecho, bajo el ala opuesta de la prensa, las familias de las víctimas estaban detrás de un cordón en una pequeña área, desde donde podían ver por primera vez los ataúdes de sus hijos.

No fue un estallido fuerte. Las familias del ejército eran demasiado duras para ello; sin embargo, no había manera de ocultar ese sonido, el sonido que persigue todos los funerales, jadeos huecos y estremecedores que llegan hasta lo más profundo y que vienen del alma del doliente.

Cuando uno pierde a un padre, es un huérfano. Cuando pierde a un esposo, es una viuda. Sin embargo, como Zig había aprendido hacía 14 años, cuando uno pierde a un hijo, no hay un nombre para ello.

Hhuhh, sollozó un miembro de la familia. Master Guns volvió a ver a Zig, quien mantuvo su postura y la mirada al frente. Estaba helando en el avión, pero un hilo de sudor le corría por la axila, hacia las costillas.

—¡Presenten armas! —gritó el líder desde la pasarela. Al unísono, el equipo de carga marchó hacia adelante y la fila de VIP alzó las manos a modo de saludo. Era en ese momento cuando las madres y los padres los veían... y por fin lo creían.

Hubo otro jadeo agudo a la distancia. Zig podía sentir que Master Guns lo observaba, tal como podía sentir la gota de sudor. Durante los primeros años después de la muerte de la hija de Zig, cada ceremonia de Dover le traía una inundación feroz de sus peores recuerdos: el sonido de una palada de tierra que aterrizaba sobre su ataúd... sus propios pies como rocas mientras estaba parado sobre el pasto... la infinita llegada de palmadas en la espalda que le daban los deudos que no querían perturbarlo al lado de la tumba. «¡Palmadas en la espalda!».

En estos días, esos recuerdos estaban enterrados, amortiguados por la repetición. Era algo bueno, se decía Zig, un beneficio de estar en Dover y haber asistido a miles de funerales. La repetición conseguía una aclimatación; ya había pasado por esto antes.

Zig miraba directamente al frente. La gota de sudor se había perdido. Ahora, podía concentrarse en Nola. Sólo en Nola. Costara lo que costara, le haría un bien, no sólo por él, sino también por su hija. Estaba en deuda con Nola, y con Maggie, para siempre.

Por la pasarela, los soldados del equipo de carga se detuvieron, marcharon en su lugar y se dieron la vuelta para quedar unos frente a otros, en la parte trasera de la camioneta blanca.

—Listos... adelante —anunció el líder mientras metían la caja, cubierta por una bandera, a la camioneta, y la deslizaron sobre unos tubos de metal que giraron haciendo ruido. Un gemido agudo, un aullido, en realidad, que sólo podía provenir de una madre privada de sus deberes, resonó por la pasarela. Zig estaba tan concentrado en el sonido que no se dio cuenta de lo duro que estaba apretando la mandíbula. Nunca distendió su postura.

Uno por uno, el equipo repitió el proceso, transfiriendo cada caja cubierta por una bandera del avión a la camioneta. Pronto, sólo quedaron cuatro, los cuatro civiles.

Ahora tenía sentido. El presidente no dijo una palabra. No era necesario. Se acercó a la caja cubierta por una bandera, le lanzó una mirada a uno de los miembros del equipo de carga uniformados, que fue lo suficientemente inteligente como para apartarse del camino. Era por eso por lo que el presidente había ido. No tenía nada que ver con una oportunidad para una buena foto. Wallace quería ser portador de su amigo.

—Listos... alcen —anunció el líder del equipo mientras el presidente, ahora parte del equipo de carga, se inclinaba y tomaba la barra de metal—. Listos... arriba.

El líder del mundo libre no se retrasó, tomó con fuerza la parte posterior izquierda de la caja. No llevaba guantes blancos. Por el peso, los nudillos se le pusieron pálidos. Incluso aunque le sangraran las manos, no lo iba a soltar.

—Listos... al frente.

El presidente se dio la vuelta y marchó por la parte trasera del avión, él y los cinco soldados que llevaban a su amigo muerto.

Clic-clic-clic-clic-clic-clic.

La coronel Hsu se paró más firme que nunca. Sabía que esta era la fotografía.

Zig giró los ojos para obtener la atención de Master Guns, quien hizo un gesto hacia el presidente, o más específicamente, hacia quien el presidente mismo observaba. Ocurrió en una fracción de segundo, pero Zig no se lo perdió. Mientras el equipo de carga pasaba frente a los VIP y hacia la camioneta, el presidente Wallace le lanzó una rápida mirada al director del Servicio Secreto, quien se movió de manera extraña a medio saludo. Quizá no era nada, había mil razones por las que esos hombres podían mirarse uno al otro. Sin embargo, en su mente, Zig no dejaba de ver la nota —«Sigue huyendo»— que abría la pregunta: ¿Huir de quién?

—¡Listos... arriba! —gritó el líder mientras el presidente empujaba el cuerpo de su amigo sobre las vigas de la camioneta.

—¡Orden... armas! —añadió mientras todos bajaban sus saludos, lentamente, durante tres largos segundos.

Clic-clic-clic-clic-clic-clic-clic-clic-clic-clic-clic-clic-clic-clic-clic-clic-clic-clic-clic-clic-clic-clic-clic-clic-clic-clic-clic-clic-clic-clic-clic-clic-clic-clic-clic-clic-clic-clic-clic-clic-clic-clic-clic-clic-clic-clic-clic-clic-clic-clic-clic-clic-clic-clic-clic-clic-clic-clic-clic-clic-clic-clic.

Era un momento hecho para los libros de historia, o por lo menos un anzuelo para las páginas de internet del día siguiente. Sin embargo, lo que llamó la atención de Zig fue lo otro que veía el presidente. Mientras el equipo de carga terminaba sus saludos, Wallace apartó la mirada de la camioneta y observó hacia atrás, hacia algo que había debajo del ala del avión. O *alguien*, se dio cuenta Zig.

«Ziggy, no», le advirtió Master Guns con una mirada.

Zig ya estaba moviéndose, deslizándose sutilmente a su derecha, hacia el extremo de la rampa, desde donde tenía una visión perfecta de los espectadores en la multitud.

Diagonalmente, asomándose bajo el ala del avión, había una zona de empleados de Dover. Al frente estaba su supervisor de sesenta años con silueta de huevo, Samuel Goodrich, así como Lou, diminutivo de Louisa, la única trabajadora funeraria mujer, que había perdido a sus dos padres cuando era muy pequeña y había crecido jugando al funeral con sus muñecas Barbie.

Junto a ellos, y retenidos por una cuerda de terciopelo, había empleados de todos los departamentos de Dover: Contabilidad, la oficina del capellán, Cuidado de la Salud del Comportamiento, Legal, incluso la señora Howell, de Asuntos de los Veteranos, todos inclinando el cuello para ver al presidente.

Mezclado entre la multitud, Zig incluso vio al doctor Sinclair, el examinador médico delgado y meticulosamente vestido que había hecho la autopsia de Nola la noche anterior, y que había tenido que autorizar sus huellas digitales falsas.

¿Era tan terrible que el presidente observara a la multitud? Probablemente no. De hecho, mientras más pensaba en ello Zig, parecía casi absurdo creer que el presidente de Estados Unidos tuviera cualquier interés personal en esto. El bibliotecario del Congreso era su amigo. ¿Por qué estaría ahí Wallace o se relacionaría con esto, si todo el objetivo fuera hacer un daño? A menos, desde luego, que Zig estuviera equivocado. Tal vez, ¿y si en lugar de ver entre la multitud el presidente de repente había visto a alguien ahí, alguien que había reconocido, alguien que no debía estar mostrando la cara?

Desde esa altura, Zig estaba tres pisos por encima de los demás, lo que lo hacía sentir como si estuviera viendo un partido de la NFL. Era difícil leer las expresiones pero, desde este ángulo, Wallace no estaba viendo a los empleados de Dover. Estaba observando a un grupo diferente, al grupo que estaba aún más cerca de él en la pasarela, enfrente de los empleados, enfrente de los VIP, enfrente de todos. A las familias.

Por supuesto.

Casi se le había olvidado. Las familias de todas las víctimas estaban ahí, lo que significaba algo...

Zig volteó hacia Master Guns.

Master Guns lo reprendió: «No».

Zig asintió: «Sí». Tenía una idea. Una idea realmente mala.

12

—Disculpe, señor Zigarowski —le dijo el soldado de veintitantos; tenía el cabello rubio corto y ralo como el de un bebé—. Nadie se registró de parte de Nola Brown.

El muchacho decía la verdad o por lo menos la verdad que en ese momento había en la pantalla de su computadora.

—¿Y mañana? —preguntó Zig, inclinándose con las dos manos sobre el mostrador de lo que parecía un hotel elegante y olía como un hotel elegante. Popurrí floral fresco; sillones de piel para leer; troncos que ardían en la chimenea—. ¿Alguien va a registrarse mañana?

—No me parece —respondió Cabello Rubio, observando las reservaciones de lo que se conocía como Fisher House, un hotel de 2.5 kilómetros cuadrados, lujoso y sereno, con nueve habitaciones hermosamente decoradas. En cualquier otro lado, sería un lugar perfecto para vacacionar, una extensión de piedra de un piso con nueve columnas en el frente, pero todas las familias militares sabían que Fisher House era el último lugar al que uno quería que lo invitaran.

Años atrás, si un miembro de tu familia moría e ibas a Dover para la ceremonia, pasabas una de las peores noches de tu vida en un hotel barato. Hasta que abrió Fisher House. Descrito como «un hogar lejos del hogar» y construido sobre la misma base, Fisher House ofrecía un lugar gratuito para quedarse en un ambiente de buen gusto, con empleados que eran consejeros de duelo, con la supervisión de un capellán de tiempo completo y con juguetes para los niños pequeños cuyos padres de veintitrés años nunca volverían a casa.

—¿Está seguro de que su familia iba a registrarse? —le preguntó el soldado otra vez, usando esa voz suave y apagada que la gente reservaba para los hoteles y los funerales. Aquí se especializaban en ambas cosas.

—¿Quizá cancelaron? ¿Puede ver las cancelaciones? —preguntó Zig, bajando su propia voz y usando todo su encanto. Ayer, el cuerpo identificado como Nola había llegado a Dover. Si Zig quería saber más de ella, la mejor apuesta era rastrear a los miembros de la familia a los que les interesaba lo suficiente para hacer el viaje.

—Disculpe, señor —respondió Cabello Rubio—. No tenemos visitantes para ella, ni cancelaciones.

—¿Y qué me dice de su PADD? —preguntó Zig.

El soldado alzó la mirada de la pantalla de la computadora y se obligó a sonreír nerviosamente.

—Señor, ya sabe que no tengo acceso a eso.

Ahora era Zig el que forzaba una sonrisa. Eso era tras lo que realmente iba. Cuando uno se alista en el ejército, una de las primeras cosas que el gobierno solicita es que uno elija un PADD —una Persona Autorizada para Dirigir la Disposición—: un ser amado que decidirá si se entierra al soldado en uniforme o en ropa de civil o si quiere un ataúd de metal o de madera. La mayor parte de la gente designa a un padre o a un esposo. Los de Operaciones Especiales por lo general eligen a un amigo cercano. Nola aún estaba viva y en algún lugar. A quienquiera que hubiera elegido, era alguien cercano a ella, alguien a quien podría haber recurrido ahora mismo.

—Hijo, ¿cuánto tiempo llevas con nosotros aquí? —preguntó Zig.

—Desde el verano.

Correcto. La rotación de reclutas en Dover solía ser a los pocos meses. La mayor parte de los muchachos no podía soportar estar alrededor de los cadáveres más tiempo.

—Aquí en la base celebré la noche de mi cumpleaños cuarenta —dijo Zig—. Igual que cuando cumplí cincuenta. Entonces, soldado Grunbeck —añadió, leyendo la placa de identificación—, yo sé que tiene el PADD de Nola.

—Eso no significa que pueda cambiar las reglas. *Señor*.

Zig recordó por qué tan a menudo los muertos eran mejor compañía que los vivos: no mienten, no se quejan y no responden.

—Aprecio su ayuda —dijo Zig, pensando que aún podía obtener lo que necesitaba del supervisor de Grunbeck.

—Y si va a buscar al capitán Harmon, está en una ceremonia privada con las familias visitantes. Pidió que nadie lo molestara —dijo Grunbeck.

Zig se rascó la cicatriz de la barba, recordando el bar de Pennsylvania donde la había obtenido. Entonces tenía diecinueve años y peleaba para impresionar a una muchacha. Ahora, era mayor y luchaba por algo más importante. Con una sonrisa firme, Zig se inclinó hacia adelante con las palmas sobre el escritorio del muchacho.

—Hijo, creo que es hora de que aprendas algunas lecciones de...

—¡Sólo quiero ver su cuerpo! —una voz femenina sollozó cuando se abrieron las puertas automáticas de Fisher House. Detrás de Zig, una mujer al final de sus cuarenta, con cabello negro encanecido y vestida con un saco negro de invierno viejo y deshilachado, entró tambaleándose. Zig la reconoció de la ceremonia presidencial, de la familia que estaba justo enfrente. Su hijo había sido el primer cadáver en bajar del avión. Ahora, gritaba al cielo, como si le gritara a Dios mismo—. ¿Por qué no me...? ¡Es mi único...! ¿¡Por qué no puedo ver su cuerpo!?

Todo el personal de Fisher House se capacita para este momento. Grunbeck también estaba capacitado para este momento; sin embargo, el soldado se quedó ahí parado, paralizado detrás de la recepción. De hecho, el único que se movía era...

—Señora, déjeme ayudarla —dijo Zig, caminando hacia ella—. Yo puedo ayudarla.

—¡No es cierto! —gritó, empujando a Zig—. Usted no sabe nada...

—Sé que su hijo se llamaba Anthony. ¿Puede hablarme de Anthony?

La mujer se detuvo cuando escuchó el nombre de su hijo. Sus ojos fueron de un lado a otro, vacíos y muertos. La mirada Dover, la llamaban.

—Julie, ¿qué rayos estás haciendo? —Un hombre grande con cara cuadrada y una gorra de beisbol de camuflaje del ejército de Estados Unidos gritó detrás de ellos. Volteó hacia Zig—. ¡Aléjese de mi esposa! —Era alto, por lo menos 1.92, pero por la manera como iba encorvado... y como arrastraba las palabras... casi choca contra uno de los enormes sillones de piel del recibidor. «Borracho», aunque Zig no podía reprochárselo.

—Señor, sólo estaba hablando de su hijo, Anth...

—¡No diga su nombre! ¡No tiene derecho!

—Señor, si se calma, podemos ayudarlo.

—¿Cómo? ¿Dándole más de *estos*? —dijo el hombre, buscando en su bolsillo y sacando un montón de panfletos arrugados con títulos como «El peso del dolor» y «Apoyo de tragedias»—. ¡Esto es papel! ¡No sirve para nada! —gritó, aventándole los panfletos a Zig a la cara.

Zig guardó silencio. Los que trabajaban en la morgue podían aligerar un poco del dolor, pero no hacían feliz a nadie. Por fin, dijo:

—Háblenme de Anthony.

—¡No diga...! ¡Quiero ver a mi hijo! ¿Por qué no podemos verlo? ¡Es como si estuvieran ocultando algo! Ni siquiera sabíamos que estaba *en* Alaska y ahora quieren hacer una autopsia —dijo bruscamente el padre, balanceándose en su lugar con los ojos vidriosos.

—Le prometo que van a poder verlo. Cuando termine la autopsia, lo vamos a arreglar y...

—¡*Ahora*! ¡Quiero verlo ahora! —estalló el hombre con lágrimas de ira.

La esposa también estaba llorando, sollozaba mientras se sentaba junto a una mesita de café.

—Hoy... es nuestro aniversario. Anthony iba a volar a casa para celebrar —murmuró con voz tan suave que quedaba ahogada por la crepitación de la chimenea.

—¡Llévenos a ver a nuestro hijo! —añadió el papá, buscando en su otro bolsillo y sacando un...

—¡Arma! —gritó Grunbeck.

—Stuart... ¡No! —gritó la mujer—. ¡No...!

Demasiado tarde. Stuart apuntó el cañón de una calibre .38 directo a la cara de Zig.

—¡Lléveme a ver a mi hijo! ¡Ahora!

Zig no se movió, ni siquiera alzó las manos. Más bien, permaneció con los ojos fijos en la mirada de Stuart, que eran diferentes a los de su esposa. No sólo estaba perdido, estaba desesperado.

—Señor, le prometo una cosa: así no va a obtener lo que quiere. Esta es una instalación militar. La gente que saca armas aquí recibe un tiro. Ahora, por favor, guarde el arma...

—¡No me diga qué hacer!

Detrás del mostrador de la recepción, el joven soldado, presa del pánico, se apresuró a huir. Stuart lo siguió con el arma por el recibidor.

Grunbeck se quedó paralizado a medio paso con las manos en el aire.

El hombre siguió apuntando el arma a Grunbeck con el dedo sobre el gatillo.

—Escúcheme —dijo Zig —. Ese muchacho al que está apuntando tiene veinticinco años. Es la misma edad que tenía su hijo, ¿no es así? ¿Veinticinco? —El hombre no respondió—. Señor, yo sé que está sufriendo...

—¡Usted no sabe de mi dolor!

—Se equivoca. Sé muy bien cómo... —Zig escuchó sus propias palabras, preguntándose de dónde venían. Tenía una regla: no hablaba de ella en el trabajo. Sin embargo, ahí estaba...— Yo también perdí a mi hija.

—Miente.

—Hace catorce años. Cinco mil doscientos veintisiete días.

Por un momento, el borracho se quedó parado. Su cuerpo, su brazo con el arma en la mano, empezaron a temblar. Zig también conocía esa mirada. Nadie amaba y odiaba tanto a Dios como un doliente.

—Señor, por favor, baje el arma —dijo Zig.

El hombre negó con la cabeza una y otra vez mientras los mocos le escurrían de la nariz.

—Por favor, Señor, perdóname por hacer esto... —Alzó la pistola y se apuntó a la cabeza—. No le digan a mi padre lo que pasó.

Jaló el gatillo.

Zig se aventó hacia adelante, directamente sobre el hombre, mientras la pistola estallaba. El brazo de Stuart dio un salto. Ahora su pistola apuntaba directamente hacia adelante. Sonó un disparo.

—¡Stuart! —gritó su esposa, corriendo hacia ellos mientras la bala atravesaba la habitación.

La inercia de Zig tiró al hombre hacia atrás y los dos cayeron al suelo. Cayeron al piso juntos, Zig bocabajo sobre el hombre. La cabeza de Stuart cayó hacia atrás y la pistola salió volando, cayó y rebotó sobre la alfombra.

Sobre su espalda, el hombre sollozaba, los mocos y las lágrimas iban hacia sus orejas. No abría los ojos, no quería ver a Zig, que seguía encima de él.

—Estás bien... lo vamos a superar... vamos a estar bien —insistía su esposa, aunque Zig sabía que era la mentira más grande de todas.

Después de levantarse, Zig tomó el arma, seguía buscando en dónde había impactado la bala...

Ahí. A su izquierda. Del otro lado del recibidor. Había un hoyo redondo que sacaba humo en el mostrador.

Ay, Dios. Grunbeck.

—¡Chico! ¿Estás bien? ¿Te dio? —gritó Zig avanzando por el recibidor.

Cuando Zig llegó al otro lado del escritorio, encontró a Grunbeck en el suelo. No tenía ni una marca encima.

—¿Sabe...? No tengo veinticinco años —dijo Grunbeck, con los ojos abiertos de par en par, claramente conmocionado. Zig asintió—. Me salvó la vida.

Zig ya estaba marcando a la base de seguridad para decirles que todo estaba bien.

—Sí, bueno, ¿y si me dices el PADD de Nola y quedamos a mano? —pidió Zig con una sonrisa.

Grunbeck se levantó tambaleándose y jaló su silla hacia el escritorio. Respiró una vez. Respiró otra vez.

—Hazlo de nuevo. Respira profundamente a través de la nariz. Vas a estar bien —dijo Zig con un brazo fuerte sobre el hombro de Grunbeck.

Diez minutos y unos cuantos golpes del teclado después, los documentos de Nola estaban en la pantalla. Primero, Grunbeck los ojeó, con apariencia confundida.

—¿Qué pasa? Sí los llenó, ¿no? —preguntó Zig.

—Tienen que llenarlos. Como sabe, no les dan las placas de identificación hasta que eligen a quien decide sobre el entierro.

—¿A quién eligió Nola?

—Esa es la cosa. Según esto, la sargento Brown entró a su cuenta y cambió a su designado anoche.

—¿Anoche?

—Eso es lo que le estoy diciendo. Nola... la sargento Brown... lo cambió *después* de su muerte.

13

—Muy bien, Ziggy, en la escala del uno al diez en la que uno es un día normal y diez es la temporada final de *Lost*, eres oficialmente un diecinueve.

—Dino, no es broma —dijo Zig.

—¿Crees que estoy bromeando? Este es el momento en el que le dicen a la niñera que hicieron la llamada desde adentro de la casa y tú eres la niñera —dijo Dino, manteniendo la voz baja mientras rodaba un carrito lleno de cajas por la alfombra de Eagle Lanes, el boliche de la base.

Su nombre real era Andy Kanalz, aunque Zig le había dicho «Dino» desde que estaban en tercero de primaria. Era un niño grande con brazos pequeños, como un Tiranosaurio Rex. Hoy, los brazos de Dino habían alcanzado al resto de su cuerpo y ahora su cara redonda y la panza de mediana edad lo hacían más grande en todos los sentidos.

—¿Podemos saltarnos hasta el sangriento tercer acto? —añadió Dino, señalando los documentos que Zig tenía en la mano—. Si ese es el archivo de Nola... ¿a dónde va a ir su cuerpo?

Zig miró a su alrededor en el boliche vacío, después revisó la pequeña parrilla de la esquina que se conocía como el café Kingpin. La hora del almuerzo había terminado y el lugar estaba vacío. En cuanto a Dino... «¿Tiene corazón o no?», ni siquiera era una pregunta.

—Hasta ayer, se suponía que el cuerpo de Nola iría a Arlington —le explicó Zig, refiriéndose al cementerio nacional donde tantos militares pedían que los enterraran—. Después, anoche, eligió...

—¿Anoche?

—Ya sé. Concéntrate. Después, anoche, eligió un nuevo designado. Alguien llamado Archie Crowe. ¿Te es familiar ese nombre?

—Nunca oí de él, aunque todos los hombres que se llaman Archie me dan lástima —dijo Dino frenando el carrito cuando llegó a la máquina expendedora del fondo. De su bolsillo sacó un llavero, encontró una llave tubular y la metió en el cerrojo de la máquina.

En tercero de secundaria, cuando Zig empacaba verduras en el supermercado y hubo una plaza para un nuevo empacador, le consiguió el trabajo a Dino. En la universidad comunitaria, cuando Zig trabajaba como valet, hizo lo mismo, y los dos hicieron carreras con Porsches en el estacionamiento del mejor hotel de la ciudad. Así que cuando Zig había empezado a trabajar en Dover y Dino estaba fracasando en su última carrera como gerente de un club de salud, Zig hizo que lo contrataran para rellenar todas las máquinas expendedoras de la base. Aún seguía haciéndolo, junto con la administración del boliche y del café.

—¿Puedo ser honesto? Hasta el día que me muera, nunca me voy a cansar de *esto* —dijo Dino, abriendo la puerta de cristal de una máquina expendedora y mostrando una sonrisa amplia que revelaba el espacio que tenía entre los dos dientes de enfrente—. ¿Snickers o Twix? —preguntó, aunque no era necesario.

Sobre una rodilla le dio a Zig un Twix y después saco unos M&M para él.

—Un día voy a liberar a esas pobres mentas de su soledad del cajón de abajo. Quizá también a los Salvavidas.

—Mientras nunca comas esos pays de manzana de tostador. No creo que pudiera respetar a alguien que le hinque el diente a eso. —A Zig se le dio fácil la broma. Demasiado fácil, según vio Dino.

—Vamos, Ziggy. Viniste por una razón. El tipo que eligió Nola, Archie Crowe, ¿es alguien que reconozcas?

—Nunca había oído hablar de él. Sin embargo, según los documentos, trabaja en la funeraria Longwood.

Dino volteó a verlo cuando escuchó ese nombre.

—¿Longwood? Como en *Longwood*, ¿Longwood?

—Ya sé. Un poco extraño, ¿verdad?

—¿*Un poco*? Ziggy, eso es, Longwood es donde te formaste como trabajador funerario, ¿y ahora me dices que Nola va a enviar su supuesto cuerpo exactamente al mismo lugar? ¿Sabes cómo les dicen a coincidencias como esa? No les dicen de ningún modo porque este tipo de cosas no son coincidencia. En especial en Ekron —añadió Dino, refiriéndose al pequeño pueblo donde vivían en Pennsylvania.

—No es que no esté de acuerdo, pero no olvides que Nola también creció ahí.

—Apenas un año. Después se mudó.

—Ya sé. Pero lo que Nola hizo por mi Maggie...

—Fue algo bueno. Algo hermoso, pero eso no significa que pongas tu vida en riesgo por ella.

—¿Por qué no? Ella puso en riesgo su vida por mi hija. ¡Hizo lo correcto por nosotros! ¿Por qué no puedo hacer lo correcto por ella? —Dino no respondió—. Ya sabes que estás de acuerdo. No es una extraña. Nola se lo ganó. Está ligada a nuestro pueblo, ligada a mí, y después está esto: en un radio de trescientos kilómetros, ¿sabes cuántas funerarias pudo haber elegido? Tres. Y una de ellas sólo da servicios Amish en New Holland. Eso no le deja muchas opciones.

—De cualquier modo, ¿por qué cambiar de Arlington?

—Esa es la pregunta, ¿no? Quizá fue Nola, quizá fue quien está buscando a Nola, de cualquier modo, alguien cambió sus deseos de muerte... horas después de que supuestamente estuviera muerta.

Dino pensó en eso y se comió unos cuantos M&M.

—Mira, ya sé que te encanta jugar a Humpty Dumpty y reunir todas las piezas otra vez. Pero ¿no te has detenido a pensar en el hecho de que fuera tu *destino* encontrar este cuerpo?

Zig negó con la cabeza.

—No había modo de que alguien pudiera saber que trabajaría personalmente en el caso de Nola.

—De acuerdo. Sólo digo, bueno, quizá esto es exactamente lo que el hijo favorito de Maureen Zigarowski necesita.

—¿Y qué? ¿Todo es sobre el destino? ¿El universo me está enviando un mensaje?

—Tú dime. ¿Cuántos días faltan para el aniversario?

Zig no respondió. Bajó la mirada al Twix que seguía en su mano y empezaba a suavizarse dentro de la envoltura.

—Yo puedo investigarlo —añadió Dino sacando su teléfono—. Sé que siempre es pronto para ti. ¿Cuántos días faltan?

—Doscientos cuarenta y seis.

—Eso. Doscientos cuarenta y seis días a partir de hoy. ¿Y te acuerdas lo que hiciste el año pasado en el aniversario? Déjame recordártelo. Le pediste a tu exesposa, Charmaine, a quien todavía añoras...

—No la añoro.

—Ziggy, para conmemorar el día en que tu hermosa hija Maggie dejó este planeta, invitaste a Charmaine a Nellie Bly, el parque de diversiones de mierda más viejo del oeste de Pennsylvania. Entonces los dos se pasaron el día caminando por ahí comiendo algodón de azúcar y contando historias viejas de Maggie.

—No tiene nada de malo recordarla.

—Tienes razón, pero ¿qué pasó cuando terminó el día? Charmaine regresó con su nuevo prometido y su futuro hijastro, mientras que tú regresaste a Dover y a los muertos.

—Su perfil de Facebook sigue diciendo «soltera».

—Es porque le preocupa que te cortes las venas si ves la palabra «comprometida».

Zig no dijo nada, sus ojos fueron hacia las mentas del cajón inferior de la máquina expendedora.

—Santo Prozac, Batman, te ves más triste que cuando Charmaine te hizo ir disfrazado de pasa al Halloween.

Zig asintió ligeramente.

—Nunca le voy a perdonar ese disfraz.

—Yo le perdono el disfraz. Lo que no le puedo perdonar es la cadena de oro y el sombrero horrible de la serie *What's Happening!!* que hizo que te pusieras. Como una bolsa de basura tuneada.

Zig trató de retener una sonrisa. Ya conocía los trucos de Dino. Después de que muere un hijo, la vida es muy ruidosa al principio, todos llaman; todos asisten al funeral multitudinario. Sin embargo, con el tiempo, la mayor parte de los amigos se desvanece, incluso los mejores amigos. Para ellos, es demasiado triste. Afortunadamente, por lo general, hay un alma buena que se queda en tu vida sin importar lo fea que se ponga. En ese momento, fue Dino. Y durante muchos de los peores días desde entonces.

—Ziggy, la mayor parte de tus compañeros de trabajo habría terminado este caso y habría tomado el siguiente. Todo el tiempo pasan por aquí misiones clasificadas misteriosas, y tu trabajo no es cavar a su alrededor. Sin embargo, el hecho es que esta chica conocía a tu hija..., que la salvó... Eso es lo que hace que la sangre te corra por las venas, ¿no es así? Lo vi desde que entraste, incluso antes de que me hablaras de ella. Nola no es la única que está volviendo a vivir.

—Sólo estoy tratando de pagar una deuda y de ayudar a alguien que está en problemas.

—O a lo mejor ella es la que *ocasionó* los problemas. No tienes idea, ¿verdad? Pero eso no te detiene. Lo único que digo es que, aunque no tenga nada sospechoso, a lo mejor este caso es algo que tú *necesitas*.

El teléfono de Zig empezó a vibrar y lo sacó. Conocía ese número.

—Por favor, dime que encontraste algo —dijo al contestar.

—*¿Así saludas? ¿Qué, eres un millennial? Aprende a decir «hola»* —lo regañó la experta en huellas digitales del FBI, Amy Waggs.

Zig respiró profundamente y se deslizó en el asiento de una de las mesas para anotar puntuaciones del boliche.

—Qué gusto oír tu voz, Waggs. ¿Cómo estás?

—Así está mejor —respondió ella—. ¿Te mata ser amable?

—Espera, ¿es Waggs? —preguntó Dino, todavía arrodillado frente a la máquina expendedora—. ¡Salúdala de mi parte!

Zig lo ignoró con un gesto de la mano. Hace dos años, había reunido a Dino y a Waggs en una cita a ciegas que fue desastrosa. No lo habían dejado de molestar desde entonces.

—Waggs, lo siento, es que ha sido una mañana pesada.

—Ya vi —respondió ella—. Aquí también tenemos Fox News. Así que imagínate mi sorpresa cuando vi en la televisión que el presidente de Estados Unidos estaba parado en Dover, cargando uno de los ataúdes de lo que parece ser el mismo caso que mi amigo Zig me pidió que investigara. Hace que me empiece a preguntar «Oye, a lo mejor está ocurriendo algo más de lo que el buen Ziggy me dice».

—Te juro que no sabía que Wallace iba a venir hasta muy tarde anoche.

—No me importa cuándo fuera. Si quieres mi ayuda, necesito saber este tipo de cosas. Así que el hecho de que no lo mencionaras significa que eres poco cauteloso o imprudente, y yo sé que no eres ninguna de las dos cosas.

Zig tomó uno de los lápices a medias que había encima de la mesa de anotaciones e hincó la punta contra el Twix ya suave.

—Estaba tratando de ser cuidadoso.

—¿Estás seguro? Porque cuando este avión cayó en Alaska, cualquier cosa que esta muchacha, Nola, tuviera que ver ahí, bueno... ¿Te acuerdas de esa parte donde Ricitos de Oro está comiendo la sopa y enseguida te das cuenta de que es una trampa para osos? Con base en lo que estoy descubriendo, Ziggy, estás metiendo la nariz en algo mucho más grande que un oso.

—¿De qué estás hablando?

—Ese cuerpo que está en la morgue justo ahora, el que todos insisten que es Nola, ¿adivina qué encontré cuando metí sus huellas digitales en el sistema?

—Problemas de autorización.

—Desde luego, problemas de autorización —respondió Waggs.

Zig ya se lo esperaba. Cuando uno se enrola en el ejército, las huellas digitales van directamente a la base de datos del gobierno. Sin embargo, como Zig había descubierto cuando empezó a trabajar con los cuerpos de agentes de la CIA, NSA y cualquier otro acrónimo, en lo concerniente a los espías, informantes de alto nivel o cualquier persona cuya identidad el gobierno quiera mantener en secreto, las huellas digitales se «eliminan», lo que quiere decir que sólo alguien con autorización adecuada puede ver quién es realmente.

—Este es el momento en que me dices que obtuviste autorización —dijo Zig.

—Estoy en eso. Va a tomar unos cuantos días. Afortunadamente para ti, soy una persona impaciente. Y entrometida.

Zig conocía ese tono. Empezó a dar golpecitos con el lápiz.

—Waggs, ¿qué descubriste?

—Sólo escucha. ¿Te acuerdas que hace muchos años, cuando Bill Clinton era presidente, su secretario de comercio cayó en un avión?

—Ron Brown.

—Eso —le respondió Waggs—. Esa noche murieron treinta y cinco personas, pero a los periódicos sólo les interesaba una: el VIP y mejor amigo del presidente, Ron Brown. Así que regresemos a esos cuerpos en el accidente aéreo de Alaska. ¿En quién está concentrado todo el mundo actualmente?

—En el VIP y mejor amigo del presidente.

—Bingo. El bibliotecario del Congreso Nelson Rookstool. Pero...

—Había media docena de personas en ese vuelo —dijo Zig.

—Correcto otra vez. Incluyendo a tu amiga Nola, quien, bueno... ¿De casualidad viste dónde estaba asignada?

—Sargento de primera clase en Fort Belvoir. En Virginia.

—Sí, pero ¿qué hacía en Belvoir? ¿Cuál era su título ahí?

—Nola era la artista en residencia —dijo Zig.

Waggs hizo una pausa. No debía sorprenderse. Con base en lo que Zig le había dicho la noche anterior, conocía a la muchacha.

—La investigaste —dijo Waggs.

—Nunca había oído hablar de eso. Al parecer, desde la Primera Guerra Mundial, el ejército asignaba a una persona, un artista de verdad, a quien enviaba al campo para, bueno, pintar lo que no podía verse de otro modo.

—Entonces, en lugar de armas, les daban pinceles —acordó Waggs, haciendo que Zig pensara otra vez en el lienzo, el retrato que retiraron de las pertenencias de Nola—. ¿Qué más descubriste?

—Al parecer es una de las más grandes tradiciones de nuestro ejército, los llaman «artistas de guerra» —dijo Zig—. Van, ven, pintan, catalogan cada victoria y error, desde los muertos del Día D, a los heridos de Mogadiscio, a los que apilaban sacos de arena cuando ocurrió lo del huracán Katrina. De hecho, durante el 9/11, el predecesor de Nola fue el único artista que pudo entrar en el perímetro de seguridad. Y, ¿sabes por qué es importante? —preguntó Zig—. Significa que Nola es alguien con acceso.

—Ella no es la única. ¿Pudiste ver los nombres de las otras víctimas del vuelo?

—Había un soldado joven. Anthony Trudeau —respondió Zig, viendo aún a la mamá de Anthony con la mirada muerta en los ojos, a su papá acostado sobre la alfombra de Fisher House—. Había otros también, por lo menos uno de la Fuerza Aérea, me imagino que era el piloto.

—El piloto, seguro. Son tres soldados en total incluyendo a Nola. ¿Y quién más?

Zig ni siquiera escuchó la pregunta. Siguió pensando en los padres de Anthony. Necesitaba regresar más tarde para asegurarse de que estuvieran bien.

—Vamos, Zig —añadió Waggs—. Había otras tres personas en ese avión, los últimos tres cuerpos que sacaron esta mañana.

—Los civiles —murmuró Dino, aún arrodillado frente a la máquina expendedora.

Zig volteó hacia su amigo. No se había dado cuenta de que Dino había estado escuchando y que había podido escuchar todo, todo el tiempo.

—Los civiles —repitió Zig, concentrándose otra vez en el teléfono—. Había tres civiles a bordo.

—Exactamente —dijo Waggs—. Rookstool era el director de la Biblioteca del Congreso. Desde luego que llevaba empleados con él. Tres ayudantes. ¿Escuchaste los nombres?

También eso le olía mal a Zig. Aún no se habían publicado sus nombres.

—Dijeron que no habían podido localizar a las familias aún, aunque no lo creas.

—Ahora ya ves cómo funcionan los trucos de magia. Todos están tan ocupados en el duelo por el amigo presidencial Rookstool, que nadie se preocupa por ver quién iba sentado dos filas detrás de él. Afortunadamente para mí, trabajo para el FBI, lo que me da acceso al manifiesto completo del avión.

—Waggs, te juro solemnemente que la próxima vez que te vea, te voy a dar un abrazo.

—Guárdate tus abrazos, estás suponiendo que tengo buenas noticias —dijo ella—. Según el manifiesto, uno de los empleados de Rookstool era una mujer llamada Rose Mackenberg. Después había dos hombres, Clifford Eddy, Jr. y Amedeo Vacca.

—Interesantes nombres.

—Yo pensé lo mismo.

—Y cuando los investigaste... —inquirió Zig.

—Amedeo Vacca, Clifford Eddy Jr. y Rose Mackenberg nacieron a finales de 1800. Según lo que sé, llevan muertos casi medio siglo.

Zig se quedó en silencio. Dino miró sobre su hombro. Detrás de ellos, se abrió la puerta del boliche y entraron dos hombres, los dos en uniforme. Jóvenes cadetes del ejército.

—Es extraño, ¿verdad? —preguntó Waggs en el teléfono—. Pero no tan extraño como esto: cuando Mackenberg, Eddy y Vacca estaban vivos, todos trabajaban en el mismo campo de estudio. Podría incluso llamárseles... expertos.

—¿Expertos en qué?

—En el antiguo arte de regresar de la muerte.

Zig seguía viendo a los cadetes, que sólo se habían quedado parados como si esperaran a alguien.

—No sabía que era un campo de estudio real —dijo Zig.

—Era una pasión de su jefe —explicó Waggs—. En realidad, una obsesión.

—¿Quién era su jefe? ¿El doctor Frankenstein?

—Casi —dijo Waggs en voz más baja—. Casi cien años atrás, Rose Mackenberg, Clifford Eddy Jr. y Amedeo Vacca trabajaban para un hombre llamado Harry Houdini.

14

—Ya sabes que odio la magia.

—Esto no es magia, Ziggy. Se trata de comprender quiénes eran estas personas —dijo Waggs por el teléfono—. Rose Mackenberg. Clifford Eddy Jr. Amedeo Va...

—Ya te oí —dijo Zig observando aún a los dos soldados en la entrada del boliche—. Murieron hace cincuenta años y trabajaban para Houdini, lo que significa que alguien está tomándonos el pelo.

—Más de lo que crees. Metí sus nombres en el sistema. A las 08:00 de esta mañana, los cuerpos de Mackenberg, Eddy y Vacca fueron entregados en Dover. Pero ¿adivina qué más descubrí? Murieron hace cinco años en un choque de helicóptero. Y cuatro años antes de eso, no muy lejos de la universidad de Stanford, en un accidente con un vehículo militar.

—Amigos —les dijo Dino a los dos soldados, que seguían ahí parados—, estamos en un receso de una hora. ¿Vuelven más tarde?

Los soldados intercambiaron miradas, asintieron y se despidieron antes de salir del boliche.

—Espera, se pone mejor —añadió Waggs—. Los tres también murieron justo después del 9/11, cuando invadimos Irak. Y después otra vez a principios de los noventa, cuando fuimos por primera vez tras Saddam. Cada década: setenta, ochenta, noventa, son como esas estaciones contemporáneas de canciones simples, pero con cadáveres en lugar de canciones de James Taylor. Encontré registros de que murieron en Camboya, Líbano, incluso en las Malvinas.

—Waggs, yo he trabajado en 2 356 cuerpos aquí y ninguno ha vuelto a la vida. Así que si estás tratando de asustarme, tienes que usar algo que esté menos de moda que los zombis.

—No estoy hablando de zombis. Ya sabes lo que es esto, Ziggy. Mackenberg, Eddy y Vacca...

—Ya sé. Son nombres encubiertos —dijo Zig, refiriéndose a las identificaciones falsas que solían esconder las verdaderas identidades de los operativos de seguridad nacional. Zig las veía todo el tiempo—. Aunque, por lo general usan algo más sencillo, como Andrew Smith.

—Exactamente. Pero ahora ya te das cuenta del problema. Si están usando a propósito nombres específicos como estos, o tienen una buena razón para usarlos, o a lo mejor los nombres están relacionados de alguna manera con una unidad encubierta particular. Eso pasa más veces de lo que crees.

—Pero ¿usar los mismos nombres una y otra vez no llama más la atención?

—No una y otra vez. Lo hacen cada media década más o menos. Además, la gente se compromete con sus nombres en código. Hace unos cuantos años tuve un supervisor que llamaba a todos sus informantes confidenciales como personajes de los libros de Stephen King.

—¿Y entonces? Si Mackenberg, Eddy y Vacca trabajaban para Harry Houdini, ¿estamos buscando a alguien que es fanático de la magia?

—Otra vez, esto es más que magia. Todos saben que Houdini era el escapista más grande del mundo, pero cuando lo busqué en Google justo ahora, ¿sabes principalmente de qué cosa quería escapar? De la muerte. Era su obsesión. En casi todas las páginas de internet que encontré, decían que cuando Houdini murió estaba tan decidido a volver a la vida que les dio palabras en código secreto a sus más allegados. De esa manera, si trataban de contactarlo durante una sesión espiritista, sabrían que realmente era él. La esposa de Houdini obtuvo una clave y también su hermano. Y por lo que sé, también Mackenberg, Eddy y Vacca. Ellos eran los encargados de ayudarle a comunicarse desde el más allá.

—Suena como un truco tremendo.

—Por supuesto que es un truco. Con Houdini, todo era para un espectáculo. Pero ¿su obsesión con la muerte? Eso era real. Empezó cuando murió su madre. Lo destrozó hasta la médula. Desde ese día en adelante, se volvió un cadáver ambulante, seguía dando los espectáculos más grandes y mejores del mundo, pero, en el fondo, estaba tan herido por la pérdida que se alejó de todos a su alrededor. Era lo único que temía un hombre sin miedo: a abrirse y arriesgarse a sentir un dolor como ese otra vez. Hasta el día en que murió, habría dado cualquier cosa, de verdad cualquier cosa, por tener una oportunidad más para decirle que la amaba. ¿Te suena conocido?

Por un momento, Zig se quedó inmóvil sobre el asiento de plástico del boliche, observando los bolos pulidos al final del carril.

—No es muy sutil, ¿verdad? —le preguntó Dino desde la máquina expendedora, donde fingía estar enderezando una fila de galletas, pero claramente estaba escuchando.

—Dile a Dino que estoy siendo *honesta* —le respondió Waggs—. Pon atención, Zig. Lo que sea que esté pasando, esos otros cuerpos, Mackenberg, Eddy y Vacca no estaban paseando en un tour de adolescentes. Ese avión estaba lleno de secretos.

—No me importan los secretos. Lo que me importa es Nola, por eso mi prioridad ahora es ver quién viene a reclamar el cuerpo.

—Quieres decir quién *vino*.

—¿Perdón?

—Estoy viendo el Tablón ahora mismo. Según esto, acaban de mover el cuerpo de Nola, o el cuerpo de quien sea. La recogieron hace tres minutos.

15

Llaman a esta zona «Salidas». Como si fuera la sala de un aeropuerto y todos estuvieran sentados viendo sus celulares, esperando despegar a un lugar exótico. Sin embargo, en realidad era una bodega, tan limpia como un hospital y suficientemente larga y ancha para que entrara un camión de doble remolque. En los días buenos, estaba casi completamente vacío, con excepción de algunos ataúdes en exhibición, de metal o de madera, que el gobierno te daba a elegir, y un letrero amarillo grande con letras rojas:

LOS ATAÚDES DEBEN ESTAR CUBIERTOS
POR UNA BANDERA DESDE ESTE PUNTO

Con toda seguridad, cuando Zig entró en la habitación, había un ataúd solitario envuelto en una bandera estadounidense recientemente planchada. En la manija inferior, tenía una nueva placa de identificación:

BROWN
NOLA

—No arrugues mi bandera —le advirtió una mujer de cincuenta y tantos con un acento indio.

—¿Quién la vistió? —desafió Zig.

—Zig, es en serio, ¡no la arrugues! —dijo Louisa «Lou» Falwell, de cabello castaño delgado, constitución robusta y fascinantes ojos azul cielo, desde su escritorio en un rincón.

Demasiado tarde. De un jalón, Zig la quitó del ataúd de madera brillante, recién pulido con cera. La bandera ondeó en el aire. Zig se aseguró de que no tocara el suelo. Las banderas normales miden 2.5 x 1.5 metros. Las de los ataúdes eran más grandes y más difíciles de manejar, lo que hizo que ondeara como una capa sobre el hombro de Zig. Alrededor de la base del ataúd, la banda de poliéster elástico que mantenía la bandera en su lugar aún seguía aferrada con fuerza.

—Master Guns me advirtió que te ibas a poner emotivo, pero ¿oficialmente desapareció tu cerebro? —preguntó Louisa señalando a Zig con un dedo rechoncho, pero aún sin moverse del escritorio. Como jefa de Salidas, la última parada antes de que un cuerpo fuera enviado con su familia, Louisa estaba muy acostumbrada a tratar con gente en su peor momento. Y como la única trabajadora funeraria mujer de Dover, que jugaba al funeral con sus Barbies, también tenía un doctorado en hombres necios.

—Quiero saber quién la vistió —insistió Zig.

Antes de que Louisa pudiera responder, Zig abrió los cerrojos en la cabeza y el pie del ataúd. Sabía cuál lado era cuál, las estrellas de la bandera siempre cubrían el corazón del soldado.

Tunk. Tunk.

—¿Es pariente tuyo? —preguntó Louisa.

—No es pariente, sino amiga de la familia —respondió Zig mientras alzaba la tapa del ataúd.

Adentro, la mujer identificada como Nola, la mujer de la pintura, la mujer en la que Zig había trabajado tan meticulosamente la noche anterior, estaba acostada bocarriba, en perfecta pose de rezo, con rostro tranquilo. Una sábana de plástico transparente protegía su uniforme azul de clase A, con guantes blancos y calcetines oscuros, de cualquier mancha del maquillaje que pudiera caerse durante la transferencia a la funeraria.

—Robby hizo un buen trabajo —dijo Louisa, aunque sabía que con respecto a la última vestimenta de un muerto, para Zig nada era lo suficientemente bueno.

Acercándose al ataúd, Zig sacó el plástico y vio el uniforme de Nola y cada una de sus insignias y condecoraciones.

—¿Crees que no hicimos toda la revisión? —preguntó Louisa.

En Dover, había una lista de inspección de veintiséis puntos sólo para *cada ataúd*. Eso no incluía el cuerpo o la lista de inspección que el mismo Zig había escrito. Se concentró en el rostro de Nola, sabiendo lo importante que era que estuviera bien. Todo padre, incluyendo a Zig, necesita ver la cara para creer que es real. Su maquillaje estaba bien acomodado. También su cabello. La noche anterior, Zig mismo se lo había lavado y después se lo había vuelto a lavar. Como uno de sus predecesores lo había expresado: la madre del muerto es la primera que lava el cabello de un soldado; uno tiene la oportunidad de ser el último.

De su bolsillo, sacó la regla de quince centímetros que llevaba con él todos los días al trabajo. Midió de la costura del hombro a la punta de los galones que marcaban los años de servicio. Doce centímetros. Perfecto. Después las insignias en el pecho. No más de dos centímetros entre cada una. Perfecto. Incluso le alzó el saco para asegurarse de que el lado del cinturón estuviera alineado con el cierre de los pantalones y con la solapa de la camisa. Un trabajo perfecto.

—¿De dónde la conoces realmente, Ziggy?

—Ya te dije, es amiga de la familia. Como ese infante de marina de hace unos años que iba a la iglesia en tu pueblo. Tú no dejaste que nadie trabajara en ese cuerpo. Limpieza, preparación, vestimenta... Tú lo hiciste todo —dijo Zig sacando una hebra suelta del hombro del uniforme, después otra unos cuantos centímetros abajo. Después otra y otra. Catorce hebras en total. ¿Cómo es que nadie se había dado cuenta? Ese no era el punto. Aun cuando alguien solicitaba una cremación, Zig se aseguraba de que cada detalle fuera perfecto—. Este era *mi* trabajo, Lou. No de Robby, ni tuyo —dijo Zig—. Además, apenas la hemos tenido 24 horas. ¿Desde cuándo tenemos que sacar a la gente tan rápido?

—Hsu quería que hiciera espacio para los seis caídos que venían hoy.

Tenía sentido. Sin embargo, cuando Zig volteó hacia Louisa, se dio cuenta de que seguía en su escritorio, como si estuviera pegada ahí.

—¿Estás bien? —le preguntó.

—Claro. ¿Por qué?

Zig fue hacia ella y observó el escritorio.

—¿Quién te dio la bolsa?

—¿Qué?

—La bolsa —dijo Zig, señalando la bolsa de plástico que había sobre su escritorio, bajo su brazo—. ¿Son placas de identificación?

—¿Estas? Sí, acaban de llegar —dijo Louisa, levantándolas como si se le hubiera olvidado que estaban ahí. Ciertamente, en la bolsa había dos placas de identificación maltratadas, las dos con la etiqueta:

BROWN
NOLA

Justo como las que faltaban en el cuarto de Artículos Personales, incluyendo las que les habían quitado a las botas de «Nola».

—¿De dónde las sacaste? —preguntó Zig.

—La coronel Hsu las trajo hace poco. Dijo que habían llegado en el vuelo de esta mañana con los seis caídos. Al parecer alguien los encontró en la escena del accidente. Quería que me asegurara de que la familia las recibiera.

Zig observó a Louisa, que apenas se había movido en su asiento. Llevaba más de diez años trabajando con ella. Sabía que era dura desde el caso de una joven soldado asesinada por un oficial en

Irak; ella fue quien, al devolver los órganos al cuerpo de la mujer y coserla, descubrió que estaba embarazada. Ni siquiera los trabajadores funerarios hombres pudieron soportar eso.

Zig también sabía lo torcida y graciosa que era; recordaba la historia que Louisa siempre le contaba sobre cómo había entrado en esa línea de trabajo: su amiga estaba saliendo con un trabajador de la morgue que insistía en que trabajar para una funeraria era un campo masculino, lo cual hizo que Louisa pensara que era ahí donde estaba el dinero. Desde luego que *era* y aún *es*, un campo masculino. Pero hasta que entró en la escuela funeraria de Oklahoma se dio cuenta de la mierda que les pagaban.

«¿Tiene corazón o no?». Louisa tenía corazón. Siempre. «¿*O no?*».

—No me mires así —dijo Louisa, levantándose por fin de su asiento. Todavía sostenía la bolsa con las placas de identificación—. ¿Tú crees que no sé por qué Hsu muestra interés de repente? Lo único que quiere es otra excusa para acercarse a la Casa Blanca y a lo mejor que el presidente le dé las gracias. Quería vomitarle encima cuando la vi en la pista de vuelo esta mañana.

En una mesa cercana, Louisa metió las placas de identificación en una bolsa de plástico más grande que contenía otros artículos personales, incluyendo las botas quemadas con los cordones cortados.

—¿Me ayudas a prepararla? Tenemos que cerrar el ataúd —dijo Louisa haciendo un gesto hacia el féretro.

Antes de que Zig pudiera responder, escucharon un sonido fuerte, el timbre de la puerta de afuera del almacén de carga. Louisa apretó un botón en la pared y la cortina de metal empezó a enrollarse hacia arriba en un extremo de la sala y reveló una carroza fúnebre brillante y negra, Cadillac, nueva, que había llegado por el ataúd. Zig sabía a dónde se dirigía: la funeraria Longwood. La única pregunta era, ¿quién iba a estar esperando en Longwood?

—«Todo el personal disponible, repórtese al frente para una salida» —anunció una voz por el sistema de sonido.

Asomándose hacia el ataúd, Zig echó un último vistazo a la cara de esta mujer muerta, al grueso maquillaje que hacía que su piel pareciera tan bronceada y hermosa. Sin embargo, como acostumbraba en cada salida, no podía evitar imaginarse la piel gris pálida que había debajo. Y ahora, por primera vez en años, estaba pensando en sus últimos momentos con...

—Zig, ¿me ayudas un poco? —dijo Louisa, tratando de extender la sábana de plástico protectora sobre el cuerpo.

Mientras Zig tomaba una esquina de la sábana y la metía sobre el uniforme de la mujer muerta, descubrió la placa de identificación nueva que llevaba en el pecho, negra con letras blancas: «Brown».

Como tanto en este caso, esto era, desde luego, una mentira.

Justo ahora, Nola estaba allá afuera, en algún lugar. Y en algún lugar ahora mismo, había una familia que no tenía idea de que su hija nunca iba a volver a casa.

—¿Quieres hablar al respecto? —preguntó Louisa.

Zig permaneció en silencio.

—Oí que era de tu pueblo. Que conoció a tu hija —añadió Louisa—. Ha de ser...

—Gracias, Lou. De verdad —dijo Zig, mirando el ataúd por última vez y percibiendo... *ahí*.

Con el índice y el pulgar recogió un solo cabello del recubrimiento de satín blanco del ataúd.

—Creo que siempre hay una molécula fuera de lugar si uno ve con la atención suficiente —bromeó Louisa.

—Oye, primero estoy revisando los protones y los neutrones —Zig devolvió la broma, aunque seguía estudiando el cabello. Corto y rizado. Un afro. La morgue no era un lugar grande. Sólo un hombre tenía el cabello así. Master Guns.

No tenía sentido. Master Guns hacía investigaciones; no se involucraba con la preparación y el envío de los cuerpos.

—Si sirve de ayuda, la sargento Brown tuvo suerte de que trabajaras en ella —dijo Louisa, cerrando el ataúd. Tomó unos cuantos minutos más volver a acomodar la bandera. En la mayor parte de los casos, cuando un ataúd salía del estado, se ponía en una «bandeja aérea», un contenedor enorme que lo mantendría protegido en un avión. Sin embargo, el pueblo natal de Nola, y de Zig, en Pennsylvania estaba a una distancia breve por carretera.

Le quitaron el seguro al carrito de metal y empujaron el ataúd cubierto por la bandera hacia la carroza fúnebre que esperaba.

—Vengo a recoger a la sargento Nola Brown —dijo el chofer. Era un muchacho, se aproximaba al final de su veintena, llevaba un casquete corto y su constitución era robusta, como la mitad de la gente ahí—. La voy a cuidar bien —prometió, mientras ayudaba a llevar el ataúd hacia la parte trasera, donde se deslizó sobre los ejes de metal del carro.

Casquete Corto cerró la puerta de atrás.

—¿Te veo enfrente? —le preguntó Louisa al chofer, quien asintió mientras la carroza avanzaba.

—Zig, ¿vienes? —añadió Louisa volviendo adentro. Justo en ese momento, enfrente de un costado del edificio, un joven cadete asignado a servir como escolta militar esperaba para reunirse con la carroza. Los empleados de Dover también estaban alineándose en la entrada circular para una última despedida, un saludo final, que le daban a todos los cuerpos que partían. Nadie se iba de la morgue sin una adecuada muestra de respeto.

—Ahí te veo —dijo Zig, en el umbral de la bodega abierta.

Esperó a que la carroza desapareciera y a que Louisa se fuera, después sacó su teléfono y empezó a...

—¡Vengo a recoger un ataúd! —gritó una voz.

A la derecha de Zig, una nueva carroza se detuvo, un Buick plateado con techo negro, conducido por un hombre de nariz abultada y bigote para compensar. Tenía las palabras «Funeraria Longwood» escritas en letra de molde en la puerta del chofer.

Zig sintió presión en el pecho; se le entumieron los brazos.

—No me diga que está aquí por...

—La sargento Nola Brown —dijo Bigotes. Miró sobre el hombro de Zig a la bodega ahora vacía—. ¿Está todo bien, señor? No veo el ataúd de la sargento Brown.

16

—¿Nos vamos a ir al infierno por esto, verdad? —murmuró Dino.

—Tú ya estás en el infierno, trabajas en un boliche —murmuró Zig mientras se acercaban a la parte trasera de la carroza fúnebre.

—Claro, lo dice el tipo que trabaja en la morgue. Y por elección. Además, ¿siquiera queremos saber de quién es este ataúd?

Zig le lanzó una mirada mientras tomaba la esquina del ataúd de madera, que olía como a aromatizante de limón. Alguien ya había venido y se había llevado el ataúd de Nola; Dover tenía muchos ataúdes extra. Nadie iba a extrañar este. Ni se iba a dar cuenta de lo que planeaba Zig.

—Muy bien, a las tres —dijo el chofer del bigote. Estaba arrodillado dentro de la parte trasera de la carroza fúnebre—. Uno... dos...

Con un solo jalón, Zig y Dino metieron el ataúd cubierto por una bandera en el carro. El chofer jaló desde adentro y después usó unas correas cercanas para asegurarlo.

—Estaba más ligero de lo que pensé —murmuró Dino.

Zig le lanzó otra mirada. Los ataúdes de madera pesaban más que los de metal, pero no cuando estaban vacíos.

No fue difícil llevarlo a cabo. Con una llamada, Dino llegó corriendo. Fue la distracción perfecta para el chofer. De ahí, Zig volvió a imprimir los documentos de Nola, tomó un nuevo ataúd y acomodó cuidadosamente una bandera estadounidense recientemente planchada. Incluso añadió las identificaciones de metal en las agarraderas de la cabeza y el pie del ataúd. Cada una decía:

—Y aquí están sus artículos personales —dijo Dino, entregándole al chofer una bolsa que tenía unas llaves, un encendedor y un Blackberry viejo de la caja de cosas perdidas del boliche.

—Listo. Muy bien —dijo el chofer, marcando su lista y deslizándose en el asiento del conductor—. Entonces, ¿recojo a la escolta militar enfrente? —añadió.

—De hecho, yo voy a ser la escolta hoy —dijo Zig, acomodándose la corbata y tomando su saco azul de una silla.

—Pensé que las escoltas tenían que ser soldados —dijo el chofer.

—O alguien de Dover —le respondió Zig—. En este caso, yo conocía a la difunta. Es una amiga de la familia.

Se oyó un golpe fuerte cuando Zig cerró la puerta de la cajuela. Antes de que pudiera llegar al asiento del copiloto, Dino lo tomó del brazo.

—Sabes que podríamos seguir a la carroza en tu coche —murmuró Dino.

—¿Y que la gente que realmente estamos buscando se dé cuenta? En caso de que no te hayas enterado, se robaron el cuerpo de Nola.

—¡Entonces tienes que reportarlo! —dijo Dino entre dientes.

—¿A quién? ¿A la coronel Hsu? ¿A Master Guns? No te ofendas, pero para que sacaran a Nola de Dover tan rápidamente, los dos tuvieron que autorizarlo o por lo menos saber al respecto. Justo como hicieron la noche que llegó.

—Entonces hay que rastrear la otra carroza, la que se llevó el cuerpo. Cuando salgan de la base, las cámaras de Dover deberían tener una toma de la placa.

—¿De verdad crees que alguien me va a dar acceso a ese material de archivo? Pon atención, Dino. Quienes hayan organizado esto, son las mismas personas que falsificaron las huellas digitales y apuraron el supuesto cadáver de Nola para que pasara rápidamente por el sistema. Y son los mismos que se aseguraron de que su cuerpo estuviera vestido temprano esta mañana y se lo llevaron rápidamente hace una hora. ¿Y sabes quiénes son las personas que pueden llevar eso a cabo?

—La gente que dirige este lugar —murmuró Dino, mirando al ataúd vacío marcado «Brown, Nola» a través de la ventana trasera de la carroza.

—Créeme, quizá aún no sabemos *por qué*, pero alguien quiere este cuerpo.

—¡No tenemos el cuerpo!

—¡Eso no lo saben! Quien quiera que estuviera en la otra carroza, va manejando con un ataúd. Así que cuando el tablón de Dover se encienda y diga que acabamos de irnos de la base con otro ataúd que tiene otro cuerpo de Nola, créeme, van a empezar a preguntarse si el que ellos tienen es el falso. Alguien va a venir corriendo. Por lo menos, para cuando lleguemos a Longwood, veremos quién nos está esperando en la funeraria.

—*Si...* —dijo Dino.

Zig sabía a qué se refería. *Si* llegaba a la funeraria.

Durante la mayor parte de su vida profesional, Zig había pasado sus días con los muertos. Los limpiaba, los tallaba, les cortaba las uñas y los reconstruía amorosamente. Sin embargo, aquí, con Nola, una mujer que estaba bien viva, era la primera oportunidad de Zig de salvar realmente a alguien. Alguien que una vez lo había salvado y le había ayudado, y a quien él también había tratado de ayudar. En ese entonces, había fracasado. Ahora, definitivamente, ella estaba en problemas. No iba a volver a fallarle.

—¿Estás seguro de que esta chica vale la pena? —preguntó Dino por fin.

Zig sostuvo la mirada de su viejo amigo. No necesitaba darle una respuesta.

—¿Todo listo? —le dijo Zig finalmente al chofer, deslizándose en el asiento del copiloto y revisando el retrovisor para ver si alguien los estaba viendo.

Todo despejado. Por ahora.

—Siguiente parada, funeraria Longwood —dijo el chofer de Longwood, encendiendo el motor.

Zig volvió a mirar por el retrovisor. Todo despejado.

Desde ese ángulo, no tenía idea de lo que estaba por venir.

17

Zig pensó que estaba preparado. Durante casi dos horas, mientras iban por la autopista DE-1, había estado sentado en el auto, jugueteando con su corbata, contando los letreros de salidas, preparándose para su regreso a Ekron, su pueblo natal. Sabía que iban a empezar a removerse muchos recuerdos, de su juventud, de su vida de casado... y, desde luego, recuerdos de su Magpie.

En Ekron había nacido su hija. Ahí había aprendido a andar en bicicleta. Ahí se había caído. Se había roto el brazo. Se había roto el otro brazo en clase de danza. Ahí se había escondido en un árbol durante cuatro horas jugando a las escondidillas; Zig incluso había llamado al sheriff, hasta que Magpie se reveló como una de las mejores ocultistas. Ahí había vomitado en La lonchería, así se llamaba, «La lonchería», la primera vez que probó el huevo.

Durante los primeros años después del funeral, Zig veía a su hija en todas partes, lo quisiera o no. Hoy día, ocurría lo contrario. Magpie seguía ahí, siempre podía sentirla ahí, pero también estaba en otra parte, en el éter, hasta que un pensamiento consciente, un recuerdo, una canción, la traía de vuelta de manera instantánea. Podía sentirlo ahora mismo... que regresaba, lentamente, mientras dejaban la autopista, conforme cuatro carriles se convertían en dos, conforme la Delaware rural abría el paso a la Pennsylvania rural, separadas por una casa rodante oxidada del lado de Delaware, y el escenario se iba haciendo familiar.

—Quizá debamos tomar la Calle 3 —sugirió Zig. Pero era demasiado tarde, así que ahí estaban, pasando frente al único lugar que esperaba evitar: las lápidas blancas del cementerio Octavius, donde tantos años atrás Zig había enterrado a su hija.

—¿Cuántos años tenía? —preguntó el chofer del bigote, se llamaba Stevie.

—¿Disculpa?

—*Ella* —dijo Stevie, señalando con el pulgar por encima de su hombro, hacia el ataúd que llevaban atrás—. La sargento Brown. ¿Cuántos tenía, veintiséis? —Stevie estaba en los treinta, tenía dedos gruesos, patas de gallo alrededor de los ojos. Incluso en una pequeña funeraria de pueblo, había muchas cosas de las que apartar la mirada—. No sé cómo le hace.

—¿Cómo? Tú manejas una carroza fúnebre. ¿No lo ves todos los días? —preguntó Zig.

—No, aquí en Longwood nos llega gente de ochenta, de noventa. Gente que ya sabe lo que está por venir. A veces nos llega alguno como Walter Harris, que tenía cincuenta y uno cuando tuvo un ataque cardiaco, y hace unos años, llegó un niñito que fue a nadar y... —Stevie se detuvo—. Qué horror.

No era diferente cuando alguien mencionaba a Maggie. La gente tenía la necesidad de describir con las mismas palabras inútiles. «Un horror. Una tragedia. Algo inimaginable».

—De cualquier manera, los casos como esos son uno en un millón —añadió Stevie—. Pero lo que usted hace en Dover, soldados de veinte años... tan jóvenes... todos los días... —trató de terminar la oración, pero, de nuevo, no lo consiguió.

Zig asintió, ahora veía las lápidas del cementerio que se juntaban en una línea dentada. Se preguntó si los encargados pondrían las flores frescas por las que pagaba cada mes. Iba a revisar. Quería revisar. Quería verla. Por lo general, temía ir ahí. Sin embargo, ese era el verdadero secreto de la pérdida a largo plazo.

Después de la muerte de Maggie, Zig sentía que se desgarraba cuando visitaba lugares como la playa de Jersey, donde solían llevar a su hija de vacaciones. Años más tarde, sin embargo, un nuevo viaje a la playa le devolvió los mejores recuerdos: haber volado un papalote de mariposa gigante, haberla encontrado acomodada sigilosamente abajo de un camastro en otro juego de escondidillas, haber comido una pizza mala y un helado cremoso fantástico, con chochitos de colores que le formaron un bigote en el rostro; esos recuerdos le habían devuelto pequeños pedazos de ella, como una recompensa. Lo mismo ocurría ese día, Zig ahora tenía en abundancia recuerdos de los árboles de otoño, naranjas y amarillos, de cuando Maggie nació. De hecho, los recuerdos que alguna vez le habían desgarrado el corazón en los primeros días de pérdida, años después, eventualmente volvían y lo reconfortaban. En este momento Zig era feliz.

No duraría.

—Última parada —anunció el chofer cuando dieron vuelta en la calle Legión y se dirigieron a un edificio amplio de un piso justo al lado de los bomberos. El letrero era nuevo, pero las letras verdes y blancas eran exactamente iguales: «Funeraria Longwood»—. Bienvenido de vuelta —dijo Stevie.

Zig se volvió hacia él.

—¿Cómo lo sabes?

—¿Qué?

—Que soy de aquí. Dijiste «bienvenido de vuelta». Pero nunca te dije que vivía aquí..., que trabajé aquí.

—Investigué sobre usted.

—¿Por qué?

Stevie apretó un botón en el tablero. La puerta del garage se fue abriendo lentamente mientras entraba la carroza fúnebre.

—Te hice una pregunta —insistió Zig, buscando su cuchillo plegable.

Adentro, se encendió una luz automática. Había montones de conos anaranjados para el tránsito, una manguera de goma enrollada cuidadosamente y galones de detergente para lavar la carroza fúnebre, que siempre tenía que estar impoluta. A la derecha de Zig, había dos ataúdes de metal, los dos sobre carritos de acero.

Stevie apagó el motor y finalmente se volvió hacia Zig. Sus ojos eran dos ladrillos de carbón.

—Debería entrar.

—¿De qué estás hablando? —preguntó Zig.

—Alguien lo está esperando.

18

Zig conocía ese olor. Popurrí floral rancio y aromatizante. Era un truco de su viejo jefe, una manera de convencer a la gente de que realmente estaban entrando a una casa y no a una casa de la muerte. Como con casi todo en una funeraria, era una mentira.

—¿Hay alguien aquí...? —llamó Zig mientras avanzaba lentamente por el amplio corredor que conectaba el garage con el resto de la casa. Llevaba la mano en el bolsillo, sosteniendo su cuchillo—. ¿Hola?

Nadie respondió.

Zig se reprendió por no prever que esto podría pasar. Cuando los cuerpos de soldados caídos regresaban a sus pueblos de origen, la funeraria local por lo general estaba llena de flores y banderas de Estados Unidos. La gente salía. Los autos de policía y de bomberos daban la bienvenida a la carroza fúnebre como si fuera un cortejo. Aquí en Longwood, sin embargo, todo estaba en silencio. Cuando llegaron, Zig pensó que se debía a que Nola no había vivido ahí en años o a que lo estipulado se cambió abruptamente. Sin embargo, ahora, por fin tenía sentido. Alguien había mantenido en silencio su llegada a propósito.

—Estoy aquí. Conseguiste lo que querías —dijo Zig, pasando las escaleras que llevaban al sótano, donde estaba el cuarto de preparación.

Cuando vio el sótano, sintió el conocido nudo en la garganta. Había visto su primer muerto en esa habitación. En realidad, no era cierto. A los once años, había encontrado a su abuela muerta en la tumbona amarilla de la sala, con la piel blanca como la porcelana, sombra de ojos azul claro, su perfume tan fuerte como siempre.

Años más tarde, Zig aprendió el negocio en ese sótano. Trabajó en cuerpos en ese sótano, aprendió a inyectar el líquido de embalsamamiento en las mejillas de alguien para que la sonrisa fuera adecuada, una sonrisa nunca demasiado grande, nadie quería un payaso, sólo lo suficiente para que tuviera una «apariencia agradable», como solía decir su jefe, Raymond. Y un día, en ese mismo sótano, Zig se había quedado de pie mirando una bolsa de vinil con cierre, con un cadáver tan pequeño que la bolsa casi parecía vacía.

Les había dicho a todos que él mismo quería trabajar en Maggie. El daño era muy grave. Su esposa se peleó con él para disuadirlo, le rogó que no lo hiciera, pero él le dijo que era su privilegio, que no había un honor más grande que ayudar a descansar a los que amas.

Fue, por decirlo llanamente, un desastre.

Cuando Zig abrió el cierre de la bolsa, el sólo ver los rizos castaños de su hija detonó todo. Cuando se pierde a alguien cercano, a alguien que está ligado a tu alma, hay un momento cuando llegan las lágrimas. No las lágrimas comunes, cuando lloras y alguien te abraza, y después se termina el funeral y uno regresa al trabajo pensando «de verdad necesito hacer cambios y apreciar más la vida».

No, se trata de lágrimas que se escabullen dentro de ti, que te encuentran con la guardia baja y giran rápidamente en un vórtice dentro de tu garganta y tu pecho, te roban el aliento y traen un llanto como el que nunca has llorado antes, un sollozo jadeante y desgarrador que te rompe el estómago, el centro, y cualquier creencia que hubieras tenido sobre el universo. Olvídense de la tristeza. Se trata de desesperación.

Zig, en esa noche de agosto, había tenido ese llanto ahí, bajando esas escaleras del sótano, sobre el cuerpo de su hija. Fue un momento que volvía a vivir ahora mientras avanzaba frente a la puerta cerrada y se encontraba de vuelta en la recepción.

Hubo un *clic* silencioso detrás de él. Alguien tenía un arma.

Zig se volteó.

Era alta y tenía rasgos afilados. Hermosa y dura. Tenía el cabello lacio, blanco, con un solo mechón pintado de negro. Con una mirada más atenta, se veía que su cabello blanco no era del color de las cosas viejas; era más bien plateado, del color de la luna. No se parecía para nada a como fue antes. Sin embargo, no había modo de confundir esos ojos negros con rayos dorados, no había modo de confundir esa cicatriz en la oreja.

—Las manos. *Ahora* —dijo Nola Brown, apuntando a la cara de Zig.

19

Así era Nola a los veintiséis.

—Vacíe sus bolsillos —insistió.

—¿Crees que estoy armado? —preguntó, sonriendo rápidamente.

—Deje de hablar —Nola no conocía a este hombre. No tenía idea de que se llamaba Zig. Pero sabía esto: no le gustaban los sujetos encantadores y él no le caía bien.

—Su cuchillo —dijo, apuntando la pistola hacia la cadera de él—. En el bolsillo derecho.

Zig hizo una pausa, con apariencia confundida.

Nola se dio cuenta desde que Zig entró a la habitación. Al primer signo de pánico, sus manos no fueron a la cintura, al pecho o incluso al tobillo, los lugares para un arma. Su mano se dirigió al bolsillo de sus pantalones. ¿Gas pimienta? No, era demasiado viejo, probablemente demasiado orgulloso. Tenía que ser un cuchillo.

En una mesa cercana, Zig dejó sus llaves y su cuchillo plegable. Un SOG Trident Elite. De navaja grande. De típico macho del ejército, aunque por la manera en como caían sus hombros, Nola no estaba convencida de que fuera un militar. En cuanto al cuchillo, estaba modificado con una muesca profunda en la parte superior de la navaja de manera que se pudiera abrir cuando se sacaba del bolsillo. También hacía daño extra, pues añadía un corte en cada tajo. Tal vez lo usaba en el trabajo. Nola hizo una nota mental.

—¿Y la llave? —añadió ella.

—Ya te di mis llaves. Están justo...

—La otra llave. La llave *real.* —Alzó la pistola hacia el pecho de Zig, pero él apenas dio un paso atrás, apenas reaccionaba. Como si no la hubiera oído.

Ella lo miró con más atención. Cincuenta años. Sin anillo de bodas, pero todavía guapo, un hecho del que él era bastante consciente, con base en la manera como alzaba la barbilla, como si se condujera con la cara. Sin embargo, tenía pelo en las orejas, además de algunos pelos sueltos en las cejas, señales de un hombre que vivía solo o por lo menos de alguien que salía con tantas mujeres que cada chica era demasiado nueva para depilarle esas cejas.

Lo que Nola notó más eran los círculos oscuros que tenía debajo de los ojos, como medias lunas en la cara. Había brillo en su mirada, pero también una tristeza sombría. Y la forma en que la miraba... No, no sólo la miraba. *La escrutaba. La reconocía.*

—Nola —dijo por fin. Ella permaneció en silencio, apuntándole todavía, con el dedo sobre el gatillo—. Nola, soy yo. Te conozco de cuando eras niña —dio un paso hacia ella. Tenía cierta rigidez, incluso cuando se movía. «Un líder, pero también un mentiroso».

—Nunca antes lo había visto en mi vida —jaló el seguro, e inclinó la pistola para apuntar a su cuello—. Ahora, deme la llave.

—No comprendo, ¿la llave de qué?

—Del ataúd.

—¿Te refieres al ataúd en el que se supone que *estás tú*? Los ataúdes de madera no tienen llaves, sólo tienen un seguro —le explicó—. Además, el ataúd está vacío. Se llevaron el cuerpo.

Nola lo estudió. Hizo algo antes de hablar, se tocó la comisura derecha con la lengua. Señal de verdad o señal de mentira.

—Dígame qué quiere —dijo ella.

Nada de lengua, nada de comisura.

—Quiero saber qué está pasando y qué le pasó a esa gente del avión —tenía que ser verdad. Y después, la lengua a la comisura—: Dime eso y te voy a decir dónde está el cuerpo.

Nola se quedó un momento de pie, haciéndole un gesto para que se acercara a ella. Conforme Zig se acercaba, ella soltó un golpe fuerte con la palma hacia arriba, sus cuatro largos dedos precisos como una lanza bajo sus costillas, dirigiéndose a...

Eso. Su hígado.

—¿Qué ca...? —El vómito llegó tan rápidamente que no alcanzó a decir las palabras—. *¡Bluagh!*

Boqueando, Zig cayó de rodillas mientras pedazos del pan tostado que se había comido en la mañana se esparcían sobre la alfombra. Nola había aprendido ese golpe de su papá, que una vez le había pegado tan fuerte en el hígado que hasta sintió sangre en la boca.

Se metió el arma en la parte posterior de los pantalones y salió rápidamente de la habitación, de regreso al garage.

Zig gritó algo detrás de ella, pero no le importó.

Llegó a la carroza fúnebre, abrió la puerta trasera y reveló un ataúd cubierto con una bandera. En el pie tenía una placa de metal:

BROWN
NOLA

La miró fijamente y leyó su propio nombre dos veces, después quitó la bandera del ataúd y lo jaló hacia ella. Lo supo sólo por el peso. Sin embargo..., tenía que verlo por sí misma.

Le dio otro jalón al ataúd, luego otro que, como un sube y baja, hizo que el ataúd cayera al suelo. Se oyó un golpe fuerte cuando la base golpeó el concreto.

Tuck. Tuck.

Encontró rápidamente los seguros. La tapa del ataúd era pesada, pero cuando la abrió y vio los primeros pedazos de recubrimiento de satín adentro...

Vacío.

Furiosa, Nola cerró la tapa, con tanta fuerza que el ruido que resonó en la puerta del garage le vibró en el pecho. Sin embargo, no dijo ni una palabra, no gritó, no jadeó. La Silenciosa Nola había aprendido eso hacía mucho. No servía para nada. En especial cuando alguien estaba mirando.

«Mongol... Faber... Staedtler... Ticonderoga... Swan». Nola repasó mentalmente la lista, utilizando la técnica de meditación que los psicólogos le habían dado para cuando sentía demasiada furia. «Mongol... Faber... Staedtler... Ticonderoga... Swan». No estaba funcionando.

—Me mintió —gruñó—. No tiene idea de dónde está el cuerpo.

—Sabes, para alguien que acaba de hacerme vomitar en la alfombra de una funeraria, realmente tienes una manera extraña de decir «lo siento» —dijo Zig, de pie en la entrada de la casa.

—No era una disculpa.

—Eso pensé. Yo no soy tu enemigo, Nola. De hecho, vine a ayudar.

Nola permaneció en silencio, observando la parte trasera de la carroza fúnebre. «Mongol... Faber... Staedtler...».

—¿Me estás oyendo? —preguntó Zig—. Obviamente, le pagaste al chofer de la carroza para que recogiera el ataúd, lo cual fue un fracaso. Alguien más se llevó el cuerpo que estás buscando. Yo te ofrezco ayuda ¿y no tienes nada más qué decir?

Nola se mantuvo de espaldas, como si él no estuviera ahí. Aún seguía viendo la carroza, los ejes de metal y las cuerdas, las muescas de la piel en los asientos delanteros, las dos tazas de café en los posavasos. Sacó una pequeña libreta de notas y un lápiz de su bolsillo.

—¿Qué estás haciendo, tomando notas? —preguntó Zig.

Estaba dibujando. Siempre dibujando, bosquejando, capturando visualmente el momento. Nola lo había aprendido hacía mucho, así era como funcionaba su cerebro. «Mongol... Faber... Staedtler... Ticonderoga... Swan».

—Supongo que la mujer del accidente aéreo... La que todos piensan que eres tú —dijo Zig—, ¿supongo que era una amiga?

Nola no respondió, seguía dibujando, recreando en líneas borrosas a lápiz la puerta trasera abierta de la carroza y el ataúd que se asomaba como una lengua de madera.

—Yo trabajé en ella, sabes. En la morgue, yo me encargué de ella —añadió Zig, acercándose al auto.

Nola dio la vuelta, sosteniendo el lápiz como un cuchillo.

—Tranquila —dijo Zig—. Sólo... —Se arrodilló y levantó la bandera que estaba en el piso. Empezó a doblarla con cuidado.

—Perdón por lo de la bandera —dijo ella. Lo decía en serio. Toda su vida supo que no era como el resto de la gente, ni siquiera le *caía bien* la mayoría de la gente. No fue diferente en el ejército; durante sus primeras semanas, se hizo destacar rápidamente por apuñalar con una llave la mano de un compañero soldado que le tocó las nalgas. Sin embargo, en el ejército, había encontrado la consistencia, la regularidad que le faltaba en su propia vida incierta; además, le dejaban matar a quienes dañaban el mundo, y vaya que Nola era excelente en eso.

—¿Te puedo hacer otra pregunta? —dijo Zig, aunque no esperó la respuesta—. ¿Por qué no me has preguntado cómo te conozco?

Otra vez, no hubo respuesta. Al parecer, él no era tan estúpido como ella había pensado en un principio.

—Nola, en el cuarto... cuando me viste por primera vez... me reconociste, ¿no es así?

Nola seguía dibujando con la cabeza inclinada. «Mongol... Faber... Staedtler... Ticonderoga... Swan».

—El papá de Maggie. El que trabaja en la morgue.

Zig se enderezó. Justo ahí, Nola lo vio. Una ráfaga de luz en el rostro de ese viejo hombre desesperado. Hacía tanto que no escuchaba esas palabras que había olvidado lo bien que se sentían. «El papá de Maggie».

—Llámame Zig —dijo con demasiada emoción mientras extendía una mano.

Nola lo ignoró, concentrada aún en el dibujo. Había terminado de dibujar la carroza y el ataúd. Cambió la página y se puso a dibujar algo nuevo. Al mismo Zig.

—Te acuerdas de que la salvaste, ¿no? ¿A mi hija? —Una vez más, silencio—. Mira, lo que dije lo dije en serio —añadió—. Si me dices qué ocurrió, puedo ayudarte.

Nola permaneció en silencio, su lápiz avanzaba como un rayo.

—¿Por lo menos puedes decirme el nombre? De tu amiga... Para estar aquí, obviamente te importaba —dijo Zig.

Más silencio; más dibujo. El parecido estaba bien, un primer borrador útil. Sin embargo, como siempre, su arte, el proceso real de dibujo, siempre le mostraba... algo más. Podía verlo en el retrato de los ojos de Zig. No sólo tristeza. Soledad.

—Nola, ¿te das cuenta de que alguien se llevó el cuerpo de esta mujer, y si no saben que ya estás viva, no les va a tomar mucho tiempo descu...?

—¿Dónde está el cuerpo ahora?

—No sé. Se lo llevaron.

—¿Quiénes?

—Ni idea. Estábamos esperando a que apareciera la carroza de Longwood, pero llegó otra carroza primero fingiendo que era de ese lugar y se lo llevó.

—¿Entonces por qué viniste aquí?

—Anoche tú cambiaste el destino a Longwood. Me imaginé que había una razón. Por lo menos, si quien estuviera detrás de esto pensaba que teníamos el cuerpo, tal vez iba a venir corriendo. Pero te digo algo: quienquiera que sea, supongo que fue la misma gente que falsificó las huellas digitales de tu ami...

—Tengo que irme —lo interrumpió Nola, cerrando su libreta de dibujo. Abrió la puerta del garage con la palma. La puerta se abrió—. Disculpe otra vez por la bandera.

—Nola...

Sin respuesta.

—¡Nola, espera por favor!

Aún nada. Ella ya estaba afuera.

—Nola, te dejó un mensaje. Tu amiga... en su estómago... encontré un mensaje para ti.

Nola se detuvo a medio paso.

—¿Qué tipo de mensaje?

20

—¿Y estaba en su estómago?

—Yo mismo lo encontré —dijo Zig mientras estaban de pie en el garage cerrado. Nola lo miró. Era verdad—. Debió tragárselo cuando supo que el avión estaba, bueno... ya sabes.

Nola asintió. Lo sabía todo demasiado bien. Durante tres días había estado repasando esos últimos momentos en Alaska, cuando estaba por marcharse del pequeño aeropuerto y, de repente, había gente gritando, llorando, una onda de emoción tan fuerte que la sintió en el estacionamiento incluso antes de escucharla. Había gente señalando. Sollozando. A la distancia, sobre la nieve, un remolino de humo negro se desvanecía.

—¿Y eso era todo lo que decía la nota? —preguntó Nola, observando la fotografía en el teléfono de Zig. Leyó las palabras una vez, luego otra.

NOLA, TENÍAS RAZÓN.
SIGUE HUYENDO.

—¿Significa algo para ti? —preguntó Zig.

En la pantalla, Nola agrandó la fotografía con las yemas de los dedos, estudiando la caligrafía temblorosa y las líneas con bultos que se producen cuando alguien escribe en la mesa de plástico de un avión. No pudo evitar pensar en el momento en que se escribieron esas palabras, en el terror que las había provocado.

Nola se había enfrentado a la muerte antes, más recientemente en un helicóptero que tuvo que hacer un aterrizaje forzoso en un campo de Yemen. En ese momento, mientras el piloto gritaba cosas que nadie podía comprender, los pensamientos de Nola eran acerca de que esperaba una mejor muerte para ella misma, algo más significativo que una inconveniente falla eléctrica.

Hoy, se preguntaba si su amiga tuvo una sensación similar mientras el avión se derrumbaba en Alaska. Sin embargo, mientras Nola releía la nota, emergió una verdad más triste: en esos últimos momentos de desesperación, su amiga no se había preocupado por su propia muerte, ni siquiera por ella misma. Se había preocupado por Nola.

—Kamille —dijo Nola bruscamente.

—¿Disculpa? —preguntó Zig.

—Kamille. Así se llamaba la mujer del avión... el cuerpo que todos piensan que soy yo... Kamille Williams. Sargento del personal asignada a Operaciones Especiales del ejército. Veintisiete años. De Iowa.

—¿Era tu amiga?

Nola volteó hacia Zig y lo miró largamente, pero no dijo nada.

—Nola, cuando estás en un avión que está a punto de chocar, ¿sabes cuál es el factor número uno para sobrevivir?

—Estar cerca de la puerta de emergencias —respondió Nola.

—No. Ese es el número dos. El número uno es ser un varón. Sí, la proximidad a la puerta decide quién sobrevive. Pero cuando el avión está cayendo y todos avanzan hacia la puerta nos volvemos animales. Simples animales. Para sobrevivir a un choque tienes que conservar al hombre racional que hay en ti —dijo, con voz cada vez más lenta—. De alguna manera, Kamille salió. Apuesto que no era un oponente fácil. Ahora, ¿quieres decirme más sobre ella?

Nola permaneció en silencio, volvió a apretar el botón que abría la puerta del garage, que enrolló la puerta hacia arriba. Se estaba yendo.

—Sé que la pintaste —gritó Zig cuando Nola estaba por salir—. Vi el lienzo entre los artículos personales de Kamille. —No detuvo a Nola—. También investigué tu trabajo, Artista en residencia, así le dicen, ¿verdad? El ejército deja que viajes por el mundo pintando soldados en Afganistán o retratando trabajadores en Bangladesh. Puedes ir a cualquier lugar, ¿no es así? —añadió Zig—. Sin embargo, no puedo comprender qué estabas haciendo en Alaska. ¿Fuiste sólo a pintar a Kamille o estaba sucediendo algo más ahí?

Nola siguió caminando. Zig no le caía bien y no le gustaba el sutil tono de acusación que percibía en su voz.

—¿Podrías decirme por lo menos por qué Kamille viajaba con tu nombre? Cambiaste tu lugar con ella, ¿no? ¿Fue idea de ella o tuya?

Nola estaba afuera, revisando la cuadra y dirigiéndose hacia el auto que había escondido a la vuelta de la esquina.

—¿Qué me dices de Houdini? —dijo Zig.

Entonces, Nola se detuvo.

—¿Crees que eres la única que encontró los nombres de las otras víctimas? —preguntó Zig—. Rose Mackenberg. Clifford Eddy. Amedeo Vacca; todos estaban en el avión con tu amiga Kamille, pero todos murieron hace cincuenta años.

Nola bajó la mirada a la calle, a una grieta delgada que zigzagueaba en el concreto. No había habido agua suficiente en la mezcla del cemento. Qué error tan previsible.

—Son nombres encubiertos —dijo Nola por fin.

—Ya sé qué son los nombres encubiertos. Lo que quiero saber es qué encubrían. Para estar tan lejos, en Alaska, claramente era un grupo que no quería a nadie alrededor y, sin embargo, ahí estabas tú, justo en el centro del asunto, con tus pinceles. Entonces, ¿por qué no volvemos a empezar, Nola? Tú viste algo en Alaska, supongo que fue algo que hizo que te mantuvieras lejos del avión. ¿Qué fue?

En la calle, un viejo paseaba a un perro demasiado pequeño. El tipo de perro al que nadie en su buen juicio habría puesto una correa.

—Eso no le concierne, señor Zigarowski. Que tenga una buena vida.

—No, no me vengas con «señor Zigarowski». En la nota que Kamille dejó, quienquiera que haya derribado ese avión, si tú eras el objetivo...

—Yo no tenía idea de que yo fuera el objetivo. Todavía no lo sé.

—Pero tienes un presentimiento. Si no fuera así, no te estarías escondiendo así, ni revisarías la calle como si viniera el coco.

Nola apartó la mirada de la calle, del hombre y su perrito. Zig la estaba mirando directamente.

—Nola, lo que fuera que estuviera pasando, le debes a Kamille descubrir la verdad. Yo te puedo ayudar con eso.

—Ya no tengo doce años. No necesito ayuda.

—¿Estás segura? Oficialmente, estás muerta. Eso significa que tus identificaciones ya no sirven ni ningún tipo de autorización de seguridad clasificada que alguna vez hubieras tenido. Por lo menos, conmigo, en cualquier puerta a la que planees tocar después, contarías con el elemento sorpresa, lo que, hasta donde puedo decir, es lo único que tienes a tu favor por el momento.

Nola volvió a ver la grieta en el cemento.

—¿Por qué está haciendo esto, señor Zigarowski?

—Por la misma razón por la que cambiaste tu PADD y trataste de traer el cuerpo de Kamille aquí en lugar de enviarlo al Cementerio de Arlington. Querías llevar a Kamille con su familia, ¿verdad?

—Eso no me dice por qué está haciendo esto.

—Nola, yo procuro que la gente descanse. Ese es mi trabajo. Entonces, tu amiga Kamille...

—No deja de llamarla mi amiga. No era mi amiga.

—De cualquier modo, es la hija de alguien. Es un miembro de nuestro ejército. —Miró a Nola profundamente a los ojos y encendió su encanto. Se lamió los labios y se tocó la comisura derecha con la lengua—. Necesito poner a Kamille a descansar.

Nola sabía que era una mentira. O, por lo menos, una verdad a medias. No había forma de que Zig estuviera arriesgándolo todo sólo para ayudar a una muchacha de su viejo vecindario. Nadie lo haría. Entonces, ¿se trataba de lo que Nola había hecho tantos años atrás en la fogata?, ¿derribar a Maggie?, ¿estaba haciéndolo por culpa o para compensar una deuda que sentía que tenía? De ser así, era más imprudente y estaba más herido de lo que pensaba. Sin embargo, Zig tenía razón en una cosa: definitivamente, los movimientos de Nola estaban limitados. Si quería descifrar las cosas, necesitaba a alguien que pudiera trabajar a plena luz del día, en especial, tomando en cuenta a dónde iba a ir después.

Nola pensó en el dibujo a lápiz que acababa de hacer de Zig... en la soledad de su rostro. ¿Le caía bien Zig? No. ¿Confiaba en él? No. Pero eso no significaba que no pudiera usarlo.

—¿Le gustaría ir a Washington, D. C.? —preguntó Nola.

21

Condado de Fairfax, Virginia

—Identificación —insistió el soldado.

Zig apoyó un codo sobre la ventana del conductor, sonrió sarcásticamente y entregó su identificación de la morgue de Dover.

—Tengo una cita —dijo, observando al guardia y al segundo guardia que estaba detrás de él. Ambos portaban armas de asalto MP5.

En la entrada principal de la mayoría de las bases militares de Estados Unidos, incluyendo esta de Fort Belvoir, los guardias llevan armas M9. Pistolas estándar. «Para que lleven MP5, están en alerta o en busca de algo. O alguien».

—¿Ya entró? —preguntó Nola al oído de Zig por medio de uno de esos auriculares de Bluetooth que hacen que uno parezca mitad robot y mitad viajero de negocios de 2006.

—Día ocupado, ¿no? —dijo Zig a los guardias.

Ninguno le respondió. El más alto, que tenía dientes perfectamente blancos pero torcidos como edificios venidos abajo, seguía examinando la identificación de Zig.

El otro guardia sacó una vara larga con un espejo redondo en el extremo y la pasó por debajo del auto de Zig, quien, incluso desde ahí, podía ver el parche de las Fuerzas Aéreas de su uniforme, con la espada y tres rayos. Olvídense de la policía militar. Estos eran de las Fuerzas Especiales.

—Hace dos años, mi cuñada pasó por Dover —dijo por fin Dientes Chuecos, mientras le devolvía su identificación a Zig.

Apretó un botón que levantó el poste de seguridad—. Gracias por su labor. Bienvenido a Fort Belvoir.

Zig asintió en agradecimiento y encendió el motor.

—Te dije que la identificación de Dover iba a servir —le dijo a Nola.

Ella no respondió. No era ninguna sorpresa. Durante todo el viaje, la Silenciosa Nola apenas había dicho una palabra. ¿Era inteligente que él estuviera ahí? Desde luego que no. Pero ¿estaba rompiendo la ley? Todavía no.

—Siga derecho —dijo Nola mientras Zig conducía por las calles limpias, frente a las largas bodegas blancas y edificios de ladrillo rojo de la base.

A media hora a las afueras de Washington, D. C., Fort Belvoir podía parecer una típica base militar, pero albergaba a algunos de los guardadores de secretos más importantes del Departamento de Defensa. Ahí estaban las oficinas centrales de Inteligencia y Seguridad Militar. También el Big Brother de la vida real, la Agencia Nacional de Inteligencia Geoespacial. Para contextualizar, Fort Belvoir tenía casi el doble de empleados que el Pentágono. Y, bueno, en la escena final de *Cazadores del arca perdida*, ¿dónde está la enorme bodega en la que ponen el arca con el resto de asuntos no comentables del gobierno? Así es como llaman a ese lugar en la base, en la ubicación exacta a la que se dirigía Zig, el edificio beige anodino con un letrero enfrente que decía:

CENTRO DE PROTECCIÓN DEL MUSEO
CENTRO DE HISTORIA MILITAR

Dentro de ese amplio edificio gubernamental está el aire más limpio de la zona de Washington, D. C., que se filtraba al nivel de partículas y se mantenía perfectamente a veintiún grados. Con el fin de proteger los tesoros que escondía, incluso cargaban el aire con energía estática positiva para que los contaminantes fueran expulsados hacia afuera en lugar de permanecer adentro.

—El último lugar de la derecha tiene un punto ciego —dijo Nola mientras Zig se detenía en el estacionamiento y levantaba la mirada hacia el poste de la cámara, que al parecer no podía verlo.

Se bajó del auto con la cabeza inclinada hacia abajo y se dirigió rápidamente hacia el edificio de las puertas de cristal.

—Diez, ochenta y tres —añadió Nola al oído de Zig, que levantó un teléfono negro del muro y marcó el número en el intercomunicador. Sonó tres veces antes de...

—Aquí Barton —respondió una voz con acento de Kentucky.

—Hablamos más temprano. Soy el investigador —dijo Zig. Era mentira, pero no era tan falso—. De Dover...

Clic, fue todo lo necesario.

Se oyó un zumbido fuerte. Zig empujó la puerta. Ya era tarde, casi las siete de la noche, el amplio recibidor estaba oscuro, todos se habían ido ya.

—¿Y ese auto? —le murmuró Zig a Nola.

Frente a él, en el centro del recibidor, había un auto antiguo, con elegantes llantas de refacción a un costado, como los que se ven en las películas viejas y los cómics de Rico MacPato.

—La limusina del general Pershing, de la Segunda Guerra Mundial. Era su locomóvil —dijo Nola, aunque ella no podía verlo. Evidentemente, el auto era una pieza destacada del museo.

Zig alzó una ceja ante la disposición repentina de Nola. Durante todo el trayecto, apenas había dicho una palabra, la Silenciosa Nola en pleno, aunque no era sólo el silencio. Él la observaba con atención. «¿Tiene corazón o no?» El jurado seguía deliberando. Había cierta impaciencia en ella, una ira oculta. Si de repente estaba comunicativa, algo quería.

—Necesito hacerle una pregunta —añadió ella.

—Pregúntame rápido. Tu amigo Barton ya casi llega.

—¿Qué tan quemada estaba?

Zig estuvo a punto de preguntar «¿quién?», pero ya lo sabía. La mujer en la que había trabajado el día anterior, el cadáver que ahora había desaparecido y que Nola perseguía. Kamille.

—Recibió una quemadura de fogonazo. Le chamuscó la piel —le explicó Zig.

—¿Tenía quemaduras químicas o...?

—No, químicas no. —Zig sabía hacia dónde iba. Cuando un misil derriba un avión, la piel de los pasajeros tiene quemaduras químicas ocasionadas por el combustible corrosivo. Si es una bomba, el cuerpo se divide en fragmentos—. Kamille estaba intacta. Con las piernas rotas y quemaduras sólo del lado derecho.

—Usted cree que saltó —dijo Nola.

—Eso explicaría las piernas. Y sin señales de quemaduras químicas o fragmentación...

—No fue una bomba ni un misil —dijo Nola—. Ella sabía lo que iba a pasar. Por eso se tragó la nota. Poco después del despegue, incluso durante el despegue, sabía que el avión se iba a caer.

Zig asintió.

—Ahora, ¿puedo hacerte una pregunta *a ti*? —dijo mientras se acercaba a la rejilla del frente de la limusina. Por el pasillo, una figura dio vuelta a la esquina. Zig no tenía mucho tiempo, pero ya que Nola estaba comunicativa...— Dime algo de Maggie —dijo bruscamente—. De mi hija.

Hubo una pausa.

—Señor Zigarowski...

—Zig —insistió con una risa forzada—. Me tienes que decir Zig.

—No la conocía bien. Sólo viví un año en Ekron.

—Pero fueron juntas con las exploradoras... y en la fogata del campamento, tú la salvaste.

—La aparté del camino, pero eso no significa que...

—Quién sabe qué habría pasado si tú no hubieras estado ahí. Pero, afortunadamente, sí estabas. Y después de eso, Maggie y tú andaban por los mismos pasillos... tomaban las mismas clases. Tuvieron que verse en alguna parte. Dime sólo una cosa... cualquier cosa que recuerdes de ella.

Durante cinco segundos completos, Nola se quedó en silencio. Hasta que...

—Recuerdo que iba conmigo en el coche cuando me llevó al hospital. No dejaba de decir «gracias». A excepción de esa vez, no pasamos tiempo juntas.

—Vamos, aunque sea algo tonto de lo que te acuerdes. Cualquier cosa —dijo Zig, haciendo un esfuerzo por mantener la vitalidad de su voz—. Lo que sea.

Otros cinco segundos. Zig escuchaba con tanta intensidad que empezó a inclinarse hacia adelante, con las espinillas apoyadas contra la defensa brillante de la limusina.

—Fue hace mucho tiempo, señor Zigarowski. Lo siento. No la conocía tan bien.

Zig bajó la mirada hacia su propio reflejo distorsionado en la defensa cromada y se reprendió por preguntar siquiera. No era un novato en esto, no era un doliente reciente. Maggie había muerto hacía más de una década. Sus heridas habían cicatrizado. «No —pensó—, habían sanado». Ahora su vida era buena. Y satisfactoria. Había sanado.

—Usted debe ser Zig —llamó una voz.

Unas luces fluorescentes se encendieron a la distancia, eran sensores de movimiento que alumbraron el pasillo y mostraron a un hombrecito barrigón encorvado como una bola de masa. Su andar arrastrado y la corbata de moño anunciaban que no era militar, pero por la manera como daba vueltas a su llavero, como un pistolero... «Administrativo», pensó Zig.

—Barton Hudson —murmuró Nola al oído de Zig.

—Barton Hudson —dijo el hombre mientras ofrecía un húmedo apretón de manos. Detrás de los lentes con marco dorado, tenía ojos desesperados, ávidos de atención—. Le gusta el locomóvil, ¿verdad? ¿Ya vio nuestro cañón Napoleón?

Antes de que Zig pudiera responder, Barton lo condujo por el pasillo hasta un enorme cañón antiguo casi tan grande como la limusina de Pershing.

—Lo nombraron así por su poder asesino, lo que explica por qué el tío Sammy lo trajo para la Guerra Civil. Es hermoso, ¿verdad? —dijo, y Zig se dio cuenta de que era una de esas personas que añadían «¿verdad?» al final de sus oraciones para que la gente estuviera de acuerdo con él.

—Su esposa murió el año pasado, de cáncer en el riñón. No tiene nadie con quien volver a casa —dijo Nola al oído de Zig—. Dale dirección o te va a estar hablando toda la noche.

—De verdad aprecio mucho que se quedara hasta tarde —dijo Zig mirando el pasillo en bloques que tenía el encanto de una prisión. Casi a una distancia de medio campo de futbol, el pasillo terminaba en un grupo de puertas de metal selladas. Incluso desde ahí, no se podía evitar ver la señal con letras rojas brillantes:

ÁREA RESTRINGIDA

ADVERTENCIA

—Entonces, con respecto a la sargento Brown... —añadió Zig.

—Desde luego, qué triste. Qué triste —dijo Barton, girando de nuevo su llavero y adentrándose en el edificio. Cada veinte pasos, más o menos, se encendían más sensores de movimiento y el pasillo se iluminaba con fluorescentes brillantes—. Aquí todos... estamos desolados.

—Es un mentiroso y un mezquino —dijo Nola al oído de Zig—. Trató de que me transfirieran cada año desde que me conoció.

—Qué gran tragedia —añadió Barton.

—Cámaras a su derecha e izquierda —advirtió Nola mientras Zig contaba no menos de cuatro cámaras en el techo, así como una alarma de temperatura, un lector químico, incluso un monitor de humedad, como los que se ven en los museos más importantes del mundo.

Durante más de una década, el ejército había tratado de abrir su propio Museo del Ejército. Hasta que obtuviera el financiamiento, esta enorme bodega, resguardada en Fort Belvoir, era donde almacenaban sus mejores armas y tesoros, desde miles de armas antiguas y modernas, cañones, bazucas y cualquier otro tipo de armamento, hasta banderas que ondearon en la Guerra de Revolución, un rifle que se usó en el Motín del té de Boston, levitas que se usaron en Gettysburg, el casquete que usó Ulysses S. Grant en la Guerra Civil y el tambor del tercer Regimiento de Infantería, la Vieja Guardia, que se tocó en el funeral de JFK.

—También hace movimientos cuando está nervioso: se toca la pata de los lentes, gira su llavero —añadió Nola.

—¿Cuándo fue la última vez que vio a Nola? —preguntó Zig y vio que Barton pasaba un pulgar por la extensión de unas llaves.

—Me imagino que... el jueves pasado, ¿verdad? El día que se fue a Alaska —respondió Barton mientras salían del pasillo principal hacia una puerta que parecía la entrada a la bóveda de un banco.

Había puertas como esa por todo el edificio. Algunas protegían artefactos militares, otras aseguraban las dieciséis mil obras de arte del ejército, desde pinturas de propaganda de Norman Rockwell hasta acuarelas del mismo Adolf Hitler, que habían sido confiscadas por las tropas estadounidenses en las redadas de finales de la Segunda Guerra Mundial. Sin embargo, de todas las salas llenas de tesoros del edificio, *esta* era la que él más quería ver.

—Para ser honesto, no había venido aquí desde que ella... desde que todo... Bueno, usted sabe... —dijo Barton mientras abría la puerta con llave y revelaba una larga sala rectangular que olía a pintura y trementina. El letrero decía: «Sala 176: Estudio de arte».

—Aquí está. La oficina de Nola —añadió Barton.

—Dígale que se vaya —dijo Nola al oído de Zig—. Recuérdele que está investigando mi muerte y que...

Zig movió la mano hacia el auricular. *Clic.*

Llamada terminada.

Unos minutos después, Zig le diría a Nola que no había señal en el edificio, que su teléfono cortó la llamada.

¿Le creería? Quizá.

¿Le importaba? Para nada.

Una hora antes, Nola le había pedido que fuera a su oficina y que tomara algo que ella no podía recuperar. Sin embargo, tomando en cuenta cuántos cuerpos ya habían aparecido, y que Nola había sido la única que de alguna manera había escapado al accidente aéreo, Zig no iba a poner en riesgo su vida sin investigar primero a la persona que necesitaba más investigación: la misma Nola. Zig necesitaba compensar su deuda con ella, y probablemente fuera sentimental, pero no era estúpido. «¿Tiene corazón o no?», necesitaba esa respuesta.

—Será mejor que me aparte de su camino, ¿verdad? —preguntó Barton.

—De hecho, antes de que se vaya... —dijo Zig—. ¿Puedo hacerle algunas preguntas sobre la sargento Brown?

—Desde luego.

Dos horas después, cuando estuvieran limpiando la sangre, este es el momento que Barton recordaría. Se preguntaría por qué había sido tan servicial con Zig y por qué le había permitido entrar en primer lugar. Se lo preguntaría una y otra vez: ¿Las cosas habrían sido diferentes si le hubiera negado la entrada? Pero la verdad era que nada habría cambiado. La sangre siempre llega.

22

—Nola es... o, más bien... era... —Barton respiró, cambió su peso y todo su cuerpo redondo se tambaleó—. Una artista.

Zig conocía ese tono. A nadie le gusta hablar mal de los muertos.

—Así de mal, ¿eh? —dijo Zig con una sonrisa cálida para que siguiera hablando.

—Era simplemente... —En el umbral de la puerta, Barton volvió a hacer una pausa—. Nola era... *interesante*.

—Señor...

—Llámeme Barton. Soy un civil, igual que usted.

—Barton, entonces. Gusto en conocerte, Barton —dijo Zig con una nueva sonrisa, la sonrisa que había aprendido en su vieja vida, para tranquilizar a la gente y que le pagaran cuando vieran el precio final de un ataúd y un entierro—. Barton, al comienzo de mi carrera trabajé como director de una funeraria y te puedo decir que la gente sólo usa la palabra *interesante* cuando el muerto era una patada en el culo. Ya sé que es difícil, pero esta investigación...

—¿Qué están investigando? Según las noticias, el avión se cayó por averías mecánicas, ¿verdad?

—Totalmente —dijo Zig, reprendiéndose por ser descuidado. Ni siquiera había visto qué se reportaba en las noticias. Avería mecánica—. Nosotros también lo creemos —añadió Zig, sin darse cuenta de lo fácil que llegaban las mentiras—. Sin embargo, en Dover, ya conoces el trabajo, revisamos cada caja para asegurarnos de que no falte nada. Entonces, cualquier cosa que pienses de tu compañera Nola, tu franqueza será sumamente apreciada, incluso si era una patada de mula.

Barton hizo girar su llavero con una risita, observando la oficina de Nola. Detrás de ellos, en el pasillo, las luces se apagaron *¡pum!*, los sensores de movimiento inactivos devolvieron todo a la oscuridad.

—¿Le dijeron cuál era el trabajo de Nola aquí? —preguntó Barton.

—Sé que era pintora.

—No sólo pintora. Era la artista en residencia. Es uno de los honores más prestigiosos del ejército; se remonta a la Primera Guerra Mundial y ha continuado a lo largo de todas las batallas desde entonces: Normandía, Vietnam, Camboya, Irak, la que quiera. En cualquier lugar donde hayamos asolado las costas, hemos tenido un pintor. ¿Sabe por qué?

—¿Para documentar?

—No. Documentar es fácil. Si se quiere documentar algo, se mandan fotógrafos y camarógrafos. La razón por la que enviamos un pintor no es para documentar. Es para que podamos *aprender*. Los pintores pueden... Mire. Aquí... *Mire...* —dijo Barton, sacó su teléfono y abrió una pintura de un soldado, un óleo sobre tela—. Como *esto* —dijo Barton acercando la pantalla al rostro de Zig.

La pintura era de un soldado del pecho hacia arriba, en uniforme de faena completo, de pie en el claro de una selva.

—Esto lo pintaron en 1944, cuando invadimos la isla de Peleliu —explicó Barton—. Se llama *La mirada de los mil metros*. Pero ¿puede ver lo que el artista hace aquí, verdad? El soldado está viendo justo hacia nosotros, pero tiene los ojos de par en par, ausentes..., tiene las mejillas sumidas y cubiertas en la suciedad de la guerra. Ni siquiera ve el tanque gigante y el cuerpo mutilado que está detrás de él. Entonces, ¿cuál es el efecto?

Zig estudió la pintura, fascinado. Había visto miradas así, en los jóvenes cadetes de Dover, cada vez que veían su primer cuerpo decapitado. Zig solía tener esa mirada también, aunque se la produjo algo completamente diferente, algo que pensó que podía dejar atrás, hasta que Nola apareció y desgarró sus viejas cicatrices.

—El soldado se ve conmocionado.

—No sólo conmocionado. Aterrado —dijo Barton—. *Así* es como se muestra el horror a la gente. Los artistas pueden hacer mochilas y alforjas más grandes, pueden añadir sudor a unas cejas preocupadas. Ninguna fotografía podría capturar este momento, porque no es sólo una pintura. Es una *historia*.

Zig seguía con la mirada baja, hipnotizado por la mirada lejana del soldado.

—¿Esto qué tiene que ver con Nola?

—Crear una pintura así no es algo que podría hacer un niño con unas crayolas. El último artista en residencia tenía cuarenta y dos años. Un sargento de primera clase. El anterior tenía cuarenta y tres. Nola Brown tenía veinticinco, era sólo soldado raso cuando la trajimos aquí. Entonces, pregúntese: ¿Cómo alguien de veinticinco años consigue un trabajo que siempre ha tenido gente que casi le dobla la edad?

—¿Supongo que no es porque fuera una pintora realmente buena?

Barton seguía parado en la puerta, como si le diera miedo entrar.

—Nunca escuchó lo que Nola hizo en Irak, ¿verdad?

23

—Empezó hace casi dos años y medio... quizá hace tres años, ¿verdad? —comenzó Barton—. Yo ni siquiera conocía a Nola entonces. Su unidad del ejército estaba en el norte de Irak, rastreaba a un proveedor de electrónica del ISIS que usaba teléfonos viejos para fabricar detonadores. De alguna manera, el rastro los guio a un pueblo llamado Tel Asqof.

Zig conocía Tel Asqof. El año pasado había trabajado en el cuerpo de un comando militar, treinta y un años, del mismo pueblo de Arizona donde vivía el compañero de cuarto de la universidad de Zig. Caído #2 286. Disparo en el costado, a través del esófago.

—Cuando llegó, la unidad de Nola se pasó horas pateando puertas en busca del proveedor —dijo Barton—. En ese entonces, Nola estaba asignada al techo, para tener protección. Después, la unidad recibió una llamada para que levantaran y se fueran. Al parecer, tenían la información incorrecta y habían visto al proveedor en un pueblo cercano. El líder de la unidad les dijo que descansaran y que comieran algo mientras esperaban a que llegaran los Humvees y camiones. ¿Qué hace la mayor parte de los soldados en esa situación?

—Comen algo.

—Claro que comen algo. Todos comen, fuman, escriben una carta, cualquier cosa. Todos menos Nola —dijo Barton con nueva frialdad en la voz—. En el techo, ella saca su cuaderno y se pone a dibujar. Desde su posición, la calle, las casas, parecen casi místicas.

Así que, ahí está, dibujando, mientras añade los detalles que se ven en cualquier calle mal pavimentada de Irak, basura y escombros, un auto quemado, una rata del tamaño de un gato pequeño..., incluso dibuja una alcantarilla que hay a mitad de la calle —dice Barton y hace una pausa para tener más efecto—. Y entonces, se da cuenta. ¿Por qué habría una alcantarilla cuando Irak no tiene drenaje definido?

—Ay, mierda.

—«Ay, mierda», es verdad. Deja el lápiz, toma el rifle, ve por la mirilla y... ahí está: un alambre de cobre que sale de la alcantarilla. «¡Despejen!», les grita a todos. «¡Despejen!». Cuando la última persona evacúa, Nola se inclina por el costado del techo, dispara una vez con el rifle y falla. Dispara otra vez y falla. Al tercer disparo, le da al cable y...

—*Bum* —dice Zig.

—Como no lo creerías. Toda la maldita calle explotó y después se colapsó a un costado como si un volcán hiciera erupción en el aire. Por lo que pudieron ver, había una enorme provisión de armas escondida bajo tierra. Nuestras tropas habían pasado por ahí más de dos docenas de veces, pero nadie lo vio... hasta que Nola hizo su dibujo y se dio cuenta de que esa calle con una alcantarilla no debía tener una alcantarilla.

—Me sorprende que no le dieran una medalla —dijo Zig.

—Debieron dársela, pero después su oficial comandante subió corriendo al techo y le gritoneó por haber disparado su arma sin que le hubieran disparado primero. Es una violación de las reglas de combate. Podría haber hecho que mataran a todos.

—Pero salvó el día.

—Ella pensaba lo mismo. Así que, antes de que su comandante entendiera qué pasaba, Nola le pegó en el pecho, le arrancó la insignia de capitán del uniforme y la aventó por un costado del edificio, a las llamas. «Señor, lo veo de regreso en el campamento, señor», le dijo, mandándolo muy lejos entre esos dos «señor».

Zig no pudo evitar reírse. Los sensores de movimiento del pasillo se volvieron a encender. *Pum.*

—El de la limpieza —le aseguró Barton señalando el pasillo—. En cuanto a Nola —continuó—, la confinaron en su cuartel durante casi un mes, lo que al parecer ocurría muy a menudo. Unas semanas después, la transfirieron a una nueva unidad, ahora en suministros; llevaba agua limpia a todas las unidades cercanas. Y, después, lo volvió a hacer.

—¿Qué volvió a hacer?

—Pintar —dijo Barton—. Cuando dibuja... Ya sé que suena como una locura, pero lo digo en serio... Nola puede... —Se dio unos golpecitos con el índice en la sien, junto a los lentes—. Ella ve cosas.

—Entonces, ¿ahora tiene superpoderes? ¿Como si la hubiera apuñalado un pincel radioactivo?

—Ya sé qué está pensando. Pero, una noche la unidad de Nola se dirigía en la parte trasera de un Humvee a un pueblito iraquí que se llama Rawa. Mientras veía por la ventana, empezó a esbozar el paisaje, dibujando el atardecer que iluminaba el heno fresco del campo. Esta es la cosa: hace años, bombardearon Rawa hasta la devastación. Nada crece ahí; el heno debía estar café y muerto. Nola, desde luego, empieza a gritar: «¡Detengan el camión! ¡El heno es de un color que no debería tener!», pero su capitán sabe que Nola es un dolor de cabeza incluso en sus mejores días. Quizá finge no oírla, quizá no le importa una mierda porque sus órdenes son ir a Rawa. De cualquier manera, la Humvee sigue su camino. Entonces, Nola abre la puerta. Y salta.

—Por lo que el camión tuvo que detenerse.

—Por el reporte que leí, ni siquiera miró atrás. Se dirigió como una furia hacia el campo. Y ahí estaban. Escondidos debajo del heno, encontraron doscientos AK-47 robados, armas que habrían asesinado un sinnúmero de nuestros hermanos y hermanas.

—Está bien, entonces, es buena para encontrar cosas fuera de lugar. Eso no significa...

—¿Ha visto el informe que se hizo sobre la ubicación de dispositivos explosivos? —preguntó Barton—. En Afganistán, el ejército lo estudió, y ¿sabe quiénes eran los mejores? Los niños pueblerinos con antecedentes de cacería y niños urbanos pobres que sabían identificar qué pandilla controlaba cuál cuadra.

—¿Cuál es el punto?

—Ellos eran los mejores. Pero Nola les ganaba a todos. Hace dos años, en un barrio pobre de Irak donde nunca antes se habían visto tropas, vio una botella de refresco verde. ¿Cómo había llegado ahí? Detrás de una de las chozas de lodo, encontró un muro falso que ocultaba a dos ingenieros químicos de ISIS, que estaban almacenando suficiente fertilizante, amoniaco y tanques de nitrógeno para hacer estallar una ciudad pequeña. Unas semanas después, una mancha grande de aceite en un campo la condujo a un suministro de uniformes de la marina robados que ISIS estaba usando para escabullir gente por la frontera. Un mes después...

—Ya entendí, es un sabueso para encontrar cosas.

—No estoy seguro de que esté comprendiendo el panorama general —dijo Barton, sin darse cuenta siquiera de que en el pasillo, el «señor de la limpieza» se había quedado en silencio—. Nola tiene una memoria visual excepcional; puede absorber y recrear una escena del crimen en un momento. Cuando empieza a pintar, los detalles brotan a través de ella, detalles que nadie más ve. Sin embargo, en lo que sobresale más que en nada es en fastidiar a la gente. —Respiró por la nariz.

Zig pensó en eso mientras veía el escritorio en un rincón de la oficina. Desde ahí, podía ver que no tenía fotos personales.

—¿Por eso la asignaron aquí? ¿Para que cuando ocurriera un desastre la mandaran a la misión y después regresara y siguiera pintando sin que nadie tratara de arrancarle la cabeza?

—Seguían queriendo arrancarle la cabeza. En seis meses, estuvo en seis unidades. Tuvo siete amonestaciones distintas. Es un récord personal, y eso no incluye a todos los capitanes y otros oficiales

149

que hacía parecer tan ineptos con sus hallazgos que no la reportaron. Por lo que escuché, un sargento de artillería de la marina trató de darle un golpe. ¿Cuál fue la reacción de Nola? Le ensartó un lápiz de color en el codo. Pero no fue hasta que empezó a gritar y a arrancarse el saco cuando vieron que lo había apuñalado exactamente en el lugar donde le habían hecho cirugía de codo años antes. Justo en la cicatriz. Como si pudiera ver a través de su uniforme y supiera dónde estaba la herida.

Zig asintió mientras revivía mentalmente el camino casi mudo de la última hora con Nola. A lo largo del viaje, Zig sentía que lo miraba fijamente. Incluso de niña, los ojos negros de Nola veían a través de él. Pero ahora... se preguntaba qué habría visto en él ese día.

—Finalmente —añadió Barton—, uno de los peces gordos del ejército se puso listo y preguntó «¿Por qué no la nombramos artista en residencia?». Así que durante los últimos años había estado aquí, trabajando desde nuestro estudio. Como la artista, puede ir a cualquier parte, pintar lo que quiera. Si el ejército la necesita para algo en específico, la pueden mandar también y la pueden sacar una vez que descubre lo que estamos buscando.

—Entonces, es el sabueso del ejército.

—¿Sabueso? —Había un tirón en la voz de Barton. Negó con la cabeza—. Llámela como quiera, pero créame algo: Nola Brown no es una mascota. Es una pistola. Un arma. Señálele algo y va a conseguir lo que quiere, pero tenga en mente que puede regresar en pedazos.

—¿Está diciendo que este accidente aéreo...?

—No tengo comentarios sobre el avión. Lo único que sé es lo que sale en la tele. Pero, ya hubiera sido un motor defectuoso o cualquier otra cosa, no me sorprende que al final haya caído en llamas.

Zig pensó en ello, en cuántos compañeros soldados de Nola habían arruinado sus carreras por su audacia o su falta de habilidades sociales, o como se le quiera llamar. Era una lista enorme de sospechosos.

En su bolsillo, su teléfono empezó a vibrar. Tenía que ser Nola, que le devolvía la llamada. Zig no contestó. Aún no.

—¿Te puedo hacer una última pregunta? El último viaje de Nola, el de Alaska... ¿Fue *su* misión o una del ejército?

—Creo que era de ella, pero con Nola... —Barton miró sobre el hombro de Zig hacia la oficina de Nola—. El ejército no me cuenta cada secreto. Debería buscar usted mismo.

—¿No eras su supervisor?

Barton se acomodó los lentes y soltó una risa forzada.

—No había modo de *supervisar* a Nola. Incluso en las misiones, no escuchaba. No se comprometía, ni siquiera discutía. Nola sólo *actuaba*. ¿Quiere saber qué estaba buscando en Alaska? —Hizo un movimiento hacia su oficina—. Búsquelo. Sabrá Dios qué va a encontrar.

24

Lo primero que Zig notó fueron las paredes. Estaban cubiertas, del suelo al techo, con carteles sobrepuestos que hacían que la oficina de Nola se sintiera como una tienda de discos *indie*, pero con viejas impresiones de propaganda del ejército de la Segunda Guerra Mundial («¡Podría ocurrir aquí!»), portadas pintadas de viejas revistas *Life* («Vietnam: Por qué vamos a ganar»), panfletos de guerra psicológica que tiraron en Kuwait («¡Váyanse!» en siete lenguas), todas mezcladas —¡Soldados! ¡Armas! ¡La bandera de Estados Unidos!—, un caleidoscopio rojo, blanco y azul. También había una postal del artista de televisión Bob Ross pintando sus arbolitos felices.

—Me colgó —dijo Nola a su oído.

—Se cortó la llamada —contestó Zig—. La cobertura es una mierda en este edificio. —La verdad era que había estado a punto de no contestarle cuando le volvió a llamar, pero habría implicado más problemas—. Por cierto, de nada. Me deshice de tu compañero Barton.

—Ya sabía que se iba a ir. Incluso muerta, me tiene miedo. —Zig asintió; sabía que no era broma—. Asegúrese de que la puerta esté cerrada —añadió Nola.

Zig ni siquiera la escuchó. Se movía rápidamente, estaba demasiado ocupado en la pared de la derecha, con el pizarrón de corcho de inspiración lleno de fotografías, grandes, de 20×25, tomas estándar, incluso algunas Polaroids, todas de soldados: soldados afeitándose, soldados comiendo, soldados mandando mensajes, soldados jugando basquetbol en una cancha improvisada, con un desierto de fondo. No había armas, no había peleas. Eran escenas normales. Incluso había una fotografía en blanco y negro de un niño iraquí que bailaba con los brazos torcidos en un movimiento anticuado de hip-hop mientras un grupo de soldados lo rodeaban vitoreándolo. «Tregua temporal», decidió Zig y pensó que probablemente a Nola le costaría trabajo comprenderlo.

—Dígame lo que ve —le dijo Nola al oído—. Antes de que Barton regrese. ¿Encontró el escritorio?

No había modo de pasarlo por alto. A la izquierda de Zig, había una mesa de dibujo enorme, inclinada como una máquina de juegos. A diferencia de las paredes, que estaban cubiertas de caos, el escritorio estaba ordenado: expedientes en una pila, cuadernos en otra, correspondencia abierta en otra, cada pila en perfecto orden por tamaño. Incluso los lápices de colores de Nola, en un lapicero cercano, estaban ordenados del más bajo al más alto en un perfecto orden del arcoíris: rojo, naranja, amarillo, verde, azul, índigo y violeta.

Pum. El sonido llegó del pasillo. Zig miró sobre su hombro. Los sensores de movimiento inactivos se habían vuelto a apagar. Barton se había marchado. «Bien. Estoy solo», se dijo.

—Dígame qué hay ahí —dijo Nola.

—Te birlaron la computadora.

—¿Qué?

—Tu computadora —dijo Zig, observando el escritorio gubernamental de metal que sostenía un viejo teclado de PC y un monitor voluminoso. Abajo, sin embargo...—. Se llevaron el CPU. Alguien se llevó todo junto. —Zig volvió a revisar la oficina. Todo lo demás seguía en su lugar. Nada parecía desordenado o arrasado. Quienquiera que se hubiera llevado la computadora, había entrado y salido de inmediato. Un trabajo profesional. O alguien que sabía exactamente lo que estaba buscando.

153

Nola hizo un ruido, un resoplido que indicó que no le sorprendía.

—Tome las cosas por las que fue. Los lienzos...

—Los veo —dijo Zig, dirigiéndose hacia alrededor de una docena de lienzos pintados que estaban inclinados contra la pared del fondo, unos contra otros, como fichas de dominó enormes apilados demasiado cerca.

—Sáquelos —dijo Nola.

Zig tomó la pintura al pastel del frente. Era sobre todo verde oliva y café lodo de camuflaje, un retrato de una mujer soldado negra, del torso hacia arriba, con la cabeza inclinada con una tristeza fantasmal, como alguien a quien le acaban de decir que su perro está enfermo. Zig conocía esa pintura, había visto una igual en Artículos Personales de Dover, justo antes de que lo golpearan en la cabeza. La soldado era diferente, pero era la misma pose, la misma artista. La firma del pie confirmaba el resto. «NBrown».

Pasó al siguiente lienzo y después al siguiente. Todos eran similares, se centraban en un solo soldado —negro, blanco, hispano, de todas las estaturas y tipos corporales— mirando directamente al espectador. Algunos parecían enojados e intensos. Uno tenía una sonrisa torcida. Pero todos tenían la misma *mirada*, el vacío en el rostro, como si de alguna manera estuvieran... quebrados.

—¿Quiénes son estas personas? —preguntó Zig.

Nola no le respondió.

Zig siguió a otra pintura. Luego a otra, y se iba dando cuenta de que la mirada en sus rostros le recordaba a la mirada que tenía la misma Nola.

En el siguiente lienzo notó algo detrás. Letras diminutas en una caligrafía perfecta. Entrecerró los ojos para leerlas:

DANIEL GRAFF, MONTEREY, CA

Zig fue al siguiente. Detrás decía:

SARGENTO DENISE MADIGAN, KUWAIT

Sacó su teléfono y pasó los siguientes, tenía que haber veinte o más en total, y tomó una foto de cada nombre.

Pum. Otro sonido del pasillo. Este más tenue, como si los sensores de movimiento se hubieran encendido a la distancia.

—Es posible que tu amigo Barton esté por volver —dijo Zig mientras inclinaba frenéticamente todas las pinturas hacia adelante hasta que reveló...

Ahí. Detrás de la última pintura.

Los lienzos eran tan grandes que a primera vista no podía verse, y ese era exactamente el propósito. Los mejores escondites son lugares donde nadie buscaría. Sin embargo, con todas las pinturas inclinadas al frente, ahí estaba, sólida y gris, con un cerrojo de combinación resistente a explosiones.

Una caja fuerte de acero reforzado.

—Justamente donde dijiste —dijo Zig mientras leía la estampa de advertencia de enfrente. En letras rojas decía: «¡Artículos inflamables!»—. ¿Cuál es la combinación?

25

—Veintisiete a la derecha, diecinueve a la izquierda, siete a la derecha —repitió Zig girando la perilla de la caja fuerte que estaba a la altura de su cintura.

Cunk.

El cerrojo se abrió. Él seguía observando la estampa de advertencia: «¡Artículos inflamables!».

Zig tomó el pestillo y lo giró. Mientras jalaba la puerta para abrirla, vio dos estantes de metal. Lo golpeó el olor de la trementina.

—Dígame qué hay ahí —dijo Nola con voz inexpresiva y mesurada. Aún no había perdido el control, pero estaba cerca.

—Tienes cosas interesantes aquí.

Había un cuchillo de monte, un cuchillo de combate Ka-Bar de la marina de la Segunda Guerra Mundial e incluso un cuchillo Strider SMF de las Fuerzas Especiales con la navaja rota. También había munición, de todas las formas y tamaños: casquillos vacíos y oxidados de rifles, pistolas, ametralladoras y algunos tipos de artillería que Zig ni siquiera reconoció. Además, dos granadas oxidadas. Ninguna estaba viva. En todo caso, se parecía a la misma colección que conservaba la mayoría de los soldados, juguetes de guerra de las bases que visitaron.

—Está en la parte de arriba —dijo Nola.

En la repisa superior, Zig apartó cuatro latas de pintura en aerosol, una botella de trementina, otro limpiador de pinceles y una botella más etiquetada «diluyente para óleos». El edificio de Nola era una instalación del nivel de un museo que resguardaba toda la colección de arte y antigüedades del ejército, desde luego que cualquier cosa inflamable tenía que guardarse en una caja de seguridad antibombas.

—No lo veo —insistió Zig, extendiendo un brazo y tanteando los alrededores.

—En el fondo. Debería...

—Listo —dijo Zig al sentir una caja rectangular—. La tengo.

Sacó de la caja fuerte una latita de metal antigua, como un contenedor de mentas, pero más grande y mucho más vieja. El logo verde pálido era un hombre con un gorro y un traje que fumaba pipa. «Mezcla de tabaco Yale, el tabaco del caballero», decía la etiqueta antigua. Cinco ligas cerraban la lata.

—Vamos. Salga de ahí —dijo Nola a su oído.

Zig no lo dudó. Escuchó un *tin, tin, tin,* cuando se metió la lata en el bolsillo, como si hubiera dados o llaves, algo pequeño, adentro.

Mientras se levantaba rápidamente y salía hacia la puerta, lo vio...

Ahí. Abajo de la puerta. Las luces del pasillo estaban encendidas. Con los sensores de movimiento..., ¿no deberían estar apagadas? Quizá no. Barton sólo se había retirado hacía unos minutos.

Lentamente, Zig abrió la puerta y asomó la cabeza. El pasillo estaba vacío, pero no le hizo sentir mejor. Durante veinte años, había trabajado y estudiado casi todas las partes de la anatomía humana. Sin embargo, había cosas que incluso la ciencia no podía explicar. Como la capacidad de saber que te han estado observando.

—¿Tiene la caja? —preguntó Nola.

Zig no respondió. De regreso hacia el pasillo principal, sintió la tentación de correr, pero en cambio caminó con intención, aferrándose a la lata que llevaba en el bolsillo. «Mantén la calma. No llames la atención». Adelante, vio otro grupo de cámaras que no había visto en el camino de llegada. Aún no había nadie a la vista.

—¿La tiene o no? —insistió Nola.

Zig apenas escuchó la pregunta, demasiado consciente, de repente, de lo silencioso que estaba el pasillo. Sus zapatos chirriaban contra el suelo. Podía oír su propia respiración. Y después...

Ca tang.

Ahí. Justo al frente. Un sonido agudo, como algo que golpeara metal. Zig inclinó la cabeza hacia la única cosa que tenía a la vista: la limusina del general Pershing.

Ya no eran horas de trabajo. Todos se habían ido. Mientras Zig se acercaba lentamente a la limusina, vio sus ventanas abiertas. ¿Estaban abiertas cuando llegó? Creía que sí.

Acercándose, miró al interior del auto. Vacío. ¿Pero esa sensación de que lo observaban? No había modo de ignorarla.

—Salga de ahí —insistió Nola.

Apresurándose, Zig se dirigió a la puerta de cristal principal y la golpeó con el hombro. La puerta se abrió y una ráfaga de aire frío hizo que sudara y se congelara al mismo tiempo. Sin disminuir la velocidad, fue a la izquierda, al extremo del estacionamiento.

Llegó al auto gris rentado, fuera de la visión de la cámara. Miró sobre su hombro. No había nadie.

—¿Está en el auto? —preguntó Nola.

—Sí —respondió Zig. Era mentira. De su bolsillo, sacó la lata de metal con la etiqueta de tabaco. Cuando Nola se lo pidió el plan era sencillo:

1. Entrar
2. Tomar la lata
3. Salir

Sin embargo, a veces, incluso el mejor plan tiene que cambiar. Nola no le iba a decir qué había en la lata, pero ya que había sido él quien había corrido el riesgo para sacarla de la caja fuerte...

4. Hora de ver qué era tan importante

Zig le quitó las ligas a la caja. No se sentía pesada, pero se sentía llena. ¿Quizá tenía un celular?

Con el pulgar, alzó la tapa, entrecerró los ojos y vio...

Unas crayolas. Una docena de crayolas elegantes. Pasteles al óleo.

Rompió una a la mitad, preguntándose si habría algo oculto en ellas.

No. Sólo crayola.

Alzó una ceja. No tenía sentido. ¿Por qué lo habría hecho ir por algo tan inútil como...?

Hubo un ruido detrás de Zig. Un roce sobre la grava.

Se volteó justo a tiempo para ver el golpe dirigido a él. Había estado en bastantes peleas y sabía esquivar los golpes, pero igual sintió que lo golpeaba un taco de billar en el rostro. En sus ojos se detonó un estallido de estrellas. La lata cayó al suelo, cerca de la llanta delantera. Zig seguía de pie, decidido a ver bien a...

—¡¿Dónde está!? —estalló la voz de un hombre—. ¡Dígame dónde está Nola!

26

Zig se tambaleó hacia atrás y chocó con el auto gris de la esquina del estacionamiento. «Viejo estúpido —se insultó Zig—. Dejaste que te arrinconara».

Su atacante no era alto; era ancho como la puerta de un garage. Y rápido. Cabello rubio corto, ojos grandes y duros, nariz estrecha. Pero sin uniforme. Por su postura de combate, definitivamente había pasado por un entrenamiento militar. Reciente, además... estaba en los últimos años de los veinte. La mitad de la edad de Zig. Un chico, en realidad. En la mano tenía un bastón expandible. Zig tomó nota. Artículo estándar del Servicio Secreto.

—Sabemos que está con ella —dijo Ojos Grandes.

Sabemos. Zig también tomó nota de eso mientras se inclinaba de costado. Se aferró al auto para equilibrarse. Seguía parpadeando para quitarse las estrellas de los ojos. ¿Podría aguantar otro golpe? Era la única ventaja de Zig, siempre podía soportar el dolor. «Recupera el aliento —se dijo—. Haz un plan. Saca el cuchillo».

—Y no piense siquiera en buscar el cuchillo —dijo Ojos Grandes. El chico era joven, pero estaba bien entrenado—. Última oportunidad —le advirtió, inclinando el bastón de vuelta—. ¿Dónde está Nola?

—¿*Cuál* Nola? Yo sólo...

Fush. Con un golpe despiadado, Ojos Grandes azotó a Zig en la carne de la pantorrilla izquierda.

Zig cayó sobre una rodilla e hizo un ruido, como un quejido, pero se negó a gritar. Encorvado, buscó en su bolsillo, sacó el cuchillo y...

Guap. El bastón lo golpeó como un bate de beisbol. Tronaron unos dedos, el cuchillo salió volando y aterrizó en un pasto cercano. El impacto le abrió la piel en una delgada línea roja.

De rodillas y sosteniéndose la mano ensangrentada, Zig negó con la cabeza.

—Sabe que... le voy a meter ese bastón...

Ojos Grandes lo volvió a golpear, esta vez en el hombro. Después, una vez más, en su espalda baja. El mundo se volvió borroso y luego negro, después Zig cayó en cuatro patas y vio repentinamente a su madre; veía cómo golpeaba a sus hermanos con el cable de una plancha. Pero nunca a él. Zig era al que siempre protegía.

—¡¡Siquiera sabe quién es Nola!? —gritó Ojos Grandes mientras los bordes del mundo volvían a desdibujarse y se encogían a la cabeza de un alfiler—. ¿Tiene idea de lo que ha hecho? ¿Del tipo de monstruo que es?

Aún en cuatro puntos, Zig pensaba en lo que diría Master Guns sobre Nola, que le había puesto una trampa, que él no le debía nada.

—No deje que Nola lo engañe; ¡ella derribó ese avión! —insistió Ojos Grandes—. Si sigue escondiéndola... —Alzó el bastón para asestar otro golpe.

—Pa-pare... yo no la estoy escondiendo..., sé dónde está... —escupió Zig. Apenas podía moverse.

Ojos Grandes mantuvo el bastón arriba y se inclinó hacia Zig, quien murmuró dos palabras.

—Hueco supraesternal.

—¿Qué? —preguntó Ojos Grandes y se inclinó más.

A Zig no le gustaba la violencia, veía todos los días el daño que causaba. Sin embargo, después de años de reconstruir soldados destrozados, también había visto cuáles eran las partes del cuerpo más resistentes. Y las más vulnerables.

—Hueco supraesternal —repitió Zig y metió el pulgar, como una lanza, justo en el pequeño agujero, el hueco supraesternal, bajo la manzana de Adán de Ojos Grandes—. ¿Ese bolsillito justo... ahí? —dijo Zig mientras encajaba más el dedo y agarraba al hombre del cuello—. Tus clavículas no lo protegen, así que, ¿sientes ese dolor?, es que te estoy aplastando la tráquea.

Ojos Grandes jadeaba y trató de agarrar a Zig, pero él no lo soltó. La cara de Ojos Grandes se puso roja. Resollaba, se sofocaba y soltó el bastón. Zig siguió aferrándolo.

Todos tenemos verdades que no admitimos ni a nosotros mismos. Mientras Zig seguía presionando, sintió la vergonzosa ráfaga de adrenalina por tener poder sobre otra persona. Todos los días, él se decía que odiaba la violencia. Sin embargo, en el fondo, sabía una cosa: era bueno en ella.

¿Zig lo mataría? Nunca mataría a alguien. Hacía mucho que se había hecho esa promesa. La muerte ya tenía suficientes ayudantes.

Escrutó la palidez repentina del rostro de Ojos Grandes, vio que los ojos se le giraban hacia atrás, la primera señal de parálisis flácida: cuando el cerebro deja de enviar señales a los músculos y el cuerpo se queda flojo. Ojos Grandes se derrumbó como un saco de pilas. Era una victoria, pero Zig no la disfrutó.

—Podrías haberlo tumbado más rápido bloqueando su retorno venoso —dijo una voz detrás de él.

Zig se volvió justo a tiempo para ver a Nola, quien con un empujón, apoyó sobre la frente de Zig la palma de su mano; tenía un guante aislante con broches de metal de un centímetro de largo en el pulgar y el meñique.

Tomó la frente de Zig, apretó los broches contra sus sienes y presionó con fuerza.

—¡Nola, no...! —empezó a gritar, pero su cuerpo ya estaba convulsionándose, vibrando con más energía que una picana militar.

Mientras el mundo volvía a ponerse negro, el último pensamiento de Zig fue un insulto, dirigido a sí mismo, por no haber previsto esto.

27

Ekron, Pennsylvania
Quince años antes

Así era Nola a los once.

Estaba en el asiento trasero del gran Chevy 65 verde sauce que su papá Royall había comprado en una liquidación para arreglarlo y revenderlo, aunque al final no se pudo separar de él. Royall intercambió un pasaporte alterado en el que había trabajado durante semanas por los tapones originales del auto, después negoció el trueque de un equipo caro de audífonos por la rejilla del frente, con el cromo aún prístino. Lo enceraba cada semana; incluso, le puso nombre: «Teri».

Estaba estacionado en la entrada y Nola estaba ovillada en el asiento trasero, tratando de dormir.

Ahí dormía todos los martes y sábados, los días que Royall bebía. Él era estricto al respecto, lo había leído en un libro sobre el éxito. Sin embargo, ella había aprendido algo desde el principio: era mejor estar lejos esas noches.

Se movió bocarriba, acomodó la almohada y se aseguró de que la cobija estuviera bien encajada para protegerla del frío del cinturón de seguridad. La verdad era que no le molestaba dormir en el auto. De hecho, las noches de septiembre como esas, cuando soplaba un viento fresco, lo prefería.

Ahí afuera estaba tranquilo. El sonido del viento era reconfortante. Y lo más importante era que estaba a salvo.

Sin embargo, esa noche algo estaba mal, Nola podía percibirlo, como si el viento soplara en la dirección equivocada. Se acercaba una tormenta.

Llevaba cuatro años viviendo con Royall y, a diferencia de los primeros meses, la mayoría de los días estaba libre de incidentes. ¿Había ataques de furia? Tenía once años, desde luego que los había, como la noche en que entró a la sala y espantó a un comprador de algo que Royall quería vender.

Esa noche hubo una tormenta. Una que Nola nunca había visto antes.

Sin embargo, las noches como esa ya eran raras. Para entonces, Nola era experta en Royall. Por lo menos, era experta en evitarlo.

Escuchó un ruido en el pavimento del patio. Nola se sentó en el asiento trasero. La calle estaba vacía. Revisó la casa. Las luces estaban apagadas. Una hora antes, había visto a Royall regresar del bar y entrar tambaleándose. Ya debía estar dormido.

Las luces estaban apagadas. La tele estaba apagada. Definitivamente, estaba dormido.

Mientras se acostaba, Nola jaló las cobijas y revisó su reloj digital, un regalo de Royall después de una semana particularmente buena. Ahora estaba ganando dinero. Había empezado hacía unos años, cuando comenzó a falsificar y a vender licencias de conducir. Después añadió facturas falsas de luz, de teléfono y otros documentos que se incluyen en los expedientes de una persona. Royall era bueno. Un maestro, como Picasso. Su especialidad no era sólo *crear* los documentos; los hacía parecer gastados, los relacionaba con edificios derrumbados que nadie comprobaría. Por un precio, Royal podía fabricar más que una identificación falsa: podía crear verdaderamente una nueva identidad.

Su primer cliente serio fue un viejo amigo de la secundaria, un exconvicto que quería volver a empezar. Sin embargo, después encontró un verdadero mercado para sus talentos en una comunidad de inmigrantes en las afueras de Philadelphia. Y, desde luego, usó su habilidad para Nola, así que confeccionó un acta de nacimiento falsa para poder inscribirla en la escuela.

En el asiento trasero, Nola volvió a ver su reloj digital. Eran casi las dos de la mañana. Sentía la presión de la extenuación en el cerebro. Pero, por mucho que lo intentaba, no conciliaba el sueño.

Media hora más tarde, Nola sacó de su bolsillo un papel gastado y doblado. Lo llevaba a todas partes, desde hacía años ya, aunque en raras ocasiones lo usaba. Estaba decolorado y roído, como una tarea que se hubiera quedado en la lavadora, pero no había modo de confundirla: era la vieja tarjeta que los LaPointe le habían puesto en el equipaje. El mensaje decía: «Esto te va a hacer más fuerte». Sin embargo, cuando Nola la abrió y la leyó, por primera vez en por lo menos un año no sintió nada de eso.

Durante una hora más, se movió y dio vueltas, se peleó con el cinturón que sentía en la espalda y después se volvió a sentar para revisar la casa.

Estaba completamente a oscuras, completamente silenciosa. Royall estaba inconsciente.

En la mañana, Nola se daría cuenta de que se había equivocado. No había habido tormenta.

A veces, cuando tienes once años, simplemente es difícil dormir en el asiento trasero de un coche.

28

Fort Belvoir, Virginia
Actualmente

Zig se despertó en un auto. Le zumbaba la cabeza.

«¿Dónde estoy?».

Se lamió los dientes y miró alrededor. El asiento del conductor. Estaba solo. El mundo era borroso, como si mirara a través de una gasa. Le dio una patada a la puerta para abrirla, sin darse cuenta de lo que estaba haciendo.

Era el auto gris en el que había ido a la base militar. Detrás de él... el museo estaba... fue como Indiana Jones allá adentro y...

Nola.

Nola lo había hecho. Lo había atacado con un... ¿qué demonios era eso?... una especie de guante de descarga eléctrica. Se suponía que ella se ocultaría afuera de la base, que esperaría a que Zig abriera...

«Maldición. La caja fuerte... La caja verde...».

Zig se tocó el pecho, después los bolsillos del pantalón, como si buscara sus llaves. Después, se acordó.

Se dio vuelta. Ahí. Abajo, cerca de la llanta y de la sangre, sobre el pavimento. Ahí estaba la cajita verde. Estaba abierta, pero llena en su mayor parte con los colores elegantes al óleo. Unos cuantos estaban esparcidos, pero, como antes, no había nada más.

Nadie había tocado la lata. A Nola no le importaba.

Y ahora, Zig tenía la sensación que sentía cuando daba los toques finales a un cadáver —el uniforme y las medallas—, cuando desaparecían los problemas menores y por fin podía ver el panorama completo.

«Viejo estúpido. Nola no quería la cajita de lata... ni los colores de adentro». Entonces, ¿por qué lo había enviado a la caja fuerte de su oficina?

Para ver quién más se aparecía. Zig no era nada más que un señuelo. Y ahora, gracias a su ingenuidad, y a su avidez por pagar sus deudas... por venir a su rescate... por cualquier cosa, Nola tenía lo que necesitaba.

Zig también. ¿Cuál era la palabra que Ojos Grandes había usado para describirla? «Monstruo». Dijo que Nola había derribado el avión.

¿Zig lo creía? No *quería* creerlo, y la verdad era que la afirmación no era lógica. Nola había ido a Alaska por una razón... había visto algo ahí... o descubierto algo... algo que evitó que se subiera al avión. Pero ¿por qué le importaba siquiera saber si Nola era inocente? ¿Por qué la estaba persiguiendo? ¿Por qué había ido ahí?

Se dijo que quería saber la verdad. Después, se dijo que se lo debía a Nola por lo que había hecho para proteger a su hija. Después, se dijo lo que se decía todos los días. Se imaginó a los jóvenes soldados muertos, almas inocentes que esa mañana habían cargado en los ataúdes cubiertos por una bandera... sus padres sollozantes... más el bibliotecario del Congreso y la joven en cuyo cuerpo había trabajado la noche anterior. Kamille Williams, 27 años, de Iowa. Alguien se había llevado su cuerpo esa tarde, alguien que conocía las instalaciones de Dover, alguien con acceso a los mayores niveles de la seguridad militar. ¿De qué se trataba todo esto? ¿O era sólo una manera para que Zig protegiera su propio pasado? ¿Mientras pensara que Nola era inocente y estaba a salvo, él sería el héroe que había salvado el día y podría preservar a su propia hija en la bóveda perfecta de la memoria donde la había conservado durante la última década?

En ese momento no tenía tiempo para reflexionar al respecto. Lo único que sabía era que tenía que descifrar este asunto, *necesitaba* estas respuestas, necesitaba pagar su deuda. Esa era la palabra adecuada ahora: *necesidad*. Sin importar cuán personal todo se estuviera volviendo, alguien había derribado ese avión en Alaska y había asesinado a siete personas. Hasta donde Zig podía decir, solamente una persona parecía saber por qué.

Ahora sólo tenía que encontrarla.

Zig sacó su teléfono del bolsillo y abrió una aplicación que se llamaba RFRastreo.

En la pantalla apareció un triangulito rojo, después una sola palabra:

BUSCANDO...

En Dover, cuando llega un nuevo soldado caído, la primera orden es ponerle identificaciones de radiofrecuencia de última tecnología para que cada cuerpo pueda catalogarse y rastrearse. Sobre todo, tratándose de víctimas masivas, la principal prioridad de Dover era asegurarse de que ningún cuerpo se perdiera o se confundiera. Zig estaba contando con ello cuando, en el viaje hacia la oficina, deslizó un identificador de radiofrecuencia en el bolsillo del abrigo de Nola. Vamos. Ella le había pedido que se escabullera dentro de una base militar protegida. Zig era estúpido, pero no tanto.

CONECTANDO...

Después, el triángulo parpadeó. Un mapa apareció en la pantalla.

UBICACIÓN IDENTIFICADA.

Zig observó el mapa y recordó los días cuando no necesitaba lentes para leer. Conocía esas calles. Washington, D. C. y el edificio de cinco caras.

El Pentágono.

«Nola, ¿qué demonios planeas?».

29

Washington, D. C.

Ojos Grandes estaba inconsciente. Después, se despertó.

—¿Có-cómo...? —Miró a su alrededor mientras parpadeaba, seguía perdido—. ¿Qué es esto?

Nola estaba sentada enfrente de él dibujando en un cuaderno con las piernas cruzadas en flor de loto, en un sillón reclinable de piel atornillado al suelo.

—Mi... mi ropa... —Ojos Grandes miró hacia abajo y se dio cuenta de que estaba desnudo—. ¿Por qué...? Me quitaste la... —Miró a su alrededor de nuevo—. ¿Es un bote?

Sí lo era. A Nola no le gustaban los botes, no confiaba en ellos. Pero comprendía sus ventajas. En la Segunda Guerra Mundial, Roosevelt tenía sus reuniones más secretas en un bote que llamaba «la Casa Blanca flotante» y que navegaba por el Potomac. ¿Por qué? En ese entonces, estar en un bote era una de las mejores maneras de garantizar que nadie escuchara.

En la actualidad, no había diferencia. En el centro de Washington, cuando el ejército llevaba oficiales de alto rango, no los hospedaba en hoteles. Los hoteles aquí tienen ojos y orejas por todas partes, incluso en los baños, a pesar de lo que la gente piense. Más bien, el Tío Sam tenía apartamentos en Crystal City, casas cerca del Capitolio, y sí, incluso algunos botes que almacenaban en un puerto poco conocido de la Laguna del Pentágono, que se conocía como la Isla Columbia.

—Ya conozco los trucos... quitarme la ropa... ¿tú crees que vas a intimidarme? —preguntó Ojos Grandes, dándose cuenta de que tenía las manos atadas a la silla. Respiró profundamente. Era un profesional. Sabía lo suficiente para no perder el control—. Nola, yo no soy tu enemigo.

—Ahora estás mintiendo, Markus —dijo, llamándolo por el nombre que había encontrado en su TAC, la tarjeta de acceso común que todos en el ejército utilizan como identificación. Ninguna licencia de conducir. Ninguna tarjeta de crédito. Ningún papel del seguro. No había nada más en su cartera.

Él se enderezó cuando ella dijo «Markus». «Es su verdadero nombre». Seguía tratando de conservar la calma, pero Nola vio la manera como jalaba de sus amarres a favor de un brazo. «Zurdo». Bajó la mirada a su dibujo, volvió a mirar a Markus y después devolvió la vista para añadir unas líneas más. Era robusto, ancho como un elefante, pero uno de sus brazos era más grueso, más musculoso que el otro. «Poca disciplina». Dibujó sus piernas, no eran para nada tan corpulentas como la parte superior de su cuerpo; estaba saltándose los días de pierna en el gimnasio, se concentraba en el pecho y en los brazos, las partes que la gente veía. «Vanidoso».

—Muy bien. Ya entendí: tienes mi cartera. Probablemente, también mi teléfono.

Tenía razón. Teléfono de prepago, sin llamadas ni contactos.

—También encontré tu pistola, Markus. Beretta M9. La favorita de Operaciones Especiales —dijo Nola, feliz de tener su arma en el bolsillo. Después de electrocutar a Zig con el guante de electrochoques que había hecho a mano, se frio, se le quemaron los cables. Era mejor tener un arma real.

En el cuaderno de dibujo, Nola añadió sombras a las mejillas de Markus. Tenía hermosos pómulos, como los de Zig, aunque ahora Nola se maldecía por seguir pensando en él, no digamos ya en sus rasgos faciales.

Zig no le caía bien, le parecía sentimental y prepotente. Como un papá que en la graduación de su hija grita su nombre más fuerte que los otros papás, pensando que lo hace por su hija y no por él mismo. ¿A la gente le gusta eso? Imbéciles. Nola lo sabía. Pero ese era el caso, ¿por qué estaba gastando tanta energía mental pensando en él? De hecho, desde el momento en que Zig se había involucrado, no había podido sacarlos a él o a su hija, a quien, sí, había salvado esa noche, de su cerebro. Se daba cuenta de que era su propia debilidad, alguna sobra de recuerdo de la infancia que sacaba a relucir la versión más sensiblera de ella misma.

—Nola, ¿me escuchas? —la interrumpió Markus—. Si piensas que voy a responder tus preguntas... —se calló y movió las piernas para taparse las partes privadas—. ¿Te das cuenta de que esto es tortura?

Se daba cuenta.

A menudo, Nola pensaba en el concepto de la tortura. ¿Cómo podía ser distinto? En esencia, ¿no era sólo una manera de explotar las debilidades de los demás? El problema era que las películas de Hollywood y las novelas con sobredosis de cafeína siempre presentaban mal el concepto. Actualmente, la mayoría de la gente pensaba que la tortura dependía de las pinzas, las sierras y una bandeja de metal llena de herramientas de dentista. En realidad, los métodos más simples eran mucho más efectivos. Como quitarle la ropa a alguien.

—Ya te lo dije; ya sé cómo funciona —añadió Markus mientras se lamía el sudor del hoyuelo del labio superior—. Encendiste la calefacción, ¿verdad?

Tenía razón de nuevo. Nola había girado el termostato a 29 °C. Markus estaba húmedo y sudoroso; su cuerpo empezaba a convencer al cerebro de que quizá fuera hora de que comenzara a sentir pánico. Había otros métodos, perfeccionados a lo largo del siglo pasado, como inyectar agua con sal en las venas de alguien y ver cómo descubrían una escala nueva de dolor. U obligarlo a beber una mezcla de agua y benceno, que hay en cualquier encendedor y que ocasiona cólicos estomacales, diarreas y delirio. Antes de la Segunda Guerra Mundial, antes de que supiéramos de las anfetaminas, nada era más efectivo. Incluso era lo único que temían los agentes con umbrales de dolor más altos: los rusos, los mexicanos, los vietnamitas. La droga de la verdad era una mentira, pero con una inyección de líquido de encendedor... una vez que iniciaba el delirio... Era entonces cuando uno obtenía su respuesta.

—¿Crees que esto me asusta? —la desafió Markus lamiéndose el sudor del labio una vez más. Por muy grande que fuera, tan grande como un elefante, ahora no parecía tan imponente.

—Markus, no soy buena para hablar con la gente. Por eso no le caigo bien a nadie. Por eso me tienen miedo. Aunque... a veces es inteligente tener miedo.

Markus negó con la cabeza y se obligó a sonreír.

—¡Estuve en Yemen... en Libia! Saqué a nuestros hombres que se habían quedado sin manos. ¡Calienta esto cuanto quieras, no voy a responder ninguna de tus preguntas!

También en eso tenía razón. O por lo menos parcialmente. Sin embargo, como todo buen interrogador, Nola sabía que una vez que comienza el dolor, no puedes hacer docenas de preguntas. No importa. *Puedes* tener oportunidad con una. Con la palanca correcta, se puede mover lo que sea, incluso un elefante.

—Fuiste inteligente al traer este celular falso, Markus —dijo Nola, mostrando el teléfono desechable que había encontrado en su bolsillo—, pero fuiste tonto al estacionar tu coche detrás de los botes de basura y dejar tu teléfono *real* debajo de los tapetes, creyendo que nadie lo iba a encontrar.

Markus se puso rígido. El hoyuelo de su labio se llenó de un nuevo charco de sudor.

—Yo trabajo en Fort Belvoir. Es mi casa, Markus. Si de verdad querías mantenerte fuera de vista, tendrías que haber saltado la pared. Cuando llevas tu auto a la base, la gente puede ver que entras y lo que llevas contigo.

Del bolsillo opuesto, Nola sacó un segundo teléfono; también era desechable, pero era más viejo, realmente lo habían usado.

La cara de Markus, el pecho, el brazo delgado y el grueso, todo su cuerpo se puso blanco.

—Ese no es mío —tartamudeó.

—No estamos en una corte, Markus. Estamos en una fábrica de la verdad. —Se inclinó hacia él—. Entonces, dime: ¿Cómo crees que vaya a reaccionar tu jefe cuando oiga que arruinaste todos sus protocolos de seguridad y que estúpidamente dejaste en tu auto el teléfono, por el que le llamaste por última vez, para que cualquiera se lo robara? De hecho... —Abrió la tapa del teléfono y puso el dedo sobre el botón de «Llamar»—. Quizá debería decírselo yo misma.

—¡No! ¡Por favor! Él me... Tengo un hijo...

—No tienes un hijo, ya te investigué. Estás a punto de que te corra de la fábrica de la verdad.

—Si se entera... ¡Tú no entiendes!

—Creo que los dos estamos de acuerdo en que sí entiendo muy bien. Así que, respóndeme —dijo Nola, acercándose tanto que estaban nariz con nariz—. Necesito un nombre. Su verdadero nombre. Dime quién es Houdini.

30

—¿Dónde está ahora?

—En el Pentágono. En la Marina —dijo Zig con el volante en una mano y el teléfono en la otra. En la pantalla, escrutó el triángulo rojo—. Ahora se está moviendo. Rápido. Creo que se subió a un auto.

—Tal vez se está yendo —dijo Master Guns en el altavoz del teléfono; su profunda voz de barítono resonó en el auto. Zig no le había llamado; Master Guns lo había buscado por voluntad propia. Pero, claramente, seguía perdido—. ¿Crees que vaya a encontrarse con alguien?

—Yo creo que ya se encontraron —respondió Zig, acelerando y dirigiéndose a la salida de la autopista. Estaba a menos de dos kilómetros de distancia; su cuerpo se apretó contra la puerta del conductor cuando giró en el trébol que lo llevaría a la autopista George Washington. A su izquierda, el Potomac era un charco de tinta negra con el Monumento a Washington a la distancia, como un signo de exclamación diminuto.

—Ziggy, no necesitamos que la confrontes.

—¿Quiénes son «nosotros»?

—Yo. *Yo* no quiero que la confrontes.

—Entonces, ¿por qué dijiste «necesitamos»?

—No empieces, Ziggy. Estoy tratando de mantenerte a salvo. ¿Sabes por qué sé que no estás a salvo? Porque nos acaba de llamar el jefe de Nola...

—Ya estás usando el «nosotros» de nuevo.

—No me estás escuchando. Su jefe, Barton, llamó para verificar tus credenciales, Ziggy. Dijo que el estacionamiento estaba lleno de sangre. Dijo que fuiste a la oficina de Nola y te presentaste como un investigador. Ese es *mi* trabajo. No el tuyo.

Con el pie en el acelerador, se dirigió a la primera salida, que lo sacó al estacionamiento de la marina. En la pantalla, el triángulo rojo estaba en el extremo izquierdo. Zig miró por la ventana. Era tarde. Estaba oscuro. No veía autos en movimiento. El estacionamiento era del tamaño de un campo de futbol. Seguía estando muy lejos.

—Me dijiste que sólo ibas a ir a la funeraria donde trabajaste, la que está en Ekron —añadió Master Guns.

—Ya sé qué parece, pero cuando llegué, cuando la vi..., te digo, no creo que Nola sea nuestro enemigo.

—¿Qué te dijo, Ziggy? ¿Algo sobre tu hija?

—No. —Era verdad, aunque Zig ahora estaba repasando esos momentos con Nola, la manera como dibujaba con furia, la ira que se derramaba de su cuerpo... y su clara resolución de poner las manos alrededor del cuello de quien estuviera detrás de esto—. No estoy equivocado sobre ella.

—¡Te electrocutó la cabeza!

—Si hubiera querido matarme, estaría muerto. Sabía que alguien me estaba observando. Sólo me necesitaba como señuelo.

—Ah, como señuelo... ¡Mucho mejor! —Master Guns respiró, como un lobo que quisiera derribar la casa de Zig—. ¿Sabes qué más dijo de ella su jefe del museo? Dijo que Nola era peligrosa, que a todas partes donde iba acarreaba la destrucción, que es exactamente lo que estamos viendo aquí. Te está poniendo emocional, Ziggy, y estás arriesgando tu vida en el proceso.

—¡Dile que lo necesitamos ahora! ¡Es una orden! —dijo una voz femenina que irrumpió en el teléfono, gritando detrás.

Zig conocía esa voz. La coronel Hsu. La mayor comandante de Dover. Y la primera en la lista de los que le cortarían la cabeza si supiera lo que tramaba.

—¿Dejaste que Hsu escuchara todo este tiempo?

—¿Tienes idea de lo que está pasando aquí? Nos llaman cada hora del Servicio Secreto, además de las llamadas cada media hora de un mocoso egresado de la liga IVY que se llama Galen. ¿Sabes quién es?

—Me imagino que alguien de la Casa Blanca.

—Es jefe de gabinete. Del presidente. Y según él, el líder del mundo libre quiere actualizaciones directas de por qué uno de sus mejores amigos murió en un accidente aéreo y, al parecer, también quiere ver el cuerpo cuando esté listo para el entierro. Encima de todo, tenemos media docena de muertos caídos en servicio que necesitan de tus habilidades. Entonces, sí, regresa. Ahora.

—Francis, dijiste que no lo ibas a contar... ¿Cómo pudiste hablarle a Hsu de Nola?

—No le dije nada —respondió Master Guns entre dientes—. Ella acaba de entrar. Quiere que su mejor trabajador se ocupe de estos cuerpos —dijo algo más, pero Zig apenas pudo escuchar; seguía avanzando por el estacionamiento, que tenía forma de «H». Él estaba en la barra central de la H, dirigiéndose hacia la parte de los muelles, mal iluminada.

Una vez más, miró a su izquierda, hacia el costado de la H, que corría de manera paralela al agua. Nada todavía.

Quizá Nola se había detenido o se había dado vuelta. Zig volvió a ver el triángulo rojo de su teléfono. Los identificadores de radiofrecuencia nunca fallaban, pero eso no significaba que fueran perfectos, en especial a altas velocidades podían demorarse algunos segundos.

En la pantalla, el auto de Nola seguía a su extremo izquierdo, en la esquina superior de la H, a medio campo de futbol de distancia, pero ahora se movía, cada vez más rápido.

Zig aceleró hacia la izquierda, en la misma fila.

El auto de Nola apareció de la nada, volando hacia él. A toda velocidad. Tenía los faros apagados.

¡IIIIIggghhhh!

Zig apretó el freno. Nola también. Las llantas rechinaron contra el asfalto. El auto de Zig se derrapó a la derecha, Nola se derrapó al otro lado.

Hubo un golpe sordo cuando Zig se estrelló contra una torre de protección naranja. Su auto seguía moviéndose, seguía girando, perdido en la inercia, mientras se aproximaba hacia los botes y el agua.

—¡Ziggy, Ziggy! ¿Estás bien? —Master Guns gritó en el altavoz.

El auto se sacudió hasta detenerse, con las llantas delanteras sobre el muelle. Zig abrió la puerta de una patada. Si la volvía a perder...

—¡Nola, no te muevas! —gritó sacando el cuchillo, listo para...

La ventana del auto, un Subaru viejo, bajó poco a poco.

—¡Salió de la nada! —insistió un viejo con cabello negro ralo.

—¡Randall! —lo reprendió una voz femenina—. Pregúntale si está bien. ¿Está bien, señor? —añadió una mujer mayor desde el asiento del copiloto. Zig vio su lápiz labial corrido y al viejo que se cerraba los pantalones—. ¡Le dije que encendiera las luces!

Zig buscó en el asiento trasero. No había nadie. Miró su teléfono. El triángulo rojo estaba justo en el centro. Nola debía estar ahí.

Después, Zig lo vio. Debajo del limpiaparabrisas del Subaru. Un cuadrado de plástico, no más grande que un timbre postal. El identificador de radiofrecuencia.

Nola lo había descubierto. Claro que lo había descubierto. Y se había desecho de él.

—Quizá podamos evitar llamar a las autoridades. Ya sabe, por asuntos del seguro —dijo el hombre mayor.

—Sí, no... Desde luego —dijo Zig y la vieja le hizo un gesto de agradecimiento—. Manejen... eh... con cuidado.

—¡Ziggy, háblame! ¡¿Estás ahí!? —gritó Master Guns en el teléfono—. ¿Qué demonios está pasando? ¿La encontraste?

Zig no dijo nada. Durante mucho tiempo.

31

A las dos de la mañana, mientras subía por su porche, Zig pensó que estaría exhausto. Pero no. Se sentía bien, lo que debía ser una señal. Si la vida le había enseñado algo, era que el universo guarda sus mejores golpes para cuando menos te los esperas.

Desde luego, cuando giraba la llave en el cerrojo, vio una luz que parpadeaba bajo su puerta. La boca se le secó.

Había alguien adentro.

Abrió lentamente la puerta. Oía ruido. La voz de una mujer.

«¿Nola...?», pensó, aunque escuchó rápidamente... en su sala.

La tele estaba encendida; una comedia tonta sobre lo diferentes que eran las mujeres y los hombres. Zig no creía haber dejado la tele encendida, pero tal vez sí. Dios sabe que la necesitaba para dormir. Durante esos últimos años, el silencio había sido un amigo de mierda.

Era una de las principales razones por las que le encantaba su trabajo. Cuando estaba en un caso, arreglaba cosas. No tenía problemas o, por lo menos, no pensaba en ellos. La resaca de dolor les llegaba a otras personas. No a él.

Arriba había tres habitaciones; la suya era la más pequeña, un castigo privado que se había impuesto a sí mismo y que sólo él conocía.

Dos minutos después, estaba en el patio trasero, con la cerveza habitual en la mano para que le ayudara a aliviar el dolor de cabeza y piernas por los ataques del día.

—Buenas noches, señoritas. ¿Todas bien? —les habló a sus abejas.

—*Mmmmmm* —cantaron las abejas mientras él se sentaba en su silla de patio oxidada, envuelto en el abrigo de invierno, repasando los acontecimientos del día. Durante algunos minutos, pensó en Kamille, la amiga de Nola, y en las otras víctimas del avión; sobre la reprimenda que le había dado Master Guns; en el repentino interés de la coronel en el caso; en el presidente y el bibliotecario del Congreso y en cómo diablos todo tenía que ver con nombres encubiertos que, de alguna manera, llevaban a Harry Houdini.

Sin embargo, más que en eso, Zig pensaba en la visita a Ekron, su pueblo natal. Sus sinapsis estaban inundadas de viejos recuerdos que habían removido las imágenes y los olores del lugar donde se formó como empleado funerario, donde había enterrado a su papá, donde se había enamorado y desenamorado, y donde se había convertido en esposo, en padre y, al final, en doliente. Más que nada, estaba pensando en lo bien que se sentía, o por lo menos, sentía que había hecho lo correcto al haber estado tan cerca de la tumba de Magpie, y el haber sentido simplemente eso lo reconfortaba. Sin embargo, todo el tiempo, sin importar el sendero que tomara en la ruta de los recuerdos, también estaba pensando en Nola. No en la niñita de hacía años, que se achicaba en el asiento trasero, sino en la Nola de hoy. Aquí. En el presente.

Diez minutos después, Zig estaría arriba, con la cabeza sobre la almohada y las manos en el pecho, durmiendo en la misma pose «de descanso» en la que acomodaba a la gente todos los días. Sería justamente en ese momento, cuando el sueño estuviera por aferrarse a él, cuando se daría cuenta de que se le había olvidado un ritual: se le había olvidado revisar Facebook, se le había olvidado echar un vistazo a su exesposa, se le había olvidado ver todas las cosas maravillosas que estaban ocurriendo en su vida en ese momento. Y, entonces, Zig bajaría las escaleras, echaría un rápido vistazo en Facebook y pensaría: «No le hago daño a nadie».

Ekron, Pennsylvania
Quince años antes

Así era Nola a los doce.

Fue en aquella noche del campamento de las niñas exploradoras, cuando explotó la lata de refresco de naranja.

Royall la había sacado del hospital hecho una furia, pero en el camino de regreso a casa se había calmado.

Nola estaba hecha un ovillo en el asiento trasero, como si estuviera en su cama. Más silenciosa que nunca; una venda blanca le cubría la oreja y tenía la playera de las exploradoras salpicada de sangre seca.

—Tope veloz —gritó Royall cuando su Chevy 65 dio vuelta en la entrada.

Nola alzó la cabeza del asiento, como si el tope mismo pudiera deshacerle las cuarenta puntadas recientes.

—*¡AyDiosmío! ¡Mírala! ¡Nolamírate!* —gritó una mujer robusta de cabello castaño peinado en una tensa cola de caballo. El auto no se había detenido aún, pero ella iba corriendo junto con él, metiéndose prácticamente por la ventana. Era Lydia Konnikova. Una del grupo de mamás del transporte que llevaba a Nola a la escuela y a sus reuniones del grupo de las exploradoras, para que Royall no tuviera que hacerlo: la única razón por la que él dejó que Nola entrara al grupo. Lástima que Lydia también era la chismosa más célebre del pueblo.

—¿Cómo está? ¡Oí que le dieron puntadas! —dijo Lydia con el chaleco azul del transporte y el pañuelo azul con blanco de las exploradoras alrededor del cuello. Nola se había dado cuenta de que Lydia siempre respondía sus propias preguntas—. Mandamos a todos a casa. Yo tenía que venir. Sabes que salvó a otra niña, ¿verdad? ¡Salvó a Maggie! ¡La vamos a nominar para que le den la medalla de honor de las exploradoras! —Lydia vio bien la venda por primera vez—. ¿Estuvo muy mal? Se veía muy mal —le dijo a Royall. Después se dirigió a Nola—: Te ves genial, corazón. ¡Genial! —El auto se detuvo; Lydia abrió la puerta y extendió una mano—. Ven, deja que te lleve adentro, amor.

Desde el asiento delantero, Royall miró a Nola con las cejas levantadas.

Nola lo miró rápidamente y negó con la cabeza sin moverse realmente.

—Vamos, corazón, dame la mano —le ofreció Lydia inclinada en el coche.

—Yo me encargo —dijo Royall mientras abría la puerta de atrás del lado del conductor. Con un movimiento, alzó a Nola en sus brazos y la llevó hacia la puerta.

—Mira, amor, deja que...

—*Yo voy* —enfatizó Royall, haciendo un esfuerzo por mantener a Lydia a sus espaldas y apretando a Nola contra su pecho.

Dejó que la puerta se azotara detrás de él, subió a Nola por las escaleras y la acostó en su cama. Después la tapó con las cobijas hasta la barbilla y le dio más medicina, como habían dicho los doctores.

33

Base de la Fuerza Aérea de Dover, Delaware
Hoy

A la mañana siguiente, Zig estaba cubierto en materia cerebral y sangre.

Estaban sobre su protector facial de plástico; en sus guantes, que tenía subidos hasta los codos; estaban esparcidas en todo su traje de protección Tyvek, cerrado hasta arriba.

—¿Qué tal va? —le preguntó su compañera funeraria, Louisa.

Él negó con la cabeza. Había cinco cuerpos en la sala médica, cada uno en su propia camilla, cada una con un soldado caído distinto. Sobre su cabeza, Prince sonaba en la vieja bocina de iPod jurando que nunca había querido ocasionarte pena, que nunca había querido causarte dolor. Todos los empleados de la morgue sabían que cuando le tocaba la música a Louisa, únicamente ponía las canciones tristes de Prince, más sus canciones divertidas favoritas.

Por lo general, Zig se quedaba con el caso más difícil. O con el más importante. Ese día, le habían tocado ambos.

Durante tres horas se había dedicado a ello, pero incluso en los estándares de Dover, el mejor amigo del presidente y bibliotecario del Congreso Nelson Rookstool era un desastre. Caído #2 357.

La parte más difícil había sido alinearle la cabeza con la columna quebrada para que no pareciera una marioneta abandonada. Si se coloca mal la cabeza, todo lo demás se ve raro.

—Lo lograremos —le murmuró Zig al cadáver de Rookstool.

La nuca de Rookstool, el dorso de sus brazos, todo estaba quemado, aunque no tan chamuscado como el cuerpo de Kamille de hace dos noches. Fuera lo que fuera, lo que había causado el fuego en el avión, Rookstool estaba más lejos, en la primera fila.

Según los examinadores médicos, la causa de muerte de Rookstool había sido la columna rota (bastante común en un accidente aéreo). Sin embargo, cuando Zig vio en el interior de las costillas, encontró un pedazo de plástico puntiagudo, color beige, del tamaño de la tapa de una pluma.

Zig lo sacó. Estaba aserrado. Una pieza de la mesita desplegable que se había despedazado con el impacto y había apuñalado a Rookstool en su asiento. Pasaba todo el tiempo. Una caída libre a ciento veinte metros de altura hace que nada aterrice con gracia.

—¿Una mesita rota? —preguntó una voz detrás de él; uno de los otros trabajadores de la morgue, Wil con una «l». Zig detestaba que la gente usara nombres comunes mal escritos. Jayson con una «y». Zakk con dos «k». Lo mismo pasaba aquí. Wil siempre se iba del trabajo a las 4 p. m. y, a veces, seguía refiriéndose a los caídos como «tiesos». «No tiene corazón»—. ¿Qué tan mal quedó? —añadió Wil.

—Lo peor posible —respondió Zig, viendo aún el pedazo de plástico.

—Es el mismo resultado de cualquier modo —dijo Wil, con una risa forzada y oscura.

Zig no correspondió a la risa. Durante las últimas horas, había estado concentrado en el panorama amplio, acomodando la cabeza de Rookstool, limpiándole el pecho; pero como con cualquier rompecabezas, una vez que la orilla está armada, uno finalmente empieza a buscar el resto de las piezas: las arrugas en el rostro de Rookstool, las patas de gallo alrededor de los ojos, incluso la anchura de sus bíceps, ejercitados pero no tanto como solían estar. La mediana edad siempre pasa factura. Era demasiado conocido para Zig.

Volteando hacia el carrito de instrumentos médicos, observó la fotografía de Rookstool, que estaba sujetada a un costado del auto como guía visual. Rostro redondo, ojos cansados. El cabello gris hacía que se viera mayor, pero Zig volvió a revisar la fecha de nacimiento. Octubre. El mismo año que él.

La misma edad.

Esto no debería ser una sorpresa para Zig. Últimamente, muchos de los oficiales mayores en los que había trabajado eran más o menos de su edad. Sin embargo, de vez en cuando, el tipo de cuerpo de uno se parecía demasiado al suyo, lo que hacía que Zig tuviera la misma sensación que cuando uno se entera de que un amigo tiene cáncer: «Voy a empezar a comer mejor, voy a cuidarme mejor». Ese día, sin embargo, Zig sentía lo contrario. A pesar del dolor de cabeza y del dolor de las piernas por los ataques del día anterior, o quizá debido a ellos, él se sentía *más joven* ese día, más joven de lo que se había sentido en mucho tiempo.

—Ziggy, ¿tienes un momento? —interrumpió Louisa.

—Sí, no, claro. —Dirigiéndose a la camilla de Louisa, preguntó—: ¿Tienes a Vacca?

Aunque ya sabía la respuesta. Desde que llegó, había estado esperando para echar un vistazo a los tres supuestos asistentes de Houdini: Rose Mackenberg, Clifford Eddy y Amedeo Vacca. Según sus archivos, todos trabajaban en la Biblioteca del Congreso. Era hora de conocer la historia real.

—Nariz colapsada, todo colapsado. Odio los choques de aviones —dijo Louisa, entregándole a Zig una herramienta de metal que parecía un gancho para ropa. De hecho, *era* un gancho de ropa al que se le había quitado la curva de arriba—. Se supone que tiene un bulto en la nariz, pero cuando trato... —Se detuvo, no le gustaba quejarse nunca. En la mesa, el rostro de Vacca estaba bastante intacto, aunque su nariz parecía un globo desinflado—. Sus padres estuvieron ayer. Dos hermanas también. Sólo quiero que quede bien.

Zig asintió, observó la fotografía de la identificación de Vacca, que Louisa había sujetado a su carrito. Vacca era un bebé, en los últimos años de los veinte cuando mucho. Se parecía a un joven Stallone. Con ojos tristes, rostro carnoso. Y, claro, nariz chueca.

—Hiciste el bulto demasiado abajo —dijo Zig, volviendo a doblar con cuidado el gancho de ropa. En un cadáver, la reconstrucción de un brazo, de una pierna, incluso de un hombro es bastante fácil, siempre y cuando se tenga suficiente arcilla para moldear. Las narices y las caras requerían de un toque sutil, y para que quedaran bien se necesitaba a un artista.

—Sí, claro, lúcete —dijo Louisa.

—Sólo si funciona —respondió Zig, observando el resto del cuerpo. A diferencia de Rookstool, Vacca era grande, con pecho y músculos amplios como un luchador. O un miembro del equipo mar, aire y tierra de la armada, un SEAL. En el carrito médico, la fotografía de la identificación de Vacca lo presentaba como «Asistente del bibliotecario Rookstool». Zig tomó una nota mental. ¿Desde cuándo los asistentes de bibliotecarios tenían constitución de guardaespaldas?

—¿Qué estás viendo? —preguntó Louisa.

—Nada.

Louisa hizo un ruido por debajo de su máscara.

—Parece bastante robusto para ser un bibliotecario.

—No me había dado cuenta —disimuló él.

—Bueno, ¿sabes quién sí se dio cuenta? Tu amigo Master Guns. Estuvo aquí a primera hora del día para asegurarse de que todo estuviera bien.

Zig giró el gancho de ropa alrededor de su dedo. Prince cantaba una nueva canción sobre cómo la vida era sólo una fiesta y las fiestas no duraban mucho.

—Ziggy, ya sé que tienes una relación personal con este caso...

—Eso ni siquiera...

—Por favor, no me mientas. En lo que respecta a interesarse por un caso, no es algo malo. Incluso, podría ser algo bueno.

Con un empujón meticuloso del pulgar, Zig insertó el gancho de ropa, que había vuelto a doblar, en la fosa nasal de Vacca, donde el marco de alambre formó una nueva estructura y alzó su nariz colapsada como la carpa de un circo.

—Retiro lo dicho. *Ahora* te estás luciendo —añadió Louisa—. Pudiste simplemente...

—*Psss.*

El sonido llegaba de su izquierda. Las puertas de la sala médica estaban cerradas, pero incluso a través del cristal traslúcido, Zig habría reconocido la silueta redonda en cualquier parte.

—Creo que tu amigo que llena las máquinas expendedoras está tratando de ser sutil —dijo Louisa.

—¿Están oyendo a Prince ahí? —gritó Dino a través de la puerta—. De alguna manera, siento que me están arruinando a Prince.

Apretó un botón y Zig abrió las puertas automáticas y se quitó la máscara del rostro, pero nunca salió al pasillo. Los líquidos de embalsamamiento tenían que permanecer en la sala esterilizada.

—Dino, ¿qué estás haciendo aquí?

—¡Santas cachuchas! —Instintivamente Dino se alejó del olor, tapándose la nariz y dando un paso atrás del umbral—. No importa cuántas veces venga aquí… Por Dios, lo tienes en la máscara, está junto a tu *boca*. ¡Tienes pedazos de muerto cerca de la boca!

—Dino, espero que sea una emergencia.

—Ella dijo que era una emergencia.

«¿Ella?», le preguntó Zig con una mirada.

Dino asintió, tapándose la nariz.

—Tu amiga. La del FBI. —Zig sabía a quién se refería. Waggs—. Trató de llamarte. Le dije que no traías el teléfono cuando estabas trabajando.

Zig miró por encima de su hombro para ver quién más estaba escuchando. Louisa, Wil y los otros trabajadores estaban volteados hacia el otro lado, concentrados en su respectivo cadáver.

—¿Encontró algo? —murmuró Zig.

Dino le echó la mirada que tenía la noche que conocieron unas gemelas en un bar.

—Necesito, por lo menos, una hora más aquí —dijo Zig.

—¿No crees que podría ser más impor...?

—Necesito otra hora —insistió Zig, señalando hacia atrás con el pulgar a la sala médica. Dino lo conocía lo suficiente para saber que no tenía caso discutir. Rookstool tenía una esposa; tenía dos nietecitas. Zig nunca dejaría a un muerto mientras su familia esperaba para cerrar el ciclo—. Dile que le llamo en una hora.

Hubo un siseo neumático cuando las puertas se cerraron y Dino se dirigió hacia el pasillo, marcando el número de Waggs.

—¿Señor Kanalz? —llamó una voz femenina cuando Dino dio vuelta en la esquina; al alzar la mirada, vio una mujer asiática en uniforme de oficial completo. Tenía la mirada más penetrante que hubiera visto—. ¿Tiene un momento? —dijo la coronel Hsu.

—De hecho, estoy...

—No era una pregunta. Por aquí, señor Kanalz.

Dino se metió el teléfono en el bolsillo y avanzó dubitativamente hacia su oficina.

—¿Puede decirme de qué se trata? —preguntó Dino.

—No se haga el estúpido. Sólo nos insulta a ambos.

34

Homestead, Florida
Once años antes

Así era Nola cuando tenía quince.

—Dejen los lápices —advirtió la maestra. Nola siguió garaba-teando—. Dejen los lápices.

Nola alzó la barbilla, entornó los ojos, que desaparecieron en un hoyo negro de delineador oscuro que sólo una niña de quince años podría pensar que es aceptable. Estaba en el lugar usual, en la fila de atrás, con el uniforme usual: playera sin mangas de golpea-dor de esposas, pantalones de mezclilla de niño (de segunda mano, que su papá odiaba) y Doc Martens (nuevas, que su papá odiaba aún más).

—¿*Yo*? —preguntó.

La maestra hizo una mueca. Sólo había otros tres niños en la sala, todos varones. Nola era la única niña, como usualmente ocu-rría en el salón desafortunadamente llamado con el acrónimo CSI, el Centro de Superación Infantil, el lugar donde iban los estudiantes a los que sacaban de clase, que había sido exactamente lo que ocu-rrió cuando Damien d'Abruzzo eructó en la mano y se lo aventó a Nola, quien inmediatamente lo golpeó en el rostro.

Hace años habrían suspendido a ambos o los habrían obligado a hacer servicio comunitario, como lavar los Jeeps de la base mili-tar local de Homestead. En esos días, los educadores estaban con-vencidos de que la única manera de ayudar a un estudiante era manteniéndolo *fuera* de las calles. Para eso era el CSI: encerraban a los niños ahí todo el día.

—Entonces, ¿se supone que me siente aquí y no haga nada? —desafió Nola.

—Échale la culpa a *El club de los cinco* —dijo la maestra, la señora Sable, una mujer de cincuenta y tantos, robusta, con tres tatuajes escondidos, recelosos ojos verdes y cabello pintado de negro, que se suponía que fuera como el de Bettie Page, pero que hacía que se pareciera más a Betty Mármol. Odiaba usar su periodo libre para trabajar en el CSI, pero le pagaban medio tiempo más, lo cual era la única manera de pagar a la ayudante que vigilaba a su madre, enferma con Alzheimer—. Nola, no digo que para mí tenga sentido, pero las reglas son las reglas. Ahora. Dejen. Los lápices.

—¿Y si no qué?

La señora Sable giró los ojos. Tenía tres hijos mayores. Todos hombres, y los hombres son unos animales. No les aguantaba su mierda; con toda seguridad, tampoco iba a aguantar esta mierda. Se acercó más.

—Nola, ven conmigo después de clase.

—No tengo clase. Estoy aquí encerrada con todos ustedes...

En un instante, la señora Sable tomó el cuaderno de Nola de su escritorio.

—¡Oiga! ¡Es mío!

—Era. Ve a verme después de la clase —dijo la señora Sable, regresando a su escritorio y hojeando las páginas del cuaderno, más por costumbre que por cualquier otra cosa. Después, vio lo que había adentro. Volteó hacia Nola—. Nola. ¿Este es *tu* cuaderno?

Nola se quedó en silencio. ¿Había dejado algo en el cuaderno?

—Nola, ¿tú dibujaste esto? —preguntó Sable, sosteniendo el cuaderno abierto como la página central del *Playboy*. En dos páginas había un elaborado dibujo a lápiz de un duende gordo y babeante con alas de cuero y un sable oxidado. El duende se estaba comiendo un brazo humano y abajo estaban escritas las palabras:

¡¡¡LA BANDA DE METAL THRASH MÁS RUIDOSA DE HOMESTEAD!!!
¡LA ÚNICA, LA INIGUALABLE!
¡CRÍTICOS PRETENCIOSOS!

—Nola, ¿tú dibujaste esto o no?

Hacía ocho años que la familia adoptiva de Nola la había abandonado y se la había entregado a Royall. Ocho años de sus gritos. Ocho años de sus cambios de humor. Ocho años de cavar hoyos escondidos bajo diferentes tamaños de alberquitas en patios de diferentes tamaños. Y ocho años de dormir en el auto los martes y los sábados.

Sin embargo, de todo el daño que Royall le había hecho, el peor era simplemente este: se había acostumbrado. Era un lugar común. Cuando se enfrentaba a ese tono de interrogación, el tono principal de Royall en todas las conversaciones, los años de acondicionamiento de Nola le permitían sólo una respuesta lógica.

—¿Qué hice mal?

La señora Sable seguía viendo el dibujo del gnomo, por lo que apenas escuchó la pregunta. Nola se dio cuenta del cambio de su postura.

—Nola, es maravilloso.

Confundida, Nola buscó en el rostro de la maestra alguna señal de mentira, de burla, la falla en sus palabras. Las uñas de la señora Sable eran un desastre (se las mordía); sus dientes de abajo estaban torcidos (necesitaba frenos dentales, pero no se los podía pagar); y justo encima de sus aretes había otros hoyos, cerrados hace mucho (¿por qué alguien dejaría que un hoyo de las orejas se le cerrara?). Sin embargo, por mucho que lo intentara..., no tenía sentido, tenía que haber una trampa en alguna parte, pero Nola no podía encontrarla.

—Nola, ¿sabes de qué doy clase aquí?

—De producción de video.

—Y de arte. Yo enseño arte. ¿Sabes qué significa eso? —Nola negó con la cabeza—. Significa que sé de lo que estoy hablando. Tienes madera para esto, chica.

Nola no dijo nada y después:

—Yo tomo carpintería, no arte.

—Ahora, sí. A la sexta hora. En el mismo salón oloroso de carpintería. Ven mañana. —La maestra Sable le arrojó de vuelta el cuaderno, que aterrizó en el escritorio de Nola.

En la primera fila del salón, los tres niños estaban volteados en sus asientos, observando. Nola bajó rápidamente la barbilla, cerró el cuaderno y los odió por haber presenciado esa sensación que estaba sintiendo, esa emoción que giraba en su estómago, en un tumulto de confusión, náusea y... algo más, algo más ligero, algo para lo que no tenía una palabra. Durante el resto de su vida, llevaría ese momento con ella, para cuando lo necesitara. Y nunca olvidaría las palabras que de repente notó, grabadas en el escritorio: «La señora Sable chupa pito de burro». Se habría reído, pero de ninguna manera iba a dejar que los chicos lo vieran.

Así era Nola a los quince, la primera vez que alguien le dijo que era buena para algo.

35

Washington, D. C.
Actualmente

Markus estaba desnudo. Estaba en un bote, atado a una silla, con los ojos vendados.

—¿Quién... Quién está ahí? ¿Puede... Hay alguien ahí? —Markus se enderezó. Hubo un crujido amortiguado. Escuchaba con intensidad, a su derecha, junto a la puerta.

Otro crujido. Afuera.

—¡Oiga! ¡Oiga, estoy aquí! ¡Necesito ayuda! ¿¡Me oye!?

Marcus estaba molido, con las piernas desnudas pegadas a la silla por su propia orina seca. Estaba drogado, todavía adolorido por lo que esa chica…, Nola…, por lo que esa Nola le había hecho. Le había inyectado algo en la garganta. Lo había noqueado.

—¡Estoy aquí! ¡Por favor, ayuda! ¡Necesito...!

Hubo un sonido en el aire, a su derecha. La puerta se abrió.

—¡Gracias a Dios! —gritó Markus. Nunca había estado más equivocado—. Pensé que iba a estar aquí hasta que amaneciera —dijo cuando alguien entró—. Estaba preocupado... Gracias a Dios que está aquí.

Sentándose como un estudiante modelo, Markus alzó la barbilla, en espera de que su salvador le quitara la venda de los ojos. La venda negra permaneció amarrada a su rostro.

Confundido, Markus echó la cabeza hacia atrás, tratando de ver por debajo de la venda. Estaba demasiado oscuro, pero podía sentir un cambio en el aire. Alguien se movía lentamente hacia él.

—Quien quiera que sea, lo escucho...

Algo rozó el rostro de Markus y cortó la venda, que cayó al suelo.

Markus parpadeó algunas veces mientras sus ojos se ajustaban a la luz. Sin embargo, su expresión se puso seria cuando vio...

—Nos asustaste, Markus —dijo una mujer nativoamericana de hombros anchos con cabello negro azabache amarrado en una cola de caballo apretada. Su piel morena rojiza provenía del lado de su padre shoshón; sus gélidos ojos azules, de su madre.

Hacía casi un año que Markus no la veía, desde el fiasco en Montana.

—Teresa, por favor... —rogó Markus, siendo lo suficientemente listo para llamarla por su verdadero nombre y no por el que usaban a sus espaldas, «el Telón», porque, cuando baja el telón... todo se termina.

—Te lo juro por mi vida, Teresa... ¡No dije nada! —insistió, usando otra vez su verdadero nombre y pensando otra vez que era listo. Si hubiera sido realmente inteligente, habría sabido que a ella le deleitaba que la llamaran «el Telón».

—Tus amigos están preocupados por ti —dijo el Telón, de pie, perfectamente quieta, con los hombros hacia atrás, a pesar del bamboleo del bote. Su padre le había enseñado los beneficios de una buena postura, así como le había enseñado a tirar una buena curva, a atar un buen nudo de pesca, incluso a desollar un conejo sin cuchillo. Conforme crecía, el Telón supo que su padre quería un niño y había tenido una niña. Sin embargo, cuando la adicción a las drogas de su mamá empeoró y se convirtió en algo que ya no podían reconocer, su papá la mantuvo a su lado y se fue cuanto antes de la reserva para que ella nunca fuera «uno de esos indios que se sienta con su dinero de apuestas y chupa de la teta de la tribu».

Era el primer recuerdo del Telón a los siete años, agachada en la parte trasera de la camioneta del papá, escapándose a mitad de la noche. Hasta años después fue cuando finalmente supo lo que su papá había hecho antes de huir esa noche. Sin embargo, hasta ese día se trataba de la lección más trascendental de su padre: el mundo se come al débil; golpea a las hienas antes de que tengan un festín.

—Markus, ¿te acuerdas del restaurante donde comimos en Montana? ¿El lugar que tenía unas hamburguesas de búfalo increíbles?

—Teresa, por favor... Tú sabes que no dije nada.

—¿Cómo se llamaba ese restaurante? —El Telón se golpeó el muslo con la palma, con la mano volteada para que él pudiera ver el arma antigua que sostenía. Se llamaba *Bagh Nakh,* también conocida como «garra de tigre», hecha con cuatro navajas de metal curvas, que estaban ligadas a una barra que servía como empuñadura. El Telón la había usado para cortar la venda de Markus, aunque también le había abierto un tajo en la mejilla.

—Tenía uno de esos nombres excéntricos, como «Ruiseñor tequila», pero no era ese.

—Te lo juro por mis sobrinas... Ni una palabra... ¡No dije ni una palabra! —insistió Markus, que finalmente había visto dos gotas de su propia sangre sobre su regazo, que habían escurrido de su mejilla. Trató de limpiárselas, pero aún tenía las manos amarradas a la silla.

—¿Te acuerdas del maíz relleno con queso de cabra? Estaba delicioso —añadió el Telón, levantando la ropa de Markus del suelo. Los bolsillos de sus pantalones estaban vacíos. Él sabía que no debía llevar cartera. Su teléfono desechable estaba en un estante cercano, pero cuando revisó los otros bolsillos...

—Markus, ¿dónde está tu otro teléfono?

—Yo nunca... Ella me hizo un montón de preguntas... ¡No le dije nada!

—Tu teléfono real, Markus. ¿Dónde está tu teléfono real?

—Lo dejé en mi auto. Lo juro. No está aquí. —Ahora estaba sudando, el dorso de sus muslos volvía a pegarse a la silla.

—Esta chica. Nola. Ya sé que encontró tu auto. Ahora tiene tu teléfono, ¿cierto? —dijo el Telón mientras observaba el resto de la cabina. Sobre la barra había un vaso vacío y una pequeña tapa de plástico, como la de una botella de prescripción médica—. Te drogó.

—Hizo preguntas, pero yo no le respondí. Ella sabía sobre Houdini. Me preguntó su nombre, ¡pero yo no le dije nada! Ni una palabra. Tú sabes que no lo haría, ¿verdad?

El Telón observó fijamente a Markus, con el cuerpo rígido, como si ni siquiera respirara.

—Teresa, ¡por favor! —Ella dio un paso lento hacia él. Las lágrimas le inundaban los ojos; le salían mocos de la nariz—. *Por favor*, dime que me crees.

—Te creo, Markus.

Exhalando, Markus echó la cabeza hacia atrás en señal de alivio, y en ese momento la mano de Teresa surcó el aire, su garra de tigre hizo un corte profundo en la garganta de Markus cercenando su arteria carótida.

En las películas, la sangre salpica hacia todas partes cuando le cortan la garganta a alguien. En la realidad, sale con el latido del corazón, bombeando y corriendo hacia abajo en una cascada lenta. Markus trató de decir sus últimas palabras, pero no pudo.

El Telón sacó su propio teléfono desechable, marcó un número, sin quitar la mirada del cuerpo inerte de Markus. Era otra de las mejores lecciones de su papá, y del ejército también. Asegúrate de que el trabajo esté terminado.

Hubo un clic cuando alguien contestó. No dijo nada.

Tampoco el Telón. Mensaje enviado.

Después, para sorpresa del Telón...

—¿Fue la chica, verdad? ¿Nola Brown? —preguntó el hombre con voz de trituradora.

—No se preocupe —dijo el Telón—. Voy tras ella.

Más silencio. Otro mensaje enviado. «Más te vale». Sin más, ambos colgaron.

«Parrilla River House», pensó el Telón para sí mientras se dirigía a la puerta del bote. Era el nombre del restaurante de Montana. Un asado fantástico.

36

—Señor Kanalz, ¿comprendo que usted llena las máquinas de dulces?

—Y administro el café Kingpin, cuya sopa del día siempre es papas fritas con queso —respondió Dino.

La coronel Hsu no se rio. Tampoco sonrió. Ni siquiera parpadeó. Se quedó sentada con las palmas unidas sobre el escritorio, en el que había un montón de folletos sobre la depresión en el ejército y un reloj de oro con el grabado «Hsu, 2028», un regalo de broma de su personal para su eventual candidatura a la presidencia.

—Ya he ido al Kingpin.

—Nunca la he visto ahí, coronel. ¿Qué ordena?

—Mando a mi asistente.

—Espere. ¿Usted es la persona que, de vez en cuando, ordena un pan solo con aceitunas y cátsup encima? Esa persona *me preocupa…*

—Esa persona *debería* preocuparle. Yo pido queso asado con tomate y aguacate en pan de trigo.

—Es una orden razonable.

—Soy una persona razonable, señor Kanalz. Más razonable de lo que podría darse cuenta.

Dino se removió en su asiento. Si estaba tratando de ser agradable…

—Mi asistente me dice que por aquí le dicen Candyman. Es un buen nombre. «Candyman».

—Coronel, si hay algo que quiera preguntarme…

—Señor Kanalz, estoy segura de que es consciente de que sólo hay unas cuantas máquinas expendedoras en nuestro edificio particular. En la sala de descanso. Sólo en ese salón —dijo Hsu—. Y, sin embargo, en el último día y medio, las cámaras de seguridad muestran que ha estado aquí casi media docena de veces. —Antes de que Dino pudiera decir una palabra, añadió—: De hecho, ayer observé con más detalle, señor Kanalz, cuando el Servicio Secreto estaba revisando el lugar antes de la llegada del presidente, *usted* fue una de las pocas personas que se coló adentro. Fue bastante temprano por la mañana.

—Esa es la descripción de mi trabajo: «Llenar las máquinas muy temprano por las mañana».

—Lo que también vi es que, según nuestros registros de seguridad, estuvo en el edificio más o menos al mismo tiempo en que su amigo Zig recibió un golpe en la cabeza.

Dino se enderezó, molesto.

—¿Me está acusando de algo?

—Sólo estoy señalando hechos.

—Zig *me consiguió* este trabajo. Para mí es como un hermano.

—Me asombra escuchar eso, señor Kanalz, en especial porque todos hemos estado preocupados últimamente por su amigo Zig.

—Debería decírselo a él.

—Me encantaría. Pero ese es el problema, traté de llamarlo ayer por la tarde y no respondió. Incluso enviamos a alguien a su casa y nadie pudo encontrarlo. Era como si hubiera desaparecido.

—Entonces, hable con él ahora.

—Eso también me encantaría, pero como ya vio, ha estado en la sala de preparación durante casi cuatro horas. Así que tengo muchas preguntas sobre dónde estaba Zig desde ayer, después de que salió el cuerpo de la sargento Brown.

Por primera vez, Dino se quedó sin decir nada. Hsu aún tenía las palmas unidas, con los dedos entrelazados, como si estuviera rezando.

—Ya había escuchado ese nombre antes, ¿no es así, señor Ka-nalz? ¿Nola Brown? —De nuevo, Dino sólo se quedó sentado—. ¿Qué me dice del nombre Markus Romita? ¿Alguna vez oyó de él?

—No sé de qué está hablando.

—Markus Romita, de Tucson, Arizona. Entrenado por las Fuer-zas Especiales, después dado de baja por un desorden de personali-dad preexistente.

—Por lo general, eso significa que alguien es detestable.

—Quizá. Sin embargo, imagine nuestra sorpresa cuando hace dos horas encontraron muerto a Markus en un bote... que estaba encallado en la marina del Pentágono. Con la garganta cortada. Un perfecto corte en la carótida. Como si lo hubiera hecho un pro-fesional, o alguien que sabe de anatomía. ¿Le viene a la mente al-gún trabajador funerario?

—Señora, ¿de verdad cree que Zig...?

—No estoy acusando a nadie de nada. Sólo quiero saber dónde estaba Zig anoche.

—No estaba degollando gente en un bote, se lo aseguro.

—Y yo quiero creerle, señor Kanalz. Sin embargo, según una pixelada grabación de seguridad que acabábamos de recibir, un conductor que se parece mucho a Zig fue visto anoche en la misma marina.

Otra vez, Dino permaneció en silencio.

—Señor Kanalz, saqué sus registros de trabajo. Cada mes, el Servicio de Impuestos Internos embarga la mitad de su sueldo. Tiene impuestos sin pagar durante casi tres años, con ejecuciones hipotecarias a..., parece que, una, dos, tres, cuatro casas diferentes.

—Eso no tiene nada que ver con... ¡Son inversiones legítimas!

—Ya sé cómo funciona la burbuja inmobiliaria. Cuando estalló, mi cuñada siguió exactamente esa misma estrategia desastrosa, lo que significa que mi hermano aún trabaja turnos extra como des-pachador en la estación de bomberos. A lo que voy, señor Kanalz, es a que sé lo importante que este trabajo es para usted. Entonces, si sabe algo sobre Zig... o Nola Brown... o cualquier cosa sobre lo que está ocurriendo... Sólo estamos tratando de ayudar.

—¿Cómo? ¿Llamándome aquí y agarrándose las manos como alguna villana quisquillosa de una película de Nickelodeon? Sí sabe que le voy a contar todo lo que me ha dicho, ¿verdad? Zig es mi familia.

—No estoy cuestionando el compromiso que él tiene con usted. Estoy cuestionando el compromiso que él tiene con *nosotros*.

—Entonces no sabe nada sobre él. Si quiere despedirme por tener que pagar impuestos atrasados, despídame. De otro modo, si tiene otros problemas con mi trabajo, repórtelos con el representante de la oficina de Contrataciones. En cualquier otro sentido, tengo que prepararme para el almuerzo —dijo Dino—. Ah, y ¿aguacate sobre queso frito? Está convirtiendo un buen sándiwch en uno de mierda. Muéstrele al queso frito un poco de respeto.

Sin decir otra palabra, Dino se dirigió a la puerta y la azotó después de irse.

En su escritorio, la coronel Hsu observó el reloj, las palabras «Hsu, 2028». Por un momento, se quedó sentada con las manos entrelazadas. Después, sacó su teléfono y escribió dos palabras a un número que no estaba en los contactos.

Te toca.

37

—¿Estás solo o no? —preguntó Waggs.

Zig presentó su identificación en el escáner de la puerta y el cerrojo hizo un ruido para que entrara a la habitación 028. «Uniformes».

—Completamente solo —dijo Zig, observando cuatro maniquís sin rostro absolutamente blancos en el centro de la habitación. Cada uno llevaba un uniforme diferente: ejército, marina, fuerza aérea, naval, como si estuvieran en una tienda departamental. A la derecha de Zig había unas cajas de exhibición de madera llenas con todas las insignias, listones y medallas del ejército que uno pudiera imaginarse: corazones púrpura, estrellas de plata, cruces de servicio distinguido; cada una en una envoltura de plástico, colgando de su propio gancho, lo que le recordó a Zig cuando era pequeño y había ido de viaje a Hershey Park para buscar su propio nombre en un estante de exhibición de placas de automóviles personalizadas de tamaño infantil en orden alfabético. En ese entonces, su mamá aún estaba fuerte y saludable.

—¿Estás en tu oficina? —preguntó Waggs.

—En Uniformes —dijo Zig, observando la hoja de papel que tenía en la otra mano. En Dover se llamaba lista de condecoraciones, una impresión de todas las medallas e insignias que un miembro del servicio caído debía llevar en su ataúd. En esta habitación, los especialistas de uniformes reunían y planchaban el uniforme, recogían y pulían las medallas y preparaban todo para vestir al cadáver. Sin embargo, ese día, Zig había decidido darle su propio toque personal.

En la parte superior de su hoja había un nombre:

ROOKSTOOL, NELSON
VIP/BIBLIOTECARIO DEL CONGRESO

1. Premio superior de servicio civil.

«Nada sorprendente», pensó Zig, y tomó de su gancho una medalla brillante de plata con un listón rojo. Los amigos del presidente siempre tenían buenas cosas.

2. Premio del presidente por servicio civil federal distinguido.

Tampoco sorprendente. Eisenhower había establecido el premio para que los presidentes pudieran destacar el servicio gubernamental. Sin embargo, la tercera y última medalla en la lista...

3. Secretaría del ejército, premio por valor.

Zig hizo una pausa, fue al estante y sacó la medalla de oro con listón rojo y azul.

—Waggs, ¿Rookstool alguna vez hizo servicio?

—¿Disculpa?

—Nelson Rookstool. El bibliotecario del Congreso. Ayer, cuando bajó su cuerpo del avión, lo recibieron como civil, pero, ¿era un veterano? ¿Afganistán? ¿Irak? No sé, ¿Guardia nacional o algo?

A través del teléfono, le llegó el ruido de un teclado.

—No. Nunca estuvo en el ejército —dijo por fin Waggs—. Nada en el FBI, la CIA u otras agencias. Fue un *muggle* toda su vida. ¿Por qué preguntas?

Zig acercó la medalla de oro y observó la estrella de cinco puntas que tenía grabada. Arriba tenía la palabra «valor».

—Le otorgan a Rookstool una medalla por valor.

Waggs no dijo una palabra. No tenía que hacerlo. Incluso en el mundo de las ardillas secretas, las medallas por valor eran por valentía, lo que usualmente significaba que se había participado en un combate o, por lo menos, que se había hecho algo en el campo.

—¿Tú crees que Rookstool estuvo en el avión... —comenzó Waggs—, porque lo que estuviera haciendo en Alaska no era sólo trabajo de bibliotecario?

—Esa es la cuestión. A lo mejor realmente *sí estaba* en un programa de alfabetización para las comunidades rurales esquimales. O quizá, tomando en cuenta los nombres de los asistentes de Houdini muertos que lo acompañaban en el avión, estaba en una misión que aún no hemos descifrado.

—Habla por ti —le respondió Waggs.

—¿Cómo? ¿Encontraste a los tipos de Houdini?

—Y encontré a Markus Romita.

—¿A quién?

—El de anoche, en Ford Belvoir. El tipo que te atacó afuera de la oficina de Nola. Ojos grandes. Te golpeó con un bastón telescópico.

—¿Cómo...?

—Su tarjeta de acceso —explicó Waggs, refiriéndose a su identificación militar—. La tuvo que usar para entrar en Ford Belvoir. Pero revisé su registro, Markus fue el único visitante de la base que no devolvió su pase de visitante al final de la noche. Sigue su rastro y tendrás la mejor oportunidad para descifrar quién está haciendo realmente estos trucos de Houdini.

—Waggs, mientras más envejeces, más mañosa te vuelves, ¿lo sabes?

—Dijiste que Nola lo había emboscado. Supongo que lo echó en su cajuela y salió de la base.

—¿Tienes idea de dónde podría estar ahora?

Waggs hizo una pausa.

—¿Te sorprendería si te dijera «en una morgue de Virginia»?

—Ay, no.

—Ay, sí. La policía encontró a Markus muerto esta mañana, atado a una silla en un bote...

—... en la Marina del Pentágono. Yo estuve ahí anoche.

—Lo que probablemente signifique que cuando vean sus videos de seguridad, unos policías van a ir a tocar a tu puerta, ansiosos por preguntarte algunas cosas.

—Yo nunca lo toqué..., ni siquiera sabía que estaba ahí...

—Lo dice el hombre que manejó hasta allá solo y que, por lo tanto, no tiene coartada. Te lo dije desde el principio, Ziggy, estás de cabeza en arenas movedizas. Nola le cortó la garganta.

—No puede ser. Ella no lo...

—No me digas que esa chica es inocente. Adondequiera que va, lleva una cosa con ella: muerte. Muerte en un avión. Muerte en un bote. Es como una novela ambulante de Agatha Christie y tú interpretas el papel de investigador intrépido y con buenas intenciones que muere justo antes del final porque está demasiado ciego para ver el nudo corredizo que le estaba apretando el cuello.

Mientras observaba la medalla brillante de Rookstool por el valor, Zig vio el reflejo de su propio rostro contraído y distorsionado. ¿Pensaba que Nola era inocente, incapaz de hacer daño? Desde luego que no. Todavía le zumbaba la cabeza por el electrochoque que le había dado. Además, el jefe de Nola la había descrito como «una pistola, un arma». Sin embargo, desde que Zig la había visto en Ekron, en la funeraria, por la manera como Nola había reaccionado a la nota y al accidente aéreo..., sabía que sobre algunas cosas no puede mentirse. Cualquier cosa que estuviera ocurriendo, de ninguna manera Nola había sido quien había derribado el avión. «Nola, tenías razón. Sigue huyendo». En el fondo, lo sabía más que nunca. Era una advertencia.

Justo ahí, Zig sintió que regresaba un viejo pensamiento. Anteriormente, lo había llamado una *necesidad*. Sin embargo, ahora lo veía con más claridad, lo reconocía de tantos dolientes. Con respecto a Nola, Zig no sólo quería saber lo que había ocurrido. Tenía la necesidad de verla en su mejor luz, necesidad de probar que era inocente, necesidad de demostrar que estaba en lo correcto sobre ella esa noche en la fogata del campamento. Sabía que era un punto ciego. Pero eso no significaba que estuviera equivocado.

—Ella sabía qué iba a hacer después del ataque de Markus —añadió Zig—. Si Nola me hubiera querido muerto, ya estaría muerto.

—¿Y eso la hace una heroína?, ¿que le cortara la garganta a él, pero a ti no?

—Por lo que sabemos, Markus podría ser el que derribó el avión. —Después de eso, Waggs se quedó en silencio—. Ay, Waggs, buscaste a Markus, ¿no? Si descubriste algo...

—Lo que descubrí es que no es ningún pelele. Markus estuvo en las Fuerzas Especiales, pasó tiempo en Fort Louis, después lo dieron de baja por razones desagradables, aunque claramente seguía trabajando para alguien, ya que ayer tenía una identificación activa.

—Y si tenía una identificación activa...

—...entonces, podemos ver su última misión. Me llevó tiempo, pero al parecer, estaba trabajando en algo llamado Operación Bluebook.

—Nunca había oído hablar de ella.

—Nadie había oído hablar de ella. Revisé todas las bases de datos, JWICS, JIANT, incluso Room 11 —añadió, refiriéndose a los guerreros cibernéticos que hackeaban a la NSA, a la CIA y a algunas otras agencias secretas—. Claramente, estaba por encima de lo que usualmente es *top secret*. Lo único que pude encontrar fue una dirección en Washington, D. C. Calle H 278, primer piso.

—Parece un local.

—Es un local. Es un negocio que ha estado activo desde la década de 1960.

—¿Y tiene algo que ver con Houdini?

—Dímelo tú. El 278 de la Calle H alberga una tienda que se llama Estudio Ecléctico de Artes de la Magia.

—Alakazam.

—El último lugar donde estuvo comisionado tu atacante es una antigua tienda de magia.

38

Homestead, Florida
Once años antes

Así era Nola a los quince.

De nuevo, estaba sentada en la última fila, en el salón de arte, sobre una silla de tres patas que se tambaleaba.

—Tomen una y pasen el resto —dijo la profesora Sable, entregándole un montón de fichas a Sophie Michone, la sonriente tesorera del consejo estudiantil que algún día crecería para ser la persona de su oficina a quien nadie invitaba cuando todos jugaban a algo.

—Pásenlas —Sonriente Sophie les repitió a los otros estudiantes de su banca de cuatro personas. Después, su mejor amiga, Missy F., se las pasó a Harold y a su banca de cuatro personas, quien se las pasó a Justin Ojo Perezoso y a su banca de cuatro personas, que se las pasó a Nola, que estaba sola en su banca de cuatro personas.

—No trates de tocarme, asquerosa —murmuró Justin mientras le entregaba a Nola el montón de fichas y después se estremeció cuando ella extendió la mano—. Escuché que te pusieron aquí para que no te pelees con nadie.

—Trágate un pedo —gruñó Nola.

No era la primera vez que Nola se había destacado por su arte. A los cinco años, su maestro del jardín de niños les dijo a los La-Pointe que coloreaba «demasiado fuerte», tanto que rompía las crayolas, en especial las moradas. Incluso entonces, Nola estaba decidida: «Si es morado, tiene que ser morado».

—¿Todos tienen una? Bien —dijo la profesora Sable, sacudiendo su propia ficha como una bandera blanca—. En esta ficha, quiero que escriban la cosa más importante de su vida. Para algunos va a ser su familia; para otros, ya sé, son adolescentes, odian a su familia. Puede ser algo distinto: un novio. Una novia. Su perro. Un abuelo. Algo valioso. La. Cosa. Más. Importante —reiteró—. También, nada de juicios. Puede ser una filosofía personal, puede ser algo que amen; Harold, no busques ayuda en Sophie, escribe tu propia respuesta. Y ya sé, están en preparatoria, su cosa favorita podría ser el sexo, para lo que me importa —añadió, y en el salón de clases se escucharon algunas risitas nerviosas—. O puede ser la única cosa que sacarían de su casa si hubiera un incendio.

—¿Puedo hacer una pregunta? —dijo la Sonriente Sophie, y Nola se dio cuenta de que Sophie siempre hacía un prefacio a sus preguntas pidiendo permiso para hacer esas preguntas—. ¿Alguien más va a ver lo que escribimos?

—Me da gusto que hayas preguntado —dijo la profesora Sable con los brazos cruzados y la ficha metida bajo la axila—. No. Nunca me van a mostrar *a mí* lo que dice su tarjeta. Nunca le van a mostrar *a nadie* lo que dice su tarjeta. Si los hace sentir mejor, la pueden hacer pedazos y tirar a la basura, no me importa.

—Entonces, ¿por qué nos molestamos en escribirlo? —preguntó Missy F.

—¡Porque esto es *arte*! El arte no existe en tu cabeza. Existe cuando lo expresas, cuando lo sacas, cuando tu lápiz toca el papel, cuando tu pincel toca el lienzo. Pero, para crear buen arte, bueno... ¿Lo que escriban en la pequeña ficha? ¿Lo más importante de su vida? Ese es su *punto de vista*.

La maestra Sable se detuvo y dejó que las palabras se asentaran, algo que hacía mucho, Nola se había dado cuenta: usaba el silencio para hacerte pensar. En la casa de Nola, un silencio repentino significaba una cosa: ira. Y una explosión inminente.

—Lo que sea que dibujen —continuó la profesora Sable—, *debe* relacionarse con lo que escriban en la ficha. Su punto de vista es lo que los hace especiales, es lo que hace especial su arte. Sólo *tú* puedes ver el mundo a tu manera. Suena como una cita de yoga, pero es verdad. ¿Tiene sentido?

Nola vio que los otros estudiantes se movían en sus asientos. No tenía sentido para la mayor parte de ellos. Nola no estaba segura de que tuviera sentido para ella.

—Por ejemplo —añadió la profesora Sable—, cuando yo hice el mismo ejercicio en la escuela de arte, estaba a punto de casarme. En mi tarjeta, escribí: «casarme». No me juzguen —advirtió cuando la clase volvió a reírse nerviosamente—. Que Dios me perdone, pero, en ese entonces, todo mi arte tenía dos de cualquier cosa, dos palmeras, dos ríos, una vez incluso pinté dos lunas llenas, lo cual no tiene sentido científico, en especial cuando toman en cuenta lo rápidamente que se destruyó ese matrimonio. ¡De cualquier modo! *Ese* era mi punto de vista.

Missy F. alzó la mano.

—¿Entonces tiene que ser algo que ames?

—Absolutamente *no* tiene que ser algo que ames. Puede ser algo que quieras, algo con lo que sueñes, algo en lo que no puedes dejar de pensar. El único requisito es que sea *lo que más te importa* diariamente.

«Pérdida de tiempo», pensó Nola observando hacia su izquierda, donde Justin, el imbécil, estaba girando los ojos y observando a uno de sus amigos.

—Qué pérdida de tiempo —le murmuró Justin a Sophie.

Por un momento, Nola se quedó sentada, dándose cuenta de lo poderoso que era su desprecio por el desprecio de Justin. Bajó la mirada hacia su tarjeta, sintió la tentación de hacer un dibujito de Justin, a lo mejor con algunos cuchillos metidos en los ojos. En cambio..., alzó la mirada hacia la maestra Sable, quien rápidamente hizo contacto visual.

«Sólo inténtalo», le rogó la maestra con una mirada.

Justin se reía, murmurándoles algo a sus amigos.

Nola tomó la tarjeta y escribió algo rápidamente, después la dobló y la metió en su bolsillo.

«Gracias», dijo la maestra Sable con otra mirada.

—Todos los demás, cuando hayan llenado su tarjeta, tomen estas —añadió, mientras entregaba pedazos de papel de dibujo de 9x12—. Cualquier cosa que hayan escrito, aquí es dónde lo ponen en la obra. Hagan arte.

Durante los siguientes cuarenta minutos, Nola mantuvo la cabeza abajo, encorvada sobre el papel mientras dibujaba, difuminaba y coloreaba su más reciente creación.

Frente al salón, la maestra Sable inició el paseo de maestro, el que hacen todos los maestros haciendo pausas sobre algunos estudiantes, ofreciendo asentimientos silenciosos, pero nunca se acercó al fondo del salón, nunca se acercó a Nola.

Cuando sonó el timbre, Nola seguía dibujando con el lápiz a toda velocidad.

¡Riiiing!

Nola alzó la mirada. La profesora Sable no estaba al frente. Estaba detrás de ella, mirando hacia abajo. Inexpresiva.

—Todavía no está terminado —dijo Nola.

—Nola...—dijo la profesora Sable, y Nola ya podía oír los insultos, los errores, todo lo que estaba mal que iba a mencionar—. No sé qué decir. Buen trabajo. Un hermoso comienzo.

—¿*Hermoso*? —tartamudeó Nola sin darse cuenta de que lo había dicho en voz alta, como si fuera una palabra que no comprendía o una palabra en otra lengua.

En la hoja, había un cielo glorioso, amplio y hermoso, con nubes etéreas que había realizado con un detalle tan perfecto y realista que parecía que podían tocarse. En el extremo derecho, tan pequeño que apenas se percibía, había un pájaro solitario.

—¿Un cornejo? —preguntó la profesora Sable.

—Un cuervo.

La profesora Sable asintió. Era un lugar común, claro, pero vamos, Nola tenía quince años y era gótica. Además, había algo familiar en el cuervo, algo elegante. Estaba a medio vuelo con las alas extendidas mientras hacía un arco en el cielo, como si nadie pudiera detenerlo.

—Muy bien, como que quiero aplaudir esto —dijo la profesora Sable, apoyando una mano en la espalda de Nola y añadiendo un apretón que fue lo más cercano a un abrazo que Nola pudiera recordar—. Te dije que tenías madera.

Nola sintió que una sonrisa se extendía por sus mejillas. En los meses siguientes, en especial cuando las cosas se ponían feas, la profesora Sable se convertiría en la persona más importante en la vida de la joven Nola.

Sin embargo, de todas las cosas que descubriría sobre Nola, la profesora Sable jamás sabría las cuatro palabras que había escrito en la ficha que se había metido en el bolsillo:

«Me observa mientras duermo».

39

Washington, D. C.
Actualmente

—Parece perdido —dijo una voz femenina.

—No, nada más... —Zig hizo una pausa y miró alrededor—. Es verdad, definitivamente, estoy perdido —dijo observando la calle llena de baches que terminaba en un estacionamiento antes de un campo maltratado de futbol—. ¿Tú no sabes dónde es el 278 de la calle H?

—¿Tienda o casa? —preguntó la joven muchacha afroamericana, de trece años, que iba caminando por el campo con los audífonos todavía metidos en las orejas.

—Tienda. Artes de la Magia.

—¿Qué?

—Es una tienda de trucos de magia.

—Sísísí..., donde estafan a un montón de blancos. —Zig la miró con la cabeza inclinada—. Estoy bromeando. Soy graciosa —dijo la niña, haciendo como que se reía de su propia broma, cuando en realidad todavía se reía de Zig—. Este vecindario no es peligroso, ¿sabe?

Tenía razón. Hacía diez años, esa zona estaba llena de narcotraficantes, pandillas y terrenos baldíos. Sin embargo, cuando las Grandes Ligas de Beisbol anunciaron que el estadio de los Nationals iba a estar a cinco cuadras, surgió un vecindario de la nada que llenó el distrito de Ballpark de nuevos edificios de apartamentos, tiendas e, incluso, un paseo costero de veinte mil metros cuadrados con vistas que rivalizaban con Georgetown. No obstante, eso no significaba que no quedaran algunos callejones y calles laterales que uno tenía que evitar cuando el sol empezaba a bajar, como esta, detrás de la secundaria.

—¿Esa es tu escuela? —dijo Zig mientras se preguntaba si Hsu ya se habría dado cuenta de que se había salido a hurtadillas de la base.

—Yo voy a una escuela privada —dijo la niña con tono seco—. St. Peter. —Por un momento, se quedó parada dándoles vueltas a los audífonos, como si estuviera disfrutando el momento—. ¿Todavía está buscando la tienda de magia?

—Más de lo que podría expresar.

Ella se rio y señaló a la izquierda.

—Vaya hacia la tercera calle. Entre los edificios altos hay un callejoncito. Está como apachurrado ahí, junto a una casa de empeños a la que nadie entra.

Dos cuadras después, Zig vio un letrero pintado a mano atornillado a un poste de luz: «Empeños de Yolanda. ¡Por aquí!».

El sol se estaba poniendo, el cielo era gris y púrpura, pero, incluso desde ahí, Zig podía ver lo que le esperaba. En el fondo de la calle había una fila de escaparates con paredes de ladrillo pintadas de blanco, todas en la planta baja de casas de dos pisos, como tiendas viejas de baratijas. Dos estaban cerradas, protegidas por cortinas metálicas. Pero la tercera...

Zig fue directamente hacia ella. En el escaparate de enfrente había un letrero neón con la forma de un abanico de cartas que mostraba un as de espadas. El letrero estaba polvoriento, como si no lo hubieran encendido en años. Lo mismo el letrero desvaído de «Abierto» que parecía que nadie había tocado desde que Nixon era presidente; Zig empezó a darse cuenta de que probablemente era a propósito.

Algunos lugares están diseñados para asegurarse de que uno pase sin advertirlos.

El «Estudio Ecléctico de Artes de la Magia» era uno de ellos.

—¿Listo? —preguntó Zig al teléfono después de marcar un número guardado.

—Escuchando y grabando —dijo Dino del otro lado de la línea—. Si dices la palabra «paracaídas», llamo a la policía.

Mientras asentía, Zig se guardó el teléfono en el bolsillo del pecho y entró a la tienda de magia.

Washington, D. C.

La tienda tenía un olor metálico, como si fuera de libros usados llena de monedas viejas.

Cuando la puerta se cerró detrás de él, unas nubes de polvo dieron piruetas en el aire. Zig no dijo una palabra: era mejor que echara un vistazo al terreno.

La tienda de magia era una máquina del tiempo salida directamente de 1960, llena de exhibidores giratorios oxidados y libreros viejos llenos de varitas mágicas, plumas explosivas, lentes de rayos X y cualquier otra cosa de las que se vendían en la contraportada de los cómics viejos.

Después, Zig vio la cámara de vigilancia de acero inoxidable del techo. Tenía un lente redondo en el centro, con siete lentes a su alrededor. Imagen térmica. Dispositivo militar. En una tienda de magia decrépita.

—¿Hay alguien en casa? —gritó Zig mientas se acercaba al mostrador con forma de L.

Nadie respondió. Junto a una caja registradora antigua había un cenicero sucio y una lata de refresco abierta. Alguien estaba...

—Espero que no haya entrado para usar el baño —gritó un hombre de ochenta y tantos con un tañido del sur. Con pecho ancho, cabello gris ralo y una nariz larga, que había crecido más que su rostro, salió cojeando del cuarto trasero con el sonido de fondo de un excusado—. Porque si es así, me disculpo por lo que acabo de hacer ahí.

—Se parece a mi exesposa —bromeó Zig, decidido a mantener las cosas ligeras.

—Parece que tiene algo en mente —dijo el hombre mientras Zig veía una licencia de trabajo bajo el cristal del mostrador. «Registro de Joe Januszewski».

—¿Januszewski? —preguntó Zig fingiendo entusiasmo—. Toda mi familia es polaca, aunque eso sólo me dio montones de vocales en mi nombre.

—Hace años que no me dicen así —dijo el viejo señalando una tarjeta pegada enfrente de la caja:

EL SORPRENDENTE CÉSAR

EL MAGO MÁS GRANDE DE D. C.

(CON EXCEPCIÓN DE LOS MENTIROSOS DEL CONGRESO)

—Supongo que usted es el dueño —dijo Zig.

—Durante los últimos años. El dueño original está ahí... —Señaló una cabeza del payaso Bozo, que estaba pegada a la pared, disecada y exhibida como un animal salvaje. El payaso tenía una sonrisa permanente. Se suponía que fuera gracioso.

Zig no se rio.

—Las bromas de payasos ya no tienen el éxito de antes, pero por lo menos los niños no se meten aquí —bromeó el hombre, aunque no parecía una broma—. Entonces, ¿con qué tipo de magia puedo ayudarle?

—Sólo necesito algunas provisiones. Serpentinas para boca, un silbato nuevo... y me gustaría una punta de pulgar nueva —dijo Zig, recordando la lista que se había memorizado de una página web de magia.

El viejo asintió y tomó un sorbo de su refresco. Tenía la calidez de los viejos, pero ojos oscuros y recelosos, color mugre. Sus manos eran grandes como alcantarillas y aunque su postura ya no estaba en su punto máximo, no quedaba duda... Exmilitar. En el campo, no detrás de un escritorio. Un viejo matón.

—¿De qué tamaño es la punta? —preguntó el Sorprendente César.

—Por lo general, mediana.

—¿Aunque las puntas se midan individualmente y no vengan en pequeña, mediana y grande? —Zig se quedó parado, sintiendo la mirada del payaso y de la cámara térmica—. ¿Quiere volver a empezar? ¿Esta vez quizá sin tanta mierda de caballo? —lo desafió el viejo mago.

—Me gustaría hacerle unas preguntas.

—¿Sobre qué?

En este punto, no tenía sentido retenerse.

—Harry Houdini. Y la Operación Bluebook.

—Creo que tiene a la persona equivocada.

—Señor, yo no lo estoy insultando, así que por favor, no me insulte a mí. Me imagino que esta es una tienda de entregas especiales, ¿no? —preguntó Zig. El gobierno las tenía por todo el mundo. La gente iba y daba una contraseña; si era correcta, la tienda les daba algo que necesitaban—. Cualquiera que sea el caso, conozco a un hombre que se llama Markus Romita, que vino antes de que...

—No está escuchando lo que le digo. —César salió cojeando hacia Zig de detrás del mostrador principal y empezó a llevarlo hacia la puerta—. No sé de qué habla, no sé quién es Markus y si usted...

—Yo no soy su enemigo —dijo Zig con las manos arriba.

César no dejó de empujarlo, era más fuerte de lo que parecía.

—Señor, si tan sólo me escuchara...

—No me gustan los mentirosos. En especial, cuando se hacen pasar por magos para revisar mi tienda. Eso es una mierda hipócrita —dijo César; llegó a la puerta y la abrió.

—¡Escúcheme! Me llamo Jim Zigarowski...

—No me importa si es Elvis Aaron Presley y yo fuera de Tennessee, donde esas cosas todavía importan, si no sale de mi tienda...

—¡El accidente! Por favor..., el avión que se cayó. Sé que lo vio en las noticias... El avión que se derrumbó en Alaska... —Zig aceleró la

217

voz, rogaba de pie en el umbral y César estaba a punto de cerrarle la puerta en la cara—. ¡Siete personas murieron en ese vuelo! El piloto tenía veintinueve. Un teniente del ejército, Anthony Trudeau, tenía veinticinco. Todos murieron. Y uno de ellos... —Zig sintió un nudo en la garganta. El *globus*. Tragó, pero no se le quitó—. Sólo le pido dos minutos de su tiempo. Por favor..., dos minutos.

César miró desde su larga nariz, sus ojos color mugre eran indescifrables.

—Odio ver las noticias en cable; te hace más tonto. Así que creo que me lo perdí. Que tenga un buen día, señor Zigarowski.

El Sorprendente César desapareció con un portazo y dejó a Zig solo en la calle, observando las nubes de su propio aliento.

—Bueno, pues eso salió del carajo —dijo Dino por el teléfono mientras Zig daba la vuelta a la cuadra—. Es la última vez que compro un juego para cortar a una mujer a la mitad en *esa* tienda de magia.

—Sabe quién es Markus. Lo vi en su cara.

—Ya lo sabías hace dos horas.

—Sí, pero ahora tenemos su nombre, el Sorprendente César —dijo Zig mientras sacaba las llaves de su carro y...

—Ziggy, ¿estás ahí? ¿Estás bien?

En el bolsillo, Zig sintió las llaves de su carro... y algo más. Un pequeño pedazo de papel doblado. Zig lo sacó, confundido. «¿Cómo...?».

Desdobló el papel y leyó el mensaje escrito a mano:

HOTEL CAPITOL SKYLINE
CALLE I
DIEZ MINUTOS

Zig miró sobre su hombro, hacia la tienda. Magos presumidos.

42

Base de la Fuerza Aérea de Dover, Delaware

En Dover hay muchos lugares para tener una reunión privada: oficinas de empleados, salas de conferencias, el salón de descanso, la sala de examinación médica, la oficina del capellán o incluso el almacén de ataúdes. También están la sala de preparación y la sala de extracción de vísceras, en las que no se permiten cámaras.

Sin embargo, cuando Master Guns se enteró de que alguien quería verlo *ahí*, en *esa* habitación, que sólo tenía acceso por la parte de atrás del edificio, supo que no iba a salir de ahí sin algunos moretones.

Al alzar la cortina metálica, Master Guns reveló un largo pasillo de concreto. Había algunas puertas a los lados, un cuarto de escobas y una regadera de descontaminación, pero Master Guns tenía la atención puesta justo al frente, en el callejón sin salida: un grupo de puertas dobles de metal, reforzadas con 12 centímetros de acero. No tenía número de sala afuera, tampoco tenía manija. Eran puertas que sólo se abrían desde adentro. Master Guns sabía que no tenía que tocar. Lo estaban esperando.

Desde luego, al acercarse, la cortina de metal comenzó a abrirse.

—Vine a ver...

—No aquí afuera —le advirtió un hombre de traje oscuro y rostro con forma de corazón. Observó el pasillo mientras conducía adentro a Master Guns.

La habitación estaba oscura. No tenía ventanas. Master Guns demoró un momento para que sus ojos se adaptaran. La gente decía que era una sala, pero en realidad era un búnker, con paredes de concreto de, por lo menos, treinta centímetros reforzadas con acero.

—Metal en la banda —dijo el hombre señalándole a Master Guns uno de los dos detectores de metal Rapiscan. Ahora, sólo trataban de intimidarlo.

—Es broma, ¿verdad?

—En la banda —dijo un segundo hombre, también de traje oscuro.

Cuando los miembros caídos del ejército bajan del avión en Dover, esta es su primera parada. Uno por uno, cada cuerpo pasa por el escáner en busca de artillería que no ha estallado, dispositivos explosivos ocultos y cualquier otra trampa que pueda esconderse en un cuerpo. Las paredes reforzadas pueden soportar casi cualquier explosión. Salvo, quizá, la que estaba por suceder.

—Vamos —añadió Cara de Corazón, con un gesto hacia la bandeja de plástico junto al detector de metal.

Master Guns se quitó su placa de homicidios, una pluma, un estuche de piel que guardaba cuchillo y pinzas, y su Beretta 9mm. Después, con renuencia, se quitó las placas de identificación y las dejó en la charola de plástico.

Hubo un sonido agudo y se encendió una luz verde cuando pasó por el escáner.

Master Guns estaba lo suficientemente cerca para ver el broche de estrella de cinco puntas en la solapa de Cara de Corazón. Servicio Secreto.

Había muchos lugares privados en Dover, pero ninguno tan privado como este.

El agente le entregó a Master Guns un teléfono delgado, parecía uno cualquiera.

—¿Sí? —dijo Master Guns.

—Por favor, espere en la línea al presidente —le anunció una voz femenina.

Washington, D. C.

El Hotel Capitol Skyline estaba en una esquina, del otro lado de una construcción, de un refugio para gente sin hogar y contra esquina de un McDonald's, donde se estacionó Zig.

Durante dos minutos, Zig observó a través del parabrisas, esforzándose por combatir el olor a papas a la francesa y revisando si alguien estaba vigilando el hotel.

Todo despejado, desde ahí, por lo menos.

Zig no quería llegar temprano. Sacó el teléfono y volvió a ver las fotos que había tomado el día anterior en la oficina de Nola. Los bastidores pintados. Se había olvidado de ellos hasta ahora, pero ahí estaba, observando de nuevo los inquietantes retratos que Nola había hecho. Barrió la pantalla a la izquierda y agrandó las fotos de los nombres.

DANIEL GRAFF. MONTEREY, CA.
SGT. DENISE MADIGAN. KUWAIT.

Una búsqueda rápida en Google le dijo el resto. Sólo tenían una cosa en común.

—Ah —masculló Zig e hizo una nota mental. Guardó el teléfono y salió del auto. Era algo para después.

Mantuvo la cabeza inclinada mientras atravesaba la calle. Zig entró por una puerta lateral que tenía una advertencia.

Diseñado por un arquitecto en el estilo modular futurista de Miami Beach de la década de 1960, el Hotel Capitol Skyline se había convertido en uno de esos monstruos de concreto pasados de moda que la gente odiaba del centro de D. C., hasta que la familia de uno de los que habían creado el Studio 54 había invertido millones en el interior, lo había declarado retro y, de repente, *puf*, era chic.

Claro que, mientras Zig llegaba al mostrador modernista con sus sillones Barcelona de piel chocolate y el tapiz *art decó* de moda, le pareció que el lugar se sentía más de South Beach que del suroeste de Washington.

—¿Puedo ayudarle en algo? —le preguntó un recepcionista demasiado guapo.

—Busco a un amigo —respondió Zig, observando a una pareja de dos hombres que fácilmente podían darle competencia al recepcionista en un concurso de guapos. En un lugar como ese, el Sorprendente César resaltaría como una mierda en una pecera. Pero no había señales de él.

Lo mismo en el restaurante elegante. Lo mismo cuando Zig buscó en el bar de la alberca detrás.

—Nada, ¿verdad? —murmuró Dino en el teléfono al ver a Zig regresar al lobby.

—Tal vez se asustó —dijo Zig cuando las puertas corredizas se abrieron a su izquierda. Afuera, estacionado ociosamente, había un Lincoln Continental de dos tonos de la era de los ochenta.

—Dino, ¿qué tipo de auto tenía tu abuelo?

—El mismo que todos los abues. Su confiable Lincoln, ¿por qué?

Zig asintió y fue directamente al auto. El accesorio perfecto para un mago de ochenta años.

Sin embargo, cuando salió, el auto empezó a moverse lentamente, calle abajo. A través de la ventana, Zig vio a la conductora, una mujer joven con lentes de gato y unas expansiones en los lóbulos que el ejército jamás permitiría. Una hipster más que no se había dado cuenta de que había pasado su moda.

—¿Necesita un taxi? —preguntó uno de los valets.

—Gracias, estoy bien —dijo Zig mientras observaba que el auto desaparecía por la calle.

—Quizá nuestro transporte, entonces.

—No, estoy... —Zig volteó hacia el valet, un muchacho larguirucho con marcas de acné. El valet lo miró fijamente con una mirada fulminante. No era una pregunta.

—Quizá le guste mucho nuestro transporte —repitió el valet, señalando demasiado tiempo la camioneta cuadrada del aeropuerto con la tira roja brillante.

—Sí, eh..., es buena idea —dijo Zig mientras se dirigía al transporte.

Aunque estaba acercándose, las puertas seguían sin abrirse. Golpeó el cristal con los dedos. Nada todavía. Después, las empujó y las puertas cedieron.

Zig subió los escalones alfombrados. El asiento del conductor estaba vacío, pero cuando miró a su izquierda, en la última fila había un hombre mayor con sombrero de fieltro pellizcado al frente.

—Abracadabra, señor Zigarowski —dijo el Sorprendente César—. Tengo que advertirle que sólo hago esto por la gente que murió. Se merecen algo mejor. Bueno, ¿le importaría apagar su teléfono?, no a todos los magos les encanta tener público.

44

Homestead, Florida
Once años antes

Así era Nola a los quince años.

Era después de la escuela, casi a las cinco de la tarde. La profesora Sable estaba calificando mientras Nola maldecía el carboncillo que tenía en la mano.

Según el plan de estudios, el carboncillo no entraría sino hasta el año siguiente, en Arte avanzado. Sin embargo, la profesora Sable había insistido en que Nola estaba lista y le había enseñado que el carboncillo tenía que agarrarse de manera diferente al lápiz.

—Sostenlo con el pulgar y el índice —le había explicado Sable, alzando su propio brazo y mostrando un atisbo de las iniciales diminutas que tenía tatuadas en el antebrazo—. Y quita la palma de la hoja. El carboncillo mancha.

Ese preciso detalle había hecho que Nola maldijera y volviera a comenzar tras frotar la hoja con una goma de migajón que quitaba el carboncillo.

—Lo odio —dijo Nola.

—Sólo dibuja el maldito jarrón —le respondió la profesora Sable, y le señaló a Nola un jarrón aguamarina que había en el centro de la mesa.

Durante la siguiente media hora las dos se quedaron en silencio, sumidas en su trabajo. Hacía semanas que así eran las tardes de Nola: dibujar, bosquejar, practicar. «Créditos extra», les decían. Para Nola, aunque no lo iba a saber hasta años después, este tiempo con la profesora Sable no era una relación simplemente sobre arte. Era una relación sobre respeto.

—Excelente Hera. Bien por ti, Sophie —dijo la profesora Sable para sí mientras pasaba a una nueva hoja de papel de dibujo y admiraba el dibujo a lápiz que había presentado la Sonriente Sophie. Era su perro, Flynn, un pug babeante con una corbata de moño que hacía que pareciera un republicano.

—Es muy bueno —dijo Nola, inclinando el cuello para admirar el arte de Sophie.

La profesora Sable alzó la mirada con el ceño fruncido.

—¿Qué dijiste?

—El arte de Sophie —explicó Nola, preguntándose qué había hecho mal—. Nada más, me pareció... bueno.

—¿*Bueno*? —le preguntó la maestra—. No sabes lo suficiente para saber qué es *bueno*. Si quieres, puedes decir que te *gusta* o que te gusta cómo te hace sentir o incluso que te *encanta*. Pero si *alguna vez* vuelves a decir que algo es *bueno*, vas a estar limpiando pinceles todo el mes. Tú no sabes qué es *bueno*. Después de la universidad, cuando hayas estudiado forma, teoría del color, presencia perpetua y espacio negativo, entonces me puedes decir qué es *bueno*. O cuando obtengas un grado en arte y estudies la diferencia entre intención y ejecución, entonces vas a saber qué es *bueno*. Pero hasta entonces, *yo soy* la maestra y yo te voy a decir qué es bueno. ¿Quedó claro?

Nola asintió, pero por su mirada, claramente seguía confundida.

—¿Qué? —le preguntó la profesora Sable.

—Es que... —Nola hizo una pausa, la pausa más larga que había hecho hasta entonces—. ¿Qué es *universidad*?

45

Washington, D. C.
Actualmente

—Mi teléfono no está encendido.

—En Artes de la Magia estaba encendido. Y ahora mismo está encendido —dijo el Sorprendente César mientras se deslizaba al asiento del conductor, encendía el transporte y sacaba el pequeño camión de la entrada—. Tiene tres mentiras. Esta es la primera, señor Zigarowski.

—Zig. Mis amigos me dicen Zig.

César echó un vistazo a la derecha. Zig estaba sentado en el primer asiento del transporte, sosteniendo el poste como un paraguas.

—Si me dice dos mentiras más, señor Zigarowski, la conversación se terminó.

Zig se sacó el teléfono del bolsillo de la camisa.

—Luego te llamo —le murmuró a Dino—. Sí, no, no te preocupes. Estoy bien.

Con un ruido, el teléfono se apagó.

—Usted perdió a alguien en ese avión, ¿verdad? —preguntó César.

Zig no le respondió.

—Por cierto, es la única cosa en que me pareció que no estaba mintiendo —añadió César—. En lo referente a la verdadera pérdida, nunca deja el rostro de una persona.

Zig alzó la mirada a la puerta de escape con forma de burbuja que había en el techo del transporte. Unas letras rojas brillantes decían: «Salida de emergencia».

César pisó el acelerador y pasó los dos minutos siguientes encorvado en el asiento del conductor con los dedos índice y medio sobre el volante, en las posiciones de las cinco y las siete. Un viejo que sale a dar un paseo en auto.

—Dijo que se sentía mal por la gente que murió, ¿qué sabe al respecto? —preguntó Zig.

César sólo siguió manejando.

—¿Por lo menos me puede decir a dónde vamos? —añadió Zig.

—Me gustan los parques —dijo César, doblando en una esquina y deteniéndose junto a la banqueta frente a un terreno baldío abandonado con un tráiler de última tecnología. El transporte tembló y se estremeció; César no estaba acostumbrado a la contracción de los frenos—. Además, me gusta saber quién me está siguiendo el rastro.

Zig miró por la ventana lateral del camión. Esta parte del vecindario estaba mucho menos desarrollada, había terrenos desperdigados y no había restaurantes o edificios cerca. Si alguien los estaba siguiendo, sería imposible no verlos.

—Muy pronto va a caer la bomba corporativa y la cuadra se va a cubrir de Starbucks y Paneras, pero sin importar cuánto dinero tiren, esta ciudad *todavía* va a ser incapaz de producir una rebanada de pizza decente —dijo César—. Por cierto, ¿adivine cuánto quería el muchacho por prestarme su camioncito?

Zig seguía viendo por la ventana. A la distancia, el hotel de los sesenta, alumbrado y punteado con sus ventanas con forma de televisor, parecía una colmena de concreto diminuta, lo cual le dio una extraña sensación de calma, algo de la seguridad hogareña justo en un lugar donde se sentía tan fuera de equilibrio.

—Me gustaría saber sobre la Operación Bluebook —insistió Zig.

—Primero, hágame un favor: cuide esta llave —dijo el Sorprendente César sacándola de la marcha. El transporte se quedó a oscuras; la única luz provenía de un faro roto con un foco expuesto—. ¿Sigue viendo la llave? Quiero que la sostenga por mí —dijo César, girándose hacia Zig y entregándole la llave.

—No tengo tiempo para un truco de magia.

—Señor Zigarowski, si alguna vez hubiera un momento ideal para un truco de magia, definitivamente sería este. —Su voz era inexpresiva, pero mientras comenzaba su acto, podían percibirse atisbos del actor natural que llevaba dentro—. Ahora, quiero que meta la llave en este sobre —añadió mientras sacaba un arrugado sobre tamaño carta del bolsillo de su saco.

Para complacerlo, Zig tomó la llave y la metió en el sobre.

—Séllelo con la lengua —dijo César—. No se preocupe. No lo envenené.

Zig miró el sobre, lo lamió y selló la llave adentro.

—Ahora, ¿cuál cree que es el gran «ta rán» del truco?

—Honestamente, no me importa, no me gusta la magia. La única razón por la que estoy...

—Ya sé por qué está aquí, señor Zigarowski. Su compromiso con la repetición lo hace obvio hasta la náusea. Estoy tratando de dejar un punto claro. Con respecto a la magia, ¿sabe cuántos trucos hay?

—No sé. Miles.

—No deje que el sarcasmo oculte la frustración. Hay cuatro. Eso es todo. Claro que está la levitación, con las cuerdas y los cables. Y lo del escapismo, que depende de esposas truqueadas y otras tretas. Pero para el resto, sólo hay cuatro trucos de magia diferentes: se aparece algo, se desaparece algo, se cambian dos cosas de lugar o se transforma una cosa en otra. En magia, todo es una variación de esas cuatro cosas.

—¿Y eso qué tiene que ver con la Operación Bluebook?

César volvió a girarse hacia el volante y miró por el parabrisas; frunció los labios como si tratara de tocarse la nariz con el labio.

—¿Es militar, señor Zigarowski?

—Nunca me enlisté, pero trabajo con nuestras tropas. En la morgue. En la Base de la Fuerza Aérea de Dover.

—¿En la morgue? Con razón odia la magia.

—Iba a decirme algo de Bluebook.

—Sólo que... Antes, había tenido razón. Sobre mi tienda. Es para entregas especiales. La gente llega y hacemos un breve intercambio de acertijo y contraseña. Yo digo la frase convenida y si me responden con la contraseña adecuada, bueno, a veces hago que algo aparezca y a veces hago que algo desaparezca.

—¿Y la gente le paga por eso?

—No, no, no, no. —Negó con la cabeza, mirando aún por la ventana—. No lo hago para obtener ganancias. Lo hago por... —Se detuvo—. Tengo un cliente. Mi querido Tío Sammy.

—¿Entonces sí trabaja para el gobierno?

Una vez más, trató de tocarse la nariz con el labio.

—¿Cuántos años tiene, señor Zigarowski? ¿Cuarenta y muchos?

—Cincuenta y dos.

—Mmmm. Tuvo suerte con ese cabello. La señorita tiempo elige a sus amantes con cuidado.

—Decía algo del gobierno...

—Cuando me enlisté, tenía diecisiete. La Segunda Guerra Mundial se había terminado hacía mucho, pero incluso entonces, veía cómo trataban a las tropas... ¡Alguien le dio un auto a mi hermano mayor, un Ford Prefect 1938 usado! Y eso le consiguió una esposa, así que... le di una edad falsa al Tío Sammy, tenía muchas ganas de entrar. Los marines dijeron que no, pero la naval me dio un traje de buzo y me dejó ser hombre rana mucho antes de que hubiera equipos SEAL. Cuando vieron que sabía leer, me enviaron a la escuela de oficiales. Pero en el ejército, ya sabe, cumples cuarenta; si tienes suerte, cumples cincuenta, y después...

—Nadie envejece en el ejército...

—No, se puede envejecer. Sólo te vuelves menos útil —dijo el Sorprendente César mientras veía por el parabrisas como si observara algo que no pudiera enfocar del todo—. Es la parte más difícil de envejecer, uno no se da cuenta al principio, pero, caray, el teléfono deja de sonar. Entonces, cuando el coronel me llamó un día para pedirme que recibiera un envío en la tienda de magia..., señor Zigarowski, fue como ir a un baile escolar y que la muchacha más bonita te saque a bailar y después te murmure al oído que quiere...

—Ya entendí.

—No estoy seguro de que haya entendido. Mi trabajo en Artes de la Magia... Me enorgullece mi tienda. Yo construí los libreros de madera, la marquesina del frente, yo construí todo con mis propias manos. Y estaba contento con ella. Pero cuando el coronel me llamó y me pidió ayuda... La impresión de la adrenalina..., la electricidad que me recorrió el cuerpo... Esa es la verdadera magia de la vida. Eso es lo que nos alimenta: necesitamos que nos necesiten. ¿Dice que tiene cincuenta y dos, señor Zigarowski? ¿Nunca ha sentido la carga de una necesidad como esa?

Por un momento, Zig observó la ventana, concentrado en el hotel con forma de colmena, golpeándose la lengua con el incisivo puntiagudo.

—En realidad, no.

César hizo un ruido, mitad risa y mitad *pfff*.

—¿Dice que trabaja en la morgue? Usted debería saber mejor que nadie. Sólo porque no estás muerto no significa que estés vivo.

—Le agradezco el consejo, pero ya sé que no es esa la razón por la que me trajo aquí en mitad de la...

—Lo traje aquí porque mataron gente —dijo César bruscamente, y su voz mostró el primer matiz de... no sólo ira. Culpa—. Siete personas, ¿no? Necesito reivindicar eso.

—Se lo agradezco, señor. Entonces, si podemos volver al coronel... ¿Qué tipo de envíos le pidió que recibiera?

—Está dando por hecho que soy una mala persona, señor Zigarowski. No se trata de una operación clandestina retorcida. Es una necesidad de la vida militar. En los viejos tiempos, cuando nuestros SEAL necesitaban una docena de laptops limpias, pasaban a través de Adquisiciones. Ahora que WikiLeaks bota el plan de cada batalla en internet, si hay una misión más allá de *top secret* en Yemen de la que nadie puede enterarse nunca, bueno, no se puede confiar en Adquisiciones y claro que no se puede ir a Best Buy con una dirección de envío que diga «El Pentágono». Entonces, en todo el país hay lugares como el mío, tiendas que administran viejos veteranos nostálgicos que extrañan tanto sus viejas vidas que les da gusto recibir cualquier cosa que el Tío Sammy quiera mantener en secreto. ¿Sabe cómo lo hacemos? Igual que los cuatro trucos de magia.

—Con prestidigitación.

—La prestidigitación es el resultado final, pero, en lo que se refiere a que los demás se crean el truco, ¿sabe cuál es el truco para el truco mismo? —César hizo una pausa, como todo un artista del espectáculo, después alzó las cejas al máximo y ahuecó las manos juntas—. El movimiento grande cubre el pequeño. Así... —Sacudió las manos aún ahuecadas, contó rápidamente al tres, alzó una mano y mostró un familiar Seiko de oro.

—¿Es mi reloj? —preguntó Zig.

—Eso le pasa por fijarse tanto en el sobre de la llave —dijo César mientras balanceaba el reloj en su dedo retorcido antes de devolverlo—. Usted me preguntó por Houdini; él hacía lo mismo que yo. Hacía que le revisaran la boca en busca de mondadientes y otras herramientas, pero mientras la gente lo hacía nadie se daba cuenta de que el buen Harry tenía seis dedos; llevaba un meñique falso y hueco en el que metía mondadientes de metal y una sierrita Gigli plegable que rebanaba cualquier cosa. O le enganchaba un mondadientes a la espalda a quien lo revisaba y se lo quitaba al terminar. —Hizo un gesto con la mano izquierda en el aire—. El movimiento *grande*... —después cerró el puño de la mano derecha, como si tuviera algo en ella—, oculta el movimiento *pequeño*.

—Entonces, en esta metáfora, Artes de la Magia...

—En estos tiempos, todos los países del mundo, todos los enemigos que tengamos, tienen un equipo de nerds de la computación como empleados. Vigilan el Pentágono, lo que ordenamos, nuestras líneas de suministros. Observan los movimientos grandes. Y mientras ellos están viendo esos movimientos grandes...

—...no ven que los pequeños pasan a través de su tiendita de magia. —Zig asintió. Esa parte tenía sentido—. ¿Eso qué tiene que ver con la Operación Bluebook? Usted dijo que tenía algo que reivindicar.

César volvió a ahuecar las manos. Uno, dos, tres. Sacó un dólar de plata brillante. Volvió a ahuecar las manos. Uno, dos, tres. Otro dólar de plata. Después, *clink*, otro. Sin embargo, su expresión fue cambiando lentamente, y —uno, dos, tres—, cuando un nuevo dólar de plata siguió a los otros, sus rasgos se derrumbaron, parecía abatido.

—César, si sabe algo...

—Soy una buena persona, un buen ciudadano —insistió César mientras, *clink*, alzaba la mano y aparecía otro dólar de plata—. Serví a nuestro país durante toda mi vida adulta. Y, después, necesitaron que hiciera un poco más ayudando con estos envíos, y volví a servir. Al principio, no fue mucho. Aparecía una nueva entrega cada seis meses más o menos. Después del 9/11, desde luego, empezaron a llegar más envíos. En el auge, recibí tantas laptops, impresoras, teléfonos y cargadores que, le juro por Moisés, nuestro gobierno estaba manteniendo él solo el catálogo de CDW. Pero, bueno, así es el trabajo, ¿no? Por lo menos estoy en el juego. Estoy vivo. ¡De regreso de la muerte! El Sorprendente César se siente sorprendente otra vez, tan sorprendente que ni siquiera me di cuenta de que estaban a punto de tomarme por tonto. Empezó hace pocos meses, cuando me llegó el tipo de envío por el que nadie quiere firmar. Sin empaque. Sólo un portafolios. De uso militar. A prueba de bombas. Me dijeron que no mirara dentro. —Zig se quedó sentado en silencio—. ¿Qué se suponía que hiciera? Soy un ser humano que respira y ellos fueron lo suficientemente tontos como para dejarlo con un maestro en abrir cerrojos. Tenía que echar un vistazo.

—Y adentro...

—Ahí estaba: el arma más mortal de todas. Fajos de efectivo. Dos millones de dólares.

—¿Nunca antes había movido dinero?

—Se trata del Tío Sammy. La mitad de las veces suponía que estaba moviendo dinero. Pero esta vez me dijeron que mi contacto iba a ser alguien llamado *Houdini*, y pensé que era un modo de burlarse de mi tienda, como «jaja, tonto de ochenta años, te estás pasando tu retiro en una tienda de magia». Después, me dijeron el nombre clave: *Operación Bluebook*.

46

—Me mira como si tuviera que saber qué significa —dijo Zig.

—Aunque no sepa de qué se trata la operación actual, sí conozco la historia —dijo el Sorprendente César—. ¿Nunca escuchó las historias? ¿De Houdini y su libro azul?

—Lo busqué en internet. Decía que era una especie de libro de códigos.

—No era sólo un libro, era parte de la actuación de Houdini. En la cima de su fama, sus espectáculos tenían tres partes: primero, la magia... —César apretó los dólares de plata en la palma de su mano. Abrió el puño: habían desaparecido—. En la segunda, hacía sus escapes... con esposas, camisas de fuerza y, desde luego, el de la tortura china bajo el agua. Pero, durante los últimos años de su vida, la mejor parte de cada espectáculo era cuando exponía los fraudes de los médiums locales.

—¿Se refiere a los adivinadores?

—En ese entonces se les llamaba espiritistas. Hasta tenían su propia religión, el espiritismo, que se basaba en la idea de que se podía hablar con los muertos. Actualmente, desde luego, hace que uno piense en los que te leen la mano y las bolas de cristal, pero, en ese entonces, esta supuesta religión era un gran negocio.

—¿Y la gente se lo creía?

—Fue justo después de la Primera Guerra Mundial. Las familias que habían perdido a sus hijos en batalla fueron presa de los charlatanes que les ofrecían sesiones espiritistas. Para Houdini, que tenía el corazón roto por la muerte de...

—Su mamá —dijo Zig, recordando lo que le había dicho Waggs y que él había confirmado en internet.

—Exacto. Houdini había sentido el dolor personalmente desde la muerte de su madre. Desde entonces, asumió la misión de perseguir a los espiritistas. Le parecía el crimen más dañino: abrir viejas heridas y aprovecharse de la pérdida de un ser querido o de un hijo de familia. O sea, ¿se imagina?

Zig se lo imaginaba. Se lo había estado imaginando desde el momento que pensó que era Nola la que había llegado a la morgue, desde el momento en que había regresado a su vida. Lo peor de todo había sido la noche anterior, cuando lo había manipulado para que fuera a su oficina sólo para ver quién lo seguía. Él toleraba las maniobras; de hecho, la respetaba por haber hecho un movimiento astuto como ese. No, para él, el verdadero dolor provenía de lo que le había mostrado sobre sí mismo.

Había pasado una década desde el funeral, no era un doliente novato. Zig sabía dónde estaban sus cicatrices; estaba acostumbrado a vivir con ellas a diario. Además, trabajaba con la muerte, había pasado años utilizándola para prevenirse del dolor desgarrador que le producía la pérdida de Maggie. Estar rodeado de tantos jóvenes caídos eliminaba el arma más grande del arsenal de la muerte: tan sólo por estar cerca de otros dolientes, Zig ya no se sentía solo.

Y después, Nola había aparecido, esta chica que había salvado a su hija y, en un parpadeo, se había desecho toda su obra de protección, había despellejado su piel y le había recordado la única cosa que tanto se había esforzado por superar: las heridas más profundas, las que te atraviesan hasta la médula, que se curan, pero nunca desaparecen.

—¿Me puede decir, por favor, qué tiene que ver esto con la Ope...?

—Ya se lo dije. Era el secreto del truco de Houdini, el secreto detrás de todos sus trucos. El movimiento grande oculta el movimiento pequeño, ¿okey? —confirmó César—. Erik Weisz, también conocido como Harry Houdini, era el movimiento grande, la estrella del espectáculo. Sin embargo, mientras todos estaban concentrados en él, el trabajo real lo hacía el servicio secreto de Houdini.

—¿Su qué?

—Así le llamaba. Eran sus confidentes más cercanos: su esposa, su hermano, un asistente llamado Amedeo...

—Vacca —dijo Zig bruscamente.

—¿Lo conoce?

Zig negó con la cabeza y percibió una luz difusa afuera. A la distancia, al final de la cuadra, un auto se detuvo con los faros encendidos. Estaba en paralelo al transporte, decidiendo si debía darse vuelta.

—El nombre de Vacca estaba en la lista de pasajeros a bordo en el avión que se estrelló en Alaska. Igual que Rose Mackenberg y Clifford Eddy Jr.

—Esos dos también eran miembros del servicio secreto de Houdini —dijo César—. Entonces, ¿alguien está usando los viejos nombres de Houdini?

—Esa es nuestra teoría.

César observó largamente a Zig, que seguía estudiando las luces de afuera. Incluso desde ahí, no había modo de confundir la sirena del techo. Era una patrulla.

—Señor Zigarowski, los tres nombres que usted mencionó... no eran los únicos que iban en el avión, ¿verdad? Por favor, ayúdeme a enmendar este asunto. ¿También había alguien que le importaba?

—Es una larga historia.

—Tengo ochenta y siete años. Tengo tiempo.

—Pero no estoy seguro de que *tengamos* tiempo —dijo Zig haciendo un gesto hacia la patrulla distante.

—Ya los vi. Policías rentados. Los contratamos para el vecindario. Ya pasaron dos veces —dijo César mientras la patrulla empezaba a moverse y desaparecía a su izquierda—. En fin, ¿qué decía?

—No, qué decía *usted*. Del servicio secreto de Houdini.

—Claro. Antes de que Harry llegara a una ciudad, Vacca, Mackenberg, Eddy y los demás llegaban unos días antes para hacer el trabajo de investigación previa, desde la marca de las esposas que usaba la policía local, para que Houdini tuviera una llave para cuando los retara a esposarlo, hasta el tipo de candados que usaban en las celdas de la prisión. Sin embargo, su misión número uno era ayudar a Houdini para preparar el gran acto final.

—La exposición de los médiums y adivinadores.

—Era Houdini en su versión más furtiva. En ese entonces, cada vez que un médium llegaba a una nueva ciudad, se establecía acercándose a alguien de una familia prominente a quien le decía: «Tengo un mensaje de su hermano muerto», o madre muerta o quienquiera que fuera. Después, identificaban a la persona por nombre, como: «Alguien que se llama Maggie está sufriendo mucho».

—¿Qué acaba de decir?

—En mi tienda, me dio su nombre, señor Zigarowski. ¿Cree que no hice una investigación rápida en Google? Encontré el obituario. Siento que haya perdido a su hija.

—Eso no...

—Está demostrando lo que digo. Actualmente, el internet lo facilita. Sin embargo, en ese entonces, sorprendía mucho a la gente. «¿Cómo es que este extraño sabe todos esos detalles de mí?». Pero nadie se daba cuenta de que los médiums tenían su propia red clandestina, y la llamaban el Libro Azul. En todas las ciudades, apuntaban todos los detalles de todos los que vivían ahí: «El señor Montgomery enterró recientemente a su esposa Abigail luego de que se cayó de un caballo; la señora Addison está ciega de un ojo y perdió a una hermana llamada Gertie».

—Eso es lo que decía en internet, que era como el código que usaban los indigentes para cuidarse entre ellos.

—Con más detalles e información. Piense que era como Google 01. Escondían el Libro Azul en un lugar desconocido, cerca de la estación de trenes, y cuando llegaban médiums diferentes a la ciudad, estudiaban el libro y, de inmediato, podían presumir sus maravillosos poderes. En el acto de Houdini, él tomaba primero el Libro Azul, llamaba a los médiums al escenario y les mostraba a todos el fraude que eran.

—Entonces, cuando abrió el portafolios lleno de dinero y vio los documentos de la Operación Bluebook...

—Quienes llevan la batuta en esto obviamente son los más grandes admiradores de Houdini. Están usando sus viejos trucos, los nombres de sus viejos agentes, pero lo que me sobresaltó no fue el portafolios a prueba de bombas, ni siquiera el dinero que tenía adentro. Fue la persona que vino a recogerlo.

—Al que llaman «Houdini».

—Como dije, he estado haciendo esto desde que Nixon embrujaba la Casa Blanca. Cada seis meses más o menos, el Tío Sammy manda a alguien a mi tienda. Conversamos un poco, mencionan el código, les doy el paquete. Nadie es perfecto, pero la mayoría de la gente es agradable en general. Pero este tipo, Houdini... ¿Alguna vez le diste las llaves de tu auto a un valet y empezaste a preocuparte porque las llaves de tu casa estaban en el mismo llavero?

Zig asintió y vio a través del parabrisas delantero, a unas cuadras, un nuevo grupo de luces. Un auto nuevo se acercaba lentamente hacia ellos. Nada de qué preocuparse. Por lo menos, no por ahora.

—Para la mayoría de mis entregas, me mandan infantes de marina o SEAL, son muchachos..., mensajeros..., pero sólidos, como martillos —explicó César—. Este supuesto Houdini era mayor. En los cuarenta, por lo menos, y cuando ves que un coronel de repente hace el trabajo de un cabo, sabes que algo no está bien. Por eso abrí los cerrojos del portafolios. Después, luego de la primera entrega, mi teléfono volvió a sonar. Y una vez más. Las entregas empezaron a llegar con más frecuencia. Cada dos meses, después una vez al mes, después cada dos semanas. ¿Y el portafolios? Cada vez más pesado. Quienquiera que fuera Houdini, no estaba moviendo sólo algunas monedas. Estaba moviendo *dinero*, cada vez más con cada visita, y todo culminó hace cuatro días, cuando sonó mi teléfono y era él diciendo que iba a llegar algo grande. Que tenía que mantenerme alerta. ¿Y adivine de dónde viene el envío?

—¿De Alaska?

—Le juro que cada vez que entraba tenía un mal presentimiento. Pero soy un buen estadounidense, señor Zigarowski. Mis órdenes eran claras: recibir el dinero y entregarlo. Sin embargo, cuando vi la noticia del avión, se lo juro, tuve ese mismo presentimiento y recé porque fuera sólo coincidencia. Pero que usted apareciera ahora... Virgen Santa, si fui yo quien ocasionó esas muertes...

—César, usted no habría podido...

—¡Lo *sabía*! Podía sentirlo en el fondo de mis entrañas. Cada vez que él entraba, sabía que algo estaba mal. Y, después, que empezara a llamarme personalmente, que estuviera pendiente de cuándo exactamente iba a llegar el portafolios... *Nadie hace eso*. Era como si tuviera un interés personal en ello.

—Espere. Regrese. ¿Le llamaba personalmente? Entonces, ¿sabe cómo localizarlo?

—Sí. Claro. Sólo para emergencias. ¿Por qué?

Zig lo pensó. Después, justo ahí, Zig tuvo una nueva idea.

47

Base de la Fuerza Aérea de Dover, Delaware

—¿Qué puedo hacer por usted, señor presidente?

—Déjame decirte antes que aprecio lo que haces en Dover. Todos lo apreciamos, Francis —dijo el presidente Wallace, usando el primer nombre de Master Guns. Incluso con los almirantes, la mayor parte de los presidentes eliminaban los títulos y mantenían el trato informal.

—Gracias, señor.

—Con ese fin, sé que estás ocupado. Seré breve. Estábamos preguntándonos... —Se detuvo, se tomó un momento. El búnker de concreto se quedó en silencio—. Yo me estaba preguntando... por el avión que se estrelló en Alaska... —Volvió a detenerse—. Me gustaría saber cómo va la investigación.

Master Guns observó a los dos agentes del Servicio Secreto, quienes fingían observar hacia abajo, al detector de metales. Era poco común que el personal de la Casa Blanca contactara con Dover; esa semana, llamaban a toda hora. Sin embargo, en diecinueve años, era la primera y única vez que un presidente había llamado directamente.

—Acabamos de empezar, señor —dijo Master Guns—. Debo decir que creo que estamos avanzando bien.

—Me da gusto escuchar eso, Francis, porque, según entiendo, tú eres el jefe investigador de homicidios ahí, ¿es correcto?

Master Guns hizo una pausa, pues había percibido una trampa. Nunca había conocido al presidente Wallace, pero sabía que todos los presidentes eran mentirosos por naturaleza, en especial el político más importante del mundo.

—No estoy seguro de a qué se refiere, señor.

—A lo que *me refiero* es a que, como jefe investigador, eres quien sale al campo. El mes pasado, cuando un helicóptero cayó en las Filipinas, volaste de inmediato a las Filipinas. Cuando un cabo tuvo un ataque de disparos en Turquía, volaste a Turquía al día siguiente. Entrevistaste a todos, lo examinaste de cerca, tomaste una decisión. Pero aquí estamos con un avión que se estrelló en Alaska, una escena del crimen completa en la nieve y tú sigues sentado en Dover cuatro días después.

Sus placas de identificación tintinearon alrededor de su cuello cuando se las volvió a poner. Master Guns eligió sus siguientes palabras con cuidado.

—Señor, si me está acusando de algo...

—Francis, ¿sabes qué tengo en mi agenda después de colgar contigo?

—¿Disculpe, señor?

—Es tarde. A esta hora, por lo general me dan el resumen final del equipo de seguridad nacional. Después de eso, devuelvo llamadas, como la que tengo que hacerle al senador Castronovo, que me ha estado partiendo la cara en cada maldito programa de cable por la reorganización que propuse para el sistema postal. Pero, esta noche, ¿sabes qué voy a hacer en cambio? Voy a escribir un panegírico.

—Sé que usted y el señor Rookstool eran cercanos —dijo Master Guns refiriéndose al bibliotecario del Congreso—. Lamento que tenga...

—No lo lamente. Es un honor para mí. Nelson estuvo en mi boda. La noche que nació mi hijo, llevó un bate de juguete al hospital. Si fuera sólo un amigo, le pediría a nuestra escritora de discursos principal que hiciera el panegírico, también haría un hermoso trabajo. Pero para Nelson... —El presidente hizo un ruido, un gruñido que sonó como «*no, oh*»—. Cuando estuve en su funeral el viernes, cuando vi al hijo y a las dos hijas de Nelson... y su nieto de diez años... *Esta* es una historia que sólo yo puedo contar. Entonces, de nuevo, Francis, dime ¿por qué estás sentado sobre tus manos en Delaware en lugar de en un avión a Alaska?

—Porque es mi trabajo, señor.

—¡No, tu trabajo es descubrir por qué se cayó el avión!

—No —dijo Master Guns y los dos agentes voltearon a verlo por su tono. Master Guns les devolvió la mirada, aún al teléfono—. Con todo respeto, señor, mi trabajo es *investigar*. Y como bien sabemos los dos, unas horas después de que el avión se estrelló en Alaska, dos hombres de traje estaban esperándome en mi oficina para exigirme el cuerpo de la sargento Brown. ¿Sabe qué le dijo eso al investigador que hay en mí? Me dijo que empezara a investigar a cualquiera que se interesara en ese cuerpo o, más fundamentalmente, en este caso. Para mi sorpresa, señor, ahora esa persona es usted.

El teléfono se quedó en silencio. Pero no por mucho tiempo. La voz del presidente permaneció tranquila y firme. Como el día anterior en la pista: sin importar cuánto soplara el viento, Wallace no permitió que un solo cabello se le saliera de lugar.

—Me alegra oír esto, Francis, porque lo último que querría es que no le dieras importancia a este caso.

—Le aseguro que nunca dejo de dar importancia a los casos, señor presidente. La honestidad es mi verdadera guía.

—Qué curioso que lo menciones —dijo Wallace, y justo entonces, Master Guns se dio cuenta de que la trampa no estaba por llegar, sino que ya se la habían tendido—. Hoy, más temprano, Francis, el Servicio echó un vistazo en los archivos de seguridad de Dover. ¿Sabes qué encontramos? Según el sistema de tarjetas de tu edificio, una identificación con tu nombre se usó para entrar en una sala llamada Artículos Personales. Sin embargo, cuando cotejaron con los otros informes, se dieron cuenta de que un empleado de la morgue que se llama Jim Zigarowski fue atacado en esa misma sala a la misma hora.

Master Guns prestaba absoluta atención mientras recordaba que había dejado que Zig usara su identificación para echar un vistazo en la sala.

—Yo jamás lastimaría a Zig.

—Es la respuesta correcta, Francis. Y supongo que si revisáramos todas las fotos que se tomaron en la pista encontraríamos alguna en la que estés en el avión al mismo tiempo que supuestamente estabas en Artículos Personales. Pero el hecho es que, aunque no fueras quien atacó personalmente al señor Zigarowski, la persona que lo hizo sabía que iba a estar ahí a esa hora. Y hasta donde mi gente sabe, eres uno de los pocos con esos requisitos. De hecho, Francis, eres el único que llena esos requisitos.

—Zig es mi amigo.

—Y Nelson Rookstool es *mi* amigo —dijo el hombre más poderoso del mundo—. Haz tu trabajo, Francis, porque te prometo que nosotros vamos a estar haciendo el nuestro.

Antes de que Master Guns pudiera decir una palabra, escuchó un clic. El presidente de Estados Unidos había terminado la llamada.

El agente de cara con forma de corazón señaló la puerta:

—Este es el camino más fácil...

—Ya sé cómo salir —dijo Master Guns yendo hacia la salida.

En el pasillo, esperó a que la puerta de acero se cerrara detrás de él. Después, sacó su teléfono, del que su esposa no sabía.

Master Guns envió un rápido mensaje.

Tenemos que hablar.

48

Washington, D. C.

Nola tenía frío. También tenía hambre; no había más que envolturas de barras de granola esparcidas en el asiento del copiloto. Las barras de granola nunca son una comida adecuada, sin importar cuántas se coma uno.

Ya llevaba horas sentada en el auto con el cuaderno sobre el volante mientras hacía otro dibujo a lápiz verde del viejo escaparate que quedaba en diagonal en la calle de enfrente. Le gustaba usar el color verde en invierno. Hacía que las cosas parecieran serenas. Según el registro telefónico, era el único número fijo al que Markus había llamado desde su celular, apretujado entre un lugar para cobrar cheques y una licorería. *Powell Rock Inc.*

Era una agencia de seguros. Prudential. La vitrina tenía un logo viejo de los ochenta que representaba el peñón de Gibraltar con unas cuantas líneas, con estas palabras debajo: «Obtenga un pedazo de la roca con Benjamin R. Powell». Prudential había actualizado su logo hacía años. Pero no había ocurrido lo mismo con el escaparate. Con el letrero roído y el andrajoso toldo de rayas azules, se notaba que hacía décadas que habían pasado sus años dorados. Mientras Nola seguía dibujando, surgían nuevos detalles: el patrón de grietas zigzagueantes del panel de madera de la vitrina. «Podrido por debajo». Las rayas de óxido bajo las canaletas. «Definitivamente hay una filtración». ¿Y el hundimiento sutil del techo que hacía que el letrero pareciera ligeramente más alto de la derecha que de la izquierda? «Problemas con los cimientos, seguro».

Sin embargo, de todos los detalles de los dibujos de Nola, el más evidente era lo que *no había* ahí. Gente.

Ya hacía horas que nadie entraba y nadie salía. No era muy sorprendente para la mayor parte de las compañías de seguros. Que alguien entrara tenía que ser extraño. Pero aquí no había clientes, ni empleados, ni entregas, nada. Incluso después del almuerzo, cuando el resto de la calle se llenó de gente, la aseguradora Powell estaba inerte.

Sólo había un modo de averiguar qué ocurría.

Nola se reacomodó la gorra de beisbol que se había comprado en la gasolinera, tomó el teléfono de prepago y empezó a marcar. Pero, mientras marcaba el número...

Del otro lado de la calle, enfrente de la cafetería, un movimiento rápido le llamó la atención. El dueño de un perro blanco esponjoso, un bichón..., no, un habanés, lo jalaba de la correa de regreso hacia él, un hombre grande con barba. Mediana edad. Zapatos caros, guantes caros. «Le gusta que lo noten».

Iba caminando inclinándose hacia una mujer más joven. A finales de sus treinta. Sin lápiz labial. Sin anillo de bodas. «Sigue decidiendo si le va a creer sus mierdas».

El perro soltó un gemido agudo; trataba de llegar a un árbol cerca de la cafetería. El perro tenía que orinar.

El hombre volvió a jalar al cachorro. Después lo volvió a jalar, concentrado aún en la mujer.

Ahora, el perro estaba rogándole, gimiendo e implorando. Como si sufriera. Otro jalón.

Nola se sintió tentada a bajarse e intercambiar unas cuantas palabras sobre la manera como este hombre trataba a su perro. Pero no era el momento. «Concéntrate», pensó mientras marcaba los últimos dígitos del teléfono. Pero justo cuando los marcó...

El hombre dio un tirón más justo cuando el perro estaba a medio salto e hizo que el animal peludo cayera de espaldas y se retorciera para volverse a enderezar.

Nola cerró el teléfono, arrojó la libreta a un lado y abrió la puerta del carro de una patada. «Maldita sea», se insultó, sabiendo que estaba siendo estúpida. Pero cuando el perro soltó un aullido... «Al diablo». Fue directamente hacia el hombre. El perro estaba agitado e inquieto mientras Nola se acercaba.

Caminó hacia el hombre. Sus dientes de abajo se inclinaban a los lados como torres de Pisa medio caídas. No había usado frenos bucales de joven. «Trabajó para poder pagarse esos guantes y esos zapatos».

—¿Tienes algo que decirme? —la desafió el hombre, volteando hacia Nola, esperando que retrocediera.

Ella se quedó donde estaba.

—Tu perro está tratando de decirte algo.

—¿Me estás jodiendo?

—Mason, aquí no —le advirtió la mujer. No era la primera vez que perdía los estribos.

Nola volteó hacia Mason, tan cerca que su codo tocaba a la mujer con la que estaba hablando, instándola a apartarse del camino.

—Me gustan los animales —dijo Nola. Lo miró con desprecio y dejó que echara una larga mirada en sus ojos negros con destellos dorados. Le dejó ver la profundidad del hoyo en el que estaba a punto de sumergirse.

En su bolsillo, todavía sostenía el lápiz verde con el que había estado dibujando. Vio catorce lugares donde podía ensartárselo, seis eran mortales.

Tan cerca del hombre, vio los hoyos de donde se había depilado pelos en la frente, el borde de los lentes de contacto en sus ojos, que se abrían lentamente, e incluso el único hilo que se desprendía del cuello de su abrigo de diseñador.

Sobre su hombro, la gente de la cafetería había empezado a observarlos; incluso una mujer nativoamericana con una larga cola de caballo y ropa casual que tomaba su latte a sorbos levantó la vista de su periódico.

«Mmm, mmmm, mm», seguía quejándose el perro blanco.

—Haz pipí, Crackerjack. Eso es, haz pipí —dijo el hombre mientras dejaba que el perro lo arrastrara hacia el árbol, donde Crackerjack se liberó rápidamente.

—¿Ya estás feliz? —le preguntó el hombre.

Nola lo ignoró y sostuvo la mirada de la novia del hombre.

—Se puede saber mucho de una persona por la manera en cómo trata a su perro.

Nola los dejó atrás y se dirigió a su auto mientras sacaba su teléfono y marcaba rápidamente el número de la aseguradora Powell.

Hora de las respuestas.

49

El Sorprendente César tenía un dolor punzante en la cadera. Los doctores lo achacaban a la manera como asentaba su peso, siempre se recargaba hacia un lado porque la osteoporosis le comprimía la columna. Le dijeron que tenía que «tomárselo con calma», lo que fuera que eso significara. Sin embargo, cuando César empezó a marcar el número de teléfono en la parte de atrás de su tienda de magia, seguía recargado en el lado izquierdo. A una cierta edad, no puedes cambiar quién eres.

—¿Bueno? ¿Está ahí? —preguntó César al teléfono cuando alguien contestó.

El otro lado de la línea estaba en silencio, que para César se sentía inquietante y se extendía por toda la habitación, un espacio largo y rectangular, casi tan grande como la parte pública de la tienda, pero mucho menos atascada. Había un escritorio viejo, unos archiveros altos y cortos que no hacían juego, pero, en realidad, la mayor parte de la habitación estaba vacía y daba a la enorme cortina de metal que llevaba al callejón. No era una oficina; era una zona de entregas y recepciones.

—¿Todo bien? —preguntó el hombre conocido como Houdini. Sonaba molesto, pero había algo más en su voz, preocupación, y un verdadero tono de encanto, como si estuviera preocupado por César.

—Llegó algo hoy —tanteó César—. Un paquete. Para usted.

Houdini se quedó en silencio.

—Nadie mencionó ningún envío.

—Yo sólo le cuento lo que tengo aquí. Y por el olor que sale del paquete, me parece que tiene un problema.

—¿El olor?

—De hecho, apesta. *Mucho* —insistió César.

Houdini sabía qué significaba. El dinero falsificado tiene su propio olor, por la imprenta. No tenía sentido. El gobierno no usaría dinero falso, lo que significaba que era de alguien más. Ahora, Houdini sentía curiosidad.

—¿Tienes idea de quién lo mandó? —preguntó Houdini.

—Yo sólo firmo las entregas. Si quiere, lo devuelvo.

—No, está bien. Todo bien. Voy para allá —dijo Houdini—. Te quedas hasta tarde, ¿verdad?

—El letrero de la puerta dice «Cerrado», pero estoy en la parte de atrás.

Era todo lo que Houdini necesitaba oír. Con un *clic*, desapareció.

César colgó el teléfono y se recargó en su sillón, con el peso del lado izquierdo. Siete personas estaban muertas. Esta era su oportunidad de reivindicarse.

—¿Viene en camino? —preguntó Zig detrás de César.

—Si pones carne en la trampa, el león llega —respondió César—. Ahora sólo tienes que decidir qué hacer con él.

50

Homestead Florida
Diez años antes

Así era Nola a los dieciséis.

—Ven... aquí —refunfuñó Royall agarrando a Nola con fuerza del brazo. Había terminado el desayuno y ella estaba en la cocina lavando los platos. El agua seguía corriendo y Nola se estiró para cerrar la llave mientras él la jalaba hacia la puerta. Si la dejaba abierta, también pagaría por ello.

—¿Qué hice? —preguntó ella mientras repasaba las últimas horas. La lavadora de los sábados ya estaba puesta; las compras de ayer estaban hechas; había dejado todo el cambio junto a la cartera, salvo por las monedas de veinticinco centavos que siempre le robaba. «¿Sería por esos centavos?».

—¡Muévete! —insistió; abrió de una patada la puerta de malla y la jaló al patio trasero.

Nola se tropezó con las piedras nuevas pero chuecas del patio mientras se dirigían a la alberquita volteada. Nola sabía lo que la alberquita cubría: el agujero debajo, un nuevo hoyo que Nola había estado cavando desde que se habían mudado a esa nueva casa.

—¿Ves esto? —preguntó Royall.

Aún no recuperaba el equilibrio y tenía las manos mojadas con jabón de trastes; unas diminutas burbujas de espuma se le reventaban en las puntas de los dedos. Junto a la alberquita, vio la pala puntiaguda.

—¡Tonta, *mira*! —Señalaba justo hacia arriba, al cielo.

Era de mañana, pero la luna flotaba ahí, un medio círculo difuso visible en el azul pálido del cielo. Como un dibujo de gis, pensó Nola.

—Elige uno —dijo Royall.

—¿Un *qué*?

—Elige uno, ¿el sol o la luna? —Los señaló a los dos, aunque el sol casi estaba fuera de vista—. Elige.

Nola hizo una pausa; creyó que era un truco. Royall estaba demasiado tranquilo, el tono de su voz era demasiado... feliz.

—Anda, Nola, elige. ¿El sol o la luna?

—No entiendo.

Royall giró los ojos, molesto.

—Mira, ya sé que no soy un buen padre, ¿okey? No te compro cosas; con el negocio —dijo, refiriéndose a los pasaportes y otras falsificaciones que ahora hacía a mayor escala—, necesito invertir en impresoras y laminadoras en lugar de desperdiciar en juguetes o regalos inútiles. Eso nos permite tener una buena vida, esta casa nueva —explicó—. Pero alguien me contó una historia, creo que es de una película o un libro. Un papá les dice a sus hijos que elijan una estrella. Así, cuando los regalos de los niños ricos desaparecen, estos niños siempre van a tener su estrella, ¿verdad? Me imagine que..., no sé..., si las estrellas son buenos regalos, el sol o la luna son mejores. O sea, hoy es tu cumpleaños, ¿no?

Nola asintió. Él nunca se había acordado de su cumpleaños. En años. Y en raras ocasiones le compraba algo, pues siempre podía hacer más dinero invirtiendo en la actualización de su «negocio de documentos» en constante crecimiento, lo que recientemente le había llamado la atención al nuevo jefe de Royall, el señor Quentin Wesley.

Según los anuncios de los camiones que había visto por la ciudad («¡Tiene estrés? ¡Llame a Wes!»), Wesley era un abogado de migración local. Nola había decidido que también era un criminal, tomando en cuenta cuántas tarjetas de seguridad social, cuentas de teléfono y licencias de conducir (con todo y cintas magnéticas) falsas Royall producía en masa en la habitación de atrás, al parecer para cientos de clientes indocumentados de Wesley. Desde el principio, Wesley le dijo a Royall: «Tu trabajo es verdaderamente magistral».

Según las bancas de autobús, Wesley también hacía un poco de abogacía penal, lo que le llevaba un influjo de exconvictos. A Royall no le importaban los exconvictos, todos merecen empezar de cero, pero cuando Wesley le pidió que hiciera una «cartera» de primera para un pedófilo de cincuenta años que ya estaba harto de que todos supieran sus asuntos, Royall se negó. «¿Ahora de repente eres un esnob? Los pedófilos pagan más dólares», le dijo Wesley. «No me importa», le respondió Royall. Todo hombre tiene un límite. Ni siquiera él iba a hacerlo.

—Entonces, ese es mi regalo —le dijo Royall a Nola—. Tú elige. El sol o la luna. Sólo elige uno, carajo, ¿sí?

Nola alzó la cara hacia el cielo. Su voz era suave.

—La luna.

—Sí —dijo Royall inclinando el cuello y mirando hacia arriba como ella—. Yo también.

Por un minuto, los dos se quedaron en el patio, mirando arriba al nuevo, y único, regalo de cumpleaños de Nola.

Al final, Royall fue hacia la casa y miró a Nola por encima del hombro.

—No soy tan cabrón, ¿sabes?

51

Washington, D. C.
Actualmente

El Telón no estaba contenta con su café.

Se suponía que fuera una mezcla indonesia artesanal, una mezcla de caramelo, cítricos y hierbas agrias. Pero el sabor amargo le decía que habían molido los granos muy finamente. Típico. Se necesita que esté más tosco para obtener el sabor pleno, lo que hizo que pensara en la exquisita infusión fría que había probado en Kioto, Japón, la noche que había rastreado y cortado las muñecas del soplón alemán que siempre olía a jarabe para la tos.

—¿Todavía la ves? —preguntó una voz en el teléfono.

—¿Tiene que preguntármelo? —respondió el Telón mientras veía hacia afuera; Nola acababa de bajarse del auto.

—Qué suerte que la encontraras.

No había sido suerte. Una vez que el Telón se enteró de que Nola tenía el teléfono de Markus, sólo era cuestión de tiempo para que Nola revisara los registros y rastreara la línea fija de la aseguradora Powell. El Telón habría hecho lo mismo.

—¿Estás segura de que no te ha visto?

«Deje de hablar», iba a decir el Telón, pero, para su sorpresa, Nola se dirigía furiosamente justo hacia la cafetería.

El Telón se metió una mano en el bolsillo, para preparar su cuchillo. Hasta que Nola se detuvo de repente y se acercó a un hombre gordo que estaba afuera, que parecía estrangular a su perro hiperactivo.

—¿Qué está haciendo ahora? —preguntó la voz al oído del Telón.

—Buscando pleito.

—¿Qué? ¿Con quién?

—No importa. Luego le llamo —dijo y colgó.

Con la taza de café entre las manos, pero sin beber de ella jamás, el Telón dirigió su atención afuera y vio a través del cristal que Nola entraba en el espacio personal del gordo.

«Impulsiva», pensó el Telón. Llama la atención. Además, ¿que no se tomara el tiempo para evaluar quién podía ser este tipo? Ahora, Nola estaba peleando enojada. Peleando de manera tonta. ¿Y para qué?

En el extremo de la correa, un cachorro blanco gemía y se esforzaba por soltarse.

«¿Por un perro? ¿En serio?».

El Telón hizo una nota mental. Le habían dicho que Nola era disciplinada. Imperturbable. Eso era lo que la hacía tan peligrosa. Y, sin embargo, ahí estaba la prueba de que podía alterarse, como cualquier otro vago del planeta. Era un detalle que el Telón no iba a olvidar pronto.

Afuera, mientras Nola discutía con el hombre, de repente alzó la mirada. Por una fracción de segundo, ella y el Telón hicieron contacto visual, a seis metros de distancia, con la única separación de la ventana de la cafetería. Rápidamente, Nola se volvió hacia el gordo, mirándolo hasta que por fin él se dio cuenta de que este era el tipo de pelea que no podía eludir.

El Telón también tomó nota mental de eso. Todos pensaban que Nola Brown era una carta salvaje, pero si se observaba a alguien el tiempo suficiente, incluso la más salvaje de las cartas juega con su propia previsibilidad.

—¿Qué tal está el café? —preguntó un barista joven. Era guapo. Con barba a la moda pero provocadora. Alguien a quien el Telón se ligaría si fuera otro día.

—Perfecto —dijo el Telón, tomando un sorbo falso.

Afuera, Nola se dirigía de vuelta al auto, dándole la espalda.

—Pareces muerto —dijo el hombre llamado Houdini.

—Se llama vejez —respondió el Sorprendente César mientras subía la cortina de metal y revelaba a su invitado, un hombre de cuarenta y tantos con cabello negro ralo que masticaba chicle de manera tan agresiva que parecía un evento olímpico—. ¿Cuál es su excusa?

—Eres gracioso para alguien de la Gran Depresión —le respondió Houdini; entró, se guardó el chicle en el cachete y mostró su sonrisa dientuda. Era una sonrisa natural, la que usaba a su favor para compensar la intensidad de su rostro puntiagudo de zorro y sus ojos cafés escépticos—. Pero, de verdad, no te ves bien.

—Sí, bueno, a ver cómo se ve usted cuando cada vez que estornude se orine un charquito en los pantalones —dijo César mientras apretaba el botón que bajaba la cortina.

Houdini lanzó una risa falsa mientras saludaba al viejo de mano. No le molestaba la charla casual con César. Tener más de ochenta años y seguir en el juego, que le siga corriendo la sangre ¿no es lo que todos quieren? Sin embargo, mientras la cortina bajaba, Houdini masticaba y masticaba de nuevo, vigilaba sobre su hombro para asegurarse de que nadie lo siguiera. No le molestaba charlar con César, pero eso no significaba que confiara en él.

—Pues oí que tienes un nuevo conejo en el sombrero —dijo Houdini, con un gesto de la barbilla hacia el portafolios de piel que estaba sobre un escritorio cercano.

—Llegó hace unas horas. Como siempre —el viejo mago se refería a que iba dirigido a César, pero tenía una H como inicial del segundo nombre, de «Houdini».

Masticando con más fuerza, Houdini observó el portafolios. La mayoría de sus entregas llegaban en un maletín blindado. Este era un portafolios barato de piel falsa, como de Office Depot.

—¿No tiene remitente?

César negó con la cabeza.

Mastica, mastica, mastica.

—¿Ya probaste el cerrojo? —preguntó Houdini viendo la cerradura en el cierre principal.

—Yo sólo soy mensajero.

Mastica, mastica, mastica. Houdini podía oler el portafolios desde ahí, por lo menos lo que tenía adentro. El olor dulzón y sulfuroso. Tinta de imprenta, lo que significaba dinero falsificado, lo que significaba que había alguien nuevo en la mesa... o aún peor, que alguien había descubierto lo que Houdini y su socio realmente estaban tramando. De cualquier manera, quienquiera que fuera ese alguien, quería llamar la atención de Houdini. Muy bien, pues definitivamente estaba funcionando.

—¿Está bien? —preguntó César, añadiendo un último empujón verbal. La gente que había muerto en el avión se merecía lo mejor de él.

—Totalmente —Houdini tomó el portafolios. Se sentía ligero; no había mucho adentro. Mastica, mastica, mastica—. Por cierto, la vez pasada, ¿te acuerdas del truco que me diste para mi sobrino...?

—¿El de la llave que se teletransporta? ¿El de la llave de metal que se sale del llavero? ¿Le gustó?

—Era demasiado difícil para él. Tiene catorce y es flojo. ¿Tienes algo más simple, como una caja de plástico donde se mete una moneda, se le da vuelta y la moneda desaparece?

César giró los ojos.

—Dinero mágico —dijo, saliendo de la parte de atrás de la tienda hacia la sala principal—. Viene en un juego de principiantes —explicó mientras llegaba a un estante y tomaba una caja que decía «cinco años en adelante».

—Ese. Ya sé que es muy fácil, pero el niño es tonto; le va a encantar —dijo Houdini mientras se paraba justo detrás de César—. ¿Lo podrías abrir?

Mientras el viejo mago sacaba el juguete de la caja, pensaba tanto en las víctimas de Alaska que ni siquiera sintió la pistola que se apoyaba contra su nuca.

Pfff.

Un rocío de sangre salpicó el librero. César se balanceó un momento, después se derrumbó, primero las piernas, después el tronco y cayó sobre el suelo de madera como si todos sus huesos hubieran desaparecido de repente.

Tuuump.

El Sorprendente César hizo su última reverencia y su cuerpo se convulsionó mientras un charquito rojo se extendía bajo su cuerpo.

—Me disculpo humildemente con su familia, dondequiera que esté —murmuró Houdini. Lo decía sinceramente. Le caía bien el viejo y, desde luego, apreciaba la ayuda que le había brindado en los últimos meses. Pero había una razón por la que lo llamaban Houdini. Era el hombre que desaparecía todos los problemas.

El cuerpo de César siguió sacudiéndose.

Houdini mantuvo la cabeza agachada, apartada de las cámaras de video, después se paró sobre el cuerpo y se agachó para recoger el truco de magia de plástico para su sobrino. Después, pensó que qué diablos y recogió todo el juego de principiante. Se metió la caja en la bolsa del abrigo. Ya casi era Navidad, por Dios.

En un minuto, con el portafolios en mano, Houdini salió por la puerta trasera y avanzó por los callejones de atrás de la tienda de magia. ¿Su primera parada?

La misma de siempre.

A unas cuadras, Houdini dio vuelta a la esquina y miró sobre su hombro. No había nadie. A su derecha e izquierda, revisó cada coche estacionado. Todos parecían vacíos. Había bastante gente en la calle, la mayoría yendo o viniendo del supermercado de la siguiente cuadra.

Sin embargo, esa cuadra era una reliquia del pasado. Por eso la había elegido Houdini. Del otro lado de la calle, había una vitrina en decadencia con un toldo colgado a rayas. La vitrina estaba cubierta con una estampa roída que decía «Aseguradora Prudential» y las siguientes palabras en una curva de carita feliz bajo el logo: «Obtenga un pedazo de la roca con Benjamin R. Powell».

Mientras cruzaba la calle y se acercaba a la gruesa puerta de cristal, Houdini olió los cigarros rancios que había adentro. Por el dinero que les pagaban, ¿no podían limpiar un poco?

Miró por última vez por encima del hombro y volvió a observar los autos estacionados y los escaparates de todas las tiendas cercanas.

Convencido de que estaba solo, Houdini abrió la puerta principal.

Se cerró silenciosamente detrás de él.

53

Hace seis minutos

—Aseguradora Powell —respondió una mujer.

—Quiero comprar un seguro —dijo Nola bruscamente al teléfono, sentada en el asiento del conductor y dibujando de nuevo en su cuaderno con el lápiz verde. Estaba dibujando a la mujer del teléfono, basándose sólo en su voz. «Cortante». Trataba de sonar agradable, pero estaba sutilmente molesta. Alguien que no tenía problemas para mentir.

—Lo siento, todos nuestros agentes están ocupados por el momento. ¿Puede darme su número?

—Puedo esperar —dijo Nola viendo por el parabrisas hacia la tienda que claramente tenía las luces encendidas, pero no había movimiento adentro—. Soy amiga de Benjamin —añadió leyendo el nombre del escaparate. «Obtenga un pedazo de la roca con Benjamin R. Powell».

La recepcionista se quedó en silencio.

—Ben falleció en 2003.

—¿Dije *Benjamin*? Creo que me equivoqué de nombre —dijo Nola mientras veía cuánta gente se dirigía al supermercado ahora que el trabajo había terminado. A esa hora de la tarde, como cualquier cuadra comercial de Washington, era una mezcla de rostros, blancos, negros, asiáticos, los profesionistas de siempre en su ropa de profesión de siempre. Por debajo de los abrigos, había un rango de estilos que en las mujeres iba de Banana Republic a Ann Taylor y para los hombres, de Joseph A. Bank a Brooks Brothers.

Nola seguía esbozando y empezó a dibujar la cafetería del otro lado de la calle, recordando de repente a la mujer nativoamericana con la cola de caballo larga. Nola la buscó. Se había ido.

—¿Cuál dijo que era su nombre? —la retó la recepcionista con un poco de agresividad de más.

—No le dije —contestó Nola. Su lápiz verde ya no se movía. Había dirigido su atención a la agencia de seguros—. Gracias por la ayuda. Llamaré de nuevo más tarde.

—Señora, si me da su nom...

Nola cerró el teléfono, con los ojos aún puestos en la agencia. Pasara lo que pasara adentro, sólo había una forma de averiguarlo. Era hora de entrar.

Había una caja de lápices abierta sobre el tablero. Nola metió el lápiz verde y cerró la caja. Se sacó la pistola de la cintura y la metió en el bolsillo de su abrigo.

Empezó a abrir la puerta del auto con el codo y entonces...

De la cuadra siguiente, un hombre atravesó la calle rápidamente. Se estaba quedando calvo. Pelo negro cortado a rape. Llevaba un portafolios y masticaba chicle como un adolescente... e iba directamente a la aseguradora Powell.

Nola sacó su teléfono y abrió una foto. Una toma de LinkedIn. La misma línea de pelo ralo. La misma cara de zorro. Era él. Coincidencia perfecta.

La noche anterior en el bote, mientras Markus rogaba por su vida y se orinaba encima, finalmente había entregado a su jefe o, por lo menos, al hombre al que le reportaba. Y ahora, ahí estaba: cara de zorro con portafolios. Nombre real, Rowan Johansson, también conocido como Houdini; era una de las pocas personas que realmente sabía qué era la Operación Bluebook y que, sin duda, había tenido algo que ver en la caída del avión de Alaska en el que Kamille había perdido la vida.

«Mongol... Faber... Staedtler... Ticonderoga... Swan», se dijo Nola. Apretó los dientes con tanta fuerza que tronaron audiblemente. Por el parabrisas, Nola vio que Houdini echaba un vistazo sobre su hombro, una última mirada alrededor. Por un segundo, le pareció que la veía directamente a ella.

«Mongol… Faber… Staedtler… Ticonderoga… Swan».

En el fondo, Nola deseaba en silencio que la hubiera visto. En ese caso su siguiente movimiento sería fácil. Pero por el modo como la visera de la gorra le bloqueaba la cara y por la luz menguante, no había modo de que supiera que estaba ahí.

Frente a la tienda, convencido de que estaba solo, Houdini se cambió el portafolios a la mano izquierda y usó la derecha para jalar la puerta de la aseguradora. «Diestro».

La puerta era vieja, pesada. Se azotó después de que Houdini desapareció adentro. Nola contó para sí misma.

Uno… dos…

Abrió la puerta de una patada y cruzó la calle a media cuadra. En el bolsillo, tomó su pistola. «Mongol… Faber… Staedtler… Ticonderoga… Swan».

Igual que antes, no le ayudaba. Aunque a veces no era algo malo.

54

Seis minutos antes

—¿Todavía lo ves?

—Sigue ahí. Lo veo —murmuró Zig, agachándose bajo el volante mientras Houdini doblaba la esquina que atravesaba la calle en diagonal. Se estaba alejando.

—¿Supongo que él no te ve? —preguntó Dino por el teléfono.

Era una pregunta absurda que hizo que Zig se preguntara si había sido un error involucrar a Dino. Naturalmente, había tratado primero con Waggs, pero durante la última media hora no había podido localizarla por ninguna parte. Con Dino por lo menos tenía ojos y orejas extra, también alguien que jalara el cordón de emergencia en caso de que todo saliera mal.

—¿Y el viejo mago? —preguntó Dino—. ¿Sabes algo del Sorprendente César?

—Lo llamé, pero no contestó —murmuró Zig.

—¿Estás seguro de que está bien?

—Ya te dije que no contestó.

—Deberías ir a ver si está bien. Aunque se sintiera culpable, este tipo César puso su vida en riesgo por ti. Asegúrate de que esté bien.

—Sí. Después de que... —Zig se interrumpió.

En diagonal del otro lado de la calle, Houdini hizo una pausa en la puerta de una aseguradora y volvió a revisar sobre su hombro. Zig se agachó ligeramente, pero fuera de eso no se movió. No dijo una palabra.

Houdini jaló la puerta, entró y desapareció.

—Me tengo que ir —dijo Zig.

—Detente. Dime dónde está Houdini.

—En una aseguradora. Prudential. Necesito que la investigues, que veas de quién es.

—Ziggy, no seas estúpido. Quédate donde estás. No tienes idea de en qué te estás metiendo.

—Este tipo sabe qué es la Operación Bluebook. Es el líder… Esa es la razón por la que el avión se estrelló en Alaska. Cualquier cosa que sea esta Bluebook…

—¡Ni siquiera sabes si esto es parte de la operación!

—¡Tomó siete vidas, Dino! ¡*Vidas inocentes*! —dijo Zig entre dientes con un rugido gutural, le salió saliva de los labios.

Dino se quedó en silencio, pues conocía ese tono en la voz de su amigo, un tono que había oído por última vez una noche en que Zig tomó la mala decisión de meterse con un infante de marina de 1.93 que estaba gritando en el estacionamiento mientras agarraba a su novia llorosa del brazo. Cuando Zig intervino, hasta la novia volteó para gritarle que se metiera en sus asuntos. El infante le hizo mucho más daño, le fracturó la cavidad ocular. De cualquier manera, Zig no dejaba de asestar golpes, aunque la sangre había vuelto la esclerótica completamente roja. Sólo más tarde, en la sala de urgencias, Dino se dio cuenta de que esa noche habría sido el vigésimo aniversario de bodas de Zig.

—Ziggy, estás eligiendo la pelea equivocada. Déjame llamar a la policía.

Zig apenas escuchó las palabras. Tomó la manija de la puerta del coche, miró hacia afuera y…

—*Maldición* —murmuró.

Calle abajo, una nueva persona se bajó de su auto cuando Houdini entró a la aseguradora. Llevaba la cabeza inclinada, pero incluso bajo cualquier gorra de beisbol que llevara no había modo de confundir su cabello completamente blanco.

—Nola —dijo Zig de repente.

—¿*Nola*? ¿Dónde? —preguntó Dino en el teléfono—. ¿Está *ahí*?

—Ajá —dijo Zig con la mano aún en la manija. Observándola a través del parabrisas, sintió que la estaba viendo en la televisión. Llevaba la cabeza agachada y le daba la espalda a Zig, así que no podía verlo. Sin embargo, por la manera como se movía, como los mejores soldados en una retirada, con pasos pequeños, cada uno lento y cuidadoso, sabía exactamente a dónde iba.

Ella no era la única.

En un solo movimiento ligero, Nola abrió la puerta y entró en la aseguradora. Justo cuando la puerta se cerró, una nueva figura salió de la multitud. Justo afuera del supermercado, del otro lado de la cafetería.

Otra mujer. Nativoamericana. Llevaba una chamarra de caza, negra con montones de bolsillos. Incluso desde ahí, se destacaba su manera de andar: los mismos pasos lentos y cuidadosos. Entrenamiento militar, seguro.

—¿Qué mierda está pasando? —murmuró Zig. No tenía idea de que la llamaban el Telón, pero identificaba una amenaza cuando la veía.

La mujer se detuvo cerca de la esquina, a una cuadra y media de distancia. Zig se esforzaba por ver en la oscuridad. A diferencia de Nola, que era pequeña y compacta, esta mujer tenía los hombros anchos.

—¡Ziggy, dime qué rayos está pasando! —insistió Dino.

—Todavía estoy tratando de descubrirlo.

Tomándose su tiempo mientras cruzaba la calle, la gran mujer nativoamericana miró alrededor, revisando cada centímetro de la cuadrícula que se les entrena a examinar a los soldados.

Zig se inclinó hacia adelante aún más en su asiento y entornó los ojos mientras ella cruzaba la calle y se acercaba a la aseguradora. Sin duda, su postura era perfecta, pero por la manera como su hombro izquierdo parecía más alto que el derecho... Iba cargando algo bajo su abrigo.

—Lleva una correa. Para una pistola. O algo peor —dijo Zig rápidamente.

—Eso no lo sabes.

La mujer se acercó a la puerta de la aseguradora. A diferencia de Nola, hizo una pausa, de pie en el frío, y examinó la cuadra por última vez. Después, desapareció adentro.

—¡La van a emboscar! —dijo Zig.

—Esa no es tu lucha. ¡No hagas nada estúpido!

Zig abrió la puerta de una patada y salió de un salto. El viento estaba frío y le rasguñó la cara.

—¡Ziggy, voy a llamar a la policía! ¡Llegan en diez minutos!

—Para entonces va a estar muerta —gritó Zig, que ya había cruzado la calle. Se metió el teléfono en el bolsillo, aunque no colgó. Si las cosas se ponían de cabeza, por lo menos Dino podía ser un testigo.

—¡Ziggy, hacía años que no veías a esta muchacha! —gritó Dino, aunque Zig no podía oírlo.

Corriendo a toda velocidad, se dirigió a la aseguradora. «Obtenga un pedazo de la roca con Benjamin R. Powell», leyó mientras recuperaba el aliento.

Con la mano derecha, sostenía el cuchillo en su bolsillo. Con la izquierda, agarró la manija de la puerta.

Zig tragó saliva con fuerza, le dio un jalón a la puerta y entró.

55

Seis minutos antes

Houdini odiaba ese lugar. Odiaba que toda la aseguradora apestaba a cigarros rancios, a aromatizante y a mediocridad, pero odiaba aún más que le recordaba a la casa de sus abuelos.

—Buenas tardes, querido, ¿cómo puedo...? —dijo la recepcionista de mediana edad antes de interrumpirse. Tenía frenos y un tatuaje que decía «Cha-Cha» en vertical en el antebrazo. Alzó la vista de su celular, vio a Houdini y volvió a bajar la mirada. Justo por lo que se le pagaba.

—¿Tienes tijeras? —preguntó Houdini acercándose a su escritorio.

—¿Dis... disculpe?

—¿Tijeras? Ya sabes... ¿*tijeras*?

De un lapicero anaranjado, la mujer sacó unas tijeras y mantuvo la mirada baja mientras se las entregaba.

—Muchas gracias —dijo Houdini en otro idioma, y se quedó parado frente a ella masticando el chicle una fracción de segundo más, como si estuviera esperando que ella le respondiera algo. Ella sabía que no debía hacerlo.

Acelerando la velocidad mientras se dirigía al fondo de la oficina, Houdini dobló a la izquierda, luego a la derecha, navegando por una hilera de cubículos, todos vacíos.

Durante meses ya, después de cada entrega, Houdini iba ahí, al fondo de la Aseguradora Powell, a su puerta de cristal esmerilado y su gran picaporte de media luna de los ochenta que parecía una mueca enorme. La abrió de par en par y llegó a una sala de conferencias amplia con una mesa ovalada de formica en el centro y una cocina integral en el muro de la izquierda. La puerta del refrigerador estaba abierta completamente; evidentemente, estaba desconectado, lleno de archiveros.

En la mesa ovalada había dos ceniceros sucios, así como la cosa más valiosa en todo ese lugar de mierda: un antiguo teléfono alámbrico.

Hora de hablar con el hombre a cargo.

En el mundo actual de vigilancia de alta tecnología, cuando el gobierno puede tener acceso a cualquier cosa, desde tu timbre conectado a internet hasta el micrófono de tu decodificador de cable con acceso a Wi-Fi, no es difícil rastrear un celular. Así que la manera más segura de hacer una llamada privada en estos días era usar la tecnología para la que ni siquiera el gobierno tiene ya la capacidad de revisar: una simple y vieja línea fija.

—Malvina, ¿marco un nueve primero y luego un uno? —gritó Houdini hacia el muro, que estaba cubierto de horribles pinturas de paisajes con desagradables marcos dorados. En la cabecera de la mesa había cuatro relojes de pared, en fila, con los letreros Londres, Tokio, Los Ángeles y Washington, aunque todos se habían detenido y mostraban cuatro horas incorrectas.

—Nueve, luego uno —le respondió la recepcionista a gritos.

Houdini dejó que el teléfono sonara y mientras colocó el portafolios sobre la mesa de conferencias. El cerrojo seguía en su lugar; el cierre no cedía. Era hora de averiguar qué había adentro.

Sosteniendo el auricular con la barbilla, Houdini tomó las tijeras como si fueran un cuchillo y las hundió en el costado del portafolios de piel blanda. Fue cortando hacia abajo para hacer el hoyo más y más amplio hasta que...

Clic.

Alguien contestó.

—Habla —insistió un hombre con voz de trituradora en el teléfono.

Houdini giró los ojos.

—No soy un empleado.

—¿Estás seguro?

—Eres un imbécil.

—Escupe el chicle. Hace que suenes como un niño.

Houdini hizo un ruido de *ptu*, aunque no escupió el chicle.

—Nuestro amigo mago —dijo por fin, refiriéndose al Sorprendente César— no se siente muy bien.

—¿Qué sabes del regalo más reciente?

—Es un viejo dinosaurio inútil, no tiene idea de dónde salió. Pero estoy seguro de que alguien se está metiendo en nuestros asuntos. Necesitamos... *ggrrr* —dijo Houdini mientras metía los dedos dentro del portafolios de piel barato y desgarraba más el agujero. Adentro, como siempre, había dinero. Fajos de efectivo. Pero en lugar de que fuera verde se veía azul rey, casi morado. En el frente, tenían una foto de Muhammad Ali Jinnah, el fundador de Pakistán. No eran dólares. Eran...—. Rupias —dijo Houdini.

—¿Dinero pakistaní?

No tenía sentido. Sus entregas siempre eran en dólares estadounidenses, una o dos veces en dinares iraquís. Si alguien estaba enviando una nueva moneda...

—Puta de una puta —dijo Houdini cuando sacó un fajo y lo hojeó. Arriba había un billete de mil rupias pakistaníes, pero el resto de la pila era... Estaba todo en blanco—. Es papel azul —dijo Houdini. Hojeó el resto. Los tres montones eran iguales. Todo sin valor. No era una entrega. Era una trampa.

—Tienes que salir de ahí.

Houdini miró sobre su hombro. A través del cristal esmerilado, vio que la secretaria iba a levantarse y después volvía a sentarse, como si hablara con alguien que acabara de llegar.

—Tienes que salir de ahí —repitió el hombre.

—Sólo déjame...

—Sal de ahí. *Ahora.*

Houdini colgó aporreando el auricular, pero justo cuando se dio la vuelta...

Fuuum.

La puerta de cristal se abrió bruscamente.

Nola entró con la pistola dirigida a la cabeza de Houdini.

—Tú debes ser Rowan.

—Oye, espera. Estás equivocada...

—Te llaman Houdini. Tu verdadero nombre es Rowan Johansson. Eres de Scottsbluff, Nebraska.

—No sé de qué estás hablan...

Nola jaló el martillo de su pistola y la dirigió a su frente.

—Te voy a disparar en la cara. Tienes tres segundos para evitarlo. Tu jefe...

—No tengo jefe.

—Llámale como quieras. Eres demasiado estúpido para hacer esto solo, así que la persona con quien estabas hablando... —dijo apretando más el gatillo—. Dime dónde está.

56

Estaba demasiado tranquilo. Fue el primer pensamiento de Nola.

—Respira. Yo no soy tu enemigo —dijo Houdini, masticando chicle con las manos arriba de manera casual. No sudaba. «Parece que no tiene miedo. Quizá sea sólo tonto».

—¿Sabes quién soy? —lo desafió Nola, aún con la pistola apuntada a su cara.

—Nola. La que murió.

—La que tú intentaste *asesinar*.

—Yo no. Tienes al tipo equivocado —dijo Houdini, bajando la barbilla y ofreciéndole una sonrisa de conspiración, como si estuvieran en el mismo bando.

Era un tipo encantador, un vendedor natural, como un abogado, pero menos pulido. Nola vio cómo masticaba chicle. «Más inteligencia de la calle que de los libros». Pero no era un tonto. En la orilla del ojo derecho tenía unas profundas patas de gallo; su ojo izquierdo estaba limpio. El derecho era su ojo para apuntar. «Un cazador. Definitivamente diestro».

Masticó un poco más, movimientos breves y rápidos. «¿Impaciente? ¿Molesto? ¿Ansioso?». No. Siguió masticando, su sonrisa nunca abandonó sus ojos. «En control». Como si supiera lo que estaba por ocurrir.

Nola miró sobre su hombro, volteando hacia la puerta. Demasiado tarde.

Gggkkk.

Nunca vio a la persona que tenía detrás. Un brazo se envolvió alrededor de su cuello mientras que cuatro navajas, como una garra de metal, presionaban con fuerza su garganta.

—Tu día está a punto de dar un evidente giro hacia lo peor —murmuró la alta mujer nativoamericana.

—Nola Brown... —dijo Houdini, que seguía masticando el chicle mientras se paraba entre el límite de alfombra y linóleo que separaba la sala de conferencias de la cocina—. Quiero que conozcas a nuestra querida amiga, el Tel...

En un estallido, la puerta de cristal de la sala de conferencias se hizo pedazos, fragmentos de esquirlas azules se esparcieron por todas partes. Una silla con ruedas de metal seguía detenida en el aire, la habían arrojado contra la puerta...

Zig corrió hacia la sala mientras la silla de metal daba vueltas y chocaba contra el Telón, que la dejó fuera de equilibrio.

—¡No te muevas, si acabas con ella, acabas contigo! —gritó Zig, apoyando la punta de su cuchillo en la nuca del Telón. Ella empezó a darse vuelta, pero él la apretó más a través de la chamarra de caza negra—. Esta es tu vértebra C7 —le dijo, empujando el cuchillo entre las vértebras seis y siete—. Es lo que protege tu médula espinal. Si quieres volver a mover los brazos o volver a caminar, tienes que soltarla.

—Dile a Nola que baje su arma —lo desafió el Telón, aún con el arma de garras en la garganta de Nola.

Nola no se movió; seguía apuntando a Houdini.

—Todos, respiren —dijo Zig.

—Nola, escucha al hombre —le advirtió Houdini, aumentando el encanto mientras retrocedía unos pasos hacia la cocina—. Baja tu arma o te van a rajar la garganta.

—¡A nadie le van a rajar la garganta! —insistió Zig.

—Baja el arma, Nola —repitió Houdini, masticando la...

Blam.

Nola jaló el gatillo y le disparó a Houdini directamente en la garganta.

57

Homestead, Florida
Diez años antes

Así era Nola a los dieciséis.

—¿Qué pasa? —preguntó Nola, claramente ansiosa.

La profesora Sable se rio.

—¿Puedes cerrar los ojos y dejar de preocuparte?

Sentada al otro lado de donde estaba la profesora Sable, en la amplia mesa de arte, Nola cerró los ojos, pero no pudo dejar de preocuparse. No después de aquella noche, hacía algunos años, en que Royall le tapó los ojos.

—¿Están cerrados? —preguntó la profesora Sable.

Nola asintió y escuchó que la maestra rebuscaba en su bolsa.

Fuap.

Algo golpeó la mesa de madera.

—Ábrelos.

Nola abrió los ojos y vio una caja rectangular del tamaño de un ladrillo. Estaba envuelta en papel de regalo de los Muppet, con Fozzie, miss Piggy y, claro, la rana René, en una fiesta de celebración para René. Era un regalo.

—Soy pésima para envolver. El papel es el único que nos quedaba, de cuando Dominic era niño —explicó la profesora Sable, refiriéndose a su hijo.

Nola lo miró como si alguien hubiera cagado en el escritorio. «¿Por qué ella...?».

—¿Por qué me da un regalo?

—Este fin de semana fue tu cumpleaños, ¿no? Me parece que a algunos eso nos da derecho a decir «¡Feliz cumpleaños!».

Nola jugueteó con las mangas de la chamarra de mezclilla que se había comprado en la tienda de caridad por recomendación de la profesora Sable. «Las chicas no deben andar por ahí en camisetas sin mangas como golpeadores de mujeres». Nola seguía usando la camiseta abajo, pero se ponía la chamarra todos los días.

—Profesora Sable...

—Cuando alguien te da un regalo, se dice «gracias».

—Pero usted...

—Inténtalo, ¿va? «Gracias».

—Gracias —repitió Nola sin poder alzar la vista hacia su maestra. La profesora Sable abrió la boca; estaba a punto de sermonearla sobre el contacto visual, pero era su cumpleaños.

Nola desgarró la envoltura y abrió la cajita estrecha; le llegó primero el olor, su olor favorito durante los últimos meses. Estaban recién afilados...

—Lápices. Genial —dijo Nola, descubriendo media docena de lápices de calidad profesional, cada uno impecable en su caja de plástico.

—No es gran cosa. Salario de maestro —dijo la profesora Sable—. Pero, ya sabes, son para dibujar.

Nola asintió y mostró un indicio de la sonrisa en ruinas que siempre le rompía el corazón a la profesora Sable. Como si Nola tuviera demasiado miedo para entregarse a una sonrisa plena o no supiera cómo.

—Todos son diferentes.

—Ese es el chiste. Como ya sabes, el número del costado es el grado de plomo, y un 4B es más suave que un 2B. Cada uno tiene un toque diferente, como un pincel distinto. Cuando le compré a Dominic su primer guante de beisbol, un tipo guapo de la tienda de deportes me dijo que todo comenzaba con el equipo adecuado. Así fue como me convenció de gastar 50 dólares en un guante para un niño que odiaba el beisbol. De cualquier modo, ahí está. Ahora ya lo tienes: el equipo adecuado.

Por el resto de su vida, Nola volvería a ese momento, lo disfrutaría, pensaría en él, lo repasaría en su cabeza. En los meses siguientes, cuando la vida de Nola se derrumbó y su alma se hizo pedazos, iba a necesitar ese día más que nunca.

Se inclinó hacia la caja, nunca había visto algo tan... hermoso. Dudó en la palabra, pero esa era la palabra correcta. *Hermoso*. Una y otra vez, volvió a leer los nombres de los diferentes lápices.

«Mongol, Faber, Staedtler, Ticonderoga y Swan».

—Pero espera. Todavía no has visto la segunda parte —dijo la profesora Sable mientras se dirigía a su oficina, un pequeño clóset en el rincón del fondo del salón de arte. Corrió como una atleta, pensó Nola, que por primera vez se dio cuenta de lo poco que sabía sobre la vida de la profesora Sable fuera de la escuela.

Escuchó unos murmullos, como si la profesora Sable estuviera hablando con alguien.

—¡Cierra los ojos! —gritó la maestra. Esta vez, ella no dudó—. Nola, sólo para que sepas, este es un regalo *potencial*. No tienes que aceptarlo, ¿de acuerdo? Sólo si tu papá dice que está bien.

Nola asintió, con los ojos cerrados aún, tan emocionada que ni siquiera escuchó la mención de Royall.

—Bueno. Ábrelos. Mira.

Sobre la mesa de arte había una caja de cartón lo suficientemente grande para que cupiera un viejo monitor de computadora. La caja no estaba envuelta, ni siquiera estaba cerrada. Adentro, se movía algo, que rascaba con desesperación. Algo vivo.

—Te lo advierto, no tienes que aceptarlo. Es de mi hijo y él se va a... Se enlistó en el ejército, Dios lo bendiga. Le van a pagar la universidad. Dice que con el tiempo va a pedir que lo asignen a la base de aquí —dijo, refiriéndose a la Base Aérea de Reserva de Homestead—. En fin, él es el diferente, nunca siguió el camino convencional. Entonces, cuando me dijo que no se podía llevar mascotas, pues... Feliz cumpleaños, segunda parte —dijo la maestra Sable y añadió rápidamente—, *si lo quieres*.

Nola se lanzó hacia adelante, con la sonrisa en ruinas en el rostro.

—Mira, deja que los presente —dijo la profesora Sable, que metió los brazos en la caja y sacó... Tenía elegante piel negra y un moño rojo pegado al collar. Parecía un gato, pero cuando le dio la luz...

—¿Un zorrillo?

—Antes de que lo juzgues, le quitaron el olor —le explicó la maestra—, así que, no lanza bombas fétidas, no tiene olores podridos. No me preguntes cómo lo conseguimos, fue idea de mi hijo. Pero ya ha estado con nosotros cuatro años. Se comportan como gatos. Comen comida de gato, usan una caja de arena, sólo que se ven, pues... así.

Nola observó al zorrillo mientras merodeaba con gracia sobre el escritorio de arte, inclinando la cabeza hacia Nola. Un zorrillo. Hasta Nola sabía que era extraño. Otra cosa para que la señalaran sus compañeros. Otra cosa para que se burlaran. Otra cosa que la hiciera diferente.

—¿Tiene nombre?

—Duque, creo que es el nombre de un viejo jugador de beisbol, aunque le decimos «Duch», es un él.

Nola lo miró un momento.

—Lo quiero —decidió y acercó a Duch para abrazarlo.

Duch disfrutó el abrazo y frotó la cara contra el brazo de Nola. No olía para nada y se movía como un gato.

—Nola, en todos hay algo hermoso. Tu trabajo es liberarlo. Suena como una cita de yoga, pero es verdad.

Nola asintió, sin saber lo pronto que iba a necesitar esas palabras. Sería una de las lecciones más importantes de su vida.

—Me da gusto que esto vaya a funcionar —añadió la maestra Sable—. Sólo asegúrate de que tu papá esté de acuerdo.

58

Washington, D. C.
Actualmente

La bala golpeó a Houdini en el centro del esófago.

—¡*Ghhkkk!*

Seguía masticando el chicle y sonriéndole a Nola cuando un balazo negro apareció en su cuello. Trató de aclararse la garganta, estaba llena de sangre.

Se agarró el cuello, su cuerpo se tambaleó hacia atrás contra el lavabo de la cocina. Le ayudó a mantener el equilibrio hasta que los ojos se le abrieron mucho y se giraron hacia atrás también. Las piernas se le doblaron.

Nola sabía qué iba a pasar después.

Él cayó sobre el linóleo como una marioneta destrozada; la sangre manaba de su garganta.

—¡¿Nola, estás loca?! —gritó Zig—. ¿Cómo pudiste...?

El Telón se giró hacia atrás, dejó de apoyar la garra en el cuello de Nola para golpear a Zig en la cara con el codo, justo como Nola apostó que iba a hacer.

Quienquiera que fuera el Telón, era una profesional. Su principal prioridad siempre sería la supervivencia. Era un riesgo que Nola tenía que correr; si no le disparaba a Houdini, ella y Zig ya estarían...

—¡*Fuuu!*—gruñó Zig, que se tambaleaba a los lados y se resbalaba con el cristal roto; le salía sangre de la nariz.

El Telón no aflojó. Fue como una furia contra Zig, le cortó la mano con la garra de metal que le desgarró la piel y echó su cuchillo por los aires. Sin embargo, como el Telón estaba a punto de aprender, había que pagar un precio por darle la espalda a Nola.

Sin un respiro de duda, Nola alzó la pistola, la apuntó a la nuca del Telón y jaló el gatillo.

¡Blam!

Una pared de cristal esmerilado, junto a donde estaba la puerta, se destrozó por la bala perdida. Nola se sorprendió por haber fallado. El Telón era rápida, en especial para alguien de su tamaño.

Nola alzó la pistola otra vez. Mismo blanco. La nuca del Telón.

En un segundo, el Telón giró con una patada circular dirigida al arma de Nola.

Nola la vio venir, pero tenía que dar crédito al Telón. Quienquiera que fuera esa mujer, era una matona. También estaba bien entrenada. La patada circular no era de karate ni tae kwon do. «Jeet Kune Do», decidió Nola, viendo cómo la pierna del Telón barrió el aire como un gancho. Quería velocidad, no potencia. Aunque no ayudó de nada al Telón en este caso.

Nola alzó un codo, para bloquear. Tuvo que usar la mano de tiro, tuvo que mover la pistola.

El Telón sonrió y detuvo la patada. Nola se mantuvo firme para absorber el impacto y se dio cuenta medio segundo tarde de que la patada de gancho era sólo una distracción, una trampa para que el Telón se acercara lo suficiente para...

Con un golpe de la mano, el Telón hundió las garras de metal en la muñeca de Nola y la desgarró.

Nola hizo un ruido, un gruñido, pero no iba a gritar, a pesar de que la sangre se derramaba hacia su codo.

«Tonta —se insultó Nola—. Debí verlo venir».

A la distancia, oyó un sonido apagado de sirenas. La policía estaba a cuadras de distancia. Mientras Nola sentía el pulso de su sangre en los oídos, podía oír... *todo*, como si todos los ruidos del universo de repente estuvieran aislados y... *Ahí*. Otro sonido. Venía de la parte del frente de la oficina. Alguien sollozaba. La recepcionista estaba debajo de su escritorio, llorando. Cuando el mundo sonaba así... Nola sabía que iba a entrar en shock.

Trató de aferrar su arma, «¡No la sueltes!», pero el dolor... «Olvídate del dolor. Apártalo». Había estado en peores peleas. Pensó en Royall y en los amigos que había llevado a casa, en las cosas que decían. Había apartado el dolor de esas noches. También enterraría esto.

Bajó la mirada y aferró la pistola con todo lo que tenía. Pero no tenía nada en la mano. La pistola se había caído al suelo. Apenas habían pasado tres segundos. Tomándose la muñeca sangrante, Nola se esforzó por mantenerse en pie.

A unos metros, Zig seguía en el suelo, sangrando de la nariz y ubicándose por fin. Apenas habían pasado tres segundos más.

—Tienes cuatro minutos antes de que te desmayes —dijo el Telón mientras levantaba la pistola de Nola y admiraba el peso—. Aproximadamente seis minutos hasta que te desangres. —Apretó los labios y sonrió por su propia victoria, después, apuntó la pistola al pecho de Nola y preparó el gatillo—. Esto es por haber hecho que me tomara ese café de mierda.

—¡No! —gritó Zig tratando de levantarse.

¡Blam!

Nola se había volteado intencionalmente hacia la bala.

En lugar de asestar a Nola en el pecho, la bala se alojó justo abajo de su clavícula. Seguía apretándose la muñeca, la sangre se filtraba entre sus dedos, cuando el mundo se puso borroso y luego negro.

Su último pensamiento fue sobre el color de su propia sangre y cómo se veía bajo esa luz verde fluorescente. Le daba al rojo un toque de morado. Había un color idéntico en el círculo cromático... «Carmín», recordó por fin mientras caía al suelo, rozando la mesa de conferencias.

Avanzando hacia ella, el Telón se inclinó sobre el cuerpo inconsciente de Nola y le apoyó el cañón de la pistola junto a la sien. Su dedo se apretó sobre el gatillo y...

—¡*Fooo!* —el Telón rugió de dolor cuando Zig hundió el cuchillo a través de la chamarra de caza hasta el omóplato del Telón.

El cuchillo estaba enterrado a medias cuando llegó al hueso. Zig lo giró bruscamente para abrir más la herida, lo que hizo que el Telón soltara su arma. Era un movimiento que había aprendido de las docenas de soldados caídos a los que habían emboscado en ataques mano a mano y cuyos tajos redondos había cosido tantas veces.

Zig pensó que el dolor iba a hacer que se desmayara. No podía estar más equivocado.

—¡Estás muerto, carajo! —gritó el Telón, aún de pie, dándole la espalda, mientras se tambaleaba y balanceaba tremendamente.

Para protegerse, Zig tuvo que soltar el cuchillo, que seguía encajado en su hombro. Echando el codo hacia atrás y luego un cabezazo, lo golpeó en la panza y luego en la barbilla. Su garra de metal le rasgó la pierna. Era como si estuviera detrás de un toro salvaje y tratara de contenerlo con una llave.

—¡Basta! —dijo Zig, todavía directamente detrás de ella. Pegó el pecho a la espalda de ella para agarrarla del cuello y hundirle los dedos sobre el hueco de la garganta. Mientras más la apretaba, más difícil le era a ella respirar.

—*Puff*—jadeó el Telón, peleando violentamente aún, tratando todavía de apuñalarlo con la garra. Él estiró los brazos para mantenerla apartada. Afuera, a la distancia, las sirenas se hacían más fuertes.

Zig apretó con más fuerza aún. El cuchillo sobresalía del hombro del Telón. Ella trataba de alcanzarlo, pero él apretó con más fuerza cuando ella se empujó hacia atrás. Su cola de caballo golpeó a Zig en la cara. Él apretó con más fuerza. En segundos, los movimientos del Telón se hicieron más lentos, sus brazos cayeron a sus costados.

No.

No a sus costados. Ella buscó algo en su abrigo militar, en el bolsillo inferior izquierdo. ¿Una pistola? ¿Otra garra?

Tung.

El objeto metálico redondo golpeó el suelo y rodó como un huevo hacia el cuerpo inerte de Nola.

Era una granada.

El seguro colgaba del dedo medio del Telón.

59

«Ay, mierda».

El Telón se desplomó a un costado, casi inconsciente. El detonador, la palanca de metal del lado de la granada, estaba a los pies de Zig. No había duda... estaba activa.

«Ay, mierda».

Afuera, las sirenas gemían con fuerza. La policía... si entraba ahora...

—¡Nola, levántate! —gritó Zig.

No se movió, ni siquiera parecía que respirara. Estaba acostada de lado en un charco de esquirlas de cristal y sangre, sosteniéndose la muñeca, sin vida.

Zig se arrodilló a su lado para buscarle el pulso. Tenía la piel gris, pero el pecho... Respiraba.

Trató de alzarla. No había tiempo. En Dover, las heridas por granada eran comunes. Una vez que se retira el seguro y el detonador se suelta, el retraso de explosión es de apenas cinco segundos.

Cuatro... tres...

Las sirenas gritaban. La policía estaba estacionándose.

Detrás de Zig, alguien tosió. El Telón. Estaba despierta, encorvada en cuatro patas, y el aire le llenaba los pulmones. El cuchillo seguía saliendo de su espalda y a Zig le recordó la espada en la piedra.

El Telón volteó hacia él.

—Ahora... —Tosió con los ojos oscuros puestos en Zig—. Todos morimos juntos.

—No, imbécil —dijo Zig—. Sólo tú.

Zig se levantó rápidamente, pateó la granada hacia el Telón y después echó todo su peso sobre el lado ancho de la mesa de conferencias, inclinándola hacia Nola y él.

La mesa aterrizó a su lado con un *chomp*. Zig le dio otro jalón, y dejó que la inercia hiciera el resto. Mientras la mesa giraba al revés y hacia ellos, Zig se lanzó sobre Nola para cubrir su cuerpo con el de él. La mesa lo golpeó desde atrás, juntándolos como un sándwich.

Zig cerró los ojos y se puso a rezar, la misma plegaria que últimamente había estado repitiendo con frecuencia. «Magpie, espero estar equivocado sobre la vida después de la muerte, porque de verdad no puedo esperar para verte».

Dos... uno...

El último pensamiento de Zig fue fugaz, sobre cómo funcionan las granadas, lanzando pedazos de metal a los órganos vitales, y esperó que si su cuerpo llegaba a Dover, fuera Louisa quien lo embalsamara y no Wil. Porque Wil era un tarado.

Zig cerró los ojos, apretando el cuerpo de Nola y apoyando la frente contra la de ella. Y después...

Nada.

Silencio.

Esperó unos segundos más.

Aún nada.

Abrió los ojos y miró sobre su hombro. Desde ese ángulo en el suelo, la mesa inclinada le permitía sólo una pequeña visión triangular de la sala de conferencias, que estaba cubierta de cristal. Movió ligeramente la mesa para poder...

Ahí. En el suelo. Justo a donde la había pateado.

La granada.

Seguía ahí, intacta.

Confundido, Zig empujó la pesada mesa para apartarla. El Telón y Houdini ya no estaban.

«Maldición». La granada era falsa. «Viejo tonto —se reprendió—. Qué estúpido que cayeras en una distracción tan fácil».

Por el suelo había un rastro de sangre que llevaba a la parte trasera de la oficina, detrás de la cocina. Se oyó un *clic* cuando la puerta para incendios se cerró. Cuando el Telón se fue, se llevó el cuerpo de Houdini.

Quizá Zig aún podía atraparla. Definitivamente, podía. Pero sólo si dejaba a Nola.

Si Zig fuera listo, habría huido en ese momento, habría dejado a Nola con la policía. Ellos le darían la atención médica que necesitaba. Y también empezarían a hacer preguntas, lo que generaría un nuevo conjunto de problemas.

Zig volvió a pensar en la tienda de magia, en lo que el viejo mago César le había dicho sobre que el movimiento grande cubría el pequeño. Lo que fuera que la Operación Bluebook estuviera haciendo con esos maletines llenos de dinero, alguien en el ejército estaba haciendo movimientos muy grandes para mantener esto en silencio. Lo mismo ocurría con... ¿quién era esa mujer nativoamericana? No tenía rango, ni condecoraciones o nombre en su chamarra del ejército. Así es como se involucra el Tío Sam cuando no quiere arriesgarse a que lo rastreen hacia una misión particular. Si ella estaba activa en el ejército... Definitivamente estaban ocurriendo grandes movimientos. Por eso la coronel Hsu, Master Guns y todos los demás en Dover de repente estaban trabajando tiempo extra para ver por qué Zig estaba tan interesado en este caso.

Y bien, ¿por qué Zig *estaba* tan interesado en el caso?

Bajó la mirada hacia Nola, que estaba en el suelo con la cabeza extrañamente caída de costado. Para el ojo inexperto, parecía un cadáver, pero Zig sabía que los muertos tienen una quietud y un peso que no pueden imitarse. Nola estaba viva. Y si alguien del otro bando estaba activamente en el ejército, sólo había una manera de mantenerla así.

—Te tengo —murmuró y cargó a Nola en sus brazos. También recogió su pistola, por si acaso. Cuando la alzó, su cabello blanco le despejó la cara y reveló el borde cicatrizado y deforme de su oreja izquierda. Zig sintió vergüenza por lo bien que lo hizo sentir.

—¡Suél... suélteme...! —protestó Nola arrastrando las palabras, con los ojos todavía cerrados—. No... no necesito su ayuda...

Zig la ignoró, observando la herida bajo su clavícula. Golpe limpio. Incluso aunque la bala siguiera adentro, era bueno: significaba que podía coserse.

Las sirenas de afuera eran ensordecedoras. Se oyó el chirrido de unos frenos. La policía había llegado.

Zig se dirigió hacia la puerta trasera, la acunó mientras la abría de una patada y salía rápidamente al frío. Miró hacia afuera. El callejón era amplio, lo suficiente para que entrara un camión, pero estaba completamente vacío. Gracias a Dios, estaba oscuro.

—Mongol… Fa-Faber… Staedtler… Ticonderoga… —masculló Nola.

—¿*Ticonderoga?* ¿Es una persona o un lugar?

Nola negó con la cabeza, se despertó con un parpadeo y se estremeció de dolor.

—Más vale que sea capaz de coserme —murmuró.

60

—¡César, tenemos problemas! —Nadie respondió—. César, sal, ¡necesito ayuda! —gritó Zig entrando en la tienda de magia. Había dejado a Nola acostada en el asiento trasero de su coche, flotando entre la realidad y la inconciencia—. ¡Necesito un botiquín de primeros auxilios! ¡Y un costurero, si tienes!

Zig llegó hasta el mostrador antes de darse cuenta del olor, que conocía tan bien de Dover, el hedor de cobre que despedía un cuerpo cuando aún estaba fresco. El olor de la sangre.

—César, si vas a salir brincando con una máscara de gorila, por fav...

A la derecha de Zig, a la entrada de un pasillo, vio un pequeño charco oscuro que se filtraba del pie de uno de los libreros, que venía del pasillo de atrás.

Zig sintió un vacío en el pecho.

Corrió al siguiente pasillo. El charco era más grande ahí. Al nivel de la vista, un estante lleno de varitas mágicas plegables y lápices de goma estaba rociado de pedazos de carne y hueso. Las palabras «sección infantil» estaban escritas a mano en una tarjeta laminada pegada en la parte superior.

En el suelo, una larga mancha de sangre corría por el pasillo y daba vuelta a la esquina, como si alguien hubiera arrastrado al cadáver. O estuviera arrastrándolo.

Zig se metió la mano en el bolsillo y la apoyó sobre la pistola de Nola. Sintió la tentación de gritar una advertencia, algo para espantarlos, pero la verdad era que, quienquiera que estuviera ahí, no quería espantarlo.

Amartilló la pistola, tomó el gatillo y caminó rápidamente por el pasillo, pegándose a la izquierda para mantenerse fuera del campo de visión de la cámara. Del otro lado de la tienda, montaba guardia la cabeza del payaso Bozo.

La mancha de sangre sobre las baldosas giraba abruptamente en la esquina y luego seguía en línea recta hacia el cuarto trasero de la tienda, donde la puerta estaba abierta con un soporte.

Zig alzó la mirada al techo. Todavía podía ver la cabeza del payaso, pero a diferencia de la parte delantera de la tienda, ahí atrás no había cámaras. Lo que fuera que César hiciera en el cuarto trasero, no quería que quedara registro. Lo más importante era que quien estuviera ahí atrás justo entonces, no sabría que Zig estaba por llegar.

«A las tres», se dijo Zig, que se detuvo justo en la entrada. Contuvo la respiración y sintió el gatillo. «Una... dos...».

Entró bruscamente apuntando la pistola. La amplia bodega estaba justo como la había dejado. Pilas de cajas de cartón, cartones de huevo llenos de viejos trucos de magia, pero vacía de cualquier otro modo.

En el suelo, la mancha de sangre viraba a la izquierda, a la diminuta oficina de César. Las piernas de un viejo con pantalones de vestir y zapatos ortopédicos negros se salían por la puerta abierta.

«No, no, no», murmuró Zig.

Corrió al lado del Sorprendente César. Su nuca era una revoltura húmeda de cabello y hueso expuesto. Estaba bocabajo sobre un charco de su propia... Había sangre por todas partes... sobre su silla, en las manijas de los cajones del escritorio..., incluso había una huella roja perfecta, como una pintura de jardín de niños, sobre el registro de piel del escritorio.

Nadie había arrastrado a César hasta ahí, él se había arrastrado solo.

En Dover, Zig lo había visto docenas de veces: en el campo de batalla, un soldado sin mandíbula y sin piernas que se arrastra tres kilómetros a su base sólo para poder morirse en su propia cama. Nadie pelea con más fuerza por la vida como el moribundo.

Zig volvió a examinar la sangre en la silla, el escritorio, incluso en el registro. ¿Qué había hecho que César se arrastrara hasta ahí?

Volteó el cuerpo. Una burbuja de saliva, teñida de rojo por la sangre, se reventó en los labios de César. Estaba respirando.

—César... César, ¿me oye?

El viejo mago no se movió, aunque sus ojos seguían abiertos, dilatados en la luz. Tenía la piel gris, como la de un elefante. No le quedaba mucho tiempo.

—César, si puede oírme, parpadee.

No parpadeó. Sólo observó a Zig, con toda la paz de la que era capaz. No había miedo en su rostro. Ya sabía qué estaba por venir.

Zig iba a decir algo y después se dio cuenta...

César estaba apretando algo en la mano. Era cuadrado y plateado: un marco de fotografía. Lo apretaba contra su pecho. Eso era por lo que César había vuelto arrastrándose.

—¿Quién es? ¿Es *usted*? —preguntó Zig mientras le jaloneaba el marco. César asintió con los ojos, pero no lo soltó.

El marco estaba manchado de sangre, pero Zig todavía podía ver la imagen: una fotografía de colores apagados de los ochenta: una pareja mayor en un crucero. El cabello del hombre era más grueso y oscuro, pero evidentemente era César, envolviendo con el brazo la cintura de la mujer.

Era la pose de todas las fotos de crucero, hasta estaban parados enfrente de un salvavidas redondo con el nombre del barco: *Sea-Dream*. Por su apariencia, en ese entonces César era un matón, un rinoceronte embutido en una camisa hawaiana. Pero, Dios, por la manera como su boca estaba abierta a media risa... de verdad se veía feliz.

—¿Su esposa? —preguntó Zig, que ahora se imaginaba a su propia exesposa en una foto similar que se habían tomado hacía décadas en un bote de Nueva Orleáns para su cumpleaños treinta. ¿Zig se arrastraría por su casa sólo para echar un último vistazo a la fotografía? Ya sabía la respuesta.

—El, el avión... —escupió César con la cara marcada de tristeza.

—No fue su culpa. No habría podido saberlo.

César negó con la cabeza.

—Yo, yo... sabía que era... —Se esforzó por pronunciar las palabras—. Te dije que Houdini era..., era una mierda.

—Esto es mi culpa. Yo le pedí que le diera el maletín. Es mi culpa, César, ¡lo siento!

César volvió a negar con la cabeza. Trató de decir algo, pero no le salían las palabras. Ahora, parecía enojado. No, enojado no. Frustrado. Luego molesto, luego aterrado, después lleno de desesperación, sus emociones cambiaban constantemente. Le recordó a Zig su experiencia en el hospital muchos años atrás. Cuando alguien se está muriendo, su rostro traiciona cada pensamiento, pierden el filtro y sus ojos son una especie de muestrario de pasiones y sentimientos, cada pensamiento formado se convierte en un rayo de electricidad que pasa silbando a través de sus sinapsis. En el lecho de muerte, es posible que la vida entera pase a través de tus ojos y también tu reacción a ella.

La respiración de César se hizo más lenta. Su piel era más gris, parecía mastique. Y después... empezó a sonreír. Empezó a reírse.

Otra burbuja se formó en los labios de César.

—Antes de... que me... disparara —César tragó saliva con fuerza—. Vi... que tenía GPS.

—¿Que tenía GPS? No comprendo.

—Las Fuerzas Especiales... todas tienen... Así... pueden rastrear... Se lo vi cuando tomó el maletín —insistió el viejo mago, mientras metía la mano en su bolsillo. Le temblaba cuando la sacó y mostró el que sería su último truco de magia. El artículo colgaba de su dedo torcido—. Me..., me robé el reloj de ese cabrón.

61

Homestead, Florida
Diez años antes

Así era Nola a los dieciséis.

—No me jodas. ¿Un puto zorrillo? —preguntó Royall.

—Le quitaron el olor. Es como un gato.

—¡Es un puto zorrillo!

—Míralo, es como un gato. *Como un gato* —dijo Nola mientras el zorrillo hacía signos de infinito alrededor de sus piernas, con la cola elevada en el aire—. Pensé que te gustaban los gatos —añadió.

A Royall sí le gustaban los gatos. Nunca lo iba a admitir, pero Nola había visto cómo se arrodillaba y hacía pucheros cuando la mascota de sus vecinos, un gato amarillo gordo y altivo que se llamaba Tubbs, saltaba a su patio.

—Es lindo —dijo Royall con brusquedad.

—Sí, ¿verdad?

Royall recargó una rodilla en el suelo y frotó los dedos para que el zorrillo se acercara.

—Cuando era niño, tenía muchas ganas de tener un gato —explicó; el zorrillo estaba olisqueando sus dedos—. Mi madre jamás me dejó tener uno.

—¿Y tu papá?

Royall alzó la mirada hacia Nola; ella nunca antes le había visto esa mirada. Más que tristeza, había pena en su rostro, una profunda pena. Fue la última vez que le preguntó a Royall sobre su padre.

Ambos volvieron la atención al zorrillo.

—¿Dónde va a hacer caca?

Nola alzó un arenero que la profesora Sable le había dado.

—Aquí, como un gato —dijo Nola por cuarta vez—. Se llama Duch.

Royall miró el arenero, después a Duch. Era indescifrable, incluso para Nola.

—Yo no le voy a decir así.

—No es necesario.

—Y no estoy diciendo que nos lo vayamos a quedar. —Nola asintió, demasiado emocionada—. Pero, hasta que lo decidamos, tengo arena para gatos en el garage. En el librero, junto a la canasta.

—¿Por qué tienes arena de...?

—Para el aceite. Oye, ¡eso ya te lo enseñé! Quita las manchas de aceite del garage.

Nola fue al garage; su movimiento repentino sobresaltó a Duch, que erizó la parte trasera aunque ya no estuviera armado.

En el garage, Nola se dirigió hacia la canasta de basquetbol que Royall había aceptado a cambio de un pasaporte canadiense. Se inclinaba sobre un estante de alambre desvencijado que se doblaba como una palmera en un huracán.

Nola pensaba que la arena para gatos estaba en la repisa de abajo, pero cuando llegó ahí, vio que no estaba. Confundida, revisó las otras repisas, después revisó abajo de la mesa de trabajo nueva que Royall se acababa de comprar. Incluso revisó detrás del letrero de alto robado que él había quitado ilegalmente del final de la cuadra porque de ninguna manera necesitaban un alto de los cuatro sentidos, ¿qué tipo de regla estúpida era esa?

Nada de arena para gatos.

Nola miró alrededor del garage; vio unas cuantas sillas plegables y dos aspiradoras de cuatrocientos dólares (otro intercambio de una familia de inmigrantes) que bloqueaban las repisas inferiores de un librero de conglomerado que Royall usaba para almacenar paquetes industriales de hojas para plastificar. Quizá ese era el estante al que se refería.

De un jalón, Nola quitó las aspiradoras. ¡Ahí estaba, arena para gatos! Pero cuando se acercó para jalarla de la repisa inferior, su pie pateó el librero y...

Tunk.

El tope de pie del librero se cayó hacia adelante. Nola se agachó para levantarlo, pero vio que detrás, en el espacio hueco detrás del tope, había algo. Algo escondido. Papeles. No, papeles no. Sobres. Un pequeño fajo de sobres.

Nola sacó el fajo, que estaba cubierto de polvo antiguo y amarrado con una liga de hule verde. Todas estaban dirigidas a Royall, pero la caligrafía..., la dirección del remitente... A Nola se le cerró la garganta, sintió la tráquea llena de arena.

B. LAPOINTE

GUIDRY, TEXAS

Barb LaPointe. La vieja familia de Nola. Los que la habían abandonado, los que se la habían dado a Royall.

Nola arrancó la liga y hojeó el montón de sobres para ver las fechas. Nueve años atrás, ocho años atrás, incluso una de siete años atrás... Había sido justo después de que Nola se fue, cuando Royall se la llevó. Todos esos años, había pensado que los LaPointe la habían abandonado, pero habían tratado de mantener el contacto. ¡Le habían escrito!

A Nola le pulsaba el corazón dentro del pecho, como si estuviera a punto de estallar en su tórax.

Desgarró el primer sobre, uno rojo, como de san Valentín, y Nola sacó... una tarjeta. Era una nota, escrita a mano, en papel blanco suelto. Nola trató de leerla, pero sus ojos..., su cerebro..., tan sólo ver los trazos precisos de la vieja caligrafía de Barb..., todo se movía demasiado rápido. Las palabras no tenían sentido.

Volvió a empezar.

Querido Royall... qué gusto conocerte en persona... con una decisión tan difícil... sabemos que vas a cuidar a Nola, pero...

¿Pero? ¿Por qué había un «pero»?

... nos dimos cuenta de que se nos olvidó cobrar el pago.

¿«El pago»?
Nola rasgó la siguiente carta.

... estoy segura de que fue un descuido, pero ya va a ser Navidad, así que si pudiera enviarnos un cheque...

Rasgó otro. Y otro. Y otro. Cada carta era más insistente.

Espero que cumplas tu promesa, Royall. Cheque. Efectivo. Dinero.

Y la palabra que Barb usaba una y otra vez: «Pago».

Nola sentía que la cabeza le daba vueltas y tenía el corazón desinflado, hundido sobre los pulmones, lo que le hacía imposible respirar.

Durante todos esos años, Nola pensó que los LaPointe la habían dejado... para que pudieran darle una vida mejor..., para que estuvieran en una mejor posición para ayudar a su hermano... Pero ahora, al leer esto... No sólo la habían entregado a alguien más.

La habían *vendido*.

Y peor. Royall la había comprado. Como propiedad. Y al parecer, pensaba tan poco de ella, que ni siquiera había hecho el pago, aunque los LaPointe no habrían podido decírselo a nadie. Lo único que tenían era la palabra de Royall. Jamás habrían podido denunciar un acuerdo ilegal como ese.

—Nola, ¿encontraste o no la arena de gato? —dijo Royall, su voz se oyó cerca.

Nola volvió a meter las cartas en su lugar, cerró rápidamente el tope de pie y reacomodó las aspiradoras justo en donde estaban. Pero cuando recogió la arena de gato...

Detrás de ella, escuchó el crujido agudo de la duela al pisarse.

Nola miró sobre su hombro. No había nadie en la puerta. Unas motas de polvo flotaban en el aire, pero ella sabía, a veces uno simplemente sabe, que Royall había estado parado ahí.

¿Había visto? ¿Sabía lo que había descubierto?

Nola no tenía idea, hasta más tarde esa noche, cuando decidió que lo mejor que podía hacer era regresar y tomar las cartas viejas.

Se quedó despierta la mitad de la noche, viendo el techo, con su nueva mascota, Duch, hecha un ovillo a sus pies. Nola no iba a moverse hasta estar segura de que Royall estaba dormido.

A las 2:30 de la mañana, por fin salió de la cama; Duch alzó la cabeza, totalmente alerta. En el mayor silencio posible, se escabulló de vuelta al garage, apartó las aspiradoras y se arrodilló frente al tope del librero.

Con los dedos, jaló el tope y reveló el escondite secreto de Royall.

Una bola de polvo rodó hacia ella. Pero las cartas, las pruebas de lo que los LaPointe habían hecho, habían desaparecido.

Royall sabía. Sabía lo que ella había descubierto. Ahora, la única pregunta era: ¿qué castigo estaba planeando?

62

Maryland
Actualmente

Tampones y aerosol nasal. Ah, y una botella de agua. Y tijeras. Y cinta de aislar. Era lo que necesitaba.

Una hora antes, después de atarle a Nola un torniquete rápido en el auto, Zig había salido de Washington a toda velocidad y no se detuvo hasta que llegó a un pueblito llamado Mitchellville, en Maryland. De ahí, encontró una farmacia que estaba a unos pueblos de distancia y el motel Mi Casa, que eligió porque las habitaciones daban a un pasillo exterior justo junto al estacionamiento.

Zig cargó a Nola, abrió la puerta con la pierna y lo azotó el olor a motel de cigarros rancios, sudor y lo que fuera la mancha de Rorschach que había en la alfombra. Como Mi Casa tenía el tema del suroeste, todos los muebles eran de conglomerado claro.

Cuando Zig jaló las cobijas capitoneadas y bajó a Nola sobre una de las camas vencidas, ella seguía recobrando y perdiendo la conciencia. En un punto, insistió en que estaba bien, aunque estaba bien al tanto de que una pérdida repentina de sangre producía las mismas hormonas y endorfinas que producen el segundo aire en los maratones. Un minuto después, estaba inconsciente.

—Ni siquiera se ve tan mal... Apenas se nota —dijo Zig, que murmuraba las mismas mentiras que les decía a los soldados caídos que llegaban a Dover. En la escuela funeraria, el profesor de Zig le advirtió que no siguiera hablando con los muertos. «Mientras más te acerques, más difícil se vuelve», como dicen en la industria funeraria. Pero, para Zig, no había otra manera.

—Aquí estoy, ¿me oyes? Justo aquí —dijo mientras le cortaba la camiseta para ver mejor la profunda perforación que tenía bajo la clavícula. La sangre era rojo oscuro. Bien. Mientras más oscura fuera, menos probable era que saliera fresca de una arteria. A lo largo de los años, en el proceso de limpiar y reconstruir más de dos mil soldados caídos, Zig se había entrenado bien en todos los trucos de improvisación que los médicos usan en el campo de batalla y los resultados que tenían. Perforó una botella de agua con las tijeras y roció un chorro de agua sobre la herida.

—Sólo la estoy limpiando. Es la mejor forma de detener una infección.

Zig se inclinó sobre la herida y vio que la sangre que salía de ella no bombeaba constantemente con el latido del corazón. Aun mejor. Significaba que la arteria subclavia estaba intacta. Revisó el pulso de las arterias radiales de las dos muñecas. Correspondencia perfecta. Buena señal. Buena presión sanguínea también. No había señales de hemorragia interna.

—Chica con suerte —le dijo a Nola, que estaba acostada, inconsciente.

Con cuidado, Zig la puso de costado para revisarle la espalda. Tenía cicatrices pálidas, viejas, que se entrecruzaban sobre su columna vertebral. Eran de años atrás, cuando era niña. La única buena noticia era que en la parte superior del hombro no había herida de salida. La bala seguía dentro de ella. También en eso había tenido suerte. Si la bala hubiera salido, habría que lidiar con un desastre mucho más grande y sangriento. Además, con pedazos de bala dentro de su cuerpo...

—La seguridad de los aeropuertos te va a adorar en los detectores de metal —dijo Zig mientras abría la caja de tampones. Esta iba a ser la parte difícil.

Cortó un tampón en dos, lo roció con el aerosol nasal Afrin y lo dirigió justo al agujero húmedo y sangriento bajo la clavícula de Nola. Sin anestesia. Iba a doler.

—Si te sirve de ayuda, apriétame los dedos —dijo y tomó su mano floja con la suya. Tres... Dos... Uno...

Metió profundamente el tampón en la herida de Nola. El tampón se expandió, absorbiendo la sangre de inmediato, mientras que el aerosol nasal hacía su labor: contraer los vasos sanguíneos para evitar mayor sangrado.

Todo el cuerpo de Nola se sacudió, como si hubiera salido de un sueño, con los ojos todavía cerrados.

Zig dio un brinco atrás; se había perdido tanto en el momento, estaba tan acostumbrado a estar rodeado de cadáveres, que se le había olvidado que estaba viva. En ese momento, por primera vez y de la peor manera, Zig se dio cuenta de que se había acostumbrado más a los muertos que a los vivos. Era un pensamiento que no se iba a poder sacudir en días.

Usó sus pulgares para meter el resto del tampón en su lugar y selló la herida con cinta de aislar; después, volvió su atención a tratar (y sellar, con más cinta de aislar) el corte en la muñeca de Nola. Cuando vio más de cerca, se dio cuenta de que no era el único corte que tenía ahí.

—Ay, Nola, ¿qué hiciste? —murmuró mientras veía por lo menos tres cicatrices rosadas más en su muñeca. A diferencia de las que tenía en la espalda, todas iban en la misma dirección. «¿Cuántos años tendría cuando se las hizo? ¿Dieciséis? ¿Diecisiete?».

Había tantas preguntas que quería hacerle: sobre ella, sobre la caída del avión, sobre la Operación Bluebook y en especial sobre Houdini —¡por Dios, había asesinado a Houdini!—; sin embargo, mientras Zig movía a Nola a la cama limpia y la tapaba con las cobijas hasta la barbilla, una pregunta destacaba sobre las demás. ¿Por qué? ¿Por qué demonios se había caído ese avión? Lo que, desde luego, llevaba a *qué*. ¿Qué podría ser tan importante acerca de Nola que de repente había gente cometiendo asesinatos? Lo que llevaba, naturalmente, a... *¿quién?*

De su bolsillo, sacó el voluminoso reloj militar que el Sorprendente César le había robado a Houdini. Ya había visto antes relojes como este, en Dover, en soldados caídos de las Fuerzas Especiales. Mientras más macho fuera el hombre, más grande era el reloj, pero ¿relojes tan grandes como este? Los hacía una compañía llamada Suunto.

A las Fuerzas Especiales les encantaban los Suunto porque tenían integrado el Sistema de Referencia de Cuadrícula Militar que, como un GPS de alto octanaje, les permitía a las tropas meter coordenadas de la cuadrícula y encontrar ubicaciones dentro de unos cuantos metros conforme se movían en la escena de la guerra. ¿Eficiente? Completamente. ¿Seguro? Ese era el problema. Una vez que algo tenía GPS, cualquiera podía saber dónde habías...

—Ay, César, vieja y cruel mente maestra.

Zig empezó a marcar el número de Waggs desde el teléfono fijo de la mesita de noche. En algún lugar en ese reloj habría unas coordenadas, coordenadas que mostrarían todos los lugares donde Houdini había estado ese día. Y también, posiblemente, cualquier otro lugar donde hubiera estado durante el mes.

—*No*... —dijo una voz.

Detrás de él, Nola estaba tratando de sentarse sobre la cama, pálida.

—No... no lo hagas —murmuró—. A quien sea que estés llamando... van a saber dónde estamos.

Zig siguió marcando.

—Es alguien de confianza.

—No sabes.

Volteó hacia ella, todavía a medio marcado.

—¿De qué estás hablando?

Nola se sentó; solamente llevaba puesto el brasier. Miró el vendaje de cinta de aislar con aprobación.

—Se supone que usted es una persona inteligente, señor Zigarowski. ¿No se ha dado cuenta de que a donde quiera que va de alguna manera Houdini y sus secuaces siempre saben que va a ir ahí?

—No es...

297

—En Dover, enviaron el cuerpo de Kamille antes de que pudiera descubrir qué estaba pasando. Cuando fue a mi antigua oficina, también lo estaban esperando ahí...

—Te estaban esperando a *ti*, no a mí...

—¿Y ahora? En el auto, oí que llamó al 911. Dijo que había un viejo mago... César. Lo mataron, ¿no? Llamó a los paramédicos para que alguien lo encontrara. No se ciegue, señor Zigarowski...

—Ya te dije que me digas Zig.

—Déjese de su encanto de mierda y ponga atención, señor Zigarowski. Cualquiera que fuera la trampa tonta que hubiera planeado en la tienda de magia, Houdini *sabía*. Fue ahí con toda la intención de destrozarle el cerebro al viejo con una bala. Lo único que no salió como había pensado fue que no lo encontró a usted ahí también.

Con un ruido, Zig colgó el teléfono. Por un momento, se quedó sentado, observando el reloj Suunto. ¿Acaso Nola tenía razón?

Sólo había una manera de descubrirlo. Alzó el reloj.

—Todavía necesitamos a alguien que pueda leer las coordenadas de cuadrícula del reloj.

—Deme el reloj —insistió Nola.

—¿Qué?

—Démelo. Ahora.

Durante los siguientes dos minutos, Nola sostuvo el reloj como un cronómetro y apretó los botones de cronógrafo mientras que el reloj pitaba como un robot. Mientras que Nola revisaba el menú en la pantalla, Zig sintió lo mismo que todos los papás sienten cuando sus hijos agarran su teléfono o el control remoto y exhiben una evidente superioridad sobre la nueva tecnología.

—Tome una pluma —dijo Nola, aún concentrada en el reloj—. Escriba esto.

Zig no se movió lo suficientemente rápido. Nola agarró la pluma de Mi Casa y una libreta de notas a juego de la mesita de noche. Garabateó rápidamente algunas letras y un número de diez dígitos y después regresó al menú del reloj para meter los dígitos.

En la pantalla apareció un mapa. Hubo otro pitido, luego...

Nola hizo una mueca.

—¿Qué? ¿Qué dice? —preguntó Zig.

Volvió a ver la libreta de notas y luego el reloj para comprobar que lo hubiera metido bien.

—Según el GPS, aquí es donde Houdini estuvo ayer.

—¿Es un lugar que conozcamos?

—Yo diría que usted definitivamente lo conoce. Con base en la hora, aterrizó ahí anoche.

—Entonces, ¿es un aeropuerto?

—No es un aeropuerto.

—No comprendo. ¿En dónde se aterriza que no sea un aeropuerto?

—En el único lugar donde claramente tiene un amigo que podía ayudarle a entrar. *Así es* como Houdini se mantenía fuera de vista... —dijo, alzando el reloj hacia Zig.

Zig abrió los ojos de par en par. En la parte inferior de la pantalla estaban las letras DE. *Delaware*.

—No, no puede ser.

Pero sí era así.

—Houdini llegó anoche, se escondió justo bajo su nariz —explicó Nola. En la pantalla, Zig observó el contorno familiar del mapa. La morgue—. Estuvo en su edificio, señor Zigarowski, en la Base de la Fuerza Aérea de Dover.

63

En la oreja del hombre, el teléfono sonó tres veces. Correo de
voz.

Molesto, colgó y volvió a marcar. Esta vez un nuevo número.

Riiiing... Riiiing... Riii...

—¿Qué haces? —dijo su socio entre dientes al otro lado de la
línea—. ¡Este es el número de mi trabajo!

—Ignoraste mi llamada en el celular —dijo el hombre con voz
de trituradora—. No lo hagas.

—¡No te creas el centro del universo! Houdini y tú me dijeron
que fuera inteligente; estoy siendo inteligente. A menos que quie-
ran que conteste enfrente de medio Dover.

Hubo un anuncio en el intercomunicador. La gente se movió
de aquí para allá en la zona de espera, la mayoría con la cabeza agachada, viendo la pantalla del teléfono. Hizo que el hombre pensara
en cuánto odiaba el maldito internet.

—¿Y dónde estás? Suena como un aeropuerto —preguntó su
socio.

—Me prometiste una actualización —respondió el hombre
con voz de trituradora. Tenía cabello gris, del color del humo y se
mantenía de espaldas a la multitud para que nadie pudiera ver bien
la cicatriz blanca y carnosa que le partía el labio inferior hasta la
mandíbula—. Necesito saber dónde está Zig.

—Ese es nuestro primer problema. No he sabido de él desde
hace horas.

—Déjame darte una pista. Houdini está muerto. Zig y Nola desaparecieron. Te perdiste una batalla campal completa. Mandamos a la limpieza, pero de cualquier modo es un desastre del demonio.

—No tienes idea. ¿Te acuerdas de que dijiste que ya se habían encargado de tu amigo, el mago César? Estaba más vivo de lo que creías.

—¿Está vivo? —preguntó Trituradora.

—Ya no. Pero alguien llamó al 911. Aquí todos dicen que sonaba muy parecido a nuestro amigo Zig. ¿César sabía algo de ti?

El hombre con voz de trituradora se quedó en silencio.

«Está abordando ahora en el andén 29», anunció el intercomunicador.

Un pequeño grupo de viajeros se acercó a la puerta marcada «andén 29». El hombre de la voz de trituradora apenas se movió mientras hablaba por teléfono, dándoles la espalda.

—La estación de trenes, ¿eh? ¿Qué, no te gusta volar?

Su socio era perceptivo. Incluso más de lo que pensaba.

—Sólo haz lo que te pedimos —gruñó el hombre—. Ya sé que no es fácil para ti, pero si no nos ayudas a encontrar a Zig pronto, todos vamos a estar...

—Conozco las putas consecuencias, ¿okey? Estoy en eso. Te llamo después.

Sin decir una palabra, el hombre de la voz de trituradora colgó y se dirigió hacia el tren. Eligió el vagón de silencio porque, por Dios, ya había tenido suficiente de ineptos que hablaban por teléfono sin percibir el volumen de sus propias voces.

Cuando finalmente encontró un asiento, su propio teléfono vibró con un mensaje de texto. Seis palabras.

Visto. En una farmacia en Maryland.

Una pequeña sonrisa torció la cicatriz blanca y carnosa del labio del hombre.

Con unos cuantos movimientos, escribió un mensaje nuevo para un receptor completamente nuevo.

Lo tenemos.

64

Zig se agarró de la esquina de la gruesa televisión del motel como si la necesitara para detenerse. ¿Él creía en lo que Nola le había dicho? ¿Tenía sentido? Una parte, sí. En Dover, alguien se había asegurado de que cambiaran el cuerpo. Deliberadamente, alguien había hecho que las huellas digitales y los registros dentales pasaran rápidamente por el sistema. Incluso, alguien había noqueado a Zig la mañana en que los otros cuerpos habían llegado. Houdini era un extraño, un mafioso charlatán, de ninguna manera habría podido hacer eso. No sin ayuda.

—Quien haya escabullido a Houdini en nuestro edificio... —Zig hizo una pausa para reponer la lógica—. Pudo ser cualquiera. Hay miles de personas en la base.

Nola no dijo nada; seguía concentrada en el reloj.

—No me mires así. Mis amigos... Dino..., Master Guns..., incluso Amy Waggs..., no lo habrían hecho —añadió Zig, que ahora estaba caminando de un lado a otro—. Pudo haber sido *cualquiera*. —Nola se sentó en la cama apretando botones; el reloj seguía pitando—. La coronel Hsu... De ella sí lo creería —continuó Zig, observando con cuidado la reacción de Nola—. Pero tiene que ser alguien que conozca las formas como identificamos a la gente.

Ella siguió sin decir una palabra.

Zig fue hacia el buró y descolgó el teléfono.

—¿A quién va a llamar? —lo desafió Nola. Zig volvió a colgar. Ni siquiera estaba seguro—. ¿Qué quiere, señor Zigarowski?

—¿En orden alfabético? Quiero saber qué rayos está pasando. Quiero saber quiénes son cada una de las personas que nos están persiguiendo. Quién era la mujer nativoamericana que te disparó y trató de asesinarnos.

—El Telón.

—¿Así se llama? ¿*El Telón?*

—Así le dicen. Nunca la había visto hasta hoy. Me imagino que es una asesina a sueldo.

—¿Quién la contrató?

Nola se quedó en silencio y exhaló una respiración profunda.

—Houdini.

Con sólo oír su nombre, el cerebro de Zig regresó a lo que César había dicho sobre el viejo libro azul de Houdini..., de los tres alias del avión..., un grupo pequeño que nadie jamás notaba que estaba ahí. Zig podía sentir que las piezas empezaban a acomodarse en las orillas. Sin embargo, por la manera como Nola había dicho su nombre... Había ira reciente en su voz.

—Así que lo conoces —dijo Zig.

—Yo no dije eso.

—No has dicho *nada*. Por si no te has dado cuenta, te salvé la vida.

—Yo no le pedí ayuda.

—Y de cualquier modo te ayudé. Según la mayor parte de los diccionarios, eso se llama generosidad. Hay quienes podrían verlo como estupidez, pero yo prefiero algo un poco más benevolente.

Nola se quedó ahí sentada, en silencio, dibujando algo en la libreta de notas del motel. No parecía enojada. Parecía... perdida en sus pensamientos.

—Así es como procesas, ¿no? ¿Dibujando? —preguntó Zig. Aún, ninguna respuesta—. Tenía un compañero de trabajo que hacía eso. Tenía que hacer un dibujo de cómo se iba a ver el muerto antes de empezar a trabajar en él.

—Mentiroso. Lo acaba de inventar.

Zig asintió. Era mentira. Una mentira blanca, diseñada para ganar un poco de confianza. Pero, una vez más, ella había visto a través de él. Zig quería estar molesto, pero estaba impresionado.

—Nola, si estuviera trabajando en contra tuya, ni siquiera estaríamos teniendo esta conversación ahora mismo. —Silencio otra vez. Seguía dibujando—. Bueno, intentémoslo por este lado —añadió Zig—. Déjame decirte lo que yo sé y después, te sientas ahí y dibujas lo que sea que estés dibujando y vemos a dónde nos lleva. Bueno. Primero: sé que definitivamente tenías un asiento en un avión militar en Alaska. Sé, tengo por seguro, que no te subiste en ese avión, quizá viste algo y pensaste rápido; a lo mejor alguien te vio y huiste. Lo que sea que haya ocurrido, le diste el asiento a una mujer llamada Kamille. Quizá Kamille era una vieja amiga o quizá era alguien que acababas de conocer.

—Ya le dije, no la conocía bien.

—La conocías lo suficientemente bien para pintar su retrato. —Nola se volvió a quedar en silencio—. No importa, por la manera como llegaste a buscar el cuerpo de Kamille, no sabías que el avión se iba a caer. Tampoco ella, hasta que era demasiado tarde. Y eso también me dice, con toda seguridad, que Kamille tenía alguna idea de lo que te preocupaba, porque, durante sus últimos momentos en un avión que estaba desplomándose del cielo, Kamille se tragó una hoja de papel con un mensaje de advertencia para ti. Entonces, si todo eso es cierto, y yo creo que sí lo es, eso significa que lo que fuera que te llevó a Alaska, mientras estabas ahí descubriste algo, algo que apuesto que se llama Operación Bluebook.

—Si supiera qué es Bluebook, no estaría escondiéndome en un motel.

—Pero sabes quién es Houdini. ¿Él es quien está a cargo?

Nola negó con la cabeza.

—Él sólo es un agente de pagos.

—¿Un qué?

—Agente de pagos. Hacen pagos. Ese es el trabajo.

—¿Pagos a quién?

—Depende de qué necesite nuestro gobierno. A veces, una unidad del ejército necesita información; otras veces, necesitamos un contrato de papel de baño para que nuestras tropas puedan limpiarse. Pero, por lo general, es sólo dinero de silencio.

—No tengo idea de qué significa «dinero de silencio».

Nola le explicó, dibujando todavía.

—Hace años, en Irak, uno de los conductores de tanques leyó mal su mapa y pasó encima del rebaño de cabras de un granjero. En otra ocasión, los bombarderos atacaron un edificio equivocado, los ladrillos salieron volando e hirieron a una docena de inocentes. Cuando ocurren ese tipo de desastres, y siempre ocurren, los agentes de pagos llegan para restituir a los locales.

—Entonces, ¿es un tipo con dinero?

—Le repito, ese es el trabajo. La mayoría de los soldados llevan un rifle M4. Los agentes de pagos llevan un arma mucho más poderosa: un portafolios lleno de dinero. Pueden hacer pagos hasta de treinta mil dólares. Un supervisor puede hacer que suba más. Para ir sobre los cien mil, necesita autorización del Departamento de Defensa.

—Es mucho dinero para una persona.

—Considérelo el costo de las buenas relaciones públicas. Si una unidad del ejército se está escabullendo en un pueblo, lo último que necesitamos es llamar la atención o, aun peor, que un granjero revele nuestra ubicación cuando estamos en las etapas iniciales de una operación. Se puede conseguir mucha paz con un montón de dinero.

—Entonces, Houdini...

—Su verdadero nombre era Rowan Johansson.

—Okey. Rowan. ¿Él era uno de estos agentes de pagos?

—Uno de los mejores. Cuando un Humvee tira la barda de piedra hecha a mano de un campesino, se llama a un agente de pagos. Pero cuando el mismo Humvee tira algo mucho más valioso, se llama a Rowan.

—¿Qué es más valioso? ¿Tirar la casa de alguien?

—Matar al hijo de alguien —dijo Nola, alzando la mirada.

Zig se quedó ahí, sin parpadear.

Ella siguió mirándolo fijamente, algo que él empezaba a ver que hacía a menudo. Tenía los ojos recelosos de una mujer vieja y siempre estaban *perfectamente* concentrados, desmenuzando la vida. De hecho, incluso ahora, cuando hablaba de la muerte del hijo de alguien, dirigió su atención directamente a Zig, en busca de su reacción.

Sin embargo, no hubo reacción en él. A pesar de la pérdida de su hija, sabía cómo funcionaba la vida. Veía la muerte todo el tiempo. Cada semana se paraba sobre una camilla, ponía maquillaje fresco en un cuerpo gris, preparaba un alma joven más, cortada en la plenitud de su vida.

—Lo veo todos los días —le dijo.

—No. Lo ve después de que azota el huracán —dijo Nola—. Imagínese el momento mismo, cuando una mamá suní viene corriendo por un camino de tierra, gritando en árabe que nuestra unidad dejó artillería por ahí y que la encontró su hijo de cinco años, que ahora está muerto. Yo no podía comprender el idioma, pero nunca olvidaré los gritos de la mujer. La angustia suena igual en todo el mundo.

—¿Cuál es tu punto?

—Usted me preguntó por Rowan Johansson. Eso es lo que él hace. La gente se horroriza cuando se pone precio a la vida de un niño, pero en un pueblito suní, por un hijo varón, que son más valiosos que las niñas, cuando se calcula la esperanza de vida, más el hecho de que pueden trabajar hasta los ochenta años, después se estima todo en un salario anual... Ese niño muerto le va a costar al Tío Sam alrededor de setenta y dos mil dólares. Le pagan a la pobre familia en efectivo y, abracadabra, el problema desaparece. —Hizo una pausa después de esas palabras—. ¿Ahora entiende por qué le dicen «Houdini»? Hace que los errores más grandes...

—Desaparezcan —dijo Zig mientras Nola volvía a dibujar en la libreta.

Para él, la historia tenía sentido y se correspondía aún más con lo que había oído en la tienda de magia. Houdini parecía invertir una gran cantidad de tiempo moviendo efectivo y, según el Sorprendente César, recientemente había estado moviendo más de lo común, incluyendo un gran envío de Alaska. Lo que planteaba la pregunta: ¿Qué estaba ocurriendo en Alaska que tenían una entrada repentina de efectivo? ¿Todo el efectivo extra significaba que alguien le había pedido a Houdini que cubriera un problema aún más grande? Y lo más importante, ¿cómo se relacionaba todo esto con Nola, el avión caído y la Operación Bluebook?

Zig observó a Nola y se dio cuenta de que sujetaba su pluma como si la estuviera estrangulando.

—Nola, si hay algo más que sepas...

—Sé que Houdini, como cualquier agente de pagos de Operaciones Especiales, se especializa en desastres. En especial en los que el ejército no quiere que nadie sepa. Es todo lo que sé.

—Entonces, ¿eso podría ser Operación Bluebook? ¿Tal vez por eso estaba en Alaska? Quizá Bluebook no es el *proceso* de hacer que las cosas grandes desaparezcan; quizá en lugar de un fondo para fines ilegales, Bluebook es su propia misión privada, y en medio de ella, cometieron un error que ahora tienen que cubrir. —Nola siguió dibujando sin decir nada—. ¿O tal vez alguien descubrió accidentalmente que Houdini estaba escondiendo Bluebook? O... —dijo Zig, dejando que los hechos se acumularan en su cerebro—, tal vez cuando Houdini vio el efectivo que estaban enviando, empezó a tomar una parte para él. ¿Es posible? ¿Cuánto dijiste que los agentes de pagos llevan con ellos? —Más silencio—. Sabes, Nola, si quieres descifrar qué está pasando, podría ser útil que habláramos.

Ella siguió dibujando. Zig quería enojarse, pero sabía que ese tipo de silencio había sido parte de un entrenamiento.

Él se aclaró la garganta e inclinó el cuello, tratando de ver lo que Nola estaba dibujando. Ella se volteó, ligeramente, dejando claro que no quería compartir.

—Nola, si te hace sentir mejor, desentrañé tu arte. Eso fue lo que te llevó a Alaska, ¿no es así? Yo sé por qué estabas ahí. —Nola alzó la mirada, pero no por mucho tiempo. Estaba a punto de decir la palabra «mentiroso»—. Los vi —la interrumpió Zig—. En tu oficina, todos esos retratos que pintaste..., los bastidores estaban inclinados unos contra otros. Había docenas, soldados, del pecho hacia arriba. Son realmente hermosos cuando los miras, pero también bastante tristes —añadió Zig mientras buscaba alguna reacción en su cara—. En la parte de atrás de cada uno, vi que siempre ponías el nombre del soldado: *Daniel Graff, Monterey, CA. Sargento Denise Madigan, Kuwait.* —Nola empezó a dibujar más lento. No mucho, pero suficiente—. Por favor, Nola, sólo me tomó una conexión a internet. Una vez que les tomé fotos, ¿de verdad pensaste que no iba a descubrir qué tenían en común todas tus pinturas?

—No sabe lo que está...

—Intentos de suicidio —dijo Zig de repente—. Es eso, ¿no? Todos los artistas en residencia tienen su propio motivo. Hace años, durante la retirada de Afganistán, uno de los artistas solía pintar solamente paisajes de nuestras tropas abandonando el desierto. Una pintura tras otra de pilas de computadoras que abandonamos..., agujeros donde solían estar los cuarteles generales..., excavadoras que desmantelaban nuestras bases. Otros artistas se concentraron en la gente, pintaban soldados en el campo. ¿Pero tú? Daniel Graff. Sargento Madigan. Tú pintabas a los soldados que trataron de quitarse la vida.

Nola estaba sentada en la cama. Ya no estaba dibujando.

Base Aérea Deutsch
Copper Center, Alaska
Cinco días antes

—¿Cuánto falta? —preguntó Kamille.

—Poco —dijo Nola con un pastel en la mano—. Deja de hablar.

Kamille se movió en su asiento, una silla plegable de plástico que habían sacado de la tienda militar. Nola se sentó frente a ella y echaba vistazos desde detrás del bastidor cada pocos segundos.

—Por favor, sargento Brown, ¿por lo menos me puede decir cómo me veo?

Nola resopló, pues seguía tratando de descifrarlo. Echó otro vistazo. Kamille entornaba los ojos cuando hablaba, como si siempre estuviera pidiendo un favor. Ese era el secreto. Su nariz chata era fácil, pero, para Nola, el retrato no iba a estar bien hasta que capturara la manera como Kamille entornaba los ojos.

—Entonces, esto de los cuadros... Lo ha hecho con otras personas, ¿verdad? Con gente que trató de..., que hicieron lo mismo que yo... —La voz de Kamille se apagó. A nadie le gustaba decir «suicidio»—. Ha conocido a muchos de nosotros, ¿no?

—No es un club —respondió Nola, que usaba el dedo para mezclar un pastel beige en el lienzo.

—A las otras personas que ha conocido, sargento Brown, ¿cómo les va? Ya sabe, después de que... —De nuevo, su voz se fue apagando.

Por lo general, a Nola le disgustaba la conversación, pero esta chica le caía bien. Kamille no era una nube de fatalidad que se odiara a sí misma. Era ingeniosa, graciosa, incluso había bromeado con Nola sobre el tema de sus cuadros: «Quizá la próxima vez pueda pintar algo menos deprimente, como una serie de payasos tristes... una colección de gatitos muertos... o "Naturaleza viva con pistola en la cabeza"». Incluso Nola había sonreído con ese comentario.

—Piensa en eso por lo que pasaste como una segunda oportunidad de la vida —dijo Nola. Tocó de nuevo el pastel de la tela—. Algunas personas regresan más fuertes.

Kamille se enderezó. Una segunda oportunidad. Le gustaba.

—Yo voy a ser una de esas personas.

Nola asintió mientras maldecía sus pasteles por no hacer lo que les pedía. No iba a estar satisfecha hasta que terminara los ojos de Kamille.

—Entonces, ¿de verdad el ejército le paga por pintar? —preguntó Kamille.

—Estoy asignada. Es una misión.

—Pero... para dibujar así... Me va a hacer inmortal, ¿no? —Nola hizo una mueca—. Es en serio, sargento Brown. En cien años, gracias a su arte, voy a seguir existiendo.

66

Maryland
Actualmente

—Es verdad, ¿no? —Nola ignoró la pregunta. Sentada en la cama vencida del hotel, fingía dibujar—. Tú sabes que tengo razón. Por eso estabas en Alaska, ¿no? —añadió Zig—. Cada mañana, en la base de Virginia, llegabas a tu oficina a revisar los reportes de acontecimientos nocturnos de cada base. Después, un día, viste un informe en un puesto de avanzada en Alaska: un T14.91, intento de suicidio, y fuiste corriendo. Así fue como conociste a Kamille.

—Nola siguió sin responder—. Por lo general, nadie le presta mucha atención —dijo Zig—. Ese es el trabajo del artista, ¿no? Tú llegas, haces unos cuantos cuadros y te vas. Ese es el trabajo. Tu jefe me lo dijo en tu oficina. El ejército te da derecho de ir a donde quieras. Pero cuando llegaste a Alaska... quizá Kamille te dijo algo..., tal vez tú misma lo viste. Pero lo que sea que hubiera pasado, algo no parecía estar bien, ¿verdad? Te diste cuenta cuando te ibas a ir: había algo extraño en esa base.

—No sabe de qué está hablando.

—De hecho, por primera vez, creo que por fin lo sé —dijo Zig con voz cada vez más alta—. ¿Qué viste ahí, Nola? ¿Un crimen? ¿Algo que te llamó la atención e hizo que averiguaras un poco más profundamente? De cualquier modo, te diste cuenta de qué tramaban...

—¡Todavía no tengo idea de qué traman! ¡No sé qué es Bluebook!

—Pero por eso te quedaste. Mira la cronología. Conociste a Kamille y pintaste su retrato. Terminaste tu trabajo. Tenías un asiento en ese avión y tenías que haber estado en ese vuelo que se iba de Alaska. Pero después, tuviste un presentimiento en las entrañas. Ocurrió después de que pintaste a Kamille; quizá ella lo dijo mientras posaba para ti... Algo te dijo que había una historia mejor si te quedabas, quizá incluso una pintura mejor. Lo único que tenías que hacer era quedarte. Así que en el último minuto, te bajaste del avión, le diste tu asiento a Kamille...

—¡Yo no le di nada! ¡Ella me rogó que se lo diera!

—Pero para eso fuiste a Alaska, ¿no?, para pintar el retrato de Kamille, ella es la que trató de suicidarse.

—¡La hice feliz! Mi retrato la hizo feliz. Le encantó tanto que me rogó que se lo dejara. Después me volvió a rogar para que le dejara mi lugar en el avión. ¡Quería ir a ver a su prometido!

—Y cuando te diste cuenta, cuando acababas de empezar a husmear, el avión se desplomó del cielo. Y entonces te diste cuenta de que tu instinto estaba en lo correcto. —Hizo una pausa para que ella asimilara sus palabras.

En la cama, Nola miraba justo al frente; se negaba a mirar a Zig y se concentraba en una sección descascarada del papel tapiz de patrón tribal del suroeste. Todavía tenía la pluma en la mano, pero no estaba para nada cerca de la libreta de notas.

—Nola, antes de que te eches la culpa...

—¿Por qué me protegió? —dijo Nola bruscamente. Zig la miró, confundido—. En la aseguradora. Con la granada... Cuando el Telón la lanzó... usted saltó sobre mí e inclinó la mesa para protegernos.

—Creí que estabas inconsciente.

—Estaba despierta —respondió, todavía mirando justo al frente—. Si esa granada hubiera explotado...

—No era de verdad.

—Usted no lo sabía. Si hubiera estallado, la metralla habría arrasado con usted. Le estoy haciendo una pregunta, señor Zigarowski. ¿Por qué se arriesgó por mí?

Un silencio largo y pesado se apoderó de la habitación. Zig permaneció de pie, entre las dos camas individuales. El aire estaba tan callado que pudo oír el agua que corría por las tuberías y llenaba el excusado.

Zig alzó los hombros.

—¿Por qué hiciste lo que hiciste en el campamento? —Respiró profundamente—. Me pareció que era lo correcto. No quería que te lastimaras.

Nola hizo una pausa.

—¿Se trata de su hija o de mí? —preguntó.

Se asentó un nuevo silencio, un silencio mucho más profundo, pues el aire mismo se hizo pesado y denso. Era el tipo de silencio que no sólo se producía por una falta de sonido, sino también por falta de movimiento. En sus oídos, Zig escuchó un zumbido agudo, como en el cuarto de preparación.

Durante un minuto, se quedó de pie, balanceándose ligeramente. Su voz fue apenas un murmullo.

—No sé.

Sobre la cama, Nola seguía mirando justo al frente, hacia nada en particular.

—Horatio —anunció de repente.

—¿Cómo?

—Es él. Él es el principal —explicó Nola—. Conseguí su nombre en el bote. Es a quien le reporta Houdini, el que realmente jala las cuerdas detrás de la Operación Bluebook.

—¿Entonces, él...?

—Él es el que contrató al Telón, el que ordenó que se cayera el avión y asesinó a Kamille. Le dicen «Horatio».

—¿Se supone que tengo que reconocer ese nombre?

—«Horatio» —repitió Nola—. Es el nombre de otro mago.

—¿Un mago moderno o...?

—Del siglo xix —dijo Nola, saliendo de la cama y deteniéndose para orientarse. Parpadeó varias veces; se sentía mareada por la pérdida de sangre.

Se dirigió al baño, se sentó y orinó con la puerta abierta. Zig apartó la mirada, aunque alcanzó a ver una imagen no deseada de ella en el espejo, sobre uno de los vestidores.

—Entonces, este Horatio...

—¿Dónde está mi pistola? Vi que la recogió —dijo Nola; seguía en ropa interior mientras abría y cerraba la cortina de la regadera, después salió a la habitación e hizo lo mismo con la puerta del clóset. Pasó la mano por la repisa superior, así como por la cabecera de cada cama. Después, abrió cada uno de los cajones de los dos burós.

—Nadie sabe que estamos aquí —insistió Zig, viendo cómo su cabello blanco caía sobre sus hombros y cubría las cicatrices de la parte superior de su espalda, pero no podía esconder todas las marcas. No era delgada; era musculosa, como una boxeadora. Y por la manera como se movía, privilegiando su mano derecha, se esforzaba mucho por ocultarlo, pero sentía dolor.

—¿Dónde está mi pistola?

—La dejé en la cajuela del coche.

Nola lo miró fijamente un momento, escrutando su rostro. Después, se volteó hacia el colchón y lo alzó. Debajo estaba su pistola, exactamente donde Zig la había escondido.

Le lanzó una mirada y volvió a sentarse en la cama. Ahí sentada, en flor de loto, Zig no podía evitar ver su ropa interior.

—¿Quizá podrías, eh, vestirte? —sugirió.

No se vistió. Se concentró en desmontar su arma. En segundos, sacó el tambor, jaló la corredera y el muelle y revisó el martillo y el cilindro junto con el cañón.

—¿Podemos volver a Horatio? —preguntó Zig.

—Durante la Guerra Civil, Horatio G. Cooke era un famoso escapista de cuerda —explicó mientras trabajaba en el arma—. Era tan famoso que sus habilidades llamaron la atención de un hombre llamado Abraham Lincoln.

—¿Es en serio?

—Búsquelo. El presidente Lincoln estaba tan impresionado que hizo que dos generales y un senador ataran al joven Horatio, que entonces tenía apenas dieciocho años. Cuando Horatio se escapó, Lincoln le hizo una oferta para que trabajara personalmente para él en la guerra.

—¿Entonces fue espía de Lincoln?

—Oficialmente era lo que llamaban un explorador; pero sí, Horatio era ingenioso, un arma secreta, justo lo que Lincoln necesitaba en ese entonces. Poco después, empezó a trabajar para la Unión y cuando salvó a su equipo de exploración de la captura, él y Lincoln se hicieron amigos. Según lo que encontré en internet, la noche en que le dispararon a Lincoln, Horatio Cooke era una de las personas que estaban en el Teatro Ford... y uno de los pocos que hicieron guardia junto al lecho del presidente cuando murió.

—Nunca había oído hablar de él.

—Yo tampoco —confesó Nola, que ya había vuelto a armar la pistola. Jaló la corredera para asegurarse de que funcionaba—. Lo que hace que la historia sea incluso más memorable es que, después de que Lincoln murió, Horatio siguió haciendo magia, siguió trabajando para el gobierno y también se concentró en exponer a los médiums falsos. En la vejez, hasta se hizo amigo de un mago prometedor llamado...

—No me digas que Harry Houdini.

Nola seguía observando la pistola, como si Zig ni siquiera estuviera ahí.

—No podría inventar algo así aunque quisiera.

—Entonces, ¿me estás diciendo que Houdini y Horatio eran amigos en la vida real? —preguntó Zig.

—Amigos y magos. Y, por lo que sé, ambos viajaron por todo el país para denunciar a los que aseguraban que podían hablar con los muertos. Al parecer, los dos perdieron personas cercanas a ellos y nunca pudieron superarlo.

A su izquierda, Zig observó su propio reflejo encorvado sobre la vieja televisión curva del motel.

—Dijiste que el verdadero Horatio trabajó para Abraham Lincoln. ¿El verdadero Houdini tuvo alguna relación con presidentes?

Nola levantó la mirada de su pistola.

—Conoció a Teddy Roosevelt. También a Woodrow Wilson. ¿Por qué?

—Dijiste que Horatio era el arma secreta de Lincoln. ¿Houdini también era un arma secreta?

—¿Ahora cree que la Casa Blanca tiene un ejército de magos encubiertos? Está viendo demasiado History Channel.

—No digo que un ejército. Hablo de un solo mago, alguien cuya especialidad sea hacer exactamente lo que dijiste que este tipo Rowan Johansson, con el nombre clave Houdini, hacía para el ejército: hacer desaparecer los grandes problemas.

Nola pensó en eso. Zig también. Hace un siglo, el verdadero Horatio y el verdadero Houdini pasaban tiempo con los hombres más poderosos del mundo. Y ahora, hoy, estos Horatio y Houdini modernos los usaban como homónimos para mover montones de dinero y estaban decididos a ocultar despiadadamente lo que estuviera pasando en Alaska. Lo que sea que tramaran, definitivamente iban a ocultarlo...

—«El movimiento grande cubre el pequeño» —dijo Zig de repente. Nola volteó a verlo—. Es la frase de un mago —explicó Zig, y de repente recordó al presidente Orson Wallace apenas dos días atrás, durante su visita sorpresa a Dover, cuando fue al fondo del avión para cargar la caja con los restos de su amigo muerto. Todo el mundo estaba observando a Wallace, incluyendo toda la gente de Dover, pero nadie estaba viendo al amigo del presidente—. Abracadabra —murmuró Zig, pensando en su visita a la tienda de magia. Sacó su teléfono, abrió el buscador y tecleó tres palabras en Google: «Houdini» y «Nelson Rookstool».

«El movimiento grande cubre el pequeño».

—¿Y si...? —Zig empezó a hablar antes de haber formulado el pensamiento completo. Después, vio lo que apareció en la pantalla—. No lo puedo creer —añadió mientras pasaba las páginas y trataba de leer a toda velocidad—. Tienen todo... sus cartas, sus carteles..., incluso su... —Alzó la mirada hacia Nola—. Cuando Harry Houdini murió, ¿adivina qué agencia del gobierno se quedó con todos sus libros y sus papeles?

—La Biblioteca del Congreso.

—Espera, ¿ya lo *sabías*?

Nola asintió. Lo había investigado hacía días.

—«Tenía una de las bibliotecas más grandes del mundo en fenómenos psíquicos, espiritualismo, magia y el regreso de la muerte» —leyó de un sitio.

—No hay modo de regresar de la muerte —dijo Nola.

—Literalmente, no, pero piénsalo. Sabemos de un mago que trabajó para Abraham Lincoln. A partir de ello, parece que el verdadero Harry Houdini también trabajó encubierto para el gobierno. Entonces, si tú fueras el presidente y quisieras asegurarte de que nadie va a enterarse de tu programa secreto favorito, ¿lo pondrías en la Casa Blanca, en el Pentágono, o lo esconderías en una ubicación del gobierno menos vigilada, donde nadie jamás buscaría? —Nola empezó a dibujar otra vez mientras Zig buscaba en el sitio de la Biblioteca de Congreso—. Tal vez por eso Nelson Rookstool estaba en el avión. De hecho, quizá por eso el presidente lo designó —añadió Zig a toda velocidad—. Si el líder del mundo libre va a Alaska, todo el mundo lo observa, pero si el bibliotecario del Congreso va...

—Dedíquese a Horatio.

—¡Escúchame! Houdini donó sus libros a la Biblioteca del Congreso por una razón. ¿Y si esa es la base de la Operación Blueb...?

—¡Tenemos que concentrarnos en Horatio! —protestó Nola.

Zig se dio la vuelta. Nola tenía la cara roja y los puños cerrados. La Silenciosa Nola ya no guardaba silencio.

—¿No quieres saber qué es la Operación Bluebook? —preguntó Zig, confundido.

—Me importa una mierda. *A usted* le importa. Yo quiero a la gente que derribó el avión. Ya tengo a Houdini, entonces Horatio..., quienquiera que sea... ¡Asesinaron a siete personas! ¡Asesinaron a Kamille! ¡Estaban tratando de asesinarme *a mí*!

Los labios de Nola salpicaron saliva al hablar.

Zig se quedó parado a los pies de las camas individuales, observando cómo Nola recuperaba el aliento. Todo el tiempo que habían estado juntos, había sido experta en conservar la calma, pero ahora echaba humo.

En la aseguradora, Zig se había convencido de que en lo referente al asesinato de Houdini, Nola no había tenido opción. Había sido en defensa propia. Ahora, no estaba tan seguro.

—Nola, ya que planeas rastrear a este tipo Horatio, cuando finalmente lo encuentres, ¿qué planeas hacerle?

Nola no respondió; no era necesario.

Zig lo sabía. En el fondo, siempre lo había sabido. Para Nola, esto no se trataba de la Operación Bluebook o de una cortina de humo del gobierno o incluso de los inocentes muertos en ese avión. Se trataba de una venganza.

—Te lo digo de una vez —añadió Zig—. Matar a ese tal Horatio no resolverá nada. —Nola se quedó en silencio, mirando fijamente la pistola que acababa de ensamblar frente a ella—. Y, para que lo sepas, no te voy a ayudar a cometer un asesinato —dijo Zig.

No obtuvo respuesta.

Zig pensó en llamar a la policía, o a alguien del FBI, o quizá incluso al oficial al mando de la coronel Hsu, el general a cargo de Dover. Pero, en el fondo, Zig estaba consciente de la verdad incuestionable: como fuera que entregara a Nola, donde quiera que la encerraran, finalmente su nombre sería puesto en el sistema. Una vez que ocurriera, los tipos malos que la estuvieran buscando la encontrarían enseguida. Y *una vez que eso ocurriera*, donde quiera que Nola se ocultara, no sería un lugar del que podría salir. Nunca.

—Si tiene algo que decir, dígalo, señor Zigarowski.

—¿Por qué sigues aquí? —dijo Zig bruscamente. Ella apartó los ojos oscuros—. Quiero decir, ya te detuve el sangrado del hombro. Te sané. Incluso te conseguí una sudadera de las cosas perdidas de la recepción; es demasiado grande, pero sirve si te la pones. Todas las otras veces que te he visto, te vas lo más rápido que puedes. Incluso ahora, podrías haber salido, te podrías haber robado mi auto... o podrías haberte escabullido mientras limpiaba la sangre de tu abrigo. Pero, por alguna razón, sigues aquí, observando tu arma, que se quedó sin balas. Entonces, dime, Nola. ¿Por qué sigues aquí, soportando todas mis preguntas?

Nola tensó los pies y se tronó los dedos.

—Porque usted es el único que me puede subir a ese avión.

—¿Cuál avión? —Zig estaba confundido.

Con la mano derecha, Nola alzó la libreta de notas en la que había estado dibujando. La levantó para que Zig pudiera echar un primer vistazo a su bosquejo: el reloj Suunto. Nola lo había dibujado una y otra vez, cada reloj mostraba una hora digital, unas cuantas letras y un número de diez dígitos.

—¿Lo hiciste de memoria o lo copiaste? —preguntó Zig. Nola no respondió, pero conforme Zig observaba con más atención, pudo ver que las letras y los números eran diferentes; cada uno representaba su propia cuadrícula con base en latitud y longitud—. Tú sabes dónde está Horatio, ¿verdad?

La Silenciosa Nola no dijo ni una palabra, hasta que...

—Necesito que me ponga en ese avión, señor Zigarowski.

—Nola, no es...

—Por favor. Escuche. Yo sé dónde se esconde Horatio. Necesito que me ayude a llegar a Alaska.

68

Homestead, Florida
Hace diez años

Así era Nola a los dieciséis.

Era la mañana que había descubierto las viejas cartas. Royall estaba en la cocina hojeando una revista de individuos de elevados patrimonios que el señor Wesley le había dado (*¡Suéñalo para vivirlo!*) y comiendo su pan tostado con mantequilla de cacahuate. Se había despertado temprano, en domingo. Fue la primera señal de que había algo mal.

Nola mantuvo la cabeza agachada y abrazó a Duch en sus brazos. En la noche, el zorrillo había dormido a sus pies, incluso la había seguido dubitativamente al baño esa mañana, lo cual hizo que Nola sintiera una callada emoción y una sensación de amor que nunca antes había sentido. Trató de concentrarse en eso, con la esperanza de que quizá Royall permaneciera alejado.

—¿Qué quieres desayunar? —preguntó Royall con una sonrisa en la cara.

Esa fue su segunda señal. Estaba siendo agradable, tampoco se lamía los labios. No estaba borracho, no tenía resaca. Lo que fuera que Royall estuviera planeando, cualquier castigo que estuviera por venir porque Nola hubiera encontrado las cartas, iba a tomarse su tiempo.

—Pues... Creo que... Cereal, creo.

—Te lo preparo.

Royall agarró una caja de cereal, lo sirvió en un plato hondo y sacó la leche. Le sirvió un poco a Nola y un poco a Duch, que había saltado de las piernas de Nola y caminaba en pequeños pero significativos círculos alrededor de los bordes del tazón de leche.

—*Tch, tch, tch* —dijo Royall, en cuclillas haciendo ruidos para que el zorrillo se acercara—. Es para ti, tómatela. —Duch se quedó donde estaba, junto al tazón de leche, inclinando la cabeza con una expresión amarga de juicio.

—¿A dónde vas a ir hoy? —le preguntó Royall a Nola, observando todavía al zorrillo.

—A casa de una amiga —Nola sabía que no debía contarle a Royall sobre la maestra Sable—. Tiene juguetes y comida extra para Duch. También una cama para gatito.

—¿Ay, quieres una camita de gato? —le habló al zorrillo como un bebé—. Vamos, come... Qué rico —añadió, haciendo un movimiento hacia el tazón de leche.

Duch se quedó parado sin tomar un sorbo.

—Tal vez quiere queso. ¿Quieres queso? —dijo Royall acercándose al refrigerador.

—Tenemos que irnos —lo interrumpió Nola, que cargó a Duch y se dirigió hacia la puerta—. Al rato regreso.

Por lo general Royall no le diría adiós. Pero ese día...

—Disfruta el sol —anunció—. Está hermoso allá afuera.

Tenía razón. Afuera, el clima estaba increíble, el cielo de color azul pastel le recordó a Nola un *iceberg*. En el fondo, sin embargo, Nola sabía..., lo podía sentir en su alma. Sin importar cuánto brillara el sol, se acercaba una tormenta despiadada.

69

Mitchellville, Maryland
Actualmente

Nola le dijo que tenía hambre.

Con eso bastó. Dijo que quería una hamburguesa y Zig fue a buscarla, salió por la puerta para buscarle la cena.

Mientras Zig deslizaba un brazo en su abrigo, Nola estaba sentada en la cama, leyendo las noticias de Twitter, todas las de Washington D. C., en busca de alguna mención de la balacera o del hallazgo del cuerpo de Houdini en la aseguradora Powell.

—¿Todavía nada? —preguntó Zig.

Nola negó con la cabeza, viendo todavía la pantalla. Los dos sabían lo que estaba pasando. Para que una balacera permaneciera en silencio era porque, una vez más, alguien poderoso estaba trabajando para *mantenerla* en silencio.

—Voy a seguir buscando —dijo Nola mientras Zig salía.

Sin embargo, cuando la puerta se cerró detrás de él, Nola abrió un nuevo buscador, buscó en el directorio telefónico y apretó el botón que decía «encuentre gente». De ahí, metió un nombre en el que no había pensado en años:

Lydia Konnikova
Ekron, PA.

Una dirección y un número aparecieron rápidamente en la pantalla. «Misma dirección», pensó Nola. No le sorprendía.

Apretó el número. El teléfono sonó tres veces antes de que contestaran.

—Buenas tardes, habla Lydia —dijo una voz femenina baja y cansada.

—Señora Konnikova, le va sonar extraño y no estoy segura de que me recuerde, pero me llamo Nola Brown. Cuando era niña, usted era una de las mamás de las niñas exploradoras. Yo soy la que... —estaba a punto de decir «se cortó una parte de la oreja en el campamento».

—¡Nola Brown! ¿Eres la del papá que le gustaban las galletas de menta? —canturreó Lydia, a quien le había vuelto la vida a la voz.

—Exacto —dijo Nola, recordando la pelea que Royall había provocado después de que se comió doce cajas de galletas y descubrió cuánto costaba cada caja. Obviamente, se negó a pagar y les gritó a todos los involucrados hasta que una de las mamás pagó por las galletas sólo para que se callara.

—¿Cómo te va, corazón? ¿*Dónde* has estado? Por Dios, ¿cuánto tiempo ha pasado? —La buena noticia era que, por el sonido de su voz, la señora Konnikova no sabía que Nola supuestamente estaba muerta.

—Disculpe que la moleste tan tarde, señora —dijo Nola, ignorando la pregunta—. Me estaba preguntando si podía ayudarme en algo. Hace poco me encontré con Jim Zigarowski...

—¿Ziggy? ¿Cómo le va? ¿*Dónde* ha estado?

—Fue en un asunto de trabajo, señora —dijo Nola, preguntándose si la señora Konnikova decía algo más que preguntas—. No lo había visto en más de diez años. Para mi sorpresa me recordó enseguida. La cosa es que mientras estábamos poniéndonos al día, le pregunté por su hija Maggie y, bueno...

—Ay, cariño, ¿no sabías que había muerto?

—No, señora. Me sentí terrible, desde luego, pero más tarde esa noche, cuando traté de investigar qué había ocurrido, los registros del *Ekron Eagle*...

—En ese entonces no estaban en línea, ¿verdad?

—Eso es lo que estaba tratando de contarle, señora.

—Ay, vaya, ¿entonces *todavía* no sabes? ¿Nadie te contó?

—No quiero entrometerme en asuntos de otras personas, solamente no sabía a quién más podía llamar.

La señora Konnikova suspiró largamente.

—Tienes que comprender que fue cuando Ziggy y Charmaine seguían casados. Fue al último, desde luego, cuando las peleas se hicieron más fuertes. De hecho, ahora que lo digo, fue la peor parte, los gritos y los pleitos... —se calló.

Nola hizo una nota mental, sabía muy bien por qué se gritan las parejas de mediana edad, en especial antes de un divorcio. Tomó la libreta de notas del buró del motel y escribió una palabra «¿amorío?». Después, tachó los signos de interrogación. No le extrañaba, tomando en cuenta la última mujerzuela con la que Zig estaba saliendo y que Nola encontró cuando estaba revisando sus contactos en el teléfono.

—A lo que voy es —añadió la señora Konnikova— que no fue una buena noche para la familia Zigarowski. Hasta donde sé, los gritos se hicieron tan fuertes que, bueno... A las niñas de doce años no les gusta que sus padres se griten a todo volumen. Así que, sin decirle a nadie, la pequeña Maggie salió por la ventana de su habitación y se escabulló afuera.

—¿El señor Zigarowski supo que se había escapado?

—No durante horas. La habían acostado y pensaban que estaba dormida, pero a la medianoche, cuando vieron su cama vacía... Cualquier padre hubiera entrado en pánico.

Nola se aclaró la garganta, se inclinó sobre la libreta de notas y sintió la tentación de dibujar su vieja habitación. Decidió mejor no hacerlo.

—Bueno, cuando se dieron cuenta de que Maggie no estaba, lo único que hicieron fue llevar la pelea a un siguiente nivel. Ella ya se había escapado antes..., en otra de sus noches de pleito. Era tan buena para esconderse que a Ziggy y a Charmaine les tomó horas encontrarla. Una vez, estaba a casi dos kilómetros de distancia, escondida en el columpio del patio de un vecino. Así que ya te puedes imaginar la escena de esa noche: los dos corrieron por la casa gritando el nombre de Maggie. Charmaine culpaba a Ziggy por gritar tan fuerte; Ziggy culpaba a Charmaine por lo mismo. Después, él..., con la esperanza de encontrarla, tomó las llaves del auto y salió hecho una furia. No podía tener idea, ¿entiendes? —añadió la señora Konnikova bajando la voz, que se llenó de temor—. Estaba muy preocupado por su hija, decidido a encontrarla. Así que, en un ataque de furia, salió rápidamente al garage y se subió al auto. —La voz de la señora Konnikova se quebró cuando dijo esas palabras—. Pero cómo podía saber que, esa noche, Maggie se había escondido debajo del coche. Se había arrastrado hasta ahí en busca de silencio, llevaba tanto tiempo que se había quedado dormida.

—No —murmuró Nola, sin darse cuenta siquiera de que lo había dicho en voz alta.

—No es posible de que Ziggy lo supiera. No podía haberlo sabido. Estaba molesto, completamente asustado, era sólo un padre desesperado por encontrar a su hija desaparecida. Así que se metió al carro, se echó de reversa y cuando salió del garage...

Nola abrió la boca con la pluma flotando a unos centímetros del papel.

—Ay, Dios.

—Fue peor de lo que puedas imaginar. Según el sheriff Vaccaro, Maggie estaba... estaba, la declararon muerta en el acto. Me acuerdo de que me llamaron esa noche. Todos fuimos a la mañana siguiente con velas y flores, todos llevamos unicornios de peluche afuera de la casa porque a Maggie siempre le encantaron los unicornios.

Durante treinta segundos, Nola se quedó sentada con la boca abierta, repasando cada conversación que había tenido con Zig durante los últimos dos días, cada pensamiento que había tenido sobre él, volviendo a escribir y a colorear todo con esta nueva información.

—Llevo años sin verlo —dijo por fin la señora Konnikova—. ¿Cómo está?

Todo el tiempo, Nola había pensado que parecía triste. Definitivamente solitario. Pero ahora...

—Es más fuerte de lo que la gente cree.

—Por Dios, me acuerdo que era tan guapo, como un Paul Newman joven, con esos ojos...

—Aunque todavía se culpa —dijo Nola bruscamente.

—¿Podrías reprochárselo? En una terrible noche, toda su vida desapareció. Se quedó sin esposa, sin hija, hacía años que había perdido a sus padres también. El hombre pasó de tenerlo todo a no tener nada. Ya nadie lo buscaba. *Nadie*, como si los hubieran borrado. O sea, ¿te imaginas? —Nola sostuvo con fuerza el teléfono sin decir una palabra—. Además, incluso si puedes superar enterrar a un hijo, que, seamos honestos, es imposible —añadió la señora Konnikova—, incluso si uno pudiera, todos sabían que Ziggy seguía culpándose por todo..., por que Maggie estuviera debajo del auto..., por la pelea que la había puesto ahí..., incluso por que su esposa le pusiera los cuernos.

—¿*Su esposa*? —preguntó Nola mientras observaba la palabra «amorío» en su libreta—. Pensé que era él quien había tenido el amorío...

—¿Ziggy? Nooo, fue Charmaine, estaba viéndose con un antiguo amor de la universidad. Un muy buen partido de Philadelphia. Tenían asuntos importantes sin terminar y todo eso. Jacquie Segal dijo que oyó que por fin se iban a casar. ¿Pero Ziggy? Este planeta ya no hace gente tan necia y estúpidamente leal como él. No, en ese entonces, con respecto a su matrimonio, lo único que Zig hacía era culparse por no haberlo visto venir. Cuando trabajaba en la funeraria de aquí se involucraba tanto en las pérdidas de todos los demás que no se dio cuenta en absoluto de lo que él estaba perdiendo. Y, después, en un mal día, la vida que tenía se terminó —dijo Konnikova—. La verdad es que me da gusto oír que está bien. Aunque, superar lo que él vivió... Ay, Dios, para ser honesta, me preocupaba que se fuera a dar un tiro en la cabeza, ¿sabes?

Nola observó las marcas suaves que tenía en las muñecas y la herida que tenía en el hombro, que Zig se había pasado gran parte de la tarde cosiendo y sellando.

—Me da gusto decirle que su vida por fin está tranquilizándose.

—¿Crees que vuelvas a verlo?

Nola volteó hacia la puerta.

—No sé.

—Bueno, si lo ves, hazme un favor, dale un gran abrazo de todos nosotros. Recuerdo que la última noche, antes de que se mudara, íbamos a hacerle una fiesta de despedida y todos estábamos escondidos en el Bar 40, esperando para gritar «sorpresa». Sus viejos amigos le hornearon un pastel de Samoa, que era su favorito. Por supuesto, Ziggy nunca llegó. No lo culpo. En esos días lo único que esperaba era que pudiera perdonarse a sí mismo. Ha pasado suficiente dolor para merecérselo.

Veinte minutos después de ese momento, Zig regresaría al cuarto del motel con tres hamburguesas para los dos, más papás fritas y aros de cebolla.

—¿Todo bien? —preguntaría.

Nola iba a asentir con la cabeza, apenas levantando la mirada.

—Sólo tengo hambre.

70

Zig no podía dormir.

No le sorprendía. Incluso en una buena noche, en una buena habitación, en una buena cama, Zig nunca podía dormir en un hotel. Observaba el techo y sus pensamientos iban hacia otras celebraciones y pecados que otros fantasmas habían consumado ahí.

Esa noche, sin embargo, no estaba observando el techo. Miraba a Nola, que estaba profundamente dormida en la cama individual a su derecha. Dormía de lado, con el peso sobre el hombro a pesar del dolor que tenía que estar sintiendo. Sin embargo, su rostro estaba tranquilo y Zig se dio cuenta de que era el único momento en que la había visto con una expresión plácida. Cuando Nola estaba despierta, su cerebro estaba trabajando; sólo en el sueño parecía tranquila. Parecía más joven, como una niña.

A la una de la mañana, Zig seguía despierto, observando cómo la respiración de Nola subía y bajaba constantemente, igual que como observaba a Maggie cuando era pequeña, y no pudo evitar preguntarse si Nola tenía razón. Claramente, no se trataba sólo de un viejo campamento de hacía diez años. ¿Entonces, en realidad estaba ahí porque extrañaba a su hija muerta? ¿Realmente era tan simple, que mientras Nola estuviera a su alrededor podía sentirse otra vez como un padre? Si estuviera en su propia casa, perdido en su propia cabeza, Zig estaría en su patio trasero estudiando su colmena, con la cerveza usual en la mano. Entraría a Facebook para revisar el perfil de su exesposa. Los rituales son cosas buenas en la vida, todos necesitan algo con qué contar, en especial cuando sientes que nadie te comprende.

A sólo unos metros, el pecho de Nola se alzaba y bajaba otra vez con el ritmo de su respiración.

Algunas noches, Zig no podía soportar no ver la cara de su hija; otras noches, no había un mayor dolor que verla.

A unos metros, sobre el buró, estaban los restos de envolturas de las hamburguesas que habían cenado y un nuevo teléfono de prepago que Zig había comprado en la farmacia. Si quería, podía usarlo para entrar a internet, o por lo menos para entrar a Facebook. Incluso sin registrarse, podía ver la foto de perfil de su exesposa y su estado civil.

Si alguien estuviera buscando en línea, no podrían rastrearlo. Con un vistazo muy rápido, quizá Zig pudiera por lo menos dormir un poco.

«No —se dijo a sí mismo—, no seas tan...».

Zig tomó el teléfono de aspecto moderno. Lo abrió y se encendió. Lo único que tenía que hacer era poner el nombre de su exesposa en Google. Su página de Facebook era la tercera entrada que aparecía.

Zig observó a Nola. Su pecho subía y bajaba.

Cerró el teléfono rápidamente y lo regresó al buró. «Eso. Es la decisión correcta». Se dijo a sí mismo que no tenía nada que ver con Nola. Sólo estaba cansado de ser tan predecible, carajo.

Diez minutos después, cuando finalmente se durmiera, Zig tendría un viejo sueño que no había tenido desde hacía décadas, un sueño en el que manejaba su primer auto, un viejo Mercury Capri que olía a pelo mojado, mientras su abuelo estaba sentado en el asiento trasero, contando chistes rojos.

En unas horas, despertaría sintiéndose más ligero de lo que se había sentido en años, listo para superar cualquier cosa.

Ese sentimiento no iba a durar mucho.

71

Homestead, Florida
Diez años antes

Así era Nola a los dieciséis.

Se suponía que fuera una buena noche o, por lo menos, una noche fácil. Había pasado tiempo desde lo de las cartas y Nola había pensado que Royall ya lo había olvidado o, por lo menos, lo había dejado pasar.

Estaba esperando en la puerta de la entrada principal mientras Duch se frotaba contra la otomana de piel nudosa como si fuera una visita conyugal. Meses atrás, la policía había detenido a Royall en su auto. Él había pensado que ahí terminaba todo, por fin lo habían rastreado, tenía la cajuela llena con artículos de impresión, iban a arrestarlo allí mismo. Sin embargo, cuando el policía se asomó a su ventana, el oficial le explicó que simplemente lo había detenido por ir a exceso de velocidad en una zona escolar.

Justo ahí, Royall le había dado las gracias a Dios y había decidido cambiar. Iba a regresar a las ventas, a usar sus habilidades para construir un negocio del que pudiera sentirse orgulloso. Incluso tenía el producto: uno de los clientes del señor Wesley era vendedor de bocadillos y barras de granola. Los vendía de mayoreo a salas de descanso de oficinas y grandes negocios. «Si eres ambicioso, hay mucho dinero en eso».

Royall lo vio como su segunda oportunidad. En su último acto como productor de identificaciones falsas, había conseguido la otomana nueva a cambio de una tarjeta de seguridad social y un grupo de facturas de teléfono y de luz para el propietario de una tienda de muebles en Tampa. Royall pensó que hacía que la sala se viera elegante. Sofisticada. Cuando llegaran clientes potenciales, tenían que verlo así.

Sin embargo, Nola era bien consciente de que habían pasado semanas desde que habían visto algún cliente.

Esa noche, sin embargo, era diferente. Royall había pescado al pez más grande de todos, el sargento de suministro de la cercana Base Aérea de Homestead lo había presentado con su superior. Royall había ido a la base para cerrar el trato y, lo más importante, recoger el cheque. Uno grande. Según Royall, si las cosas salían bien, quizá el cheque más grande de todos. Tenía algo que ver con el comando del sur, con que iba a cubrir todas las bases militares de América central, Sudamérica y el Caribe, le había dicho a Nola la noche anterior.

—¿Sabes cuántas barras de granola necesitan? Es dinero como para cambiarnos la vida —había añadido mientras Nola escuchaba estas palabras y se imaginaba a qué parecían: una vida completamente nueva.

—Quizá tengamos que mudarnos más cerca de la base, ¡tendríamos nuestra propia alberca! —había dicho Royall.

Así que esa noche, cuando Royall se estacionó en la entrada, Nola estaba parada junto a la puerta principal esperando ansiosamente su llegada. No le interesaba Royall ni cualquier trato tonto con el ejército que estuviera buscando. Dios sabe que no le importaba ni siquiera el dinero. Claro, Royall había conseguido una buena vida vendiendo identificaciones a lo largo de los años, pero Nola nunca vio nada del dinero. Sólo le emocionaba la comida china que Royall iba a llevar a casa esa noche... y la ropa de tintorería que siempre traía junto con la comida.

Así es como Royall siempre actuaba cuando le pagaban. Durante semanas, la ropa para la tintorería se juntaba, era demasiado cara, pero cuando Royall entregaba una orden grande de identificaciones y licencias de conducir y el señor Wesley le daba su dinero,

Royall regresaba a casa con una gran sonrisa en el rostro, comida china en una mano y un montón de camisas frescas envueltas en plástico sobre el hombro. ¡Alaben al héroe! En las noches como esa, Royall no era una mejor persona, pero evitaba su crueldad durante algunas horas. ¿Y en una noche como esta? ¿El mejor negocio *de su vida*? Nola no se sorprendería si había comprado todo el restaurante chino.

—¡Llegó la cena! —murmuró burlonamente Nola a Duch cuando Royall pateó la puerta principal. Desde luego que entraba pateando. Tenía las manos llenas de comida y ropa de la tintorería. Por fin, Royall podría dejar al señor Wesley y construir un negocio adecuado—. ¡Ya voy! —gritó Nola. Duch alzó la cola para poner atención.

Sonriendo con esperanza, Nola abrió los cerrojos. Sin embargo, cuando la puerta se abrió de par en par, Royall estaba con las manos vacías.

Un sobresalto de miedo le recorrió la espalda y se apartó del camino.

Caminando fatigosamente y con los hombros caídos, Royall ni siquiera la miró. Parecía que ni siquiera estaba molesto. Estaba... nada. Era como si alguien lo hubiera vaciado.

No llevaba dinero. No había habido trato. Nada de comida china. Y, definitivamente, nada de cambiar de vida.

Cuando Royall llegó al sillón, se quitó el suéter y lo dejó caer al suelo. Después se derrumbó sobre los cojines con el torso encorvado como la letra C. Duch saltó a su lado. Por un momento, por la manera como su cuerpo se movía y respiraba, Nola pensó que Royall estaba a punto de llorar. Pero no lloró.

A lo largo de los años con él, en especial en los primeros días en ventas, Nola había visto que Royall hacía, cerraba y perdía tratos. Pero nunca lo había visto... Buscó la palabra. *Derrotado.*

—Puedo hacer la cena —dijo Nola por fin. Para entonces, se había reconciliado con el hecho de que él la había recogido tantos años atrás para tener a alguien que le cocinara y limpiara. Después, por una razón que no podía explicar, había decidido sentarse junto a él en el sillón. No se acercó. Sólo se sentó del otro lado de él, de manera que Royall quedó entre ella y Duch. Los tres se quedaron sentados un momento, mientras Nola buscaba algo que decir.

Por fin, él habló.

—Sí —masculló—. Ve a hacer la cena.

72

Dover, Delaware
Actualmente

Primero, necesitaba esconderla.

Zig sabía dónde. Apenas eran las cinco de la mañana y el cielo era un tintero. Habían dejado el motel hacía horas. Nola iba acostada en el asiento trasero mientras avanzaban por el centro histórico de Dover, no muy lejos de la corte de justicia. A esa hora, las pintorescas calles estrechas estaban vacías. Incluso la panadería Tiffanee no había abierto.

—¿Está seguro de que no tiene alarma? —preguntó Nola cuando llegaron a su destino.

—No tiene alarma —insistió Zig escabulléndose en el patio de una casa antigua de 1918. Con un porche principal amplio y faroles de carruaje antiguos, era el tipo de casas que se ven en una película, en una comedia romántica donde los personajes viven en un lugar que uno sabe que en la vida real no podrían pagar, pero no te importa porque también a ti te gustaría vivir ahí.

Nola observó la casa e inclinó la cabeza a un lado. Durante las últimas horas, Zig había mejorado en leerla. No le gustaba ese lugar.

—No te preocupes, va a ser rápido —dijo Zig cuando llegó al garage en la parte trasera. Tenía puertas de madera antiguas.

—¿Esto? ¿Por esto vinimos? —preguntó Nola.

Ahora fue Zig quien se quedó en silencio, tomó el cerrojo del garage y sacó una llave.

Nola observó la casa, lanzándole una de sus miradas atentas y largas. Todas las ventanas estaban a oscuras. No había manera de saber en qué estaba metiéndose.

—Aquí no vive nadie, ¿verdad?

Zig volteó hacia ella.

—¿Cómo es que...? —Negó con la cabeza, sabía que ella no iba a responderle. Giró la llave, el candado se abrió y Zig empujó las puertas del garage para revelar la parte trasera de un carro brillante, que al principio parecía una camioneta, pero cuando la luz de la luna le dio...

—¿Una carroza fúnebre? —preguntó Nola.

—¿Cómo sabes que aquí no vive nadie?

—El lugar huele a muerto. —Se volteó hacia la hermosa casa vieja y añadió—: Es una funeraria, ¿verdad?

—Una de las más viejas de Delaware. Tiene un letrero del otro lado de la casa. Cuando están ocupados, piratean aquí.

—¿«Piratea»?

—Cuando hay un gran desastre, como un accidente de tránsito con muchas muertes, una funeraria local se llena tanto que no pueden trabajar con todos los cuerpos. Así que llaman a un «pirata» —explicó Zig, usando el apodo de los embalsamadores itinerantes. Cuando Zig empezó a trabajar en la industria, fue así como obtuvo experiencia, yendo de una funeraria a otra, de una comunidad a otra—. El chiste es que cuando eres un pirata, pareces algo así como la muerte misma.

Nola lo miró fijamente.

—Siempre había pensado en la muerte como una mujer.

Zig asimiló esa frase.

—De cualquier modo, cuando es invierno en Medio Oriente, la temporada de guerra se detiene, así que hay menos caídos entre nuestras tropas. Cuando Dover se tranquiliza, a veces vengo aquí después del trabajo.

Nola volvió a voltear hacia el garage.

—Dígame por qué necesitamos una carroza fúnebre.

—Dijiste que Horatio está en Alaska. Revisé el calendario. El vuelo que llevó los cuerpos a Dover por fin regresa. Si quieres estar en él, tenemos que llevarte primero a la base.

—¿En Dover no detienen a las carrozas fúnebres?

—Claro que detienen a las carrozas. Es una base militar. Detienen cualquier cosa, escanean tus identificaciones... ponen un espejo abajo del carro..., abren la cajuela. Pero incluso cuando revisan la cajuela, hay un lugar que nunca revisan...

Dentro del garage, Zig jaló la cuerda de un foco. En frente de la carroza, en una base con ruedas, había una caja de dos metros de largo. Con recubrimiento color cereza. Placas de bronce antiguo. Un ataúd.

Parecía que Nola iba a dar un paso atrás, pero se mantuvo en donde estaba.

—Lo único que tienes que hacer es acostarte aquí —dijo Zig, alzando la tapa del ataúd y señalando adentro. El interior era de terciopelo color crema.

Nola estudió el ataúd durante diez segundos completos. Tenía los labios apretados en una línea delgada. Como siempre, tenía esa concentración penetrante, como si sus ojos fueran microscopios, capaces de ver a nivel molecular.

—Nola, si no puedes hacer esto...

—Sí puedo.

Comprometida con la causa, se metió en el ataúd y se acostó en posición de descanso, como si lo hubiera hecho antes.

—Cierre la tapa, señor Zigarowski. No me voy a perder ese vuelo.

73

Base de la Fuerza Aérea de Dover, Delaware

—¿Encontraron *qué*?

—Un dedo —dijo Zig. Mantuvo la voz baja, como si estuviera compartiendo un secreto—. Y un fémur.

En la pasarela, el joven sargento de cabello corto y negro y una nariz triangular hizo un gesto. Apenas tenía treinta, fácil de engañar.

—Eso es lo que pasa cuando se cae un avión —añadió Zig, todavía en voz baja. Echó una mirada sobre su hombro y revisó por cuarta vez que estuvieran a solas. Eran casi las seis de la mañana, el cielo empezaba a despertarse. Como cualquier base militar, en Dover se levantaban temprano, pero no tan temprano. Hasta donde sabía, nadie iba a estar observando—. Durante la búsqueda y la recuperación, vamos a encontrar restos humanos durante días.

El sargento observó las tres cajas de transferencia de metal que estaban ahí, cada una en un carrito industrial. Si hubieran estado transportando miembros del servicio caídos, las cajas estarían empacadas con hielo y cubiertas con banderas de Estados Unidos. Estas tres estaban descubiertas, parecían ataúdes de plata largos que brillaban al sol de la mañana.

—No sé cómo hacen esto todos los días —dijo el sargento. Su broche decía «Kesel»—. Pero se lo agradezco.

—Entonces, ¿puede ayudarme a subir estos a bordo? —preguntó Zig, empujando el carrito de metal y dirigiendo una de las cajas de transferencia de metal por la pasarela de asfalto.

No le gustaba ocultar así a Nola. Sin embargo, hace cuarenta minutos, cuando la bajó de la carroza hacia el edificio de la morgue y después la cambió del ataúd a una de las cajas de metal de embarcación, sabía que era la única manera de conseguirlo.

A cuarenta y cinco metros, un avión de transporte mamut C-17 estaba en la línea de vuelo, con la rampa de carga trasera abierta de par en par, esperando los últimos artículos. Los cuatro ventiladores aún no giraban, pero los motores estaban preparándose y hacían un fuerte sonido de taladro.

—Tome… necesita estos —dijo Kesel, buscando algo en su bolsillo y entregándole a Zig lo que el ejército llamaba «protección auditiva». Unos tapones naranjas de dos dólares para oídos.

Mientras Zig se ponía uno con una mano, usó la otra para golpear con los nudillos la parte superior de la caja de metal, justo donde había hecho unos agujeros para que entrara el aire. Un solo golpe, lo suficientemente fuerte como para que pudiera oírlo. Un código simple. «Casi estamos en el avión».

Zig sabía que Nola era demasiado inteligente como para responderle. No hasta que estuviera segura de que estaban solos.

—¿Entonces cree que va a haber más cuerpos en Alaska? —dijo Kesel, tomando los otros dos carritos y jalándolos. Estaba acostumbrado a ese trabajo. Como jefe de carga, se ocupaba del cargamento del avión.

—Ya nos enteraremos —dijo Zig, guiando el camino y revisando por encima del hombro por quinta vez. Observó cada ventana en cada edificio cercano. En el segundo piso de la morgue se encendió una luz. El doctor Sinclair de la oficina de la morgue estaba dejando su té matutino sobre su escritorio.

Incluso aunque Sinclair mirara hacia afuera, no había nada fuera de lo ordinario, por lo menos para Dover. Dos días antes, Kesel y su tripulación habían llevado por aire los cuerpos desde Alaska. Hoy, haría el viaje de regreso, con el avión con las cajas de transferencia vacías para cuando hubiera un siguiente desastre. Para las fatalidades masivas o algo como una caída del avión, también se enviaría un trabajador de la morgue para que ayudara con la recuperación y la limpieza, un detalle que Zig aprovechó al máximo a primera hora de esa mañana cuando cambió su papel con el de un compañero para estar en el vuelo de ida. Para evitar que alguien se enterara, no lo apuntó en el sistema. Quería estar fuera de vista. No dejar que nadie supiera que iba a llegar. La única pregunta era: ¿podía hacer lo mismo para Nola?

Hubo un chasquido de metal cuando las ruedas del carrito golpearon la rampa del avión.

—Déjeme... ayudarle —dijo Kesel—. Las cajas son ligeras. Sólo tenemos que llevarlas a bordo...

—Estoy bien —insistió Zig empujando el carrito y la caja de metal por la rampa. Las gruesas ruedas del carrito podían soportar doscientos kilos. Debería ser un ascenso fácil, si el ataúd estuviera vacío.

Zig observó la caja de aluminio. Mientras la rodaba, apenas se movió.

—¿Está bien? —le preguntó Kesel.

—Estoy bien. Me torcí la espalda hace unas semanas —dijo Zig, fingiendo una sonrisa y echando un sexto vistazo al edificio que tenían detrás. Se escuchó otro chasquido cuando llegaron a la parte superior de la rampa.

Dentro del avión, el espacio de cargamento estaba bastante vacío. Si estuviera agendado que un general fuera a bordo, subirían una caja con una oficina ejecutiva completa, con escritorios, sofás y un baño elegante. Si hubiera muchos pasajeros, añadirían una caja llena de asientos de aerolínea. Sin embargo, ese día, la parte trasera del cargamento tenía dos cajas llenas de suministros atados en su lugar. El resto del espacio estaba vacío, con excepción de otras tres cajas de transferencia de metal, alineadas una al lado de la otra, con los pies viendo hacia Zig en una formación meticulosa.

—Debe haber cuerdas...

—Las veo —dijo Zig, observando las cuerdas de nylon negras que sostendrían la caja en su lugar. Dentro del espacio de cargamento, el zumbido de los motores era aún más fuerte.

Con un movimiento rápido, Zig volteó el carrito, lo bajó al suelo y dio un jalón a las manijas de la caja de transferencia de aluminio. Seis ruedas de metal giraron la caja hacia él. Con la inercia se deslizó por el suelo y giró hacia su lugar, de manera que la cabeza de la caja de transferencia de Zig se alineó perfectamente con el pie de la caja que ya estaba en el avión.

Afuera, detrás de la parte trasera del avión, en la morgue, se encendió la luz de otra ventana. Las cortinas estaban cerradas, pero Zig sabía cuál era esa oficina. La de la coronel Hsu. Si se enteraba de lo que Zig estaba tramando...

«No pienses en eso. Sólo mantente en movimiento hasta el despegue», pensó Zig, ajustando y atando rápidamente la caja de Nola al suelo de metal para que se quedara fija durante el vuelo.

A su lado, Kesel hacía lo mismo, perdido en su trabajo.

Al ver a Kesel distraído, Zig golpeó dos veces la caja de metal. Dos golpes esta vez. «Ya en el avión».

—¿Necesita ayuda? —ofreció Zig, regresando la atención a Kesel, que ya estaba trabajando en la tercera caja. Con un jalón fuerte de las cuerdas de nylon, la ajustaron en su lugar y la aseguraron al suelo. Afuera, se encendieron dos luces más en la morgue. Hora de irse.

—¿Qué más necesita? —preguntó Zig, acercándose demasiado al espacio personal de Kesel.

—En realidad, tengo que subir —dijo Kesel dirigiéndose a la escalera que llevaba a la cabina de mando. A pesar del tamaño mamut del avión, el vuelo tenía una tripulación pequeña: piloto, copiloto y Kesel, el jefe de carga, que se detuvo frente a una pared de botones e interruptores. Apretó un botón y, con un sonido mecánico, la rampa de carga se cerró lentamente, tragándose el sol de la mañana. Los ojos de Zig aún estaban sobre el edificio de la morgue, que parecía encogerse conforme la puerta se cerraba. El interior se oscureció; se encendieron luces fluorescentes.

—Diez minutos para el despegue —dijo Kesel cuando el avión empezó a vibrar. El primero de los cuatro motores empezó a girar a toda velocidad—. Disculpe que no pueda ofrecerle un mejor asiento —añadió señalando los asientos plegables de la pared del casco—. Nuestro piloto es muy riguroso, pero una vez que ascendamos a tres mil metros y nos nivelemos, puede subir a la cabina de mando.

Cuando Kesel desapareció escaleras arriba, Zig fingió que revisaba sus pertenencias, incluyendo la bolsa de lona enorme del ejército que había subido más temprano al avión y que había atado con anillos metálicos al suelo. Adentro iba el abrigo de invierno de Zig, lleno de capas, además de todo su equipo de la funeraria, incluyendo bolsas, arcilla para modelar, maquillaje y, desde luego, sus bisturís y herramientas. También llevaba una guía de su destino real —el parque nacional y reserva ecológica de Alaska Wrangell-St. Elias—, no muy lejos de donde cayó el avión y todo esto comenzó.

Zig ya sabía que el parque era enorme, el más grande de todo el país. Sin embargo, según la guía, también era uno de los menos explorados, lo cual planteaba una pregunta que él aún no podía responder: ¿Qué hacía realmente el gobierno en la naturaleza de Alaska?

Según lo que Nola había dicho, y por lo que Zig se había enterado en la tienda de magia, la especialidad de Houdini era mover dinero, específicamente, dinero que se usaba para pagar a los inocentes cuando el gobierno accidentalmente se involucraba en sus vidas. Entonces, ¿eso era lo que había ocurrido en Alaska? ¿Había ocurrido un desastre durante la Operación Bluebook? ¿O Bluebook era el desastre? Cualquiera que fuera el caso, según Nola, sólo una persona tenía la respuesta. La persona que jalaba las cuerdas desde el principio: Horatio.

Afuera, el segundo motor se encendió, su ventilador estaba girando. No tardaría mucho ahora. En el asiento plegable y fingiendo que revisaba su guía, Zig abrió una página donde se presentaba fauna rara de Alaska, incluyendo una florecita azul diminuta que era tan venenosa que podía matar a una ballena jorobada. Arriba, hubo un fuerte sonido metálico cuando se cerró la puerta de la cabina. Kesel estaba finalmente adentro.

Apurándose hacia el casco, Zig se puso de rodillas y casi chocó contra la caja de transferencia de su extremo izquierdo. Dio tres golpes con los nudillos a la parte superior metálica. El código final. «Todo despejado».

Zig esperó una respuesta.

Nada.

Volvió a golpear la caja. Tres golpes. «Todo despejado. Responde si comprendes».

Nada aún.

—¿Nola, me escuchas? Golpea si me escuchas —murmuró Zig pegando la boca a los agujeros de la caja.

Otra vez, nada más que silencio, el cerebro de Zig empezó a calcular el poco aire que había adentro.

Los agujeros que había taladrado eran suficientemente grandes, «¿o no?».

74

Homestead, Florida
Diez años antes

Así era Nola a los dieciséis.

Le echó las cartas a la cabeza, todo el fajo. Ocurrió en medio de uno de los arranques de Royall, que inició cuando culpó a Nola por haber ponchado una llanta debido a una botella rota de whisky que había en el garage. No importaba que fuera él quien había dejado ahí la botella.

—¡Tienes que saber limpiar! ¡Ese es tu trabajo, negra! —gritó Royall.

Apenas había pasado una semana desde que Royall había perdido el trato de granola con el ejército. Había vuelto a hacer identificaciones falsas y documentos para el señor Wesley.

Nola estaba arrodillada con una bolsa de basura en la mano recogiendo pedazos de vidrio del garage.

—¿Sabes lo que me cuesta esto? ¡Era mi refacción!

Guap.

Ni siquiera vio de dónde salieron las cartas. Royall había buscado algo en el coche, ¿Las habría escondido en la guantera?, y después, a medio arranque, cuando su furia llegaba a la cima, golpeó con todo el fajo la nuca de Nola con las antiguas cartas de Barb LaPointe, que se esparcieron sobre el asfalto.

—¡No te atrevas a levantarlas! —gritó Royall, tratando extrañamente de patear las cartas, la mayoría de las cuales no fueron a ningún lado.

Al verlo, Nola estuvo a punto de reírse. Sin embargo, no lo hizo, no después de la última vez que Royall había pensado que ella se había reído de él. Sin embargo, al ver las viejas cartas, la recorrió una extraña sensación de alivio. Sabía que la iba a hacer pagar por haber encontrado las cartas; por lo menos, la espera había terminado.

—¿Crees que puedes revisar mis cosas? ¿Crees que puedes robarme de esa manera?

«No me robé nada», pensó Nola.

—¡No me mires así! ¿Tienes algo que decir?

Nola bajó la mirada recogiendo vidrios del garage, sabiendo que no debía responder.

—¿Sabes cuánto dinero me cuestas? Cuando esos ladrones de los LaPointe..., cuando te acepté... ¡No fue una fiesta! ¡Estaba haciendo mi mayor esfuerzo, pero me costó dinero! ¡Todo cuesta dinero! ¡Tener clase cuesta dinero! ¿No te he enseñado eso? —gritó, llevando todo a un nuevo nivel de ira, a un nivel extra, en el que gritaba tan fuerte que su voz se hizo áspera y se le abrieron las fosas nasales. Se le hinchó la red de venas que tenía bajo los ojos.

Nola sabía lo que venía después.

Con la esperanza de tener tiempo, recogió los últimos pedazos de botella del garage, una red de vidrios que se mantenía junta por el pegamento de la etiqueta y la tiró a la basura.

—¡Vamos... ahora! —gritó él, jalándola por la nuca y empujándola hacia la casa, al patio.

En el centro del patio, Royall dio una patada violenta a una alberquita de niños que estaba bocabajo y la lanzó sobre el pasto, como un platillo volador de 1950, para revelar el agujero que Nola había estado cavando desde que se mudaron ahí.

—Media hora, sin pausa —dijo con un último empujón que la puso de rodillas sobre la tierra—. ¡Sin descanso!

Al fondo del agujero había una pala, nueva, porque Nola había tirado la vieja y había dicho que se la habían robado. Royall le había pedido esta prestada a un vecino; ella sabía que él nunca la iba a devolver.

—¿Qué estás esperando? —añadió Royall, aunque ella ya estaba metiéndose al hoyo, que era tan largo como un ataúd.

También era lo suficientemente profundo, le llegaba a los muslos y habría sido más profundo incluso si la frecuente lluvia de Florida no lo hubiera vuelto a llenar por lo menos hasta la mitad cada vez que llovía. A Royall no le importaba. «Cuando te cavas un agujero, cavas para morir».

Durante la siguiente media hora, Nola hizo sólo eso. Palada tras palada. Ya no tenía ocho años, acababa de cumplir dieciséis. Cada palada de tierra era dura pero no imposible. Ahora tenía callos en las manos desde hace mucho y la memoria muscular se ocupaba del resto.

Cava... y arroja. Cava... y arroja. Cava... y arroja.

Veinte minutos después, apenas había reducido la velocidad. No es que no estuviera cansada, el sudor le escurría desde la nariz. Sin embargo, sobre su hombro, podía sentir que Royall la observaba desde la casa. No le iba a dar la satisfacción.

Cava... y arroja. Cava... y arroja. Cava... y arroja.

Veinticinco minutos después, el cielo se estaba oscureciendo y salió la luna. Una media luna. Nola no iba a alzar la mirada hacia ella. Desde que Royall le había dado la luna como regalo, la odiaba.

Con las últimas paladas, pedazos de tierra le habían caído sobre la nuca, sobre el cabello, sobre los brazos, estaba cubierta, pero por fin había terminado.

Miró otra vez hacia la casa. Royall ya no estaba.

Aventó la pala como una jabalina hacia la tierra y se sintió bien. De hecho, conforme la adrenalina le había llenado el cerebro, se había preguntado si, a pesar de lo jodido que estaba Royall, tenía algún propósito. Después de tanto cavar, su ira se había ido o, si no ido, por lo menos se había apaciguado. Recordó eso, que se llevaría con ella para siempre.

Regresó a la casa y vio que las luces de la cocina estaban encendidas, Royall había tomado un refresco. La televisión sonaba en la sala, ahora se estaba automedicando con lo más importante de los deportes y esperaba a que ella hiciera la cena. Ella lo tomó como una buena señal. No le gustaba que nada interfiriera con la cena.

De hecho, cuando la puerta del patio se cerró detrás de ella, el único pensamiento en el cerebro de Nola era que, quizá, esa noche podría ser incluso una noche tranquila.

No podía estar más equivocada.

Se detuvo a medio paso al ver la sombra del linóleo naranja que supuestamente debía parecer mosaico de terracota.

—¿Duch?

En el centro de la cocina estaba acostado su zorrillo, de costado. Tenía las cuatro patas extendidas de manera extraña, como si estuviera dormido. Pero... siempre dormía hecho un ovillo como una pelota.

—¿Duch...? —murmuró Nola y una sensación oscura ya le estaba comprimiendo el pecho.

El zorrillo no se movió.

—¿Duch, estás bien? —añadió, dando un aplauso con la esperanza de sobresaltarlo. Incluso antes de que escuchara el sonido, sabía la respuesta.

El zorrillo no reaccionó al sonido, no se movió. Se quedó acostado, paralizado de costado, con un peso que Nola nunca había visto antes, pero que reconoció de inmediato.

—No, no, no —rogó Nola, arrodillándose, y la tierra fresca cayó sobre ella cuando recogió al zorrillo sin vida con sus brazos. Su cuerpo estaba tieso, una forma de tensión que la tomó por sorpresa y lo volvió a bajar. Rebotó extrañamente sobre el linóleo, con los ojos bien abiertos, las pupilas abiertas y dilatadas.

No le importó. Volvió a levantarlo y lo abrazó contra su pecho, sabiendo que esta cosa sin vida que tenía en brazos ya no era su mascota. Era sólo una cosa y se odió a sí misma por pensarlo.

—Lo siento... Lo siento tanto —murmuró, de rodillas, balanceándose hacia adelante y hacia atrás, acunando el cuerpo de Duch.

En el rincón, su tazón de comida tenía unas cuantas moronas. Había terminado de comer.

Nola no lloró. Se había hecho esa promesa. Hubo un momento en que pensó que las lágrimas iban a llegar, pero pasó demasiado rápido, reemplazado por un sentimiento mucho más poderoso, una inundación de ira, de odio, *odio real*, que se extendió desde su estómago, invadiéndola a un nivel molecular.

Hubo un ruido a la izquierda. Volteó.

Royall estaba parado, como si hubiera estado ahí desde siempre, con los brazos cruzados sobre el pecho y el refresco en la mano, en el umbral de la cocina.

—Por Dios. ¿Qué pasó? —preguntó.

El mundo se volvió rojo. Con tan sólo verlo, Nola sintió que algo se hacía duro dentro de ella, pudo sentir algo elemental que se elevaba en su cuerpo.

—¿Duch está bien? —preguntó.

La mayor parte de los días, la especialidad de Nola era encontrar las cosas ocultas, las mentiras escondidas de todos los días. Pero ahí, en esa cocina, mientras abrazaba a su mascota muerta, Royall no ocultaba nada. Estaba justo ahí en su rostro. Tenía fuego detrás de los ojos y una sonrisa inconfundible.

—Nola, me siento terrible por ti. ¿Hay algo que pueda hacer?

Nola quería pelear, quería lanzarse sobre él, quería entrelazar los dedos alrededor de su garganta y apretarlo hasta que sus uñas le perforaran la tráquea y su vida desapareciera, y él fuera sólo una *cosa* tiesa, vacía, sin vida. Pero sabía lo que ocurriría con una pelea así. Ese día era una prueba. No estaba peleando contra un hombre. Royall era un animal.

—Dios, qué triste, ¿verdad? —preguntó él—. El mundo no es perfecto. ¿Por qué hay gente que cree que sí?

Ella no le respondió. Años después de eso, un psicólogo del ejército escribiría una nota en el expediente de Nola diciendo que sufría de un Desorden de Apego Reactivo, lo que ocurre cuando un niño no puede formar lazos por negligencia temprana.

Sin embargo, esa noche, la Silenciosa Nola se quedó ahí sentada, de rodillas, maldiciéndose por haber pensado que podía tener algo bueno y maldiciéndose aún más por haber llevado a la mascota cerca de Royall en primer lugar. Si no lo hubiera llevado a casa, aún estaría vivo.

Lección aprendida. Nunca iba a volver a llevar algo que amara cerca de esa casa otra vez.

75

Base de la Fuerza Aérea de Dover, Delaware
Actualmente

—Nola, estamos a bordo, todo despejado —murmuró Zig con los dientes apretados, inclinándose sobre los agujeros del ataúd. Se sacó los tapones de los oídos para no perderse su respuesta.

Afuera, hubo otro ruido fuerte. El tercer motor había empezado a moverse. Sólo faltaba uno más hasta que estuvieran a toda potencia.

—¿Nola, me escuchas? —añadió Zig, ahora más fuerte, con la boca pegada a los agujeros—. ¡¡Estás bien ahí dentro...!?

—Última revisión —gritó Kesel en el sistema de audio. Dos minutos para el despegue.

«La Silenciosa Nola. Es su *modus operandi*. Siempre silenciosa», se dijo Zig. Pensó otra vez en los agujeros de respiración. Eran lo suficientemente grandes. «¿Verdad?».

Detrás de él, escuchó un ruido en las escaleras. Kesel iba a bajar. Regresando rápidamente al asiento desplegable, Zig tomó la guía de Alaska y fingió que leía.

—Asegúrese de tener el cinturón puesto —gritó Kesel por encima del ruido, saltando el último escalón para la última inspección.

Zig se abrochó el cinturón de seguridad mientras estudiaba la caja de metal de Nola. «Está bien», insistió, recordándose que hay suficiente aire en un ataúd por lo menos para cuatro horas y media de respiración.

Kesel dio una vuelta por el casco, revisó todas las luces, todas las correas, todos los interruptores, todas las cuerdas del cargamento, más la línea de ancla que corría desde el techo.

En diagonal a él, al fondo del avión, Zig se percató de la puerta lateral con luces rojas y verdes arriba. «Salida de emergencia». ¿Era lo suficientemente ancha para una caja? Ni siquiera quería pensar en eso. «Ella está bien».

Hubo un último sonido cuando el cuarto y último motor empezó a girar.

—Lo veo a los tres mil metros —gritó Kesel, cerrando la puerta y regresando arriba.

En cuanto Zig estuvo a solas, volvió a correr hacia la caja. Hay que olvidar los estúpidos códigos. Golpeó fuerte la tapa de metal.

«Vamos, Nola... respóndeme».

Acercó la oreja a la caja.

Nada.

—¡Nola, si estás bien, di algo! —gritó directamente sobre los agujeros.

Aún nada.

¿Se habría desmayado?

Zig metió los dedos en los agujeros. Todo despejado. Incluso si no lo estuvieran..., hay aire suficiente...

Volvió a golpear la caja, más fuerte que nunca.

«Quizá estar en un espacio confinado..., quizá sí se desmayó. Si se desmayó..., aún va a estar bien. A menos... —ahora el cerebro de Zig estaba acelerado—. Pero si accidentalmente se voltea de costado...».

Negó con la cabeza, impidiéndose pensar en eso. Y después volvió a pensar en la imagen familiar que siempre le venía al cerebro cuando veía noticias sobre un niño ahogado o un niño pequeño al que le disparaban una bala perdida... o una niña que...

Zig cerró los ojos, pero no podía dejar de verla: la sirena roja que giraba y lo enceguecía. Estaba luchando para pasar entre la multitud, hacia esas puertas. Hacia las puertas traseras de una ambulancia. Las puertas parecían tan lejos y después, de repente, tan cerca..., lo suficientemente cerca para verlo: ahí. Colgando de la camilla, un brazo flojo. El pecho se le convirtió en hielo. Todos los padres conocen a sus hijos. Lo sabía hacía diez minutos, pero ahora... verlo otra vez, tan cerca... Era el brazo de su hija. El brazo de Maggie. Sólo por su color, el color gris, supo que no había esperanza.

Seguía empujando con los codos a la multitud, intentando acercarse. Nadie luchó en su contra, salvo al final, cuando llegó junto al paramédico alto y negro que no tenía posibilidad de detenerlo. Y después, Zig estaba parado sobre la camilla, luchando por respirar, como si sus pulmones nunca fueran a volver a contener aire. «No, no, no, no». Incluso ahora, Zig podía escucharse sollozar, rezar, negociando con Dios que él pudiera intercambiarse y ser el muerto.

—¡Nola! —gritó Zig, agarrando la caja de metal, soltando las cuerdas de nylon con una mano, los broches del costado con la otra. «¡Necesita aire! ¡Sácala!», apretó los tres broches finales al pie de la caja.

Clac. Clac. Clac.

Tomó la tapa de la caja de metal y jaló con los dedos. El cuerpo de Zig se balanceó cuando el avión empezó a moverse, empujándose hacia la pista. Aún tenía bastante tiempo para sacarla, para conseguirle ayuda.

De un jalón, Zig alzó la tapa y la echó hacia atrás para revelar...

Libros. Nada más que libros.

Confundido, Zig miró por encima de su hombro para observar el casco vacío. Volvió a observar los libros.

Había docenas, esparcidos como piezas de dominó caídas, libros de texto como *Uniformes modernos del Ejército* y *Objetos militares del siglo XX*. Eran de la biblioteca..., el librero alto justo al lado de donde estaban las cajas y los cajones de transferencia extra...

«Maldición».

Ahí es a donde Zig la había llevado cuando metió a Nola a Dover; había regresado la carroza fúnebre a Salidas y había sacado a

Nola de la caja para meterla en la caja de transferencia de metal que almacenaban ahí. Cuando Zig salió a revisar el avión, ella debió...

Otra vez. Lo había hecho otra vez. Zig azotó la tapa de un golpe y se reprendió por no haberlo visto venir, por no haber visto el gran movimiento o el pequeño. Debió haberlo sabido todo el tiempo. Era la única regla de Nola: Nola no cambia.

Agrrrr. El avión vibró y se sacudió, acelerando mientras corría por la pista.

Zig repasó las últimas horas en el motel la noche anterior y acomodó lentamente cada pieza en su lugar. Cuando Nola estaba revisando el reloj de Houdini encontró nuevas coordenadas. Desde entonces, sabía la debilidad de Zig. Su culpa y su sentimentalismo. Lo único que tenía que hacer era pedirle que hicieran equipo. Hacerle pensar que quería su ayuda.

Eso había sido suficiente. Nola no necesitaba que Zig estuviera en el avión o estar cerca de Alaska. No. Lo único que quería de él era que la metiera en el único lugar a donde podía llevarla, directamente a Dover. Y, por tercera vez, él había caído en su trampa.

El ruido de los motores era ensordecedor; sin embargo, cuando las ruedas del avión se separaron de la tierra y Zig cayó de rodillas, tratando de recuperar el equilibrio, no sabía qué le preocupaba más: que de alguna manera las coordenadas digitales del reloj fueran a Dover... o que quien Nola estuviera buscando se hubiera escondido ahí todo el tiempo.

76

—¡Ahí está! —dijo una voz femenina.

Master Guns giró los ojos cuando escuchó la frase favorita de su jefa. «Ahí está» había dicho, añadiendo una seña con el pulgar, cuando quería sonar en verdad entusiasta. Desde luego, cuando la coronel Hsu entró en su oficina, volvió a mostrarle un pulgar arriba con aún más entusiasmo. Hsu era una política. Si se estaba conduciendo con encanto era porque venían malas noticias.

Antes de que diera siquiera vuelta a la esquina, Master Guns se levantó de su asiento y se puso firme detrás de su escritorio con ambas manos a los costados.

—¿*De verdad*, Francis? —preguntó Hsu apretando su teléfono celular. Siempre llevaba en la mano el teléfono celular—. ¿Alguna vez he sido tan formal?

Master Guns se quedó ahí parado, firme como un lápiz. Era un infante de marina. Las costumbres y la cortesía aún significaban algo. La coronel Hsu era de la Fuerza Aérea. No le importó ordenarle descanso. Típico.

—Descanse, ¿está bien? ¿Eso te hace feliz? —preguntó Hsu.

—Sólo le mostraba respeto, señora.

Hsu descartó su cortesía con una mano, como si fueran viejos amigos. Sin embargo, Master Guns no necesitaba ser el jefe investigador de Dover para saber que no lo eran.

—¿En qué puedo ayudarle, señora?

—No estuviste en la reunión de ayer —dijo Hsu refiriéndose a la junta matutina de personal superior—. Tomando en cuenta todos los cuerpos que llegaron, tampoco presentaste un informe para la junta de esta mañana. Sólo quería asegurarme de que estuvieras bien.

—Disculpe, señora. No quería ofender a nadie. He estado ocupado con la investigación de Alaska.

—Me imaginé —dijo ella, añadiendo una sonrisa para mantener las cosas ligeras. Se sentó en el asiento del otro lado del escritorio y observó una bandera estadounidense antigua enmarcada que había en la pared.

—¿Del treinta y ocho? —preguntó después de contar las estrellas de la bandera.

—De 1876, cuando se añadió Colorado, mi estado natal —Master Guns respiró profundamente por la nariz—. Señora, si hay algo más de lo que quiera hablar...

—Me llamaron esta mañana. Por el avión que se cayó en Alaska. Imagínate, he estado recibiendo llamadas toda la semana, pero esta vino del jefe de gabinete de la Casa Blanca, ese molesto, ¿cómo se llama?

—Galen Gibbs.

—Galen Gibbs. Me llama cada pocas horas, buscando detalles.

—A mí me llama cada pocos *minutos*.

Hsu se rio y apartó la vista de la bandera.

—Entonces, puedes imaginarte mi sorpresa cuando Gibbs me llamó a las cinco y media de la mañana y me preguntó cuándo iba a entregarse el reporte final de la autopsia. No sólo el del bibliotecario del Congreso, sino también el de las otras víctimas del avión: Clifford Eddy, Rose Mackenberg y Amedeo Vacca. Los quería todos, dijo que aún no los habían clasificado. Qué raro, ¿verdad? Nuestros examinadores médicos por lo general son muy meticulosos al respecto. Pudieron haberlos clasificado de inmediato, pero no fue así.

Master Guns se quedó sentado en silencio con las manos juntas sobre el escritorio como una pequeña iglesia con su torre.

—Entonces, imagínate que mi sorpresa fue todavía mayor cuando le pregunté al doctor Sinclair por los informes... y me dijo que te los había dado *a ti*, Francis, que tú personalmente pediste los informes de todas las víctimas. Incluso el del bibliotecario del Congreso.

—Señora, esta es *mi* investigación. Tengo todo el derecho a ver esos informes.

—Entonces velos *después* de que se clasifiquen. Los puedes leer en línea como el resto de nosotros.

—Lo comprendo, señora. Entonces espero que usted también comprenda que por la manera como han estado ocurriendo últimamente las cosas, prefiero leer las fuentes originales antes que confiar en lo que está en línea.

—¿Qué quieres decir?

—Que estoy absolutamente cansado de hablar con eufemismos, señora. Los dos sabemos lo que me está pidiendo. Cuando el cuerpo de Nola Brown llegó de Alaska, ese cuerpo no era el de la señorita Brown. Y Clifford Eddy, Rose Mackenberg y Amedeo Vacca... esos no son quienes eran, ¿verdad? Usted lo sabía desde el momento que esos cuerpos se empacaron en hielo y se enviaron aquí. —Ahora era la coronel Hsu quien se tomaba las manos y estrangulaba su teléfono—. También, señora, en lo referente a una investigación abierta, usted sabe que no puedo hablar de mis descubrimientos.

Hsu iba a decir algo, se detuvo y volvió a comenzar.

—Francis, cuando la gente escucha que estoy al mando de este lugar, suponen que soy una persona seria, no hay humor en la muerte. Sin embargo, si he aprendido algo en Dover es que este lugar está lleno de absurdos. Los cadáveres se echan pedos. Cuando se embalsama a alguien, su pene se hace más grande. Uno tiene que poder reírse de algunas cosas. Pero ¿y ese tono de acusación en tu voz? No hay nada de gracioso en él, Francis. ¿Me escuchas? Si alteraste una palabra de esos reportes, estás rompiendo la ley.

—¿Entonces no tiene un problema con que el examinador médico clasifique reportes falsos? ¿Fue su idea o fueron órdenes de alguien más alto en la cadena de mando?

—Ya se lo dije, tenga cuidado con su tono, soldado.

—No soy un soldado, soy un infante de marina.

Hsu giró los ojos.

—Francis, ahórrame las fanfarronadas. Nunca debiste llevarte esos informes antes de que los enviaran a mi oficina.

—¿Yo? Usted es la que está interfiriendo con una investigación activa.

Se escuchó un timbre fuerte, el teléfono de Master Guns. Bajó la mirada hacia el identificador del teléfono. Conocía el número. También la coronel Hsu, que también lo estaba observando.

Prefijo 202-406. El Servicio Secreto de Estados Unidos.

—¿Por qué te están llamando? —preguntó Hsu.

Master Guns no le respondió.

Riiiiiing.

—Contesta —dijo Hsu.

Él siguió sin tocarlo.

Riiiiiing.

—Francis, contesta el teléfono *ahora*. Es una orden.

Riiiiiii...

El brazo de Hsu se lanzó como una cobra para apretar el botón del altavoz.

—Habla la coronel Ágatha Hsu. ¿Quién es?

—Terry O'Hara, Servicio Secreto —dijo una voz fuerte y decidida en el altavoz—. Busco al sargento Steranko.

—El sargento lo puede oír. Soy su supervisora. ¿En qué puedo ayudarle, agente O'Hara?

O'Hara hizo una pausa, pero no muy larga.

—Señora, no estoy seguro de que sepa sobre el asunto que hemos estado siguiendo. Ahora creemos que el sujeto ha logrado infiltrarse a pesar de la seguridad.

—¿Infiltrado dónde? —preguntó Hsu.

—En la base —contestó O'Hara—. Tenemos una movilización completa yendo en su dirección. Después de que activen la vigilancia y aumenten la seguridad, les recomendamos que cierren hasta que podamos localizar al objetivo.

—¿De qué...? ¿Cuál objetivo?

—Horatio, señora. Creemos que Horatio ahora está en Dover.

Desde lados opuestos del escritorio, la coronel Hsu y Master Guns se miraron uno al otro, confundidos.

Simultáneamente, preguntaron:

—¿Quién es *Horatio*?

77

Cuartel general del FBI
Washington D. C.

Amy Waggs estaba teniendo uno de esos días. De hecho, uno de esos años, desde que se había torcido la espalda cuando se arrojó por una tirolesa en ese estúpido crucero para solteros en el que la metió su hermana Kim.

A los treinta y ocho años ya debía saber que no podía escuchar a su hermana. O echarse por una tirolesa. Lo único que consiguió fue una hernia en un disco, cuentas de quiropráctico por cuatro mil quinientos dólares y un escritorio de altura ajustable que le quitaba la presión de la columna, pero que implicaba que estuviera de pie todo el día.

Apenas eran las seis de la mañana, su hora favorita del día, cuando la oficina estaba tranquila, cuando el cielo estaba oscuro, la mejor hora para pensar. Así que ahí estaba Waggs, con los codos sobre el escritorio de altura ajustable, abriendo un archivo tras otro, leyendo un informe de Dover tras otro, en busca del nombre que Zig le había dicho esa mañana.

«Horatio».

Tres días antes, cuando Zig la llamó para rastrear las huellas digitales de Nola, Waggs sólo estaba haciéndole un favor simple. Sin embargo, en algún lugar del camino, se había convertido en algo más que una cortesía para un amigo. Desde el inicio, el caso apestaba. Ella lo sabía. Las misiones encubierto ocurrían todo el tiempo. Para proteger la seguridad nacional, la CIA generalmente enmascaraba los nombres de las víctimas de Dover, de manera que los agentes y las fuentes no se revelaran. Sin embargo, esos casos tenían su propio ritmo, su propio patrón de revisiones y esclarecimientos gubernamentales. Se escribían informes. Se creaban archivos. Aquí no se encontraba nada de eso. Y tampoco ningún rastro de Horatio, se dio cuenta Waggs, que seguía buscando en la red interna de Dover.

Todavía nada.

Durante unos momentos, Waggs se quedó observando sin expresión el único tótem que tenía sobre su escritorio: una vela de soya de osos bailarines de Grateful Dead de su reunión de Chicago hacía unos años. Un regalo de su hermana mayor. Como habían crecido en Iowa rural, a la hermana de Waggs le encantaban los colores. A su hermano le encantaban los laberintos. ¿Pero a Waggs? A ella le encantaba unir puntos. Era un acto simple. Del uno al dos al tres al cuatro, siguiendo la línea de la que iba a surgir el dibujo completo.

En ese momento no era diferente.

Mover un cuerpo a Dover y de Dover... ¿Era difícil de hacer? En realidad no. Inclinándose hacia atrás y haciendo el estúpido estiramiento que el quiropráctico le había dicho, Waggs podía pensar en una docena de maneras distintas. Pero ¿cuál era el único patrón que seguía repitiéndose? En cada movimiento del ajedrez, a donde quiera que Zig fuera, alguien estaba ahí primero. Cuando Zig fue a revisar el cuerpo de Nola en Salidas, alguien ya había arreglado que se lo llevaran. Cuando Zig fue a la oficina de Nola, alguien ya estaba esperándolo. A donde quiera que se moviera, siempre sabían que Zig estaba por ir. Alguien les había avisado de antemano.

Durante la siguiente hora, Waggs había revisado la lista de todos los empleados de la morgue de Dover y la había cotejado con los registros de cada persona que había entrado y salido de Dover durante las últimas semanas. Había revisado los manifiestos de vuelo para ver quién había aterrizado ahí y después había vuelto a revisar esos mismos manifiestos para ver quién se había ido. Incluso había solicitado los registros telefónicos, en específico de la coronel Hsu y de Master Guns, sólo para estar seguros. Después había revisado todos los nombres para cotejar quién tenía relación con Zig, con Alaska, con la oficina de Nola en Fort Belvoir, con el Servicio Secreto, incluso con la mismísma Casa Blanca. Y desde luego, con ese nombre: *Horatio*.

A pesar de los puntos, no surgía ningún patrón. Hasta que Waggs buscó en el sobre que había estado en el borde de su escritorio. No tenía un timbre en la esquina. Lo habían entregado a mano, justo como lo había solicitado Waggs.

La envoltura de burbuja se rasgó cuando abrió el sobre. Adentro había un pequeño dispositivo negro hecho con hardware de *mil-spec*, el Colmillo, la máquina que Zig había usado cuando escaneó por primera vez las huellas digitales de «Nola».

—¿Te molestaría traérmelo? —había preguntado el día anterior cuando escuchó que un compañero del FBI iba a ir a Dover a un asunto.

—¿Les pasa algo a nuestros escáneres? —le había preguntado.

—Sólo necesita un ajuste —mintió ella.

Era un volado, de seguro, pero todos los días Waggs extraía la biometría de armas y artefactos explosivos de terroristas. Esa era su especialidad: lo que la gente dejaba atrás.

De pie frente a su escritorio, Waggs esparció cianoacrilato, superpegamento líquido, sobre la parte más lisa del escáner. Se pegó rápidamente a cualquier residuo de humedad que tuviera. Una luz de rayos ultravioleta hizo el resto, revelando lo único que esperaba encontrar y haciendo que se sintiera como Sherlock Holmes con su propia lupa.

Una huella digital. De hecho, dos.

Diez minutos después, Waggs estaba observando su pantalla, esperando la base de datos del FBI. En algún lugar, los servidores giraban a toda velocidad.

Dos fotografías aparecieron en la pantalla. La primera, como era de esperarse, era de Zig. Sin embargo, la segunda...

Waggs tragó saliva con fuerza.

«No. Es... No puede ser».

Pero sí era.

Waggs murmuró su nombre, apenas escuchando sus propias palabras.

«Horatio es... ay, mierda».

78

Base de la Fuerza Aérea de Dover, Delaware

Dino siempre empezaba con las M&M clásicas.

Eran sus favoritas. Era un purista, prefería las sencillas a las de cacahuate y, desde luego, a esas abominaciones con mantequilla de cacahuate o chocolate oscuro, o el desastre envuelto en azul, el pretzel M&M.

No, los M&M clásicos eran los mejores. Eso explicaba por qué Dino siempre los rellenaba primero en la máquina de dulces, en la máquina expendedora, en la tercera fila de arriba, al nivel de los ojos, en la posición central.

Después, añadía todos los dulces asesinos: Snickers, Reese's, Crunch, Twix, 100 Grand, barras de cereal, Skittles originales, Skittles ácidos, la menospreciada barra Take 5 bar, y en el último puesto de la derecha, los Kit Kat de chocolate blanco. ¿Por qué tener la misma máquina de dulces que todos los demás?

Después de dejar el último paquete de M&M clásicos en su lugar, Dino observó alrededor de la sala de descanso. Tan temprano por la mañana, la morgue de Dover estaba en silencio. Estaría así durante mucho tiempo.

Una por una, volvió a llenar cada fila, inclinando cada barra de chocolate hacia atrás, justo en la posición correcta. Si los dulces se inclinaban hacia adelante se atoraban en el resorte y en la máquina. En una base militar, con el temperamento de la gente, no era bueno para nadie.

Inclinándose para trabajar en la fila inferior, añadió unas barras extra de granola y proteína, las favoritas de la coronel, mientras tarareaba una canción, «If I Could Turn Back Time», de Cher. ¿Cómo demonios se le había quedado pegada en la cabeza?

Con un golpe y un giro de la llave, Dino cerró la puerta de la máquina y, como siempre, la probó. C5. M&M clásicos.

Rrrrrrr.

El resorte empezó a girar, la palanca de plástico en un extremo le dio un empujón final a los M&M...

Tuuuunk.

Dino se agachó y sacó los M&M. Era muy temprano pero... Vamos. Era lo mejor de ser el «Candyman». De hecho, lo segundo mejor.

Dino se metió unos cuantos M&M y se guardó el resto en el bolsillo, después reacomodó rápidamente las cajas en su carrito. Ese era el trabajo. Todos los días, regresaba lo que otros se habían llevado.

Dino se dirigió hacia el pasillo y optó por el camino largo, hacia las oficinas ejecutivas de la morgue, el hogar de los administrativos como Contabilidad y Recursos Humanos, que nunca veían cuerpos, pero también donde estaban las oficinas de Zig y Master Guns.

Zig ya estaba en el avión. Dino estaba seguro. En cuanto a Master Guns, la luz de su oficina estaba encendida, aunque, a juzgar por la puerta abierta, él no estaba adentro.

En el rincón, la luz de la coronel Hsu también estaba encendida. Su puerta estaba cerrada.

¿Tan temprano? Ella y Master Guns estaban adentro. Dino tomó una nota mental.

Para entonces, de regreso en el boliche, en el café Kingpin, ya estaría servida la primera jarra de café.

Echándose unos cuantos M&M más y tarareando todavía «If I Could Turn Back Time», Dino dirigió el carrito a través de la oficina hacia la puerta principal. Las pocas secretarias junto a las que pasó ni siquiera se molestaron en levantar la mirada.

Así era todos los días.

Nadie veía dos veces al Candyman.

79

Primero, Waggs llamó a Zig.

Nadie respondió.

Lo llamó otra vez.

Lo mismo. Directo al buzón de voz. Ni siquiera sonó el timbre, como si su teléfono estuviera apagado.

Después, Waggs llamó a Master Guns.

Lo mismo. No respondió.

Volvió a llamarlo.

Aún no le respondió, pero sonó tres veces. No iba a contestar.

Le mandó a Master Guns un mensaje de texto:

«¿Estás ahí?».

No hubo respuesta. Y después... aparecieron tres puntitos grises anunciando que Master Guns estaba respondiéndole:

«Estoy en una reunión. ¿Todo bien?», respondió master Guns.

«No. Emergencia. Llámame», le respondió ella.

«No puedo. Con la coronel y el Servicio Secreto. La base va a cerrar. ¿Estás a salvo?».

Waggs se quedó parada frente a su escritorio de altura ajustable, debatiendo sus próximas palabras. No tenía otra opción.

«Ya sé quién es Horatio» y apretó el botón de enviar.

Los tres puntitos grises aparecieron de inmediato, después desaparecieron y... su teléfono sonó, vibrando en su mano.

—Estás en altavoz —le avisó Master Guns cuando contestó—. Estoy con la coronel Hsu y el agente Terry O'Hara del Servicio Secreto de Estados Unidos. Decías de Horatio...

—¡Ya sé quién es! —insistió Waggs—. Encontré sus... Encontré sus huellas digitales en el Colmillo.

—Eso no significa...

—Revisé los registros de la entrada de Dover, para ver cuándo había entrado al edificio. Está ahí cada vez que Zig entra, se va siempre que Zig se va. ¡Lo ha estado vigilando todo el tiempo! —añadió, extrayendo una imagen de su celular y apretando «enviar».

Hubo una pausa y un zumbido cuando la imagen apareció en la pantalla del teléfono de Master Guns.

—Es él. ¡Ese es Horatio! —dijo Wags, observando aún la fotografía de empleado del único hombre que tenía acceso a todos los edificios de Dover, el único hombre que sabía todo lo que iba a hacer Zig.

Dino.

80

En Dover, la mayoría de los edificios tenían nombres. El ejército es organizado; prefiere los nombres.

Entonces, oficialmente, el edificio de la morgue era conocido como el Centro de asuntos funerarios Charles C. Carson. El museo militar donde Dover almacenaba docenas de aviones clásicos se llamaba Museo de mando de movilidad aérea.

Sin embargo, el edificio al que Dino se dirigía en ese momento con una gran caja de cartón con un logo de Snickers era el edificio 1303. Así era como se llamaba en los mapas oficiales de Dover. No obstante, quienes trabajaban en la base, le daban otro nombre: el cementerio.

Era un poco melodramático, desde luego. Sin embargo, cuando Dino volvió a ajustar la caja de Snickers y observó la camioneta todo terreno de las fuerzas de seguridad a la distancia, incluso él tuvo que admitir que era un buen nombre.

En 1978, durante la masacre de Jonestown, el predicador Jim Jones le pidió a sus seguidores que bebieran jugo de uva con cianuro y asesinó a más de novecientas personas, incluyendo a más de doscientos niños. Como Dover se especializa en fatalidades masivas, novecientos trece cuerpos fueron enviados ahí. Sin embargo, con un número tan grande, la única manera de almacenar los cuerpos era convertir una bodega metálica de la década de 1960 en una morgue masiva. El edificio 1303.

—¿Hay alguien en casa? —gritó Dino hacia las ventanas rotas

de la bodega, que estaban muy en lo alto. No le gustaba entrar ahí, a nadie le gustaba entrar ahí, no desde que los novecientos cuerpos de Jonestown estuvieron cubiertos con sábanas blancas y esparcidos en el suelo de concreto de la bodega. Cuando ocurrió, el entonces coronel de Dover dijo que necesitaban tiempo, que la gente finalmente lo olvidaría y el edificio podría volver a utilizarse de manera regular.

Casi funcionó, hasta hace una década, cuando un Galaxy C-5, el avión más grande del ejército en esos tiempos (de más de seis pisos de alto), despegó de una plataforma de Dover y misteriosamente se estrelló después en ese mismo lugar. Nadie murió en el avión. Todos dijeron que había sido vudú y le echaron la culpa al edificio 1303, uno de los lugares de Dover que la gente evitaba activamente.

—¿Hola...? ¿Hay alguien...? —volvió a llamar Dino, dándose la vuelta a un costado de la bodega y revisando una última vez por encima de su hombro.

La camioneta militar se había ido. Tan al sur de la base, sólo había campos de maíz largos y abandonados a un costado del edificio y algunos aviones estacionados del otro.

Apretando la caja de cartón entre su pecho y la pared, Dino buscó la perilla oxidada y la empujó. Sabía que iba a estar abierta, la había abierto hacía días.

—¡Entrega! —gritó Dino entrando e ignorando el olor metálico de monedas húmedas y viejas tuberías oxidadas. Adentro, estaba oscuro, habían cortado la electricidad hacía años y la única luz provenía de un tragaluz que no estaba tan alto como debería.

—Aquí atrás —gritó la voz de un hombre.

Dino observó a su izquierda, donde había un montón tras otro de camillas de la década de 1950, por lo menos dos mil, apiladas unas sobre otras, cada bulto de tres metros, que formaban unos muros disparejos y un laberinto que Dino fue siguiendo para adentrarse en la amplia bodega.

Después del 9/11, cuando comenzó la invasión a Irak, el gobierno estaba bien al tanto de que cada nueva guerra implicaba un aumento masivo de muertes de soldados jóvenes. Para hacer frente a la demanda, Dover obtuvo treinta millones de dólares para una nueva morgue, con diez millones en equipo de última tecnología. Sin embargo, cuando llegaron todos los nuevos artículos, todo lo de la vieja morgue, que databa de Vietnam y Corea, tuvo que tirarse. O, por lo menos, almacenarse donde nadie lo viera.

—Llegas tarde —dijo la voz del hombre.

—Estoy haciendo mi mejor esfuerzo —contestó Dino. Lo decía en serio. Toda su vida, Dino había trabajado duro, y sin embargo nunca había sido suficiente. En la universidad, apenas había pasado. En el colegio comunitario, había sido mediocre. Como valet, como director de una heladería, como empleado de Piercing Pagoda, incluso como entrenador en un gimnasio, se había esforzado, esforzado y esforzado. Incluso en ese momento, cuando trataba de mantener el paso, seguía tambaleándose. Dino era un tipo grande, con una panza grande, que se balanceaba cuando caminaba—. Espere..., eso no... ¿A dónde se fue? —dijo Dino cuando llegó a un callejón sin salida en un pasillo de estantería de metal de nueve metros que lo flanqueaba a ambos lados. Durante Vietnam, estos estantes tenían nuevos ataúdes, seis mil cuando la guerra llegó a su punto más álgido. Ahora, estaban llenos de viejos escritorios, lámparas y muebles de oficina abandonados.

—¿No le dije que este lugar era impresionante? —dijo Dino, dándose la vuelta por un pasillo diferente tratando aún de navegar por entre los montones de escritorios metálicos viejos, mesas de preparación de cadáveres maltratadas, carritos de ataúdes antiguos, botes de formaldehído de cincuenta galones, así como estantes de metal llenos de bisturíes, fórceps, tubos, separadores, cualquier herramienta funeraria en la que se pueda pensar, todos con olor a moho y podredumbre, todos cubiertos de lama y óxido, como si toda una funeraria de 1960 se hubiera empacado en una bodega para quedar en el olvido.

—Por cierto, tenía razón sobre Zig —gritó Dino con los brazos apretando la caja de cartón—. Según los registros de entrada, llegó a primera hora de la mañana. Conducía una carroza fúnebre, lo que significa que Nola probablemente regresó, ¿no? —Nadie respondió—. ¿Escuchó lo que dije? —añadió Dino, evitando una caja de madera enorme con la señal «Advertencia: cancerígenos» con letras rojas. La caja estaba llena de botellas de cristal de líquido para embalsamar—. Eso significa que Nola...

—¿Qué llevas en esa caja? —lo interrumpió una voz profunda.

Dino se dio la vuelta hacia un hombre con cabello gris ralo, cara picada y una cicatriz pálida que le partía el labio inferior en un zigzag blanquecino, que le habían abierto hacía años. Iba vestido con un uniforme militar de combate de camuflaje café y verde, y estaba de pie con los brazos en la espalda y desmenuzando a Dino con ojos codiciosos.

—¡Dios mío! ¡No haga eso! —gritó Dino—. ¡Odio las películas de miedo!

—En la caja. ¿Qué llevas ahí? —preguntó el hombre.

Dino dudó, pero no por mucho tiempo.

—Es para mi pago. Dijo que...

—Ya sé lo que dije. —De la espalda, el hombre sacó un sobre de manila lleno de dinero—. Si te hace sentir mejor, hiciste lo correcto.

Dino tomó el dinero y se dio la vuelta para estudiar el sobre y evitar el contacto visual. No le gustaba lo que había hecho, pero, en ese punto, no tenía otra opción, no con todas las deudas bajo las que estaba enterrado.

Había comenzado seis meses antes, cuando su viejo jefe de Piercing Pagoda le dijo que tenían una oportunidad para levantar la cabeza: una nueva compañía de tubos de PVC, cuyo filamento se usaba para hacer impresiones en tercera dimensión. «¡Un milagro! —lo llamaban todos—. ¡Algo que te cambiaba la vida!». Dino lo había investigado; todo estaba bien. Juntos, podrían comprar la distribuidora para toda la costa este.

Era la oportunidad de Dino; su oportunidad de abandonar las máquinas de dulces, de salir del boliche..., su oportunidad de salir de la sombra de Zig y construir finalmente algo por sí mismo, algo con lo que Zig no tuviera que ayudarle. Lo único que tenía que hacer era reunir el dinero: sus ahorros, una segunda hipoteca más los veinte mil dólares que le pidió prestados a su corredor de apuestas. Desde luego, era un riesgo, pero ¿qué gran recompensa venía sin riesgo? Esta era la oportunidad de Dino.

Desafortunadamente, también era una estafa, una que le sacó a Dino casi doscientos cincuenta mil dólares. Durante meses, pensó que iba a poder salir de esta. Después, le quitaron el auto. Le dijo a Zig que estaba en el taller. Luego, el corredor de apuestas le mandó un tipo que llevaba una navaja de afeitar de oro alrededor del cuello. Unas cuantas veces, Dino sintió la tentación de pedirle ayuda a Zig, pero por Dios, se había pasado toda la vida pidiéndole ayuda. Al final, los bancos habían dejado de llamarle y habían empezado a tocar a su puerta. Amenazaron con quitarle la casa, sus sueldos. Después incluso fueron detrás de la cuenta conjunta que su abuela le había pedido que firmara para que Dino pudiera ayudarle a pagar su renta y sus servicios. ¡Tenía noventa y tres años! Si le quitaban esa cuenta, la abuela Ruth estaría en la calle.

Entonces, cuando un hombre se acercó a Dino y le ofreció pagar sus deudas, Dino sabía que tenía que haber una trampa. Y la había. Lo único que tenía que hacer era decirle al hombre qué hacía Zig y qué tramaba. «¿Está loco?», le contestó Dino. De ninguna manera, nunca jodería a su amigo.

Así fue, hasta que el hombre le explicó que no quería lastimar a Zig. Sólo quería información: dónde estaba Zig en la base..., con quién hablaba. En cualquier caso, tomando en cuenta a la gente que Zig estaba investigando, le salvaría la vida. Lo más importante, le explicó el hombre, era que si Dino no le ayudaba, iba a encontrar alguien más que lo hiciera.

Dino no pudo discutir con este último punto. Por lo menos de esta manera, Dino podía vigilarlo todo, controlar la situación y mantener a Zig a salvo. ¿Se sintió mal cuando tuvo que golpear a Zig en la cabeza? Desde luego. Se sintió terrible. Sin embargo, en ese punto, Dino no tuvo otra opción que tomar los artículos de Kamille de la habitación y asegurarse de que Zig no lo viera. Mantener a Zig en la ignorancia significaba mantenerlo a salvo. Además, con la entrada de dinero, Dino podría pagar sus deudas, conservar su auto y su casa y las cuentas de la abuela Ruth. Todos sus problemas económicos desaparecerían. Como magia.

—¿Escuchó lo que le dije de Zig y la carroza fúnebre? —preguntó Dino bajando la mirada mientras sostenía el sobre de dinero, sintiendo la tentación de abrirlo. Sin embargo, de alguna manera, sentía que era grosero—. Le estoy diciendo que Nola va en ese avión a Alaska.

—No —dijo el hombre tranquilamente—. No es así.

Había algo en la voz del hombre, algo que casi hizo que Dino se diera vuelta. A pesar de eso, no lo hizo.

—¿Cómo sabe?

Esas serían las últimas palabras que Dino pronunciaría jamás.

A espaldas del hombre, no vio que sacara su pistola. Tampoco escuchó que metiera una bala en la cámara. Estaba demasiado ocupado metiendo el sobre en su caja de cartón de snickers, felicitándose por haber elegido un escondite tan bueno.

—Dino... —dijo el hombre.

Siguiendo el sonido, Dino observó sobre su hombro. Ya tenía la pistola en la sien, el ángulo perfecto para que quien encontrara el arma, junto con una pila de cuentas pendientes... Incluso los mejores investigadores estarían convencidos de que había sido un suicidio.

Fttttt.

Un agujero negro de bordes disparejos apareció en la sien de Dino, las quemaduras le marcaron la piel. La cabeza se inclinó hacia un lado, en el sentido de la bala, seguida por su torso, después todo su cuerpo, todo su peso cayó a un lado como un árbol caído.

Tuuuuud. Cuando Dino tocó el suelo de concreto, un solo chorro de sangre se escurrió como una pequeña cascada por su sien, por el costado de su nariz. Después otro. Eso fue todo.

Por un momento, el hombre con la cicatriz de zigzag pálida se quedó ahí parado. No estaba observando a Dino. Observaba justo al frente, hacia la bodega.

—Yo sé que estás ahí —dijo.

Nadie contestó.

—¿Crees que soy tonto? —añadió el hombre—. Seguiste a Dino hasta aquí, ¿no, Nola?

Hubo un ruido a su izquierda. Un chasquido. Como una pistola al amartillarse. Detrás de una pila alta de escritorios de 1950, Nola estaba de pie apuntando al hombre con su arma.

—Con que Horatio, ¿verdad? —preguntó Nola—. ¿Así es como te llamas ahora?

El hombre se rio, una risa profunda y fuerte que provenía de lo hondo de su barriga. El hombre que sabía de identificaciones mejor que nadie.

—No seas tan formal, Nola. Ya sé que ha pasado mucho tiempo —dijo Royall con su sonrisa lobuna—, pero tú todavía me puedes decir papá.

Homestead, Florida
Diez años antes

Así era Nola a los dieciséis, el día en que estuvo a punto de no llegar a diecisiete.

Royall gritaba por la mayonesa.

—¿La probaste? ¡Está descompuesta! ¡Se echó a perder! —gritó con el sándwich en el puño, empujándolo hacia la cara de Nola. Ella trataba de recoger las cosas del almuerzo con la esperanza de salir de ahí. Cuando olió el sándwich, se echó para atrás—. Lo hueles, ¿verdad? ¿Así huele esta mierda y de todas maneras me la serviste? —Nola evitaba hacer contacto visual y se concentraba en recoger las migajas del mostrador—. ¿Por qué me lo serviste si olía así? —Nola permaneció en silencio—. ¡Respóndeme!

Nola se detuvo. Él volvió a preguntar.

—Antes olía bien —murmuró por fin.

—¿Bien? ¿Tú crees que *esto* está *bien*? O mejor aún... —Royall abrió el refrigerador, sacó un bote de mayonesa, un bote enorme de mayoreo que llevaba en el refrigerador la mayor parte del año, lo abrió rápidamente y lo acercó a la cara de Nola.

Una vez más, ella se apartó del olor.

—¿Crees que soy un imbécil? Lo hiciste a propósito, ¿verdad? —preguntó Royall, que llegó al siguiente nivel—. ¡Tú ya sabías que estaba echada a perder y me la serviste! —Nola negó con la cabeza, pero era verdad. Había pensado que la mayonesa estaba descompuesta. Era una pequeña victoria, pero le bastaba. Como cuando escupía en la mezcla de sus hotcakes todos los domingos—. Muy bien, listilla; si está lo suficientemente buena para mí, entonces también lo está para ti —insistió Royall. De la barra, tomó un contenedor de utensilios de cerámica, lo volteó y tiró dos batidores y un rallador de queso.

Del recipiente, sacó una cuchara de madera, raspó el interior del bote y sacó un montón de mayonesa, como una bola chorreante de helado. La acercó a la cara de Nola.

—Vamos, si crees que está buena, pruébala. —Nola mantuvo la cabeza agachada y trató de esquivarlo—. ¡Pruébala!

Nola tiró un manotazo.

—¡Quítate! —dijo bruscamente, arrepintiéndose al momento.

Enseguida, Royall la abofeteó tan fuerte que le salió sangre de la boca. Ya conocía el sabor. El sabor ferroso de la sangre no era nuevo para ella.

Ella mantenía la compostura.

Él la tomó de la garganta.

—Dije. Que. La. Pruebes —gruñó mientras le apretaba el cuello y acercaba lentamente la cuchara de mayonesa a sus labios, como si alimentara a un bebé.

La nube de mayonesa olía a podrido y se veía más densa y amarillenta de lo que debería. Nola sacudió la cabeza hacia adelante y hacia atrás, con los labios apretados.

Royall la sujetó de la garganta y con un empujón violento hacia atrás, media docena de cucharas de madera y el rallador de queso cayeron al suelo. Royall la alzó sobre los dedos de los pies. Nola no podía respirar. Tenía la cara roja como un tomate.

—Cómetela —dijo en un murmullo; su aliento se equiparaba al olor del montón grumoso de mayonesa que ahora le tocaba los labios a Nola.

No tenía otra opción. Abrió la boca para respirar. La mayonesa rancia pasó entre sus labios y Nola sintió que le cubría los dientes y después el paladar. Tragó con fuerza usando la lengua para pasársela. Era como comer un pudín de huevos descompuestos.

—Todo —dijo Royall, que todavía la tenía agarrada de la garganta.

Tuvo una arcada con el primer bocado, después otra, todo su cuerpo se sacudió violentamente.

—No te atrevas a vomitar.

Demasiado tarde.

El rocío denso del desayuno de salami de Nola atravesó el aire. Royall se hizo a un lado justo a tiempo. Aterrizó como un Jackson Pollock en el linóleo de la cocina.

Al verlo, Royall apretó los puños.

—¿Crees que ya terminaste? —gritó.

Ella trató de huir.

Él la tomó del cabello, luego de la nuca, y dobló su cuerpo hacia adelante como si estuvieran jugando limbo. Nola se quedó sin equilibrio e iba a caerse. Royall la aferró con fuerza, le dio vuelta y la obligó a ponerse de rodillas. Le empujó la cara hacia el suelo hasta que su nariz quedó a unos centímetros del vómito.

—Dije *todo*.

Nola se resistió y trató de alzar la cabeza.

Royall la mantuvo donde estaba. Nola temblaba, el olor de la bilis le hacía llorar los ojos, le corrían mocos de la nariz.

—¡*Todo*! ¡Lámelo! —insistió Royall.

Y después, Nola murmuró la única cosa que no había dicho en diez años.

—No.

Pronunció la palabra para sí misma, pero Royall pudo sentirla, pudo percibirla, aunque no pudiera oírla.

—¿Qué acabas de...?

Royall no terminó la pregunta. En el suelo, mientras sus mocos se escurrían sobre el vómito, Nola alcanzó el rallador de queso. Lo tomó con el puño y lo balanceó hacia atrás con todas sus fuerzas. El rallador de metal alcanzó a Royall en la cara. Le abrió el labio inferior y le arrancó un pedazo de piel que le cayó de la mandíbula. Tendría esa cicatriz de zig zag para siempre.

—¡Noooo! —gritó Royall, Nola estaba encima de él.

—¡No me puedes tocar! ¡Nunca me puedes volver a tocar! —gritó Nola mientras le rasguñaba la cara, la garganta, los ojos; todavía le corrían mocos de la nariz. Una ráfaga de golpes esparcieron la sangre de la mejilla de Royall y le cubrieron los puños. Incluso lo pateó en la rodilla izquierda; recordaba que se la había torcido algunos años atrás. En cuestión de segundos, una década de rabia hizo erupción y la inundó. Por un momento, pensó que había ganado. Pero Nola no había recibido entrenamiento para pelear, y cuando estaba a punto de soltar otro golpe...

Royall le plantó el puño robusto justo en el ojo izquierdo. Ese solo golpe volvió negro el mundo de Nola, después brillante de estrellas. Voló hacia atrás, se golpeó contra el lavabo y cayó al suelo. El rallador de queso salió volando. No podía oír nada. Royall ya la había golpeado antes, pero nunca con tanta ferocidad.

—¡Estás muerta! ¿Me oyes? —gritó; un rugido con saliva salió volando de sus labios. En un momento, tomó a Nola del cabello y la arrastró para levantarla. Tenía los ojos oscuros, como si ni siquiera estuviera ahí.

Nola pensaba que ya había visto todos sus niveles. Pero nunca había visto este. No maldecía, no gritaba, ni siquiera le decía negra. No. Simplemente, estaba en silencio.

Royall la agarró de la nuca y la empujó hacia la puerta del patio trasero, usó la frente de Nola para abrir la puerta y la arrojó afuera. Sus pies se arrastraban sobre el pasto mientras se dirigían a...

Claro.

Royall lanzó la alberquita infantil del otro lado de patio de una patada de furia, pero en lugar de gritarle un tiempo a Nola —«quince minutos, veinte minutos..., media hora»—, Royall la aventó al agujero.

Nola aterrizó de costado, con el hombro en llamas, dislocado.

—Acuéstate.

—Royall...

—¡*Acuéstate*! —gritó. Su voz resonó en el patio.

Nola se acostó, consciente de lo que pasaría si no lo obedecía. A Royall seguía saliéndole sangre de la cara.

—Royall, por favor, por favor, no lo hagas.

Ya había empezado a hacerlo, se metió al hoyo detrás de ella para agarrar la pala.

—Si te mueves, te voy a enterrar esto en el corazón —dijo con frialdad, parándose sobre ella y apretando la punta de la pala contra el pecho de Nola—. ¿Entiendes?

Ella asintió, bocarriba, con el hombro ardiendo.

Royall salió del agujero y deslizó la pala bajo un montón de tierra fresca que había a los pies del hoyo superficial.

Ella quería gritar, quería llorar. «¡No!». Ni siquiera él sería capaz de hacerlo.

Alzó la pala cargada al aire y no se detuvo, arrojó la tierra sobre Nola.

Cuando la tierra cayó sobre ella, tosió, jadeó, trató de protegerse la cara. Podía sentir que se pegaba al chorro de mocos que tenía debajo de la nariz. Percibió el olor mohoso de la tierra. No le tomaría mucho tiempo cubrirla.

Royall volvió a cargar una palada de tierra.

Nola lo miró, rogando. Él bajó la mirada, la vio directamente a los ojos, sin parpadear, como si no hubiera nadie dentro de su cabeza.

Con un giro de las muñecas, tiró otra palada sobre ella. Y otra. Y otra.

Nola cerró los ojos y escupió entre cada palada de tierra. Primero le cubrió las piernas, después la cintura, la pesada sábana de tierra se sentía como de mil kilos.

Tenía que huir. «¡Huye ahora!».

—No te muevas —le advirtió cuando empezó a retorcerse.

«No va a terminar. Ni siquiera él está tan loco —se dijo Nola—. Sólo quiere dejar claro su punto». Sin embargo, después pensó en todos esos años atrás, la primera noche de cavar, en Carolina del Sur. Él se lo había dicho desde el principio: estaba cavando su propia tumba.

Un montón de tierra le golpeó el pecho mientras se cubría los ojos. Hizo un cuenco con las manos para hacerse un pequeño bolsillo de aire frente a la cara.

Otro montón la golpeó.

Estaba escupiendo, ahora tenía la respiración pesada. Sus pulmones estaban a punto de estallar. «No..., no hiperventiles...».

Un montón de tierra la golpeó en la cintura. Luego otro en el cuello.

Desde que se mudaron ahí, le había tomado la mayor parte del año cavar ese agujero. A Royall le tomó menos de cinco minutos llenarlo.

Ahora, Nola estaba cubierta hasta el cuello.

Royall enterró la pala contra la tierra y arrojó los últimos montones.

Nola seguía con las manos en frente de la cara. Pensó en rezar, pero hacía mucho que sabía que no iba a obtener respuesta. En cambio, se fue a un lugar diferente, se trató de imaginar un lugar mejor que este. No era difícil. Podía verlo en su mente, diciéndose las palabras por primera vez. «Mongol... Faber... Staedtler... Ticonderoga... Swan».

Otro montón la golpeó, justo en las muñecas.

«Mongol... Faber... Staedtler... Ticonderoga... Swan».

Y después...

El siguiente montón de tierra nunca llegó.

Royall se quedó ahí de pie.

—¿Ya tuviste suficiente? —le preguntó.

Nola tenía las manos temblorosas. Las alzó para permitir que entrara la luz. Volvió a escupir y parpadeó para quitarse la tierra de los ojos.

Apenas podía ver a Royall. Él estaba de pie al borde del agujero.

Nola alzó la cabeza para verlo mejor. Le escurría sangre de la barbilla y su labio inferior parecía despegado de su cara.

Abajo, en el agujero, Nola estaba cubierta hasta el cuello con la cabeza libre. Tenía tierra en las orejas, en la nariz, en los dientes, en el cabello. Otra buena palada y estaría completamente cubierta.

—Es mejor que sepas cuál es tu lugar —le advirtió Royall en voz baja y firme, arrastrando las palabras por el labio cortado—. ¿Entiendes?

Los labios de Nola también estaban amoratados. Su respiración era pesada, entrecortada; se esforzaba por mantener la tierra fuera de su garganta.

—¿Entiendes? —repitió él.

Ella asintió una y otra vez.

—Lo siento... Lo siento mucho —jadeó, y lo decía en serio.

Con un movimiento de las muñecas, Royall le echó una última palada de tierra en la cara. No lo suficiente para cubrirla. Sólo para recordarle las consecuencias.

Ella escupió la mayor parte de la tierra con la cara todavía cubierta de mocos y saliva. Para cuando alzó la mirada, Royall se dirigía de regreso a la casa.

—¡Vamos! —gritó.

La tierra no estaba apisonada. Con un pequeño esfuerzo, Nola se enderezó. El ojo en que la había golpeado ya se le había hinchado hasta cerrársele. La pala estaba a sus pies. Escupió más tierra y la cabeza le seguía zumbando.

—¿Cómo te sientes? —le preguntó Royall.

Ella mantuvo la cabeza agachada, sin responder mientras usaba la pala como una muleta y salía arrastrándose del agujero.

—Pareces un zombi —bromeó Royall, al ver el lodo y la suciedad que tenía pegada—. No metas esa mierda a la casa —añadió, dirigiéndose a la puerta trasera.

Cuando Royall entró, incluso desde ahí, Nola pudo oler el hedor ácido de vómito de salami que seguía esparcido en el suelo de la cocina.

—Qué desastre —gritó él, y casi se tropieza con el bote de mayonesa que estaba volteado de costado, que giró sobre la cuchara cubierta de mayonesa que había usado para metérsela a la fuerza.

Detrás de él, detrás de la puerta del patio, estaba Nola, afuera, quitándose la ropa. Se aseguró de qué él no estuviera viendo. Por unos breves momentos, él hizo lo correcto y le dio un poco de privacidad.

Después, por ninguna razón en especial, se volteó ligeramente para mirar sobre su hombro. Sólo un pequeño vistazo. Justo cuando Nola estaba inclinándose.

—Nola, será mejor que entres y limpies esta mierda o...

Clang.

El costado de la pala golpeó a Royall; el filo del arco cayó sobre su sien.

Usando la pala como un bate de beisbol, Nola la arrojó con toda su fuerza. Con el impacto, la cabeza de Royall dio un giro tan fuerte que pareció que se le iba a desprender del cuello.

Para Nola, el simple sonido, un tremendo crujido de huesos de metal contra piel, valió la pena.

El cuerpo de Royall giró y se balanceó sobre la barra de la cocina para derrumbarse en el suelo. Nola iba a asestar otro golpe, pero Royall ya estaba desparramado en el piso, inconsciente.

Ese día, Nola corrió tres kilómetros sin detenerse hasta que llegó a la casa de la profesora Sable.

Para cuando la policía llegó a casa de Nola, Royall ya había desaparecido.

Sería la última vez que Royall y Nola se verían, hasta esa tarde gélida en la pista de aterrizaje de Alaska.

82

Base Aérea M. K. Constanza, Rumania
Cuatro meses antes

—¿Está bien si me siento? —preguntó el hombre de pestañas largas y pálida cicatriz de zigzag en el labio.

—Es un país libre —respondió el hombre llamado Rowan—. Por lo menos, creo que aún es libre. —Su cara de zorro hizo una mueca cuando mordió su sándwich de carne.

Los dos hombres se sentaron en el salón comedor, con charolas de plástico rojo de sándwiches Charley's, un pequeño recuerdo de casa en esa base de la fuerza aérea en Rumania.

—¿Qué tal la carne?

—De la mierda. Y maravillosa —dijo Rowan apenas levantando la mirada.

—Entonces, ¿como cualquier comida de aquí? —bromeó el hombre de la cicatriz con voz de trituradora.

Rowan no respondió. Ahora estaba comiendo más rápido para irse de ahí.

—¿Esa es una de las nuestras? —añadió el hombre, haciendo un gesto con la barbilla hacia la pequeña mochila de computadora que había junto a la charola roja de Rowan.

—Sí. ¿Por qué?

El hombre mordió su propio sándwich de carne y la grasa y el aceite se escurrieron por la parte inferior. Mordió un par de bocados decididos. Se los tragó rápidamente y se lamió los labios.

—Tú eres al que llaman Houdini, el agente de pagos, ¿verdad? Por lo general te embarcan de un lugar a otro, pero dicen que te asignaron a la unidad del coronel Price. Escuché que haces un trabajo fantástico. Que puedes hacer desaparecer cualquier tipo de cosas.

Houdini se enderezó y fijó la mirada en el hombre con la cicatriz de zigzag. No tenía uniforme. Un listón verde le atravesaba la identificación.

—¿Tú eres contratista?

—Para la unidad del coronel Price. Bienvenido a Bluebook.

—¿Has estado con ellos mucho tiempo? —preguntó Rowan.

El hombre asintió.

—Les consigo a las personas los documentos necesarios. Es más importante de lo que crees. Pero también me aseguro de que nadie trate de estafarnos. Y eso es lo que me llamó la atención aquí; tú dices que esa computadora es de las nuestras, pero si fuera así, debiste haber llenado un contrarecibo. Sin embargo, cuando investigué, no vi un contrarecibo tuyo. Lo que hace que me pregunte: ¿por qué el nuevo de repente lleva una mochila de computadora sin computadora?

—La uso para almacenar mis cosas. Me gusta la mochila.

—Es una buena mochila. Probablemente cargue... ¿qué?, ¿alrededor de cinco kilos? Es pesada. Igual a una bolsa grande de azúcar, una bola de boliche mediana... o si usas esos montones de efectivo con los que le pagamos a la gente..., cinco kilos son como quinientos mil dólares. Más o menos. —El hombre tomó su sándwich de carne y apretó la grasa y el aceite de la parte inferior.

—Tengo que irme —dijo Houdini, levantándose—. Tengo que tomar un vuelo.

—Ya me di cuenta. También me di cuenta de que todos los demás de Bluebook van a salir de aquí a primera hora mañana. Incluso el coronel. Pero por alguna razón, según el manifiesto, tú vas a salir en las próximas horas. ¿Por qué te alejas de nosotros con tanta prisa?

Houdini se quedó paralizado un momento, a medio camino entre levantarse y sentarse. Después, se sentó.

—Probablemente tenga que apurarme yo también —añadió el hombre—. Si una computadora desaparece, o incluso una mochila de computadora, sería bueno meter un reporte. De esa manera pueden revisar las pertenencias de todos antes de que se vayan. No vas a creer lo que la gente se lleva de aquí. —Miró directamente a Houdini, que le devolvió la mirada.

—¿Cuál dijiste que era tu nombre? —preguntó Houdini.

—No lo dije —respondió Royall mientras se levantaba—. De nuevo, tengo que apurarme.

—Espera, espera, espera, antes de que te vayas... —dijo Houdini—. Quizá debamos conversar un poco.

83

Base Aerea Deutsch
Copper Center, Alaska
Cinco días antes

Nola miraba un agujero en el techo cuando tomó la decisión. No recordaba qué le había hecho mirar hacia arriba —¿un pájaro había atravesado el techo del hangar?—, pero ahí estaba: un agujerito de sol que brillaba en el techo.

Nola no pudo evitar preguntarse qué lo habría hecho. ¿Una ardilla? ¿Granizo? No. Una pistola. En todas las bases militares del planeta, incluyendo este puesto diminuto cerca del parque nacional en Alaska, había un techo con un agujero de bala perdida.

—Pasajeros, diríjanse al avión. ¡Prepárense para abordar! —llamó un joven sobrecargo con ojos tristes—. Y, por favor, no dejen basura en mi terminal.

Un pequeño grupo de pasajeros recogió sus pertenencias en la zona de espera y preparó sus pases de abordar. Al frente del grupo iba un hombre mayor en un abrigo de lana de invierno. Era un VIP, el bibliotecario del Congreso Nelson Rookstool. Frente al grupo, se dirigió rápidamente hacia la pista y el sargento técnico de la Fuerza Aérea que tenía un portapapeles.

Nola, con su propio pase de abordar, estaba a punto de reunirse con ellos, pero justo en ese momento, mientras veía el hoyo en el techo, volteó hacia el otro lado.

—Espere... ¿se va? —la llamó una voz femenina.

Nola no la escuchó. Ya estaba en la salida, pasando entre las tiras de plástico transparente que cubrían el umbral y mantenían el calor adentro.

—¡Sargento Brown! ¡Sargento Brown! —gritó la mujer, apurándose entre las tiras; su aliento formaba nubecitas de vapor—. Soy yo, soy...

Nola se dio la vuelta y observó a la joven de nariz chata y arracadas de plata. Nola sabía perfectamente quién era. Íntimamente. Había pintado su retrato el día anterior e incluso le había permitido que se quedara con el lienzo cuando ella había empezado a llorar por lo hermosa que la había retratado, un momento del que Nola no podía desprenderse. Kamille.

—Disculpe que la moleste, sargento Brown, es que... ¿va a abordar el avión?

Nola la escrutó; Kamille volvió a entornar los ojos. Llevaba en el cuello un par de lentes de sol de aviador.

—¿Por qué? —preguntó Nola.

—Me dieron licencia por..., ya sabe... —Nola se quedó sin reaccionar—. En fin, traté de conseguir un lugar en este vuelo y me dijeron que ya no quedaban asientos. Pero si usted no va a... —Kamille se detuvo y observó a Nola con atención por primera vez—. ¿Está usted bien, sargento Brown?

Nola estaba viendo hacia la izquierda, a la pista. A una distancia de casi un campo de futbol había un Hummer con camuflaje de nieve con la cajuela hacia el avión. Un hombre de cincuenta y tantos cargaba suministros. Era él. Definitivamente era él. Nola lo había visto por primera vez el día anterior. Estaba subiéndose a un carro y había sido por una fracción de segundo, pero jamás habría olvidado su cara. Royall estaba ahí. En la base.

—Parece que vio un fantasma —añadió Kamille.

Así era. Nola estuvo despierta toda la noche, decidiendo qué debía hacer. Desde luego que ella lo había visto, pero ¿él la había visto a ella? No, todavía no. Ella tenía ventaja... y la única manera de mantenerla era apegándose al plan. Abordar el avión. Evitar llamar la atención. Ahora que sabía dónde estaba él, podía rastrearlo con facilidad, incluso volver por él. Preparada.

Era un buen plan. En especial, tomando en cuenta lo que estuvo a punto de hacer la noche anterior con la pala que encontró en un cuarto de herramientas. Sin embargo, ahora, cuando el bibliotecario del Congreso abordaba el avión y el piloto hacía las últimas revisiones antes del vuelo..., la sola idea de que Royall se fuera..., de que volviera a perderlo... No. Después de todos esos años, no podía correr ese riesgo.

—Tengo que irme —dijo Nola observando todavía a Royall, que había salido de la pista para cargar una última caja, una pequeña maleta, en el avión.

—¿Por él? —preguntó Kamille, que había seguido la mirada de Nola.

Nola se dio vuelta. La muchacha era sagaz, tenía capacidad para ver los detalles. Nola se había dado cuenta el día anterior, mientras pintaba su retrato. Por eso, Nola se había pasado los últimos años retratando a quienes habían tratado de quitarse la vida. La gente los veía como víctimas. Y lo eran. Pero eran mucho más fuertes de lo que todos pensaban.

—¿Cómo lo conoce? —preguntó Kamille. Nola no respondió—. Una historia fea, ¿no?

—Algo así.

Kamille asintió, más para ella misma, mientras Royall se subía a su Hummer camuflado.

—Parece viejo —dijo Kamille—. Ni siquiera parece tan rudo.

—No tienes idea —dijo Nola bruscamente y se odió por decir algo tan estúpido.

Kamille observó la manera como Nola se movió a un lado para evitar que la viera.

—En serio le da mucho miedo, ¿verdad? —preguntó Kamille.

Nola ni siquiera escuchó la pregunta. En su bolsillo, jugueteó con los lápices de colores que llevaba a todas partes. Fue en ese momento cuando se dio cuenta de lo mucho que sus viejos temores se habían instalado en su pecho. No le gustaba.

—Tengo que irme —dijo Nola, evitando a Kamille.

—Espere, espere, espere. Antes de que se... ¿Y su asiento?

—¿Qué?

—Su asiento. En el avión. Ya sabe cómo son los de la Fuerza Aérea. Dicen que ya llenaron el manifiesto, que el avión está lleno. Pero si me da su lugar...

—No creo —dijo Nola.

Justo entonces, Royall miró hacia ellas. Apenas por un segundo. Nola giró la cabeza para asegurarse de que no pudiera verla bien.

Kamille se quedó observándola.

—¿Qué le hizo? —murmuró al final.

Nola negó con la cabeza como si no hubiera sido nada.

Kamille no le creyó. Los soldados eran expertos en ocultarlo, pero tan sólo por su lenguaje corporal, Nola no estaba sólo *observando* a Royall. Estaba *huyendo* de él.

—¿Él está en el vuelo?

—Nola negó con la cabeza, todavía dándole la espalda a Royall.

—Entonces, vamos, cambie conmigo. El siguiente vuelo sale en tres días. Voy a regresar antes de que usted se vaya.

—Pasajeros, última llamada —gritó el sobrecargo joven desde adentro. A diferencia de los vuelos comerciales, una vez que uno entraba, los militares rara vez revisaban las identificaciones. Sólo veían si el nombre estaba en el manifiesto.

—Por favor, sargento Brown. Después de todo lo que pa... Déjeme decirlo así: necesito un buen fin de semana. *Desesperadamente.* Tengo un prometido que no he visto desde hace semanas. No sabe lo que hi... —Se detuvo de nuevo—. Ya sé que es una tontería, pero quiero darle una sorpresa. Es su cumpleaños.

Nola estaba a punto de decir que no. Después, vio la mochila de Kamille. De la parte superior sobresalía un cartel enrollado. No un cartel, un lienzo: el retrato que había hecho Nola. Kamille lo llevaba con ella para enseñárselo a su prometido.

Hacía doce días, Kamille Williams se había preparado un coctel con insecticida con la esperanza de quitarse la vida. Ese día, se balanceaba con ansiedad sobre los talones con una sonrisa anhelante en el rostro.

—Ten —dijo Nola dándole el pase de abordar.

Durante los siguientes diez segundos, Kamille apretó a Nola en un abrazo exuberante, lo más feliz que Nola la había visto. Kamille ni siquiera se dio cuenta de que Nola sólo estaba parada con los brazos a los lados, sin devolverle el abrazo.

—¡No se va a arrepentir! —dijo Kamille apurándose hacia el hangar. Mientras atravesaba las tiras de plástico transparente, volteó a echar un último vistazo a Nola, que se quedó parada en el frío, con la espalda hacia Royall.

—¡Última llamada! —gritó el sobrecargo con el portapapeles—. ¡Busco a Nola Brown!

—¡Soy yo! Perdón. Aquí estoy —añadió Kamille corriendo hacia el avión con el pase de abordar en alto como si acabara de ganarse la lotería—. Yo soy Nola Brown.

84

Base de la Fuerza Aérea de Dover, Delaware
Actualmente

—Nunca vas a salir de este edificio. Voy a grabar tu muerte con fuego.

—¿Tu muerte con fuego? ¿Así es como empiezas nuestra reunión? —preguntó Royall todavía con una sonrisa en los labios—. Después de todos estos años... Seguramente, en tu cabeza, habías practicado algo mejor que eso.

Nola no dejó de apuntarle con la pistola. Sólo ver a su padre otra vez..., verlo claramente y de cerca... Royall nunca había sido un hombre guapo, pero ahora, con el cabello gris de color del humo, por la manera como su cara se había hecho más gruesa e hinchada con la edad... La vida se había empeñado en gastarlo. Mas, como siempre, Royall lo combatía. Tenía los nudillos maltratados y rojos por esos combates. Tenía el instinto de supervivencia de una rata, peleaba y arañaba para escaparse de cualquier trampa en la que cayera.

Nola vio su postura. Hombros atrás, pecho afuera. Alguien le había enseñado a pararse en firmes. Le daba un aire de autoridad, de respeto. Pero Nola afinó la mirada. Sus pies no estaban juntos; sostenía su peso sobre la pierna izquierda. Además, por la manera como inclinaba su gorra de camuflaje, como John Wayne y no en la posición correcta... No, quién sabe de dónde había robado ese uniforme, pero Royall no era un militar. Un contratista en todo caso.

—Te ves cansada, Nola. Y tan enojada como siempre —dijo Royall tratando de que sonara como un halago. La edad había otorgado serenidad a su tono. Ya no apretaba los puños cuando hablaba. Pero uno no puede desaprender algunas cosas. Cuando volteó hacia ella, un rayo de luz le iluminó los ojos. Siempre había tenido una mirada codiciosa—. Deberías desprenderte de esa ira —añadió Royall, dando un paso hacia ella—. Va a devorarte de...

—No. No te muevas. Ni un centímetro más —dijo, apuntando su pistola.

Él no levantó las manos. Se quedó de pie a unos metros del cuerpo inerte de Dino.

—¿Cuántos años han pasado, Nola? ¿Unos doce? Si te hace sentir mejor, no soy el hombre que solía ser.

—Trataste de matarme.

—No. Tú te hiciste esto sola.

—Royall, esto no es por... en Alaska... le hiciste algo al avión, ¿verdad? Asesinaste a esas personas. Asesinaste a Kamille y al bibliotecario del Congreso. Tomaste la vida de siete personas cuando derribaste ese avión. ¿Y por qué? ¿Porque pensaste que yo iba a bordo?

—¿Escuchaste lo que dije? Esto es culpa *tuya*, Nola. *Tú eres* la única que está buscando problemas. Yo me hice una vida. ¿Tienes idea de cuánto invertí en Bluebook?

Sí lo sabía. Lo había sabido desde hacía dos días, durante el interrogatorio de Markus en el bote. El libro azul era un viejo truco de Harry Houdini, la manera como revelaba falsos adivinadores y como se comunicaba con otros magos. Zig lo sabía. Lo que no sabía, y Nola no iba a decirle, era que el verdadero momento de Bluebook había ocurrido cuando uno de los amigos de Houdini, un tipo llamado John Elbert Wilkie, fue puesto a cargo del Servicio Secreto de Estados Unidos. Wilkie también era un mago y admiraba la manera como Houdini usaba su libro azul para separar la verdad de las mentiras con respecto al más allá. Desde luego, el verdadero secreto del libro azul de Houdini no tenía nada que ver con hablar con los muertos o regresar de la muerte. Su verdadero poder provenía de la gente de Houdini, quien abiertamente lo encontraba y lo exponía, la gente que trabajaba con Houdini y se ocultaba perfectamente entre su audiencia durante el espectáculo. Era un cuerpo privado de amigos como Rose Mackenberg, Clifford Eddy y Amedeo Vacca. Los infiltrados supremos.

Con el tiempo, Wilkie convirtió Bluebook en un programa gubernamental completo, infiltrando agentes encubiertos y tropas en ubicaciones clave. Comenzó durante la guerra hispano-estadounidense. Cuando Teddy Roosevelt entró a la batalla, tres tiradores de Estados Unidos estaban ahí, vestidos en secreto como rebeldes cubanos, protegiendo a Roosevelt y atrapando al ejército español por sorpresa. Un truco perfecto. Y una manera segura de evitar la muerte.

Para la Segunda Guerra Mundial, Bluebook había crecido a tres docenas de infantes de marina, todos incrustados en laboratorios de física alemanes, que reportaban secretamente el desarrollo de armamento alemán. Y hacia la década de 1980, en el punto más álgido de la guerra fría, Bluebook había puesto treinta soldados especiales de la marina en programas de lengua rusa en universidades de todo el país, ya que era donde la KGB hacía la mayor parte de su reclutamiento.

Actualmente, Bluebook seguía manteniéndose pequeña a propósito, y tenía un hogar permanente en el circuito de universidades, donde enlistaba en secreto a los mejores soldados de Estados Unidos en los programas de informática más importantes de la nación, desde el MIT hasta Caltech. Llenos de estudiantes (y revueltas sociales influenciadas con facilidad), estos programas eran los puntos primordiales de reclutamiento de hackers y terroristas cibernéticos.

Cuando Nola se enteró por primera vez de Bluebook, se sentía dudosa de que el gobierno pusiera tanta energía para infiltrarse en la vida civil. Después empezó a revisar las listas de clases de los laboratorios de informática de Stanford, Berkeley y la Universidad de Michigan. Entre cerebritos delgados y futuros Mark Zuckerbergs, seguía encontrando treintones robustos que se pasaban todo el día obteniendo un maravilloso entrenamiento técnico mientras trataban de ocultar sus músculos en camisas baratas con botones. Algunos se mezclaban mejor que otros. Sin embargo, una cosa era clara: incluso en el ejército, no todas las peleas ocurrían con pistolas.

Al final, para mantener vigilados a los terroristas potenciales y para infiltrar a cualquiera que pudiera reclutarlos, los soldados de Bluebook eran los vigilantes por excelencia, escondidos a plena vista, justo como los asistentes ocultos de Harry Houdini. Y para que el programa siguiera siendo secreto, dirigían toda la operación desde la Biblioteca del Congreso.

Zig tenía razón en eso. Por eso el presidente había designado a un amigo para dirigir el programa. Justo como Houdini, necesitaba a alguien de confianza. También, con Rookstool en el avión, proporcionaba una historia de cobertura perfecta detrás de la cual podía esconderse el resto de los «estudiantes». Con el bibliotecario del Congreso a bordo, lo último que alguien sospecharía era una operación encubierta. El movimiento grande cubre al pequeño. Sin embargo, como cualquier buen truco de magia, sólo funcionaba si todos en el ejército mantenían la boca cerrada.

—¿Cómo lo lograste, Royall? Bluebook está clasificado en los niveles más altos. ¿Quién fue tan tonto como para hablarte de él?

—Estás haciendo suposiciones, Nola. Como te dije, no soy el hombre que solía ser.

Nola quería abalanzarse sobre él justo ahí, quería meterle los pulgares en la tráquea venosa y detener su corazón mientras le decía que estaba lleno de mierda. Pero aún no. No hasta que obtuviera respuestas.

El día después de que ella huyó, Royall se cambió el nombre. Ella lo tenía por seguro. Así es como había desaparecido.

—Nombre nuevo, licencia de conducir nueva, te debe haber encantado usar tus habilidades en ti mismo. La cosa es que sigues siendo...

—No sabes nada sobre mí —dijo Royall—. No tienes idea de en quién me convertí o de lo que tuve que abandonar cuando te dejé. Mi hogar, mis contactos, mis relaciones... Todo lo que había construido... Tu maldita maestra de arte mandó policías tras el señor Wesley. ¡Me quitaste mi vida! —gritó y su voz retumbó por la bodega de metal—. Todos esos años de crear nuevas identidades; yo ayudaba a la gente a tener una segunda oportunidad. Pero empezar mi propia vida de cero... Tú crees que sabes lo que es, pero no. Yo te acogí; te alimenté. ¿Pero estar realmente solo? Dejar mi auto porque no podía llevarlo. Fue la muerte —dijo Royall, tragando saliva con fuerza para serenarse—. Después de un año, por fin busqué al señor Wesley. No pudo haber sido un mejor momento. Tenía un nuevo trabajo para mí, uno grande, trecientas identificaciones más documentos de respaldo. El grupo iba a llegar en un bote. Era mi oportunidad de reconstruir. Sin embargo, ninguno de los dos sabíamos que los federales nos estaban escuchando. Nunca se marcharon. Nos agarraron a los dos. Es un crimen federal así que...

—Fuiste de soplón —dijo Nola.

—Hice un trato.

—Diste información sobre Wesley y testificaste en su contra. Entonces, ¿el gobierno *qué*? ¿Les gustó tu trabajo?

—Les *encantó* mi trabajo. Cuando los federales vieron lo que podía hacer..., se dieron cuenta de que no sólo podía falsificar documentos, falsificaba *vidas*. ¿Tienes idea de cuántos usos tiene el ejército para ese talento? Primero me pusieron a prueba. Yo era mejor que cualquiera que hubieran visto. Con el tiempo, me asignaron a Bluebook. Hice nuevas vidas para nuestros «estudiantes», escondí infantes de marina en las universidades de todo el país, les proporcioné documentos que no podían rastrearse, nunca adivinarías que los plantamos ahí. Encontré mi vocación. Me convertí en un hombre nuevo. Resucité, Nola, pero ¿sabes cuál fue mi truco real para volver? Incluso ahora, cuando veo la vida de mierda que teníamos juntos y la comparo con la nueva que construí, ¿sabes cuál fue la diferencia entre las dos? *Tú*, Nola. Una vez que desapareciste de mi vida, encontré el éxito. ¿Y quieres saber por qué? Porque eres un hongo, infectas todo lo que tocas. En mis días más oscuros, pasaba horas concentrado en buscar mi vieja vida y hacerla desaparecer. Pero la verdad era que lo único que necesitaba hacer desaparecer era *a ti*. Y esa es la gran ironía, Nola. Todo lo que ha pasado aquí... Todo lo que he construido... Incluso todo lo que encontré con Bluebook y la muerte de esa muchacha Kamille... fue gracias a ti.

Nola negó con la cabeza. Todavía seguía siendo el mismo imbécil manipulador.

—Sabes, por unos segundos, Royall, estuve a punto de creerte. Pensé que quizá realmente habías *hecho* algo para construirte a ti mismo con Bluebook. Pero, sin importar lo alto que subas, sigues siendo un estafador de poca monta, ¿verdad? —preguntó con el dedo aún sobre el gatillo.

—Cuidado con lo que dices.

—¿O qué? ¿No me vas a decir cómo te estalló en la cara? No es difícil, Royall. Quizá en Bluebook estabas haciendo un buen trabajo durante un tiempo. Pero siempre estabas alerta, en busca de una puerta por la que pudieras entrar. Así es como siempre has funcionado, siempre desde un solo ángulo. Así que déjame adivinar: un día, descubriste el nombre del agente de pago, un tipo al que apodaban Houdini. —La bodega estaba en silencio, Royall estaba de pie frente a ella, ya no sonreía—. Tengo razón, ¿no? —añadió Nola—. Por lo general, Houdini movía dinero para que los desastres del gobierno desaparecieran. Pero, en este caso, él se convirtió en el desastre. Houdini tenía que buscar a los «estudiantes» encubiertos, para distribuirles pequeñas cantidades de dinero de manera que nadie pudiera rastrear el financiamiento hasta el Tío Sam. Pero tú te diste cuenta de que era sucio. Y entonces viste una oportunidad, Royall.

—No tienes idea de lo que dices —dijo Royall con frialdad.

—Y tú no tienes idea de lo predecible que eres. Cada pocos meses, hay un agente de pago codicioso al que arrestan por escamotear una parte de todo el dinero que lleva de un lado a otro. Ese era Houdini, ¿no es así? Es difícil ganar treinta mil dólares al año, en especial cuando uno trata de ignorar los pocos millones que lleva de un lado a otro. Houdini, que hacía desaparecer cosas, pensó que nadie se iba a dar cuenta si un poco de efectivo extra también fluía hacia su cartera, en especial cuando estaba por llegar una nueva pila de dinero.

Nola sabía que, como en cualquier otro cargo militar, Bluebook tenía sus propios requerimientos de operación. Por lo menos dos veces al año, juntaban a los agentes encubiertos, para comparar notas, por lo general en una ubicación aislada, como una base militar abandonada o, en el caso de los especialistas de Rusia que se reunieron para hablar de los últimos intentos de infiltración de Putin, en una base en medio del parque nacional de Alaska. Fue ahí donde Houdini había planeado hacer su movida.

—Pero tú te enteraste de su plan, ¿no es así? Supusiste que Houdini estaba estafando dinero del efectivo que cargaba. Quizá lo confrontaste y le pediste un pedazo del botín, aunque conociéndote, entraste como un martillo, amenazando con delatarlo a menos que te pasara algo por debajo de la mesa. Quizá Houdini empezó a darte una parte, o quizá fue entonces cuando entró en pánico y te habló de la nueva pila de dinero que estaban a punto de mandar para su evento especial de Alaska. Entonces viste la oportunidad de que ocurriera lo que más habías esperado entre todas las cosas, el gran día de pago, dinero que te cambia la vida, Royall. Así es como lo llamabas, ¿verdad? Y, con todo ese dinero por llegar, no pudiste resistirte. Eres demasiado codicioso. Desde entonces, empezaste a usar el apodo de «Horatio», y tú y Houdini unieron fuerzas para tomar, ¿un poco?, ¿todo?, lo que fuera de una enorme pila de dinero que estaba a punto de llegar a Alaska. A lo mejor incluso buscaste a algunos de tus viejos amigos estafadores, Dios sabe que siempre tuviste muchos. La ironía es que tus jefes de Bluebook estaban tan ocupados reuniendo a los «estudiantes» de Bluebook que no se dieron cuenta de que Houdini y tú, su agente de pago y un parásito codicioso que se especializaba en identidades falsas, estaban a punto de robarles.

—Ya es suficiente.

—¿Cuál es tu idea de un gran golpe? ¿O tenías suficiente información sucia sobre Houdini que lo convenciste?

—Dije que ya es suficiente —gritó Royall con la cabeza inclinada justo lo suficiente para que Nola se diera cuenta de que ya no estaba haciendo contacto visual. Algo estaba mal, aunque su cerebro aún no lo había registrado. Royall estaba viendo más allá de ella. Como si estuviera hablando con alguien más, con alguien detrás de ella.

«Ay, mierda».

Nola estaba a medio giro insultándose. Él nunca habría ido ahí solo...

Escuchó un crujido, como el ala de un pollo que se desgarra. Nola escuchó el ruido antes de sentir el dolor, un fuego ardiente en la pierna, cuando una navaja afilada le cortó el tendón de detrás de la rodilla. Cayó hacia atrás instantáneamente, como si su cuerpo fuera una bicicleta que se hubiera quedado sin la pata de apoyo.

Su cabeza golpeó contra el concreto con un golpe sordo. El mundo se volvió negro, lleno de estrellas. «¡No te desmayes!». Había vivido bastante dolor, pero nunca como este. «¡No te desmayes!». Su cuerpo se contrajo incontrolablemente. Se tomó de la rodilla, pelando los dientes y rodó hacia un costado. Parpadeó con fuerza para despejar las estrellas, pero seguían brillando.

Empezó a gritar. «No. ¡No grites! ¡No les des esa satisfacción!».

Una sombra oscura apareció sobre ella, su atacante, que se movió como una nube, flotando sobre Nola, que seguía contorsionándose en el suelo. Nola se tomó la parte de atrás de la rodilla. Estaba húmeda. Sangre. Estaba sangrando.

Nola levantó la mirada hacia su atacante, que la luz de la clara-boya alumbraba desde atrás, una nube borrosa y difusa. Sin embargo, por la silueta, por el arma de cuatro navajas que salían del puño de su atacante, como la garra de un tigre, Nola supo quién era. La alta mujer nativoamericana de ojos azules y gélidos.

—Nola, creo que ya conociste al Telón —dijo Royall—. Teresa, ella es mi hija, Nola.

El Telón alzó la garra en el aire y tiró un zarpazo hacia abajo, apuntando directamente a la garganta de Nola.

85

Nola no gritó.

Debió hacerlo, en especial cuando el Telón cortó las puntadas que Nola tenía en el cuello y se volvió a abrir la herida de su clavícula. El dolor era insoportable, una lluvia con truenos de angustia que le corría desde la clavícula hasta la rodilla. Sin embargo, incluso entonces, Nola no profirió ningún sonido.

Giró de costado y se apretó la carne que se extendía entre su pulgar y su índice. Era un truco que había aprendido de cuando vivía con Royall. Si aprietas esa piel lo más fuerte que puedas es posible tragarse todo el dolor.

—Debiste... Debiste matarme —le advirtió Nola al Telón, que seguía a su lado, mientras un hilo de baba le colgaba de los labios.

—¿Tú crees que no me lo pidió? —dijo Royall del otro extremo de la habitación, caminando lentamente hacia ellas—. *Yo* soy el que tiene que encargarse de ti. Es *mi* privilegio.

Nola trató de levantarse, trató de buscar su arma. El mundo seguía borroso, pero, en el suelo, vio algo gris. ¿Era su pistola? Trató de acercarse...

El Telón levantó el pie, lo apoyó sobre la muñeca de Nola y hundió el tacón en la herida que le había hecho la noche anterior.

Nola quiso gritar. Se le llenaron los ojos de lágrimas. La boca se le abrió de par en par, como si estuviera en medio de un grito, aunque no salió nada más que un siseo agudo de aire. Tratando de contorsionarse para evitar el dolor que la apuñalaba, Nola se apretó la piel de la mano tan fuerte que pensó que se la iba a desgarrar.

—Nola, ¿sabes cuál es la parte más triste de todo? —preguntó Royall ahora en voz baja. Estaba cerca. Ella podía sentir su furia desde ahí—. Pudimos habernos evitado esto.

—Tú, tú nunca vas a cambiar. Eres un monstruo. ¡Un asesino!

—Ese siempre ha sido tu problema. Simplemente, no puedes dejar que ocurran cosas buenas, ¿verdad? —preguntó Royall, que se agachó y levantó algo. La pistola de Nola. La observó y la sopesó—. Siempre tienes que arruinar todo. Todo lo que tocas se convierte en cenizas, en mierda.

Nola pensó que le había dicho que se jodiera, pero sólo se lo había imaginado. Le sangraba la nariz. El latido de su corazón resonaba en su frente y no podía sentir los dedos de la mano. Su cuerpo estaba en shock y de repente estaba pensando en la tarjeta doblada en dos que llevaba a todas partes en la preparatoria—. «Esto te va a hacer más fuerte». Esa tarjeta era una maldita mentira.

—Sin embargo, lo que de verdad me sorprende —añadió Royall arrodillándose junto a ella— es lo fanática que te has vuelto. ¿Cuántos años estuviste buscándome, Nola? ¿Cuántos recursos del ejército desperdiciaste en mi búsqueda? ¿Y para qué? ¿Para que pudieras encontrarme en una base de mierda en Alaska?

Ahora Nola estaba bocarriba, retorciéndose de dolor mientras Royall se arrodillaba a su lado. Él estaba en la misma posición, en el mismo ángulo de cuando era pequeña y se sentaba en el borde de su cama, cuando pensaba que Nola estaba dormida.

—¿Quién te dijo dónde estaba, Nola?

Ella volteó la mirada, negándose a verlo de frente.

—Eres lo que siempre has sido... Un vampiro.

Royall alzó el arma y la apretó contra la mejilla de Nola, su piel se abultó hacia su nariz. Él se inclinó tan cerca que Nola podía ver, bajo su labio, la cicatriz blanca y carnosa que le había hecho tantos años atrás, y unos cuantos pelos negros que ninguna navaja podía afeitar. Olía a crema de afeitar Brut y madera húmeda. Igual que tantos años atrás.

—¿Quién fue? —preguntó Royall con el dedo sobre el gatillo—. Es una pregunta simple, Nola. ¿Te dijo mi nuevo nombre o sólo que estaba en Alaska? Alguien tiene que pagar por eso.

Nola respiró profundamente, mirando a Royall. No importaba cuánto tiempo estuvieran lejos de las vidas del otro. Incluso el padre más ausente y su hija podían tener una conversación completa, una ópera de emociones, con sólo intercambiar una sola mirada oscura.

«Eres un hombre muerto».

«Tu piel es más clara, pero sigues siendo una negra».

—Tres segundos, Nola. ¿Quién te dijo? —Royall apretó la pistola contra su cara con más fuerza—. Necesito un nombre. ¿Quién te dijo que estaba en Alaska? —Su dedo se apretó contra el gatillo—. Dos segundos. Uno...

Nola apartó la mirada de reojo y dejó de mirarlo.

—Espera —preguntó él—. ¿Me estás diciendo...? Nooo... —Royall empezó a reírse—. ¡Por Dios! Todo este tiempo, pensé..., me imaginé que alguien me había delatado pero... —Volvió a reírse, la risa de ametralladora que le decía a Nola que sus problemas apenas estaban por venir—. Cuando fuiste a Alaska ni siquiera estabas buscándome, ¿verdad? Sólo estabas pintando, sólo hacías tu trabajo de mierda. Pero cuando me viste ahí... —Su risa se hizo más fuerte que nunca—. ¡Por Dios! Y yo que pensé que llevabas años cazándome. Qué narcisista soy, ¿verdad?

—No vas a salir vivo de aquí —insistió Nola. Ella lo creía de verdad, incluso cuando el latido de la frente había llegado a un nivel ensordecedor. «¡No te desmayes...!». Sus ojos iban de un lado a otro. Trataba de mantener la mirada en la de Royall, pero el mundo ahora era un círculo que se encogía en los bordes. «¡No te desmayes...!».

—¿Me perdí algo? ¿Qué demonios está pasando? —preguntó el Telón, que estaba de pie justo detrás de la cabeza de Nola—. Pensé que habías dicho que te había rastreado hasta Alaska.

—Me equivoqué —dijo Royall sin apartar la mirada de Nola, aún con la pistola contra su rostro—. Ay, Nola, nuestra pequeña reunión... no fue porque fueras una gran detective, ¿verdad? Que me encontraras en Alaska... fue sólo un regalo del universo. Un estallido de algo que pensaste que era suerte. Pero, como siempre contigo, sólo era *mala* suerte.

Nola murmuró un insulto, con los ojos cerrados a medias. Su camisa estaba empapada. Había perdido demasiada sangre. «M-Mongol... Faber... Staedtler...».

—Basta, jala el gatillo —dijo el Telón—. Vámonos de aquí.

Royall movió la pistola hacia la cabeza de Nola, directamente a su sien, tocándola con el cañón para asegurarse de que estuviera despierta.

—Quiero saber algo, Nola —dijo mientras su dedo se apoyaba en el gatillo—. Desde que eras pequeña, siempre supe que eras una...

Pop.

Un rocío de sangre cayó sobre la cara de Royall. La sangre no era de Nola. Lo había rociado desde arriba. En la frente. Desde donde el Telón estaba parada.

Todavía arrodillado, Royall alzó la mirada siguiendo el sonido.

El Telón ya estaba tambaleándose hacia atrás, tratando de respirar y agarrando el agujero de bala que ahora tenía en el pecho.

Pop. Pop.

Un disparo rebotó sobre un estante de metal provocando un destello. Un error. El otro asestó al Telón por encima de la clavícula. Un chorro de sangre estalló en su cuello. Los brazos se le pusieron flácidos mientras su cuerpo se giraba de manera extraña por el impacto. La garra de tigre de metal cayó al suelo.

—*Hhhhhh* —jadeó el Telón, sus ojos azules quedaron abiertos de par en par por la conmoción, mientras pequeños pedazos de la piel de su cuello ondeaban como una bandera.

Nola estaba en el suelo, inconsciente. No tenía idea de lo que ocurría.

Pop.

Royall se agarró el hombro, como si espantara a un mosquito.

—¡Qué caraj...! —gritó. No fue hasta que metió el dedo en el agujero de bala que tenía en el hombro cuando se dio cuenta de que le habían disparado. Alzó la mirada para ver quién era el responsable.

Detrás de una torre de escritorios de metal oxidado, Zig alzaba su arma, apuntando todavía a Royall.

—¡Tira tu arma! ¡Tírala o te juro que voy a volver a dispararte! —gritó Zig deseando que hubiera pasado más tiempo con los de infantería en la base cuando les enseñaron a disparar a todos.

Royall tiró su arma, que chocó contra el concreto.

Mientras los dos hombres se miraban a los ojos, un estremecimiento subió por el torso de Zig. Él conocía esa cara, sabía exactamente quién era. No se habían visto uno al otro desde hacía casi veinte años, desde la noche en Urgencias. Sin embargo, incluso entonces, esos dos hombres no sentían más que odio uno por otro. Zig lo sabía desde hacía tantos años. «No tiene corazón».

—Envejeciste —dijo Royall.

Zig no mordió el anzuelo. Estaba demasiado concentrado en...

—¡Nola! ¿Estás bien? —gritó.

Ella no se movió. No respondió. Zig vio la sangre, vio la manera en que su pierna estaba contraída de manera tan extraña.

—¡Apártate! ¡Aléjate de ella! —gritó Zig, acercándose hacia Nola apuntando a Royall con la pistola.

En la rodilla de Nola, su sangre era oscura, de un color marrón profundo y no pulsaba. Salía lentamente de la herida. Era algo bueno. Zig se dio cuenta de que no era un sangrado activo. Lo que fuera que el Telón hubiera desgarrado no era una herida arterial. Probablemente, Nola estaba inconsciente por el dolor, no por la pérdida de sangre.

—Más te vale rezar por que esté bien —dijo Zig, regresando la atención a... escuchó un ruido. Pasos. Alguien corría.

«Maldición».

Zig miró a su derecha, hacia la parte trasera de la bodega.

El Telón estaba muerta. Nola estaba exactamente donde la había dejado.

Pero Royall, con su pistola, había desaparecido.

No iba a ir muy lejos.

86

Zig se movió lentamente, dando pasos pequeños por el pasillo oscuro. Sintió la respiración pesada durante todo el camino.

Después de pasar por una fila de camas de metal apiladas, levantó el arma frente a él siguiendo el rastro de sangre.

Había gotas en el suelo. Royall había corrido por ese camino, adentrándose en la bodega. No había puerta trasera. No había salida trasera. «No hay salida», pensó Zig apurando el paso.

Era cuidadoso con su velocidad. Si se movía demasiado rápido no iba a ver lo que pasaba; si se movía demasiado lento Royall podía escaparse.

—¡No vine aquí solo! —gritó Zig—. ¡Seguridad está en camino!

Era mentira. Zig había ido ahí directamente desde el avión. Había tratado de llamar a Master Guns. También a Hsu. Pero con la base cerrada, tomaría horas antes de que alguien llegara hasta ahí. Sin embargo, si decía que iba a llegar gente, quizá haría que Royall corriera.

La bodega estaba en silencio. No hubo reacción.

Rodeando la esquina de estalagmitas de botes de basura oxidados, Zig buscó en el suelo el rastro de sangre. No había ninguno. Quizá Royall no había seguido ese camino o quizá había puesto presión sobre su herida y el sangrado se había detenido.

Manteniéndose en el costado del pasillo y apretando más la pistola, Zig cerró los ojos, tratando de escuchar. No se escuchaba el sistema de calefacción. Ni el murmullo de las luces fluorescentes.

Tampoco escuchó agua correr por las tuberías. Por un momento, contuvo la respiración en busca de pisadas, de movimiento, de cualquier cosa. Lo único que escuchaba era el sonido agudo del flujo de sangre corriendo por sus orejas, que le recordó el silencio familiar que lo recibía todos los días en la...

Morgue. Por eso ese lugar le parecía tan familiar. Eso era esta bodega. Todo el edificio, lleno de pilas de camillas antiguas, carros de ataúdes oxidados, estantes para ataúdes de la década de 1960, incluso los archiveros antiguos, los muebles y las sierras rojas, todo lo que estaba ahí provenía de la morgue donde Zig trabajaba.

Las mesas de preparación a su izquierda, sus bases de porcelana de pie, inclinadas unas contra otras como tablas de *surf*, eran las mesas donde Zig trabajaba cuando llegó a Dover.

Mientras su hombro las rozaba lentamente, vio muescas en la porcelana vieja, manchas pálidas verdes de décadas de químicos y uso, y ahora Zig pensaba en el primer soldado caído en el que había trabajado tantos años atrás: un piloto de treinta y dos años cuyas piernas se habían aplastado en el choque de un helicóptero y cuya esposa le pidió que pusiera un rollo de monedas de veinticinco centavos en el ataúd porque le encantaba jugar a las maquinitas. Darren Lee Abramson. Caído #1.

Zig llegó al siguiente pasillo y echó un vistazo por la esquina con el dedo sobre el gatillo. Como cualquier otro pasillo, estaba oscuro. No podía ver muy lejos, pero podía ver que era estrecho. En ambos lados había botes de cincuenta galones, acomodados como enormes bolos de boliche, todos con la misma marca:

PELIGRO

FORMALDEHÍDO

EVITE INHALACIÓN Y CONTACTO CON LA PIEL

Más allá, el pasillo estaba vacío. No había nadie ahí.

«Vamos, Royall. Tienes que estar en alguna parte».

Avanzó al siguiente pasillo, dio vuelta a la esquina y vio una docena de ceniceros de pie, todos sin cubierta. Adentro de uno había paraguas, en otros, largas reglas de madera y, en un tercero, largas varillas de metal.

Ah.

Zig tomó una de las varillas y la sacó como una espada en la piedra. Era un viejo trócar, una herramienta funeraria que se usaba para aspirar el fluido del cuerpo. Después de terminar de embalsamar, metía la punta afilada de acero bajo la caja torácica y usaba el trócar para extraer toda la sangre del abdomen, la cavidad del pecho, el corazón y cualquier otra parte. Zig no estaba seguro de por qué lo había agarrado. Quizá como arma, quizá para asegurarse de que Royall no la tomara en su lugar.

Los trócars actuales eran ligeros. Este era pesado, sustancial, como un bate de beisbol hueco con una punta de metal puntiaguda. Zig era hábil con él, otro símbolo de los años pasados. Sin embargo, mientras avanzaba lentamente por el pasillo, inclinando el cuello en busca de una sombra cercana, un olor extrañamente familiar le trajo aún más recuerdos.

Alcohol mezclado con químicos y... formaldehído.

Zig lo olió antes de verlo y, después, ahí estaba: un charco que crecía en el suelo. Se movía como una filtración. Salía detrás de un librero de conglomerado lleno de archiveros viejos.

Ese olor. Zig lo conocía desde sus primeros días como trabajador funerario. Y todos los días desde entonces. Sólo una cosa en el mundo olía así.

Líquido embalsamador.

Los botes de metal de unos cuantos pasillos atrás. Seguramente Royall había abierto uno.

Avanzando más por el pasillo apareció otro charco que mojaba el piso. Hoy día, el líquido embalsamador es un gel. Es más fácil trabajar con él, hace menos derrames. Los charcos húmedos eran... era del viejo tipo, líquido, del líquido de entonces, cuando el líquido de embalsamar era más corrosivo e... inflamable.

Ay, mierda.

—¡Nola, levántate! ¡Vamos, vamos! —gritó Zig corriendo rápidamente por donde había llegado—. Quiere... ¡Lo va a hacer estallar todo!

Dio vuelta en una esquina, se movía a toda velocidad, con la pistola en una mano y el trócar en la otra.

—¿Nola, oíste lo que di...?

Un puño lo golpeó en la cara, sobre la mandíbula y lo cortó a media sílaba.

Zig se tambaleó, perdió el equilibrio. Trató de levantarse, trató de alzar su arma, pero la inercia lo hizo seguir el giro de su rostro...

Royall estaba parado junto a él, un tren de carga humano que se acercaba a toda velocidad.

Después Zig vio el puño de Royall atestándole otro golpe brutal.

87

Zig iba a apretar el gatillo. Ya no tenía la pistola en la mano.

Escuchó un ruido sobre el concreto. Después un chasquido metálico. La pistola y el trócar de metal, ambos se le habían caído de las manos.

«Viejo estúpido», se maldijo Zig, viendo que la pistola se deslizaba por el pasillo, a través del charco del líquido de embalsamar. El trócar estaba más cerca. Si podía alcanzarlo...

—¿Qué fue lo que te prometió? —bramó Royall, soltando otro golpe violento. Después otro, justo en la cara de Zig. El hombro opuesto de Royall estaba empapado de sangre por el disparo. Si sentía dolor, no lo mostraba—. ¿Con qué mentira te convenció de venir aquí?

Zig cayó de sentón y golpeó un bosque de lámparas de alógeno altas y antiguas. «Haz un plan. Encuentra una distracción».

Pateó las lámparas y las echó sobre Royall. No logró detenerlo. Pateándolas, Royall fue hacia él con la cara roja de ira, más furioso que nunca.

—¿Confías en esa negrita más que en uno de nosotros? —preguntó Royall.

Por lo que Zig podía ver, Royall no tenía entrenamiento militar. Era un matón, nada más. Peleaba sin plan, sin arte. Lo único que Zig tenía que hacer era aguantar unos cuantos golpes. Soportar el dolor, atraerlo hacia él.

Zig caminó sobre sus manos y piernas hacia atrás mientras los focos de alógeno caían en todas direcciones.

Royall se abalanzó hacia él sin dudarlo, alzando los puños.

«Eso, tarado, acércate», masculló Zig, aún en el suelo. Observó los tobillos y las rodillas de Royall. Articulaciones. La forma más fácil de hacer mayor daño.

Zig desató una patada fuerte hacia la rodilla izquierda de Royall. Para sorpresa de Zig, falló. Royall giró a medio paso. Era rápido, como si supiera lo que estaba por venir.

—¡Patadas de ahogado! ¿Crees que eso te va a salvar? —gritó Royall.

Zig estaba a media patada cuando lo agarró del tobillo.

Se sacudió violentamente, tratando de liberar su pierna. Royall no lo soltó. Estaba lleno de adrenalina.

Con una mano, Royall jaló a Zig hacia él y lo golpeó con la otra en el muslo, después sobre su estómago, después, *guap*, un puñetazo bajo justo entre las piernas que lo golpeó de lleno en los testículos.

—¡Uuuuh! —gritó Zig. El dolor era una ráfaga de fuego, que hizo cortocircuito en sus entrañas. Retorciéndose de dolor, Zig se sacudió y peleó con más fuerza, una y otra vez.

—¡Basta! —gritó Royall sosteniendo aún el tobillo de Zig. Jalándolo con fuerza de la pierna, lo arrastró en medio de los focos y lo regresó hacia el pasillo. De regreso a... ahí. Atrás de Royall.

¡El trócar!

Ahí estaba. Cruzando el pasillo, justo al lado del charco del líquido de embalsamar que seguía creciendo. Estaba metido bajo la pata de uno de los libreros.

Royall no lo había visto aún.

Mientras Royall lo arrastraba, Zig supo que era su oportunidad. Usando la inercia, rodó de costado y se estiró. Con un solo movimiento, agarró el trócar, giró y lo balanceó como un bate hacia...

Fap.

Royall atrapó el trócar a medio golpe y se lo arrebató de las manos.

411

—¿Crees que un arma te va a ayudar? —preguntó.

Alzó el trócar como una macana. Zig trató de girarse para quitarse de la trayectoria.

Royall golpeó hacia abajo con toda su furia. Zig rodó y evitó la mayor parte del golpe, pero la vara de metal le dio a un costado de la cabeza.

El mundo de Zig se volvió totalmente negro. Sin estrellas. Sin nada.

Royall hizo un arco con el brazo hacia atrás y golpeó con más fuerza esta vez. Zig trató de moverse otra vez, pero incluso cuando bloqueó todo el peso del golpe con el antebrazo, la vara lo golpeó en la garganta, cerca de la tráquea.

Una ráfaga de líquido le inundó la garganta. En su boca sintió ese sabor ferroso. Sangre. Zig sangraba y trataba de respirar. «No, si me aplastó la laringe...».

Royall volvió a golpear. Zig se ovilló, tratando de cubrirse la cabeza. Si el trócar fuera un bate de beisbol, Zig estaría muerto. Estaba hueco, pero aún era lo suficientemente duro para dañarlo.

—¿Sabes cuánto me costaste? —gritó Royall sacando un nuevo golpe, luego otro, escupía saliva mientras balanceaba el trócar como un palo, golpeándolo en el brazo, en las costillas, después un golpe despiadado en la mandíbula que hizo que a Zig le diera vueltas la cabeza.

La sangre salía volando de los labios de Zig. Tosía, se atragantaba en... *Pttt...* Un diente caído. La saliva cayó a la tierra en un montón baboso de sangre.

Royall no lo dejaba, lo volvió a golpear.

Con cada golpe, con cada impacto, respirar era más difícil para Zig. Sus costillas..., el dolor agudo..., tenía el pulmón perforado, no le cabía la menor duda.

Crack.

El bastón de metal lo golpeó en el antebrazo. Cúbito roto.

Zig respiraba en jadeos superficiales. Se le llenó la boca de sangre.

Y, después, el tiempo mismo empezó a quemarse, él sabía muy bien los límites del cuerpo humano.

Estaba echo un ovillo. De reojo veía a Royall parado encima de él, el invernal brillo de la luz lo enmarcaba desde arriba y lo hacía parecer... angelical. Era la única palabra, incluso con el ansia de sangre en los ojos.

Cuando Zig era más joven, como la mayoría de los chicos, pensaba que iba a tener una muerte espectacular, un final en el que se fuera con estilo, luchando contra un calamar gigante o saltando de una bicicleta por el Gran Cañón. Conforme envejecía, se dio cuenta de que lo último que uno quiere en la vida es una muerte espectacular. De hecho, mientras más mundano sea tu último capítulo, más afortunado serás.

Sin embargo, incluso de niño, en el fondo, Zig siempre supo que su fin llegaría anticipadamente. En la vida que había elegido siempre se había sentido atraído por la muerte y la muerte se sentía atraída por él. Durante años, podía sentir a la muerte cerca, dos pasos detrás de él, observándolo. Y, desde luego, llegó el día cuando la muerte lo siguió a casa. En los años recientes, mientras pasaban más y más almas por Dover, sentía que la muerte daba un paso más cerca, que estaba sobre su hombro, como un cuervo siempre presente, sentado, ansioso por alimentarse.

Los ojos de Zig rodaron hacia arriba. Sobre él, Royall seguía en cámara lenta, ajustando las manos alrededor del trócar de metal. Lo mantuvo arriba como una lanza, apuntando con la punta de metal hacia el pecho de Zig. Aunque la boca de Zig no se movía, se dio cuenta de que estaba diciendo la misma plegaria de siempre, la plegaria a su hija.

Por lo general, rezaba por que un día volviera a ver a su Magpie. Ese día, acostado sobre el concreto frío, con la cara hecha una pulpa púrpura, sabía que tenía asegurada esa parte. Con toda certeza, la vería. Pero lo que rezaba en ese momento era que la viera rápidamente, para que pudieran...

Pop. Pop. Pop.

Balazos.

Zig trató de voltear la cabeza, siguiendo el sonido mientras la cámara lenta volvía a la realidad. El sonido... venía de un extremo del pasillo.

Ahí. En el suelo.

Nola estaba sobre el estómago, alzada sobre sus codos. Su pierna sangraba, una larga mancha de sangre hacía una curva detrás de ella. Se había arrastrado al otro lado de la esquina sosteniendo una pistola con las manos temblorosas, que apuntaba directamente a Royall.

—Te lo dije, voy a grabar tu muerte con fuego —le advirtió mientras una nube de humo salía de su pistola.

88

Nola había jalado el gatillo.

Royall se detuvo. Se miró y se tocó el pecho. Tenía la herida del hombro..., pero, fuera de eso... Se empezó a reír.

—Pedazo de tarada. ¡Fallaste! —siseó. Alzó la mirada, como si estuviera a punto de irse.

—No. ¡No des un paso más! —le advirtió Nola con voz para nada tan fuerte como siempre. Se le había ido el color de la cara. Para arrastrarse hasta ahí, había perdido mucha sangre. Estaba sobre el estómago y las manos le temblaban. Pero de ninguna manera iba a permitir que se fuera.

A quince metros de distancia, a mitad del pasillo, Royall estaba parado recobrando el aliento y observándola como si fuera su presa. Lo único que había entre ellos era el charco superficial del líquido para embalsamar, la luz del techo se reflejaba en él, añadiendo una extraña serenidad a la bodega oscura.

—Nola, si crees que tienes los huevos para jalar el gatillo...

Pop.

Nola volvió a disparar. Hubo un ruido metálico y un destello. La bala rebotó en algo a la distancia.

—¿Fallaste otra vez? —preguntó Royall con una sonrisa delgada en sus mejillas—. Eso te va a costar la vida —Si quería, podía haber ido por la derecha, de regreso a los focos de alógeno y cortar hacia el pasillo que corría en paralelo a este. Escapar. En cambio, se quedó donde estaba y reajustó el trócar de metal en su mano.

Detrás de él, Zig estaba tirado sobre el concreto, sin moverse.

Nola quería jalar otra vez el gatillo, pero por la manera como su visión se oscurecía, por la manera como se inclinaba el mundo, había perdido demasiada sangre. Quería levantarse, quería poner las manos alrededor de la garganta de Royall, pero en ese momento no podía sentir nada por debajo de la cintura. Y, sin importar cuánto se esforzara, no podía evitar que le temblaran las manos.

—Siempre fuiste una perra necia, ¿verdad, Nola? Puedo ver el dolor en tu rostro. Ni siquiera puedes ver bien, ¿verdad?

Nola permaneció en silencio, negándose a decir que había tres Royalls que la miraban. «Apunta al de en medio». Pero cada vez que alzaba la cabeza, se sentía atontada, como si estuviera en una balsa salvavidas y la habitación oscilara. Tenía el corazón acelerado, luchando por compensar la pérdida de sangre. Si disparaba otra vez, él estaba demasiado lejos, no sería un golpe directo. Sin embargo, Nola se aferró al gatillo y sus ojos se esforzaron por permanecer en el hombre que la había enterrado tantos años atrás.

—Vamos, Nola, dispara. Te doy uno libre —dijo Royall, sacando el pecho y extendiendo los brazos como si estuviera crucificado.

Una delgada línea de mocos salía de la nariz de Nola. Luchó por mantener la cabeza en alto. La pistola se sentía como un yunque en sus manos.

—¿No? ¿Eso es todo? ¿Te rindes? —preguntó Royall bajando los brazos, aún con el trócar de metal. Echó un rápido vistazo detrás de él para asegurarse de que Zig siguiera desmayado. Inconsciente.

—Esta es la parte que quiero que recuerdes, Nola. Al final, a pesar de tu interferencia insistente, cuando finalmente llegaste a la meta, *tú fuiste* quien se rindió. Como siempre, te rendiste. Nunca fuiste capaz de terminar un trabajo. Eres la misma negra floja que siempre fuiste.

—Vete al... —empezó Nola, aunque las palabras no salían de sus labios. Su cabeza volvió a oscilar, pero aún podía ver a Royall, podía ver la sonrisa de satisfacción en su rostro. Ahora estaba divirtiéndose, en especial mientras daba un primer paso hacia Nola.

Se sostuvo del trócar. Después, su pie salpicó un poco cuando su tacón tocó el charco de líquido de embalsamar.

Ahora era Nola la que sonreía.

Royall pudo haber evitado el charco, pudo haber tomado el camino largo para asegurarse de no entrar en contacto con el líquido inflamable. Pero esa era la falla de Royall. Siempre había sido su falla. Desde que la había llevado a casa de niña, Nola lo sabía, *ella* era la más grande debilidad de Royall.

Nola inclinó la pistola y la dirigió en diagonal hacia el suelo, justo hacia el charco de líquido. Incluso entonces, con la cabeza oscilando, era el único disparo que no podía fallar.

Royall se quedó paralizado. Sus ojos se volvieron platos.

—Nola... No.

Demasiado tarde.

El dedo de Nola se curvó alrededor del gatillo. Royall trató de correr. Parecía aterrado, después enfurecido, después aterrado otra vez, todo en el lapso de medio segundo mientras los dos compartieron una última mirada final. Por el ángulo en el que estaban, él mirándola desde arriba, como si estuviera parado en la puerta de su habitación, era como si Nola tuviera siete años y él fuera su papá, y acabara de llevarla a casa la primera noche, la hubiera puesto en cama y todo habría podido estar bien en el mundo, aunque la pequeña Nola, incluso desde entonces, sabía que no iba a ser así.

Ella quiso decir algo vengativo, quería decirle cuánto tiempo había esperado este momento, quería decirle cuánto dolor estaba a punto de sentir y desde luego cuánto lo merecía. En cambio, observó con una mirada oscura, sin parpadear, directamente a los ojos abiertos de Royall.

—Nola... —rogó, y la voz se le quebró.

Nola apretó el gatillo.

Pop.

Hubo un destello cuando la bala golpeó el líquido de embalsamar. Después un *bucsh* ensordecedor, como una tubería de gas que se encendía. Royall seguía a medio paso, congelado con un pie en el aire, mientras una gruesa columna de fuego se elevaba del charco y se lo tragaba entero.

—¡Noooo! —gritó Royall; su ropa, su cabello, su cara, todo estaba envuelto en una llama azul claro.

Nola sabía qué estaba por venir.

En el suelo, se hizo un ovillo y se cubrió la cabeza para apartarse del charco.

En segundos, el fuego se extendió por encima del charco hasta el bote de metal original del líquido de embalsamar. Nola contó: «Tres... Dos...».

Hubo un rugido ensordecedor, un trueno a dos pasillos de distancia, cuando una enorme explosión envió una bola de fuego negra y naranja que se extendió hasta el techo. La bodega se sacudió y tembló. Se sintió como un golpe de mortero, luego el bote de metal salió disparado como un cohete, en zig zag a través del frente de la bodega.

La arremetida de calor llegó tan rápido, incluso a dos pasillos de distancia, que Nola pensó que se le había quemado la espalda. Para cuando el calor se enfrió y finalmente levantó la mirada, Royall estaba en el suelo, sacudiéndose frenéticamente, girando de un lado a otro mientras trataba de extinguir las llamas.

—¡Por favor... Alguien... Mis ojos...! ¡Está en mis ojos! ¡Nola... Por favor!

Nola no se movió.

Royall siguió girando, retorciéndose en el concreto. Detrás de él, el charco seguía ardiendo hasta la altura de una rodilla. Después, se quedó acostado ahí, un ladrillo carbonizado y negro, sobre la espalda, apenas moviéndose mientras se elevaba el vapor de su cuerpo.

Doce segundos. Era todo lo que había tomado. La piel del rostro de Royall burbujeaba y hervía. Partes de sus manos eran blancas brillantes y otras partes negras y chamuscadas. Su barbilla era lo peor, un desastre de ampollas ensangrentadas derretidas. Además, estaba el olor de pelo y piel quemados. Bocarriba, Royall gemía, haciendo un ruido como un perro pateado. Sin embargo, estaba vivo. Ya no era una amenaza, pero estaba vivo.

La reacción de Nola fue instantánea.

—*Ghh* —gruñó, avanzando sobre los codos directamente hacia Royall con la mano aún temblorosa mientras sostenía la pistola apuntada hacia su cabeza. Era hora de terminar el trabajo.

A su izquierda, todos los estantes estaban en llamas. Algunos muebles también. Pequeñas hogueras se encendían por la explosión del bote, pero como la bodega estaba llena en su mayor parte de porcelana y metal, no le preocupaba que el lugar entero se incendiara. Incluso, de haber sido así, no estaba segura de que le importara.

A unos metros de distancia, el pecho de Royall subía y bajaba. Aún respiraba pero no por mucho tiempo.

—Nola, no lo hagas —dijo una voz familiar.

Ella miró a su derecha. Del otro lado del charco ardiente, Zig estaba despierto, de costado, con la cara hecha un desastre púrpura por cómo Royall lo había golpeado con el trócar.

«Deja de hablar», pensó ella para sí, arrastrándose sobre el estómago con los brazos estirados y acercando el cañón de la pistola hacia la cabeza de Royall.

—Nola, ¡no dejes que te convierta en una asesina! —añadió Zig—. Se terminó. Está acabado. Va a pagar por sus crímenes.

«No. No es así —pensó Nola echando un codo hacia adelante con un quejido—. Va a volver a escaparse, va a asumir un nuevo nombre, va a desaparecer en una nueva vida. Es su especialidad». La habitación todavía oscilaba y se estremecía. Su respiración era más pesada que nunca. Era una tonta por seguir moviéndose. Sin embargo, mientras observaba cómo subía y bajaba el pecho de Royall, ¿por este pedazo de mierda?, no le importaba ser una tonta.

—Nola, escúchame —le rogó Zig—. Esas personas en el avión, esa mujer Kamille, ¡ella no querría que hicieras esto!

«Esto no es por ellos —pensó Nola—. Es por mí». Estaba a menos de sesenta centímetros de distancia. Casi llegaba.

Su brazo estirado temblaba tanto que puso la culata de la pistola en el piso para mantenerla firme.

—Te va a perseguir para siempre, Nola. Cualquiera que sea el dolor que te haya causado —añadió Zig—, cuando tomas la vida de alguien, ¡no puedes devolverla!

Nola volvió a apretar la pistola contra la cabeza de Royall. Pedazos de su cabello quemado del color de humo se enredaron en el cañón. Le recordó a una pintura..., quería hacer una pintura de ese momento, del cañón brillante contra su piel chamuscada. Memorizaba detalles, los guardaba para más tarde mientras su dedo se movía lentamente sobre el gatillo, que agarró con fuerza. «Jala —se dijo—. Sólo jálalo».

Pero no lo hizo.

Hubo un crujido y un golpe fuerte a unos pasillos de distancia. El fuego había consumido otro pedazo de la historia militar. A la distancia, afuera, pudo oír el difuso sonido de una sirena que se acercaba. La alarma de incendios debió encenderse. Pronto llegaría la ayuda.

Nola soltó el arma, que chocó contra el suelo.

—Nola, tomaste la decisión correcta —dijo Zig, acostado del otro lado del charco que ahora ardía en llamas bajas.

Frente a ella, el cuerpo de Royall se estremeció, como si estuviera perdido en un sueño, como cuando ella lo espiaba en su cuarto, deseando que no se despertara, cuando estaba borracho los martes y los sábados por la noche. Después de eso, recordó su viejo auto y cómo olía a cigarros y a Armor All las noches que dormía en el asiento trasero. Recordó los bistecs quemados. Los gritos. Las excavaciones y la tierra. A Duch el zorrillo. Y, desde luego, la primera noche, cuando la sacó a rastras de casa de los LaPointe. Sobre todo, recordó la promesa que se había hecho a sí misma tantos años atrás. Si alguna vez lo volvía a ver. La promesa que la había llevado ahí ese día.

Con un rápido movimiento, Nola tomó la pistola, la apuntó a la cabeza de Royall, la presionó contra su sien...

—¡Nola, no!

Pop.

Un estallido de sangre roció el concreto, pedazos del cráneo de Royall saltaron en todas direcciones.

Por fin.

Promesa cumplida.

Zig gritaba algo, más fuerte que nunca. Nola no lo escuchó. Ahora, la habitación oscilaba incontrolablemente, el mundo otra vez se encogía en los bordes. El latido de su corazón era ensordecedor, golpeaba y resonaba en sus sienes, en las puntas de sus dedos, en su lengua, aún salía sangre de detrás de su rodilla contorsionada.

«Sólo necesito apoyar la cabeza —dijo Nola, aunque sus labios nunca se movieron—. Sólo necesito descansar un poco, una siesta, justo aquí», añadió. Después, hizo justo eso. Mientras media docena de fuegos seguían ardiendo a su alrededor, Nola apoyó la cabeza en una almohada gorda y mullida, sin darse cuenta de que era el concreto frío y duro.

89

Nola se despertó después de la cirugía.

Fue un día completo después, a la mañana siguiente, aunque por la manera como una ola de náusea se empujaba desde el fondo de su garganta, parecía que hubiera pasado una semana.

Simultáneamente, escuchó los pitidos, el coro de robots de la media decena de monitores electrónicos a los que estaba enganchada. La televisión de la pared opuesta estaba encendida en un viejo episodio de *La rueda de la fortuna*.

—...venida, dormilona —dijo una enfermera negra de ancha cara ovalada y dientes chuecos. Estaba parada en un extremo de la cama, revisando el pulso dorsal en el pie de Nola. La enfermera le hizo una pregunta, pero ella apenas la escuchó.

A la derecha de Nola, un sillón reclinable estaba cerca de la cama, como si alguien hubiera estado de visita. A su izquierda había un pizarrón blanco con el logo del hospital general de Kent. Delaware. Seguía en Delaware.

El pizarrón también tenía el nombre de Nola, su tipo de sangre, su fecha de nacimiento y un contacto de emergencia, un número que Nola no reconoció. Código de área 202, Washington, D. C. Leyó el número tres veces, pero no pudo ubicarlo. Su cerebro no estaba funcionando bien. El tirón en la garganta. Volvió a sentirse mareada, con náuseas.

—Toma, si necesitas vomitar... —dijo la enfermera y puso un bacín de plástico amarillo sobre el pecho de Nola—. Las bolsas de vómito no aguantan nada.

Nola asintió, como si tuviera sentido. Tenía la pierna derecha inmovilizada, entumida, envuelta en gasa. Cirugía. Le habían hecho cirugía. Eso explicaba las náuseas, los medicamentos.

Sin embargo, lo que Nola percibió más que nada... Afuera, en el pasillo, había un hombre. Frente alta, cuello grueso, constitución militar. Piel color bronce. Llevaba el uniforme militar completo y montaba guardia. Una sola barra de plata en el hombro. Teniente primero.

No era un soldado, era un oficial.

Miró a Nola sin decir una palabra.

No tenía sentido, pensó Nola, pero el mundo otra vez se apretaba en los bordes, la habitación empezaba a inclinarse y a girar. ¿Por... por qué mandarían a un oficial?

90

—¿Dónde está su cuerpo?

—Sigue en Dover —respondió Master Guns.

—¿No lo van a transferir con Tobert? —preguntó Zig, refirién-dose a la funeraria local donde Dover enviaba a la mayor parte de los civiles.

Master Guns hizo un ruido parecido a un gruñido.

—¿Quieres la mala noticia o la mala noticia?

—¿Tengo opción? —Zig se escurrió de su cama de hospital y fue al baño que había en un rincón; se alzó la bata médica y orinó larga y satisfactoriamente. Mientras se lavaba las manos, vio su propio reflejo en el espejo.

—No te veas en el espejo —gritó Master Guns.

—No —dijo Zig mirándose fijamente.

Labio partido, dos ojos morados, una severa fractura del borde orbital, catorce puntadas entre la frente y la barbilla, además de un despiadado moretón oscuro que le había convertido el pómulo en una almohadilla morada.

Zig había visto cosas peores. Eso se iba a curar o, por lo menos, se podía cubrir.

—Dame las malas noticias primero.

—Hablé con la hermana de Dino —dijo Master Guns—. Está destrozada, desde luego. Ya está haciendo los arreglos para el vue-lo. Debe llegar mañana.

De regreso a la cama, Zig se rascó el yeso del brazo roto y observó largamente a su amigo. En el centro de la habitación, con postura siempre perfecta, Master Guns se quedó en silencio.

—Dime lo que no me quieres decir —añadió Zig.

—Mira...

—No digas «mira», ya te estoy mirando. ¿Qué más dijo?

—Nada. Es que... Para el funeral de Dino... —Se aclaró la garganta—. Pidió que fueras *tú* quien se ocupara de su cuerpo. Te pidió por nombre.

Zig asintió. Ya se lo esperaba. Cuando era pequeño, la hermana de Dino los llevaba a la secundaria. También les compraba cerveza y otras bebidas alcohólicas.

—Ziggy, no tienes que...

—Dile que lo voy a hacer.

—Puedo inventar una excusa, decirle que estás en el hospital.

—Basta. Lo voy a hacer —dijo Zig mientras buscaba en el morral rojo con blanco que Master Guns le había llevado de su casa. Sacó un par de viejos pantalones de mezclilla y se los puso rápidamente.

—Zig, ¿qué estás...?

—Dijiste que su hermana llega mañana. Si no comienzo ahora...

—¿Eres imbécil? Los doctores... Dicen que te quieren tener en observación por lo menos un día más. La conmoción...

—Estoy bien.

—No estás bien, y si crees que te voy a permitir que regreses a la morgue...

—Dijiste que a Dino le dieron un balazo en la cabeza. Fue donde le disparó Royall, ¿no? ¿Crees que haya suficientes fragmentos de cráneo para reconstruirlo? —Master Guns no respondió—. La familia de Dino es católica. Ayudé en el entierro de su mamá. También en el de su papá. Su hermana Denise va a querer el ataúd abierto. ¿Por lo menos tiene el rostro intacto o va a necesitar escultura y reconstrucción importante?

—Ziggy...

—Tú crees que estamos discutiendo, pero no —respondió Zig—. Cuando Denise llegue aquí mañana, va a esperar un ataúd abierto. Yo le voy a dar un ataúd abierto, ¿okey? Lo voy a hacer. Caído #2 358. Necesito hacerlo —dijo Zig abotonándose los pantalones. Cuando se pasó una camiseta limpia sobre la cabeza, una mancha de Rorschach de sangre se extendió en el pecho de la playera.

—Eres una patada de necedad en los huevos, ¿lo sabías? —dijo Master Guns.

—¿De verdad pensaste que me iba a quedar aquí sentado en el hospital y que iba a dejar que le dieras el caso a Wil?

Master Guns asintió al oír el nombre del compañero de la morgue de Zig.

—Él definitivamente es más idiota que tú, Ziggy. Además, me choca que escriba su nombre con una sola «l». Qué pesadez.

Zig iba a sonreír, pero el tirón en la piel por las puntadas le dolía demasiado. De cualquier manera, si Master Guns estaba bromeando, era para prepararlo para otra bomba.

—Si te hace sentir mejor —añadió Master Guns—, hemos desmenuzado los documentos de Dino, el teléfono, el correo, todo. Su economía estaba... —Master Guns hizo una pausa y respiró con fuerza por la nariz—. Ziggy, tenía unas deudas bastante tremendas.

—¿Qué tan tremendas?

—Muy tremendas. Tan tremendas como que le estaba quitando dinero a su propia abuela. Cualquiera que fuera su objetivo, estaba fracasando. Tenía una deuda de seis cifras y, por lo que vi, si no pagaba pronto, alguien se iba a meter a su casa para darle con el lado puntiagudo del martillo.

—Eso no lo excusa.

—No lo digo. Pero, lo que fuera que estuviera haciendo Dino, cualquier dinero que aceptara de Royall para pagar sus deudas... No creo, ni por un segundo, que Dino tratara de herirte a propósito.

Zig permaneció en silencio; sacó un par de calcetines y se sentó a un costado de la cama.

—¿Y a su hermana? ¿Qué le vas a decir?

—¿Crees que tengo algo que decir en eso? Esto viene de arriba. De mero arriba. Número 456 —dijo Master Guns, refiriéndose al prefijo de la Casa Blanca—. ¿Te dije que me llamó el presidente?

—Me dijiste. Cuéntame de Dino.

—Si fuera un apostador, y siempre he sido un apostador, supongo que van a usar palabras como «víctima circunstancial». Van a decir que Dino estaba haciendo su trabajo, que almacenaba chocolates en la máquina expendedora cuando Royall le disparó, el pobre Dino sería otra víctima que estaba en el lugar incorrecto a la hora incorrecta.

Zig reaccionó sorprendido, pero no estaba sorprendido. En Dover, lo veía todos los días, el gobierno elegía decir una verdad a medias para asegurarse de que un secreto militar siguiera siendo secreto. En este caso, lo que Royall había hecho, descubrir que un agente de pago estaba estafando dinero y después que los dos usaran esa información para planear su propio atraco maestro, podía poner la Operación Bluebook en la primera plana de todos los diarios. O, peor aún, se arriesgarían a que se expusieran las identidades de todos los soldados actuales y antiguos que trabajaron encubiertos en él.

—Al presidente le encanta el programa. Al parecer, él también es admirador de Harry Houdini. Tenía la esperanza de proteger Bluebook a toda costa. Por eso, cuando se derribó el avión, pasaron a todos rápidamente por Dover. Si lo manejaban por lo bajo podían mantener el programa intacto. El cuerpo que pensaban que era Nola simplemente se quedó enmarañado en el asunto. Nadie habría alzado una ceja hasta que tú te diste cuenta de que no era ella. Y por eso había puesto a uno de sus más cercanos amigos, el bibliotecario del Congreso, a cargo de Bluebook en primer lugar. A diferencia de nuestros generales, cuando el bibliotecario vuela a alguna parte nadie observa dos veces a los que van sentados a su lado.

—¿Entonces Rookstool estaba haciendo un trabajo importante en Alaska?

—Muy importante. Él era el líder con el que se reportaban todos los supuestos «estudiantes». Así ha sido durante décadas. Volaba de regreso con tres de ellos, porque nunca les ha gustado que todos viajen en el mismo avión. Al parecer, Harry Houdini donó sus libros a la Biblioteca de Congreso por una razón. ¿Quién pensaría que los bibliotecarios podían ser tan peligrosos?

Zig seguía en silencio mientras metía cada pie en un calcetín y luego en un zapato. Actualmente, el gobierno escondía soldados en universidades, en programas de formación de informática, para que pudieran rastrear hackers y terroristas potenciales. En el futuro, tendrían problemas diferentes; los esconderían en otro lugar. Sin embargo, siempre se necesitaría el Bluebook de Harry Houdini y los cuerpos encubiertos que iban con él.

—Sabes, por un momento —dijo Zig—, cuando estábamos pensando en quién podía estar detrás de esto, me preocupó que fueras tú.

—Sí, bueno, te perdono —dijo Master Guns con una risa forzada—. El presidente Wallace pensó lo mismo.

—Después, pensé que seguramente era Hsu. Ella fue la última persona que vi el día que el presidente vino a ver los cuerpos, justo antes de que me golpearan en la cabeza y quedara inconsciente.

Master Guns se quedó en silencio, los dos repasaron esa mañana en la morgue, y colocaron a Dino en lugar de la coronel Hsu. Ella estaba haciendo la misma investigación que ellos y había sido la única lo suficientemente inteligente para sospechar de Dino; incluso lo había interrogado en su oficina.

—Entonces, Hsu tiene corazón, ¿no? —preguntó Zig.

—Tengo que admitir que pensé que no tenía. Pero ¿después de esto? Sí tiene.

Zig pensó en eso.

—Odio equivocarme.

—Es una maldita as. —Zig arrugó su bata haciéndola una pelota pequeña y compacta, y la agarró con fuerza, como si quisiera evitar que se expandiera—. Sabes qué, Ziggy, sólo hay un pequeño detalle que no me hace sentido —dijo Master Guns mirando la televisión en la pared y haciendo como que la veía, aunque no estaba encendida—. Cuando te escabulliste en Dover y te subiste al avión que iba a Alaska, hablé con los pilotos. Dicen que el avión prácticamente había despegado y que hiciste un berrinche inmenso para convencerlos de que se detuvieran en la pista.

—Te dije que...

—Te diste cuenta de que Nola te había tomado el pelo otra vez y que no estaba en el ataúd. Me acuerdo. Ya van tres veces que oigo que cuentas la historia. Tuviste suerte de que los pilotos te hicieran caso. Nola pudo haber muerto de no ser así. —Master Guns seguía viendo la televisión oscura, admirándola—. Pero lo que no puedo descifrar, Ziggy, es..., bueno... Cuando te bajaste del avión te fuiste corriendo directamente al Cementerio —dijo, refiriéndose a la vieja bodega—. Justo hacia donde Nola y Royall estaban tratando de matarse. —Seguía estudiando la televisión—. Entonces, dime, Ziggy. ¿Cómo supiste que tenías que ir ahí?

—No estoy seguro de entender la pregunta.

—Te bajaste del avión. Todo Dover estaba cerrado. Con el infierno que se desencadenó, incluso si hubieras pedido ayuda, lo comprendo. No tenías tiempo. Tuviste que tomar una decisión en una fracción de segundo. Pero incluso así, no me mientas, Ziggy. ¿Cómo supiste que Nola y Royall estaban en la vieja bodega? —Zig alzó la mirada de la bata del hospital que apretaba como un mundo en miniatura. Pero no dijo una palabra—. Ella te lo dijo, ¿verdad? —dijo Master Guns, pero no era una pregunta—. Te mandó un mensaje de auxilio. Te buscó y te dijo que estaba en la bodega.

Zig estudió a su amigo; conocía su tono de voz. Parecía muy confiado de su aseveración.

—Revisaste el teléfono de prepago que llevaba, ¿no? —preguntó Zig.

Ahora fue Master Guns quien se quedó en silencio.

—Es mi trabajo, Ziggy. Y, la verdad, ni siquiera me sorprende tanto que te pidiera que fueras corriendo. Lo que aún no puedo comprender es *por qué*. Incluso en sus mejores días, Nola nunca pide ayuda, a nadie. Así que cuando veo una situación así, necesito saber: ¿simplemente entró en pánico en un momento de desesperación o de verdad conseguiste congraciarte tanto con ella de manera que, de milagro, puso un poco de genuina fe en ti?

Zig iba a decir algo, después dijo otra cosa:

—Puedo aceptar cualquiera de las dos.

Master Guns asintió y, por fin, apartó la mirada de la televisión.

Zig echó la bata de hospital a un lado, saltó de la cama y se dirigió a la puerta. De regreso a la morgue, de regreso al trabajo.

—Ziggy, ¿puedo decir una última cosa?

—Pensé que la última cosa era la última cosa.

—Sobre el cuerpo de Dino..., para la preservación... Comprendo por qué quieres trabajar en él. Es un poco extraño y como de la familia Adams, pero lo entiendo. Cerrar ciclos es bueno. —Master Guns tomó aire otra vez, su voz era más suave que antes—. Pero después de eso, quizá sea hora de que tomes un descanso.

—¿Qué tipo de descanso?

—Un descanso. Un *verdadero* descanso. Basta de tanta muerte. Todos los días estás alrededor de la muerte, rodeado de muertes. Quizá tú... No sé...

—¿Me estás despidiendo?

—No soy tu jefe, Ziggy. Soy tu *amigo*.

—Entonces, di lo que quieres decir.

Master Guns se quedó de pie un momento, con los hombros rectos y el pecho afuera. Impenetrable.

—Hace dos días, cuando estabas tratando de descubrir cosas de Bluebook, empezamos a meter la nariz en los detalles reales de la vida de Houdini.

—¿Es otra historia de magia?

—Es una historia de *muerte*, tu tema favorito. De cualquier manera, durante la investigación, descubrí que antes de que Houdini muriera, y es verdad, les dio contraseñas secretas a los que eran más cercanos a él, a su esposa, a sus hermanos, incluso a los de su pequeño ejército: Clifford Eddy, Rose Mackenberg y Amedeo Vacca. Cada uno obtuvo una clave individual, una palabra que sólo ellos conocían. De esa manera, si la persona moría y hacían una sesión espiritista, Houdini sabría si el supuesto fantasma que el médium decía que aparecía era el verdadero o no.

—¿Entonces, el fantasma le diría la palabra mágica al médium y Houdini sabría que no lo estaban estafando?

—Ya sé. El tipo estaba más obsesionado con los cadáveres que tú; pero, conforme seguimos escarbando, descubrimos que Houdini también le dio una contraseña a su mamá. *Ella* era el fantasma con quien más quería hablar. Al parecer, nunca superó su muerte. Cuando murió... fue una pérdida tan devastadora que lo desgarró por el resto de su vida —dijo Master Guns observándolo. Ahora Zig era el que veía la televisión apagada—. Pero, esto es lo que me llamó la atención, Ziggy. ¿Sabes cuál era la contraseña de su mamá? Después de toda la muerte que hubo en la vida de Houdini, después de gastar tanto tiempo obsesionado por eso y persiguiendo médiums falsos, y buscando espiritistas, y de ocupar una parte de cada espectáculo en la demostración de que todos los adivinos eran un fraude... ¿Sabes qué clave le dio a la única mujer que deseaba que pudiera regresar más que nadie? Era una palabra sencilla: «Perdona».

Zig apartó la mirada de la televisión apagada.

—¿Perdona?

—Escucha al hombre, es un buen consejo.

—Pensé que estábamos hablando de mi trabajo. De que me tomara un descanso.

—Así es.

—Entonces, ve al grano —insistió Zig.

—Tú no estás muerto.

Zig se rio.

—Gracias por el consejo tan sagaz.

—Es en serio, Ziggy. No estás enterrado; no tienes tierra sobre la cara. Has pasado tanto tiempo rodeado por estos cadáveres sin vida, pensando que era a ellos a quienes ayudabas, pero... Es hora de que vuelvas a la vida.

—Yo *estoy* vivo.

—No se trata de que estés vivo, Ziggy. Es hora de que vuelvas *a vivir*. Es el único truco que Houdini no pudo realizar, pero tú sí puedes.

Zig lo pensó.

—El punto es... —Master Guns volvió a respirar por la nariz—. Quizá cuando esto termine y acabes de trabajar en el cuerpo de Dino, quizá puedas apartarte de Dover un tiempo. Quizá puedas ir a una funeraria simple y normal y sólo... trabajes en algunos civiles. En viejitas. Hombres de noventa años cuyos corazones por fin se cansaron. Gente a la que se extraña, pero que no te hunden todos los días hasta el cuello en tragedias completas.

—Ya sabes que ese no es mi...

—O, mejor todavía, vete de viaje. Olvídate de Delaware. Vuelve a ser pirata, viaja, conoce el país. En una funeraria promedio, cuando hay un caso difícil, por lo general recomiendan un ataúd cerrado, pero con tus habilidades de escultura... Lo que podrías hacer por la gente, por sus familias... Es un arte agonizante. Ve a ser pirata otra vez y comparte. Perdona. Te va a hacer bien.

—Mi vida está aquí —dijo Zig, aunque en realidad estaba pensando en una verdad mucho más simple, una verdad que no iba a decir: «¿Qué otra vida tengo?». Master Guns observó a su amigo, después se quitó los lentes, se los limpió con la playera y se los volvió a poner. Nunca dejó de ver a Zig—. No me mires así. Ya sabes que no me puedo ir de aquí —añadió.

—Ziggy, todos tienen una flecha en su vida. Durante todos estos años, has seguido esa flecha. Sin embargo, quizá sea hora de que sigas una nueva.

—Practicaste esa metáfora de la flecha, ¿verdad? No es posible que se te ocurriera de repente.

—Tus bromas no sirven conmigo, Ziggy. Quizá sea hora de un nuevo reto.

—Me gusta trabajar con las tropas, con nuestros caídos. Me gusta ayudarles. No me voy a ir.

—Haz lo que quieras, Ziggy, pero piénsalo, ¿okey? Es todo lo que te pido.

Zig asintió, como si agradeciera el consejo; sin embargo, mientras se dirigía hacia la puerta, ya sabía su respuesta.

—No me voy a ir —dijo Zig cuando dio vuelta en la esquina y salió al pasillo del hospital.

Y lo decía en serio.

91

Tres días después

—¿Alguien va a venir a recogerte? —preguntó la enfermera Angela.

—Están en camino —respondió Nola. Era mentira. El reglamento del hospital decía que, por razones de responsabilidad, la enfermera Angela tenía que llevar a Nola en silla de ruedas a la zona de Alta y que tenía que permanecer a su lado hasta que llegaran por ella—. Acabo de hablar con ellos —explicó.

La enfermera Angela asintió y la siguió empujando sin que le importara en realidad.

Diez minutos después, esperaban en la recepción del hospital, Nola seguía en la silla con la pierna extendida en el cabestrillo de Frankenstein que le dieron para que la mantuviera inmóvil después de la cirugía. Detrás de ella, la enfermera Angela se quedó de pie, mirando hacia afuera a los autos estacionados en doble fila, con nubecitas saliendo del escape mientras esperaban a sus seres queridos.

—Señorita Nola, ¿está segura de que vienen en camino? —preguntó la enfermera Angela.

—Completamente. En cualquier momento llegan.

A Nola le caía bien la enfermera Angela; le gustaba cómo le decía «señorita Nola» y que siempre llevaba una pluma mordisqueada en el bolsillo del pecho. «Ansiosa. Se preocupa de verdad por sus pacientes». Pero también era impaciente.

Según los cálculos de Nola, no pasaría mucho tiempo antes de que la enfermera Angela se pusiera ansiosa y se disculpara. Más allá de las reglas del hospital, Angela todavía tenía otros ocho pacientes de los cuales ocuparse. Una vez que se fuera, Nola llamaría un taxi y se marcharía de ahí. La verdad era que podía llamar uno en ese momento, pero no quería que nadie del hospital supiera sus detalles personales.

—Señorita Nola, si no le impor...

—¡Ahí estás! —anunció una voz masculina. Nola volteó justo cuando las puertas corredizas se abrían. Zig entró con una gran sonrisa y se dirigió hacia ella—. Perdón por llegar tarde. La máquina de *pinball* de alguien se cayó en la autopista y el tráfico era descomunal —dijo Zig mientras sacudía la mano de la enfermera y la sostenía más tiempo para ser encantador.

La enfermera Angela observó fijamente la cara de Zig, las puntadas y los ojos morados, los moretones. Tenía el brazo izquierdo enyesado.

—Usted estuvo aquí hace pocos días.

—Zig. Algunos me dicen Ziggy.

La enfermera Angela no contestó.

—¿Conoce a esta persona?

—Claro que la conozco, vine a recogerla —dijo Zig.

—Le pregunto a *ella* —respondió la enfermera Angela volteando hacia Nola y sacando su mano de entre las de Zig.

—Sí —dijo Nola desde la silla de ruedas—. Lo conozco.

—Quiere que yo...

—Es inofensivo —dijo Nola—. Además, lo puedo golpear con estas —añadió levantado las muletas de metal que estaban al lado de la silla de ruedas.

La enfermera Angela se quedó ahí un momento, tratando de decidir si le creía. No le creía, pero no le quedaba otra opción.

—En nombre del hospital general de Kent y el seguro de responsabilidad que implica, está oficialmente dada de alta. Que tenga bonita tarde, señorita Nola. Tengo que ver a otros pacientes, como al señor Robbins, que no deja de quejarse por el olor aunque es él el que no deja de pedorrearse en su cuarto.

Zig y Nola vieron que la enfermera desapareciera por el pasillo, ninguno de los dos dijo una palabra hasta que Angela se metió en el elevador y las puertas se cerraron tras ella.

—¿Por qué viniste? —preguntó Nola.

—Necesitas que alguien te lleve, ¿no? —dijo Zig mientras sacudía sus llaves—. Yo tengo un auto.

Nola alzó la mirada desde la silla de ruedas y vio la sonrisa en la mirada de Zig, la manera como se mordía la parte interior del cachete. «Emocionado. Esperanzado».

—Voy a tomar un taxi —dijo ella.

—¿A Washington D. C.? Vas a tu casa, ¿no? ¿Sabes cuánto te va a costar un taxi desde aquí? Por lo menos trescientos, a lo mejor cuatrocientos dólares. ¿Crees que te lo puedes permitir en este momento? Yo te llevo gratis, no seas terca. —Ella lo miró y sus rasgos finos lo golpearon como una lanza—. Está bien, sé terca. Pero no tanto como para tomar una decisión de la que te vas a arrepentir en dos minutos. Vamos. Ni siquiera tienes que hablar conmigo.

A Nola no le caía bien Zig. Lo comprendía más, pero no le caía bien.

—Mi bolsa está atrás de...

—Ya la vi. Voy por ella —dijo Zig y tomó la bolsa de compras que estaba colgada del asa de la silla de ruedas. Estaba llena de ropa, medicamentos e instrucciones postoperatorias—. Cuidado con los pies —añadió Zig, que empujó la silla de ruedas por la puerta principal hacia un Honda Odyssey 2011.

—¿Una minivan?

—La pedí prestada en el trabajo. Me imaginé que necesitabas más espacio para las piernas.

—¿Tienen minivans en Dover?

—La mayoría de las funerarias tienen. Cuando mueven los ataúdes, se reclinan los asientos y...

—Ya entendí —dijo Nola. Afuera, en el frío, vio a una mujer asiática con barbilla pequeña, una doctora, que hablaba por el celular mientras caminaba de un lado a otro. La doctora tenía los labios partidos y secos, y no dejaba de chupárselos. No usaba bálsamo labial. «Poco preparada. O floja. O quizá, sólo fuerte».

Cuando llegaron al lado del copiloto de la camioneta, Zig se acercó a Nola para ayudarla a bajarse de la silla de ruedas.

Ella le hizo un gesto para que se quitara, se acomodó las muletas y saltó sobre un pie. Abrió sola la puerta y se subió al asiento del copiloto.

Adentro, la camioneta olía a aromatizante de limón, no había polvo, el tablero estaba reluciente. Mejor que la mayor parte de las cosas en el ejército, pero así era todo en Dover. Sin embargo, Nola notó que en el radio faltaba uno de los sintonizadores, que el parabrisas tenía una muesca en donde lo había golpeado una piedra y que a la altura de su cadera izquierda había una hebra salida del asiento de piel.

—¿Ya te abrochaste el cinturón?

Ella asintió.

Ninguno de los dos dijo una palabra mientras pasaban al lado de las tiendas de abuelos que había sobre la calle principal; la mitad de los escaparates de ladrillo rojos parecían nuevos y recién equipados, mientras que la otra mitad parecía en decadencia y tenía letreros de «Se renta», como si la ciudad misma no hubiera decidido si estaba viva o muerta.

Nola permaneció en silencio mientras Zig giraba en la autopista Sur 301; el paisaje se abrió y se parecía a cualquier camino de doble sentido con camellón de Estados Unidos, las tiendas se reemplazaron por farmacias y pizzerías.

En pocos kilómetros, el paisaje volvió a ampliarse, las tiendas desaparecieron. No había nada en ambos lados de la carretera más que hectáreas y hectáreas de tierras de cultivo, hasta donde alcanzaba la vista, todo cubierto con montículos de nieve.

—Esos son campos de trigo y cebada —dijo Zig, que señalaba una amplia faja de tierra a la derecha—. Uno pensaría que la nevada es mala, pero, en realidad, hay calor bajo la nieve. Ayuda a que los granos más pequeños prosperen.

Nola bajó la visera para bloquear el sol que vacilaba en el cielo de la tarde, mientras esperaba a ponerse a la distancia. Mientras la sombra le daba en la cara, le dolió la pierna. Se movió en su asiento, pero no dijo una palabra.

—Lamento que te despidieran —dijo Zig después de un momento.

Nola volteó hacia él, tratando de decidir si le sorprendía que las noticias viajaran tan rápido. Hasta el momento, la Casa Blanca había podido mantener el caso fuera de los periódicos, y al parecer seguía trabajando con la policía local para evitar las acusaciones, pero después de todo lo que Nola había hecho, escabullirse en su antigua base, atacar a Markus y arrastrarlo a un bote, además de jalar el gatillo contra Houdini y Royall...

Defensa propia. Así lo llamó el abogado asignado por el ejército de Nola. La Casa Blanca no lo discutió. Jamás lo aceptarían, pero el equipo del presidente probablemente estaba agradecido de que Royall y Houdini ya no existieran. Con ellos muertos, hacer limpieza iba a ser mucho más fácil. La Operación Bluebook obtendría un nuevo nombre, todos los que trabajaban en ella seguirían protegidos y podrían continuar con su trabajo. La vida continuaba. Sin embargo, Nola sabía la verdad; la sabía desde hacía días. Incluso si la Casa Blanca estaba feliz, seguía siendo el ejército. No importaba si uno había hecho lo correcto: una vez que se desobedece la cadena de mando, tiene que haber consecuencias.

—Vi que nombraron un nuevo artista en residencia —añadió Zig—. Ha de haber sido duro despedirse de ese trabajo. —Nola no respondió—. Aunque, después de todo lo que hiciste..., me sorprende que sólo te dieran una baja general.

—En condiciones honorables —aclaró Nola.

Él asintió.

—Puedes solicitar una nueva caracterización en seis meses. Te apuesto a que te la cambian. Te van a estar molestando, pero te darán tu baja con honores. —Nola miró justo al frente, la sombra de la visera del coche hacía parecer que llevaba los ojos vendados—. Nola, si te hace sentir mejor, les conté lo útil que había sido tu...

—¿Por qué está aquí, señor Zigarowski? ¿Quiere que le dé las gracias? ¿Por eso hizo el viaje?

Zig ni siquiera volteó a verla después de la pregunta. Ya sabía lo que iba a pasar.

Tamborileó sobre el volante con los pulgares y suspiró. Después, habló con voz suave, la más suave que Nola le hubiera escuchado.

—Master Guns me dijo que te estabas recuperando bien, pero me imagino que... quería verlo por mí mismo. Quería asegurarme de que estuvieras bien y saber qué vas a hacer ahora.

—¿Eso es todo?

—Eso es todo.

El auto subió un pequeño tope en el camino, que hizo que un rayo de sol brillara en los ojos de Nola y que otra onda de dolor le recorriera la pierna.

Observó a Zig. El sol anaranjado lo iluminaba y acentuaba todas las líneas de su cara. Líneas de la sonrisa. Líneas de expresión. Y muchas líneas de preocupación.

—Pintar.

—¿Disculpa?

—Me despidieron... Me preguntó qué voy a hacer ahora. Voy a pintar. Voy a seguir pintando.

—¿Para una galería?

Le lanzó el tipo de mirada que los de veintiséis años les echan a los de cincuenta. «No sea tonto».

—El ejército me nombró su artista en residencia por una razón. Me gusta observar el mundo. Supongo que voy a tomar mis óleos y voy a viajar, ver qué encuentro.

—Entonces, ¿buscar problemas?

Nola le lanzó otra mirada y giró los ojos. Después, abrió la guantera; adentro había una libreta y una pluma atómica. Se apoyó la libreta en la pierna sana y empezó a dibujar.

—Estaba pensando en comenzar en Nueva Orleáns. Nunca he ido.

—Te va a encantar —dijo Zig mientras observaba que la pluma de Nola rayaba el papel.

—¿Y usted, señor Zigarowski? ¿Se va a quedar en Dover?

Zig asintió.

—Aquí es donde está mi vida. Además, están los soldados caídos… me gusta ese trabajo. Me permite ayudar a la gente.

Frente a ellos, el camino giró a la derecha, pasaron junto al campo de trigo y cebada más largo que habían visto hasta entonces; Zig pensó que cuando terminara el invierno iban a plantar soya en ese mismo campo. La misma tierra: sólo depende de qué se siembre.

—Nola, en tu arte, en todos los cuadros que vi en tu oficina…, ¿por qué siempre pintabas intentos de suicidio?

—¿Por qué pasa tanto tiempo alrededor de los muertos, señor Zigarowski?

—Ya te lo dije. Me gusta ayudar a la gente. Entonces, ¿por qué suicidas?

Nola seguía dibujando; trabajaba en los márgenes de lo que fuera que estuviera bosquejando. Parecía una serpiente. O un lago. Algo largo.

—No sé. Hay muchos tipos de muertes. Los suicidios me interesan.

—Es más que interés. Está en todos los cuadros.

—¿A qué quiere llegar, señor Zigarowski?

—Quiero saber si el suicidio… —Pensó en cuando estaban en el hotel, en las cicatrices que tenía en la muñeca—. Si es algo que has pensado *para ti misma*.

Nola no dijo nada. Su cuerpo se quedó inmóvil y dejó de mover la mano. No alzó la mirada del dibujo.

—No desde hace mucho.

Durante alrededor de un kilómetro, el camino siguió girando a la derecha y en un punto hubo una intersección con una calle estrecha llamada Strawberry Lane que sólo tenía una enorme torre de transmisión con una reja de acero.

—Nola, mientras estuviste en el ejército, ¿conociste a un hombre llamado doctor Robert Sadoff? —preguntó Zig finalmente. Nola percibió que estaba por darle una lección—. Sadoff trabaja en mi campo, pasa mucho tiempo rodeado por la muerte —añadió Zig—. Lo vi en una conferencia hace años, lo llamaban el padre de la psiquiatría forense moderna. Cuando hay un asesinato en el ejército, o en cualquier parte, en realidad, llaman a testificar al doctor Sadoff. Usa la ciencia forense y detalles médicos sobre la mente humana y dice en la corte si el sospechoso tiene la competencia mental para cometer un crimen como ese.

—Entonces, ¿determina si la gente está loca o no?

—Es su trabajo. El punto es que el doctor Sadoff es un hombre de ciencia. Sus decisiones se basan en hechos médicos. Sin embargo, cuando lo vi hablar, insistió en que también era un hombre de profundas creencias religiosas. Amaba a Dios. Rezaba. Y cuando alguien le preguntó por su fe, Sadoff dijo que el origen se remontaba a cuando tenía cinco años y vivía en su pueblo natal de Mineápolis. Una mañana, un camión de bomberos se dirigía a una emergencia cuando el conductor dio un mal giro y chocó el camión directamente contra la farmacia del padre de Sadoff. El camión de bomberos se estrelló de frente contra el mostrador de prescripciones donde el padre de Sadoff trabajaba todos los días —explicó Zig—. Pero ese día, el padre de Sadoff había salido del trabajo unas horas antes para rezar por un familiar que acababa de morir. Durante el resto de su vida, el doctor Sadoff, este hombre de ciencia, señalaba *ese* momento como la *prueba* absoluta de que el universo tenía un plan divino.

Nola bajó la mirada hacia la libreta y pensó durante casi treinta segundos.

—Para mí, no —dijo por fin.

—Para mí, tampoco —respondió Zig y los dos sonrieron; después, para su sorpresa, se rieron. Realmente se rieron.

En la libreta de Nola, con unas cuantas líneas más, el dibujo lentamente salió a la vista. Era un dibujo de su pierna extendida, envuelta en un vendaje elástico y protegida por el freno de apariencia biónica en la rodilla, con los goznes y cintas adhesivas. Desde el punto de vista de Nola. Su herida.

—Ya sabe que la conocía —dijo Nola de repente. Zig la miró, confundido—. A Maggie —dijo; sus palabras cayeron como una bomba—. Su hija.

Zig inclinó la cabeza casi imperceptiblemente.

—Pensé que..., en el museo militar... dijiste...

—No éramos amigas. Nunca nos sentamos cerca, pero estaba en primero de secundaria. Sabía quién era. Todos sabían quién era. La veía todos los días.

Zig se quedó sentado con la vista al frente, esforzándose por escuchar. Sin embargo, Nola observó la manera como se aferraba al volante, como si fuera un salvavidas.

—No puedo decir que fuera muy amable conmigo —añadió Nola—. No creo que nos hayamos dicho dos palabras. Pero un día, después de la clase de deportes, todos estaban jugando «Hazlo para ser *cool*»...

—¿Hazlo para ser...?

—Es un juego. De secundaria. Alguien te reta a que hagas algo y después todos gritan: «Hazlo para ser *cool*, hazlo para ser *cool*», hasta que...

—Ya entendí.

—Piense en verdad o reto, pero sin menos verdad. Y más imbecilidad. No importa, ese día, una niña que se llamaba Sabrina Samuelson...

—¡Me acuerdo de Sabrina! Estaba en las niñas exploradoras.

—Yo también me acuerdo. Una mocosa de mierda que siempre llevaba una trenza francesa y tenis con brillantitos. Ese día, Sabrina era la que daba las órdenes y me pidió que les mostrara a todos el tampón que de alguna manera había visto en mi mochila. Era una trampa, desde luego. Si sacaba el tampón, todo el grupo iba a saber de mi ciclo menstrual; si negaba que llevaba uno, me iban a crucificar o iban a decir que estaba retrasada —explicó Nola—. Pero ahí estaba la mocosa Sabrina enardeciendo a la multitud. «Hazlo para ser *cool*, hazlo para que seas *cool* —canturreó Nola—. Ay, por Dios, está a punto de llorar». —Nola recordaba la burla con perfecta claridad. Volvió a usar su voz normal—. No era cierto. Lo único que estaba a punto de hacer era agarrar el candado que tenía en la mano y golpear a Sabrina en la cara con él.

—Lamento que te hubieran hecho eso.

—No se disculpe. Sólo escuche. La multitud estaba efervescente, «Hazlo para ser *cool*, hazlo para que seas *cool*», y antes de que me diera cuenta de lo que pasaba, su hija Maggie apareció de la nada. Tenía su propia misión, fue corriendo hacia Sabrina, la tomó del brazo y le dijo: «¡Lucas acaba de invitar a salir a Charlotte M.!». En un ataque de risas adolescentes, Maggie y la mocosa Sabrina salieron corriendo y la multitud de ovejas prepubertas se fueron detrás de ellas a una nueva pesadilla infantil.

—¿Por qué me lo cuentas? —preguntó Zig.

—Cuando se estaban yendo, Sabrina y Maggie, las dos guiaban a la manada, corriendo por el pasillo de los casilleros, riéndose como perras de secundaria; pero, justo cuando iban a dar vuelta en la esquina para desaparecer, Maggie volteó hacia mí por encima del hombro. Lo vi en ese momento, señor Zigarowski, en su cara, en la ansiedad de sus ojos verdes. Incluso en ese entonces, podía percibir el interés verdadero cuando lo veía. Cuando se llevó a Sabrina, Maggie sabía lo que estaba haciendo.

—¿Entonces se hicieron amigas?

—Maggie nunca me volvió a dirigir la palabra. Ni una vez. Ni siquiera después de que me corté la oreja en el campamento. Y no digo que fuera una santa, era demasiado consciente de su popularidad para eso, pero ese día, cuando la multitud me señalaba con sus trinches, su hija... —Nola hizo una pausa mientras buscaba la frase correcta. No pudo encontrarla—. Crio bien a su hija.

A Zig le preocupaba que su voz fuera a delatarlo. Sólo asintió y sonrió. Apretó el volante, sorprendido de que pudiera controlarse. Duró tres segundos completos.

Primero, le tembló la barbilla, después los labios, después lo golpeó el terremoto emocional de lleno, lanzando ondas por todo su cuerpo, que subieron hacia su rostro y le sacaron las lágrimas de detrás de los ojos.

Nola no se sorprendió. Era un padre. Extrañaba a su hija.

Y así era. Extrañaba a Maggie todos los días.

Sin embargo, para Zig no eran las lágrimas de una pérdida. Eran las lágrimas que acompañaban un *regreso*. Durante catorce años, Zig se había acostumbrado a que Maggie no estuviera, se había habituado a que su cumpleaños estuviera marcado por el silencio o a ignorar igualmente el día de su muerte. Era el dolor más profundo de la muerte: el absoluto entumecimiento que llega cuando no puedes superar algo, pero de alguna manera te acostumbras a ello.

Durante catorce años, Zig sabía los detalles de la muerte de Maggie. Sus reglas. Los límites. Y después, con una sola historia de dos minutos sobre niños de secundaria vengativos, Zig obtuvo lo que pensó que nunca más volvería a obtener: nuevos detalles de la vida de Maggie. Y, sólo así, su hija, su estrellita, estaba viva de nuevo. Tenía un nuevo recuerdo de ella, algo que pensó que jamás tendría.

Ahora sonreía, y lloraba, hacía las dos cosas al mismo tiempo mientras le salían lágrimas de alegría de los ojos.

—Nola... —dijo mirándola.

—De nada —dijo ella con la mirada baja, concentrada en la libreta de dibujo—. Y voy a considerar que estamos a mano si no me abraza cuando lleguemos a D. C.

Zig se rio; sabía que lo decía en serio.

—¿Puedo sólo...? Lo que dijiste de Maggie...

—Sólo disfrute el camino, señor Zigarowski. ¿Puede hacer eso?

—Pero lo que dijiste... Sólo necesito saber... Esa noche en el campamento...

—Disfrute el camino —insistió ella y señaló el parabrisas con la pluma. Afuera, el camino se extendía frente a ellos, el sol anaranjado tan bajo que todo el cielo era color mandarina.

«Impresionante», pensaron simultáneamente Zig y Nola.

Nola memorizó el color para una pintura futura.

A su lado, en el asiento del conductor, Zig apretó el acelerador mientras volvía a escuchar las palabras de Nola en su mente. «Disfrute el camino».

Y por primera vez en mucho tiempo, quizá en catorce años, lo disfrutó.

92

Dos semanas después

Con un *six-pack* de cervezas sobre la cadera, Zig jugueteó con las llaves para abrir la puerta de su casa.

La puerta se abrió con un chasquido. Se limpió los pies en el tapete perfectamente acomodado.

Fue hacia la cocina; sacó dos recibos de su bolsillo izquierdo, uno del almuerzo, uno de la licorería, además de una tarjeta de presentación doblada de la mujer alegre que acababan de contratar en Asuntos de Veteranos. Cada mes llegaban nuevos rostros a Dover; pocas personas podían soportar trabajar ahí mucho tiempo.

Lo tiró todo a la basura.

Había quitado la banda para el cabello roja de su hija que estaba junto al tostador. En esos días, la llevaba alrededor de la muñeca.

—No tiene nuevos mensajes —anunció la contestadora robótica cuando Zig apretó el botón en la cocina. Justo como la noche anterior. Y la noche anterior a esa.

Dos minutos más tarde, Zig estaba en el patio trasero con la cerveza ritual en la mano.

—¿Cómo están esta noche, señoritas?

—*Mmmmmmmmmm* —cantaron las abejas cuando Zig abrió la tapa de la colmena y añadió comida, una mezcla casera de agua y azúcar a la que llamaba panqué de abejas.

Cuando se deslizó en su silla reclinable oxidada favorita, Zig arrojó su saco a un lado. El clima había mejorado las últimas noches, seguía en doce grados, pero con la reciente ola de frío, Zig había decidido aprovechar el alivio al máximo.

—Por cierto, hoy conocí al nuevo hombre de los dulces —le contó Zig a la colmena, que seguía zumbando de vida, llenando la tabla de llegada. El panqué de abejas siempre provocaba una fiesta—. Se acabaron los Twix. Ahora hay de los nuevos M&M con caramelo. ¿Se imaginan? ¿Nada de Twix? ¡Qué blasfemia! —dijo Zig—. O sea, ¿cómo pueden explicar una decisión tan mala como esa?

—*Mmmmmmmm* —zumbaron las abejas.

—Estoy de acuerdo. Discriminación cultural, como en los exámenes universitarios —dijo Zig, que tomó un sorbo de cerveza y se lamió el exceso de los labios.

Durante los siguientes veinte minutos, Zig se sentó en la silla, con su cerveza, mientras disfrutaba el concierto privado del *mmmmm* grave de las abejas. Una luna creciente iluminaba el cielo; el aire fresco era agradable. Era una noche casi perfecta.

Lejos a la izquierda, detrás de la parrilla, una sola abeja daba giros con la panza y rebotó un par de veces sobre la reja de madera. ¿Abeja guardiana? No. Esta era más grande, más larga. Una recolectora. Las que pueden salir de la colmena porque siempre vuelven.

Zig observó que la abeja daba otro giro tembloroso con la panza, y que se lanzó otra vez contra la reja, como si estuviera ebria o tratara de escapar. En realidad, sólo estaba vieja. Las recolectoras eran las más viejas, y morían en grandes números cada temporada. Sin embargo, eso no las detenía.

En los siguientes meses, con la llegada de los primeros brotes, comenzaría la recolección, miles de abejas volarían kilómetros para obtener néctar y polen para alimentar a su colmena.

Las recolectoras también eran necias, Zig pensó en todas las veces que había llegado a casa y había encontrado una abeja tan cargada de polen y néctar que se retorcía en el suelo, esforzándose por regresar a la colmena. Qué maravillosas criaturas, comprometidas con su misión.

De cualquier manera, después de décadas de intensos estudios, quedaba aún una pregunta sobre las recolectoras que los científicos no podían responder: ¿Dónde mueren? Todos los días, las recolectoras salen y regresan a casa. Salen y regresan a casa. Salen y regresan a casa. Pero por alguna razón, noventa y nueve por ciento de las muertes ocurrían *lejos* de la colmena. No era sólo suerte. Era un rasgo. Un instinto. Una ley natural.

Durante años, como la mayoría de los científicos, Zig supuso que era una manera de proteger a la colmena, evitando la entrada de enfermedad y dolencias. O quizá fuera el darwinismo, las recolectoras más débiles salían, pero no tenían fuerza suficiente para volver. Sin embargo, esa noche, mientras Zig estaba sentado en su silla observando a esa necia abeja solitaria que trataba de hacer en vano otro giro, no pudo evitar pensar que, quizá, en las profundidades de la psique de las abejas, ya sabían lo que iba a ocurrir. Sabían que el final estaba cerca. Entonces, cuando salía al último vuelo, en lugar de tratarse de otra misión por la colmena, quizá, se entregaba a una última aventura.

¿O quién sabe? Quizá más de una.

Con un último sorbo de cerveza, Zig sacó su teléfono. Su pulgar pasó por encima del icono de Facebook, apretó un buscador y rápidamente navegó en línea por uno de esos sitios de viajes con un nombre extraño a propósito que uno jamás puede recordar.

«Vuelos».

«Sencillos».

«¿Destino?».

Zig se quedó ahí un momento, preguntándose si estaba siendo impulsivo. Después tuvo un pensamiento nuevo: las palabras del Sorprendente César, que le había dicho que había cuatro tipos de trucos: Se aparece algo. Se desaparece algo. Se cambian dos cosas de lugar. O, la que le gustaba más a Zig: *Se transforma una cosa en otra.*

Zig observó la banda roja que llevaba en la muñeca. Sería divertido volver a ser pirata. Viajar, ver el mundo. Y, desde luego, hacer algo bueno. ¿Dónde empezar?

«Nueva Orleáns», escribió en el buscador. Había oído que era agradable en esa época del año.

«Hay muchas formas de morir», pensó Zig. Pero también había muchas formas de vivir. Era una de las pocas cosas que no te enseñaban en la escuela funeraria: a veces, uno tiene que enterrar su vieja vida y construir una nueva.

AGRADECIMIENTOS

Veinte años. Este libro marca *veinte años* (¡!) desde que se publicó mi primera novela. Esto significa, querido lector, que si estuviste desde el principio eres *viejo*. También significa que te debo mucho por haberme permitido esta vida de escritor.

Este libro es un misterio. También es una misión. Hace seis años fui a un viaje de la United Service Organizations para visitar a las tropas estadounidenses en el Medio Oriente. Poco después, supe sobre los héroes de la Base de la Fuerza Aérea de Dover. En retrospectiva, es evidente que estaba en medio de mi propia crisis, que estaba examinando mi vida y mi lugar en este mundo. El punto es que creo que todo libro nace de una necesidad y este libro me ayudó a darme cuenta de la diferencia entre *estar vivo* y *vivir* realmente. Es lo que dio origen a los dos nuevos personajes de estas páginas.

Dicho esto, debo enormes agradecimientos a las siguientes personas: mi primera dama, Cori, que abre mi corazón y me regresa a la vida. Ella está en cada una de las páginas de esta novela. Te amo, C. Jonas; Lila y Theo son siempre mis mayores bendiciones. Con estos hijos, sé por qué he vivido. Jill Kneerim, mi amiga y agente, es una gran alma. Hace dos décadas que me enriquezco con ella. Mi amiga y agente Jennifer Rudolph Walsh, de WME, va a la batalla por nosotros todos los días. Agradecimientos extra a Hope Denekamp, Lucy Cleland, Ike Williams y a todos nuestros amigos de la agencia Kneerim & Williams.

Este libro se trata sobre pelear por la propia vida. Así que necesito agradecer a mi hermana, Bari, que me acompañó mientras peleábamos por nuestra vida. También a Bobby, Ami, Adam, Gilda y Will, por estar siempre con nosotros.

Me enorgullezco de mi lealtad. Noah Kuttler va siempre un paso adelante, confío en él como en nadie más. Es una bóveda y un pozo de generosidad. Mi vida es mejor contigo en ella, Noah. Ethan Kline sueña en grande conmigo. Después, Dale Flam, Matt Kuttler, Chris Weiss y Judd Winick revisaron mis varios manuscritos, me dijeron qué partes no tenían sentido y cuáles bromas no eran graciosas. No se dan cuenta de que todas mis bromas son graciosas.

En el proceso de cada libro algunas personas se vuelven vitales, como si sus almas se vertieran en sus páginas. Así que comenzaré con William «Zig» Zwicharowski. Como jefe de la morgue portuaria de Dover, pasa cada día cuidando a las tropas caídas, asegurándose de que las traten con honor, dignidad y respeto. En mis veinte años investigando nunca me sentí más intimidado por el trabajo de una persona. Lo estoy avergonzando, así que sólo diré esto: para todo el equipo de Dover, gracias por lo que hacen por las familias de los soldados caídos. Además de Zig, un agradecimiento especial a otro de mis héroes: el antiguo miembro de Dover Matt Genereux, que mantuvo mi honestidad en todo nivel. Matt y Zig son familia para mí y fueron mis brújulas morales (¡un corazón!). Finalmente, mi maestro de todo lo que tiene que ver con el ejército y uno de mis más viejos amigos, Scott Deutsch. En la secundaria, fuimos juntos a la gira Victory de Michael Jackson. Hoy, trabaja en el ejército. Le hice cientos de preguntas tontas y siempre me dio las respuestas correctas. Yo soy el que después se equivoca. Me inspiras todos los días, amigo. Gracias por toda tu confianza.

También necesito agradecer a todos en Dover, al mayor Ray Geoffroy, Tracy E. Bailey, Edward Conway, Chris Schulze, Mary Ellen «Mel» Spera y al sargento de armas Frederick Upchurch. (Y sí, yo sé lo que realmente le ocurrió al Edificio 1303.) También, mi agradecimiento a mi amigo, el senador Chris Coons, por la hospitalidad en su hogar de Delaware.

Más detalles provinieron de la primera sargento Amy L. M. Brown, nuestra artista en residencia en el ejército en la vida real; Chris Semancik y todos en el centro de apoyo del Museo de Historia Militar de Estados Unidos en Fort Belvoir; Mary Roach, cuyo manejo de la muerte me dejó asombrado (conforme lean este *thriller*, cuando hago referencia a «mi profesor favorito», me refiero a Mary; compren su libro *Stiff*, es genial); Chuck Collins de Compassionate Friends (si conocen a alguien que haya perdido un hijo, visiten su página); Ben Becker, por el conocimiento en armas; Caleb Wilde (junto con su papá Bill y su abuelo Bud), que pasaron un día hablando sobre la muerte y Pennsylvania; Steve Whittlesey y Howland Blackiston, por los detalles sobre abejas; Joel Marlin, por la mejor historia sobre magia; Mark Dimunation y todos los que trabajan en la colección Houdini en la Biblioteca del Congreso; al Maravilloso Mr. Ash de la Ash's Magic Shop y al siempre evasivo Maestro del Libro, que merece un reconocimiento pero sólo lo aceptaría bajo un nombre en clave.

Agradecimientos adicionales a Eljay Bowron, Bob Mayer (el padrino de Zig), Jake Black, David Howard y Mark Ginsberg; al doctor Lee Benjamin y al doctor Ronald K. Wright, por ayudarme a mutilar y matar con autoridad; y al resto de mi propio círculo interno, a quienes molesto en cada libro: Jim Day, Chris Eliopoulos, Jo Ayn Glanzer, Denise Jaeger, Katriela Knight, Jason Sherry, Marie Grunbeck, Nick Marell, Staci Schecter, Simon Sinek, Eling Tsai y David Watkins. Finalmente, enormes agradecimientos a todos en el ejército y a la comunidad de veteranos, en especial a los familiares de quienes sirven. Su sacrificio jamás quedará en el olvido para mí. Con ese fin, si estás pensando en el suicidio, en especial en el ejército, llama al número 1-800-273-8255. No estás solo. Y gracias a todos a quienes enriquecieron anónimamente estas páginas. Ustedes saben quiénes son.

Los libros *The Secret Life of Houdini,* de William Kalush y Larry Sloman; *Art of the American Soldier,* de Renée Klish; *Stories in Stone,* de Douglas Keister, y *Houdini!!!* de Kenneth Silverman; y artículos como «*The Things That Carried Him*», de Chris Jones; «Making Toast», de Roger Rosenblatt; «*What Suffering Does*», de David Brooks, y los escritos de Linton Weeks fueron sumamente informativos en este proceso; «Last Inspection», de James Dao, y «The Child Exchange», de Megan Twohey, me condujeron a Zig y a Nola; nuestra familia en *Decoded* y *Lost History* y en HISTORY, como Nancy Dubuc, Paul Cabana, Mike Stiller y Russ McCarroll, me guiaron hacia Houdini; gracias a Rob Weisbach por haber sido el primero; y, desde luego, a mi familia y amigos cuyos nombres viven por siempre en estas páginas.

También quiero agradecer a todos en Grand Central Publishing: Michael Pietsch, Brian McLendon, Matthew Ballast, Caitlin Mulrooney-Lyski, Kyra Baldwin, Chris Murphy, Dave Epstein, Martha Bucci, Ali Cutrone, Karen Torres, Jean Griffin, Beth de Guzman, Andrew Duncan, Meriam Metoui, Bob Castillo, Mari Okuda, la fuerza de ventas más generosa y trabajadora en el mundo del espectáculo y mis queridos amigos. Ya lo dije antes y nunca dejaré de decirlo: ellos son la verdadera razón por la que este libro está en tus manos. Necesito añadir un agradecimiento especial a Jamie Raab, que sabe que no importa a dónde vaya, es familia. También quiero dar la bienvenida a la superestrella Wes Miller, que editó y me impulsó de las mejores maneras. Soy afortunado por conocerlo. Finalmente, quiero agradecer a nuestro nuevo maestro de ceremonias, Ben Sevier. Déjenme decirlo con la mayor claridad posible: ha sido un defensor de este libro y el más destacado de los actos destacados. Estoy muy agradecido por tenerlo en mi vida. Gracias, Ben, por tu fe.